W0199536

StiNa

(Stille Nacht)

Pressestimmen:

"Der Roman ist äußerst spannend und packend, weil der interessante Inhalt den Leser aufwühlt, ja ihn zum Nachdenken über das Geschehene zwingt."
Israel Nachrichten, Tel Aviv

"Das Erschreckende ist das Authentische. Der Roman gewinnt seine Weite, weil er nicht mit dem Jahre 1945 halt macht."
Main Echo, Aschaffenburg

"Der Autor zeigt eindrucksvoll die Zeit des Nationalsozialismus und das Grauen der Konzentrationslager auf. Er hat den Mut, dem Leser klarzumachen, daß mit dem Kriegsende die Tätigkeit der SS keineswegs beendet worden sind."
Christ und Bildung, Nördlingen

"Was dieses Buch so Bemerkenswert macht ist die Tatsache, daß es zum größten Teil auf wahren Begebenheiten beruht."
Bayerische Rundfunk

"Das Buch ist nicht "schon wieder" ein Buch über den Nationalsozialismus, sondern es ist eines der besten Bücher zu diesem Thema. Spannung und Aktualität sind auf eindrucksvolle Art und Weise miteinander verknüpft."
Pinguin

"Dem Autor gelingt, was in diesem Gewerbe nicht immer gelingen will: zu unterhalten ohne trivial zu werden, zu informieren, ohne sich in Fakten zu ergehen, Position zu beziehen, ohne in dogmatisches Gewäsch zu verfallen."
Literaturmagazin Hinter-Net
(Compuserve: 100315,2531 Internet: W.MITTY @hit.handshake.de)

"Ein spannendes Buch mit vielen Ansätzen, die zu einer Diskussion anregen."
8750, Aschaffenburger Kulturmagazin

"Die Geschichte ist stark und wiegt schwer."
Harald Grill, Autor

Rüdiger Hock wurde 1947 in Haibach bei Aschaffenburg geboren und studierte in Würzburg und England Germanistik, Anglistik, Geschichte und politische Wissenschaften. Die Idee zu diesem Buch kam ihm nach zwei Begegnungen mit Personen, die ihm ihre Erlebnisse während der Zeit des Nationalsozialismus schilderten. Auf zahlreichen Reisen besuchte er die Originalschauplätze des Romans, für den er acht Jahre recherchierte, bis er im Juni 1995 fertiggestellt war. "StiNa" ist sein erster Roman, aber die Vorbereitungen für sein nächstes Werk sind bereits in Arbeit. Rüdiger Hock lebt mit seiner Familie in Goldbach bei Aschaffenburg und unterrichtet als Realschullehrer an einer Privatschule in Aschaffenburg.

Rüdiger Hock

StiNa

(Stille Nacht)
Roman

ASCAPHA 06
Literaturreihe®

Eduard Krem-Bardischewski Verlag Aschaffenburg

Rüdiger Hock: StiNa (Stille Nacht)
Roman
Ascapha Literaturreihe Band 06

Titelbildgestaltung: Jürgen Wüst
Fotos: Privatbesitz des Autors

Druck und Herstellung: Steinmeier, Nördlingen
Printed in Germany

© 1995 by Eduard Krem-Bardischewski Verlag
Postfach 11 02 48
63718 Aschaffenburg

Alle Rechte vorbehalten!

2. Auflage 1996

3-929167-00-X

Vorwort:

Der Roman basiert auf den Berichten des verstorbenen Obersturmbannführers Jakob H., der in Polen in einem KZ eingesetzt war, sowie auf den Erzählungen des Juden Levy C., der bis zu seinem Tode im Süden Englands lebte.

Die Handlung ist über weite Strecken authentisch, lediglich die Personen der jungen Familie Anders sind frei erfunden, um die Handlungsstränge miteinander zu verknüpfen.

Die Orts- und Personennamen sind teilweise verändert, um Parallelen zu noch lebenden Personen auszuschließen.

Der Autor.

Mein Dank gilt allen Personen, die mich bei meinen Recherchen tatkräftig unterstützt haben, vor allem aber meiner Frau, die während der achtjährigen Entstehungszeit unendlich viel Geduld bewies, um dieses Werk zu ermöglichen. Dank auch allen Freunden, die mir bei der Auswahl der Personen für diesen Roman als Beispiele dienten.

ALAGOA, PORTUGAL
1985 - 1990

Die Christussäule war vom Fenster des Flugzeuges aus genau zu sehen. Die Maschine legte sich auf die Seite, so daß die Passagiere in der linken Sitzreihe einen wunderschönen Vogelblick auf den Hafen und die Altstadt von Lissabon hatten. Die rechtssitzenden Fluggäste reckten die Hälse, um auch etwas von dem herrlichen Ausblick genießen zu können.

„Mama, was ist da?" fragte die kleine Cordula Anders ihre Mutter, die neben ihr auf dem mittleren der drei Sitze kniete.

Silvia Anders hatte sich auch unter die Neugierigen gereiht, und sie war so hingerissen von dem Ausblick, daß sie zunächst gar nicht bemerkte, daß ihre Tochter sie an der Bluse zupfte. Jetzt schaute sie nach unten und zog Cordula zu sich herauf.

„Komm her, mein Schatz", sagte Silvia Anders und legte den Kopf an Cordulas Wange, während sie mit dem Finger aus dem Fenster zeigte, durch das man das Meer und die Häuser erkennen konnte.

„Siehst du, das ist Lissabon, da wollen wir hin!"

„Sehen wir da den Papi?" fragte Cordula und schaute ihre Mutter mit großen Kulleraugen an. Sie zog die kleine Nase hoch und wischte sich eine dunkelbraune Strähne ihres Ponys aus dem Gesicht.

„Nein, hier noch nicht, erst müssen wir noch ein Stück mit dem Bus fahren", antwortete Silvia.

„Sie sieht ihrem Vater immer ähnlicher", dachte Silvia, „obwohl sie noch so klein ist." Cordula hatte die gleichen dunkelbraunen Haare und graugrünen Augen wie ihr Vater. Sie hatte die gleiche kleine Nase und verzog sogar den Mund wie ihr Vater, wenn sie lächelte.

Silvia drückte ihre Tochter fest an sich, sie konnte sie nicht länger anschauen, es tat immer noch zu sehr weh. Silvia Anders war Anfang dreißig, eine große stattliche Erscheinung mit langen Beinen und einem schmalen Gesicht, das von grünen Augen und einer klassischen Nase beherrscht wurde. Sie trug die dichten blonden Haare bis auf die Schultern, und auch jüngere Männer drehten sich häufig auf der Straße nach ihr um oder pfiffen anerkennend durch die Zähne, wenn sie vorüberging. Silvia trug einen dünnen seidenen Overall, der in warmen Brauntönen gehalten war und vom langen Sitzen im Flugzeug leicht zerknittert aussah.

Cordula steckte die Nase in Silvias Haare, was sie gerne tat, und sagte: „Du riechst so gut, Mama!“

Silvia lachte über das Kompliment. Cordula liebte ihr neues Parfüm und ließ keine Gelegenheit aus, es an sich selbst auszuprobieren.

„Setz dich jetzt brav wieder hin, mein Schatz, wir landen gleich.“

Cordula nickte und rutschte auf ihrem Sitz weiter nach hinten.

Die Zeichen über den Sitzreihen leuchteten auf, daß das Rauchen eingestellt werden sollte und die Passagiere sich anschnallen sollten. Der Airbus der Lufthansa setzte zur Landung an. Die Häuser der Stadt wurden immer größer, die glitzernde Oberfläche des Wassers kam immer näher. Mit einem Ruck setzte die Maschine auf, und die Fluggäste wurden in ihre Sitze gedrückt, als der Pilot die Bremsen betätigte. Nachdem das Flugzeug seinen Standort erreicht hatte, begann das übliche Drängeln der Leute zu den Ausgängen.

Silvia Anders blieb ruhig sitzen, bis der größte Tumult vorüber war, denn sie wollte nicht, daß ihre Tochter von den anderen Passagieren auf dem Gang herumgeschubst wurde. Sie waren fast die letzten, die die Maschine verließen. Silvia hatte sich ihre Reisetasche umgehängt und trug einen leichten Mantel über dem Arm. Cordula hatte ihren Rucksack auf dem Rücken, in dem sich ihre Legosteine, Malstifte, Tiere und Bücher befanden. Eine der Stewardessen fuhr ihr beim Aussteigen über den Kopf.

„Tschüß, kleine Maus, hat es dir bei uns gefallen?“

„Vielen Dank“, antwortete Cordula höflich, „das Essen hat gut geschmeckt!“ Die Stewardessen und Silvia lachten, und Cordula hielt sich an der Hand ihrer Mutter fest, um die Stufen der Gangway hinunterzukommen.

Ein warmer trockener Wind ließ Silvias Haare flattern. Die Sonne schien von einem wolkenlosen blauen Himmel, es herrschte ideales Urlaubswetter. Unten wartete bereits der Flughafenbus, der sie zum Terminal brachte. Nach einem kurzen Marsch durch die Korridore gelangten sie zur Gepäckrückgabe. Normalerweise war das Erhaschen eines Gepäckwagens ein Glücksfall, aber ein junger Mann überließ Silvia seinen Wagen, wofür sie ihm ein Lächeln schenkte, das ihn sichtlich verlegen machte.

Sie hatten nicht viel Gepäck, nur einen großen und einen kleinen Koffer. Silvia setzte Cordula oben auf den Wagen und fuhr zur Gepäck- und Paßkontrolle. Auch hier scherzten die Beamten mit Cordula, die jedoch nur freundlich zurücklachte, da sie kein Wort verstand.

Am Ausgang des Flughafens stand eine junge Dame, die ein Schild hochhielt. „Anders, Faro“, stand dort zu lesen. Silvia steuerte auf die Dame zu. Sie hatte keinen Direktflug nach Faro bekommen, aber das Reisebüro hatte ihr angeboten, sie von Lissabon mit dem Bus nach Faro zu befördern. Silvia hatte nicht auf den nächsten Flug warten wollen und nahm deshalb die drei Stunden Busfahrt in Kauf.

Die junge Frau war die Busbegleiterin der Reisegesellschaft und führte Silvia zu einem großen weißen Bus, der unmittelbar vor der Flughalle parkte. Er war nur halb gefüllt, und Silvia erkannte einige Passagiere aus dem Flugzeug wieder.

Cordula stieg die Stufen hoch und wurde von den Fahrgästen wie eine alte Bekannte begrüßt. Sie suchte sich einen Fensterplatz im hinteren Drittel des Buses und stellte ihren Rucksack neben sich. Silvia lächelte und nahm den gegenüberliegenden Sitz am Fenster.

Der Bus war klimatisiert, was bei den Temperaturen auch angebracht war. Silvia und Cordula waren die letzten Fahrgäste, und so setzte sich der Bus sofort in Bewegung.

Lissabon war voller Leben. Autos, Fußgänger, Radfahrer, die ganze Stadt schien auf den Beinen, und überall leuchteten Reklametafeln in den buntesten Farben. Cordulas Augen wanderten überall umher, sie konnte sich nicht sattsehen. Die Fahrt ging über die große Hängebrücke an der Christusstatue vorbei. Auf der Brücke gab es einen kleinen Stau, so daß man in Ruhe einen Blick auf die Bucht werfen konnte. Schiffe zogen im Zeitlupentempo unter ihnen vorbei.

Als sie die letzten Vororte von Lissabon hinter sich gelassen hatten, ließ das Interesse Cordulas an ihrem Fensterplatz erheblich nach. Sie begann, mit ihren Legosteinen zu spielen und erzählte vor sich hin. Silvia Anders legte den Kopf an die kühle Scheibe des Fensters und ließ die Landschaft an sich vorbeigleiten. Korkeichenwälder tauchten auf, deren Bäume aussahen, als ob sie Schonüberzüge tragen würden, da die Äste und Stämme teilweise geschält waren und der Rest entsprechend dicker wirkte.

An einem kleinen Gasthaus machten sie nach einer Stunde Rast, da es aber nur kalte Gerichte gab, begnügte sich Silvia mit einer Tasse Kaffee. Cordula aß ein Brötchen und trank dazu Orangensaft.

Nach etwa dreißig Minuten wurde die Fahrt fortgesetzt. Cordula krabbelte jetzt auf Mamas Schoß und kuschelte sich an Silvia. Es dauerte nicht lange, und sie war tief und fest eingeschlafen. Das frühe Aufstehen zu Hause, der Flug, die Hitze und die Busfahrt hatten sie müde gemacht. Silvia hob sie vorsichtig auf und legte sie auf die durchgehende Rückbank des Buses. Sie deckte sie mit ihrem Mantel zu und legte ihr ein kleines Kissen einer Busrückenlehne unter den Kopf. Der Busfahrer und die anderen Mitreisenden hatten sie beobachtet, und es wurde plötzlich still im Bus. Der Fahrer lächelte Silvia im Rückspiegel zu, drehte das Radio ganz leise und legte einen Finger an die Lippen. Silvia dankte ihm mit einem Kopfnicken, setzte sich zu ihrer Tochter und war bald darauf ebenfalls eingeschlafen.

Das Schütteln des Busses weckte Silvia auf. Sie schaute auf die Uhr. Sie hatte beinahe zwei Stunden geschlafen. Cordula schlief immer noch mit offenem Mund, den Daumen der rechten Hand an den Lippen.

Der Bus hatte die Hauptstrasse verlassen und fuhr auf einer schmalen, nur teilweise befestigten Straße durch kleine Dörfer und Obstplantagen. Silvia versuchte, sich zu orientieren. „Tavira 11 Km“ las sie auf einem vorbeihuschenden Verkehrsschild. Sie hatten also Faro bereits hinter sich gelassen und waren nur noch etwa 20 Kilometer von ihrem Reiseziel entfernt. Nach der Fahrt durch Tavira bog der Bus vor einer Bungalowsiedlung rechts ab in Richtung Meer, das sie schon die ganze Zeit zur rechten Hand begleitet hatte. Der Fahrer fuhr eine große Schleife, um dann vor einem Springbrunnen zu halten, der von einem uförmigen Gebäude umgeben war.

„Rotamar“ stand in großen Buchstaben an einem der Häuser, und Silvia Anders wußte, daß sie am Ziel ihrer Reise waren.

Vorsichtig weckte sie ihre Tochter, die sich verschlafen die Augen rieb und zunächst gar nicht wußte, wo sie war. Sie verließen den Bus und begaben sich zur Rezeption. Silvia legte ihren Voucher und ihren Paß vor.

„Frau Anders, Sie wohnen in Bungalow 54. Hier ist ihr Schlüssel. Ich wünsche Ihnen und ihrer Tochter einen angenehmen Aufenthalt. In diesem Heft finden Sie alle notwendigen Informationen. Wenn Sie irgendetwas brauchen oder wissen wollen, wir stehen jederzeit zu Ihrer Verfügung."

Der junge Mann hinter der Rezeption sprach perfekt Deutsch und wandte sich jetzt schon dem nächsten Gast zu , den er in englischer Sprache begrüßte.

Silvia Anders schaute sich auf dem Lageplan noch einmal an, wohin sie gehen mußte. Der Angestellte hatte nur kurz mit dem Finger auf das Haus Nummer 54 gedeutet. Es war zum Glück nicht weit, denn sie mußte beide Koffer tragen und sich um Cordula kümmern.

„Komm her", sagte sie zu ihrer Tochter, „du hältst dich jetzt schön brav hinter mir, damit du nicht verloren gehst."

Silvia schwang sich die Reisetasche über die Schulter und nahm die beiden Koffer auf. Cordula hielt sich brav an der Seite ihrer Mutter, und so setzten sich die beiden in Marsch. Sie mußten von der Rezeption aus nur etwa zweihundert Meter um einen Swimmingpool laufen, um den Bungalow 54 zu erreichen, dessen Außenterrasse bis an den Pool reichte. Nur ein niedriger Maschenzaun und ein schmaler Fußweg trennte das Haus von den Liegeplätzen am Pool. Silvia schloß die schwere Haustür aus Holz auf und holte die Koffer herein. Angenehme Kühle empfing sie. Es war dunkel im ganzen Haus, denn man hatte alle Holzläden geschlossen, um die Hitze draußen zu halten. Silvia öffnete zunächst alle Fensterläden, um Licht hereinzulassen. Der Bungalow war wunderschön eingerichtet. Man bemerkte, daß es einem Privatmann gehörte, der viel Geschmack bei der Inneneinrichtung bewiesen hatte.

Die beiden Schlafzimmer im ersten Stock lagen nebeneinander, und jedes war in einer bestimmten Farbe gehalten. Cordulas Zimmer war rosa und Silvias Zimmer malve. Alles paßte zu diesen Farben, die Tapeten, die Teppiche, die Vorhänge, ja sogar die Wäsche der großen französischen Betten. Jedes Zimmer hatte ein eigenes Bad und eine Türe zum Balkon, von dem aus man über die Siedlung und die Düne bis zum Meer schauen konnte. Cordula suchte als erstes natürlich Plätze für ihre Puppe und die Schmusetiere. Silvia räumte unterdessen ihre Sachen ein.

„Mama, wann gehen wir denn jetzt endlich zu Papa?" fragte Cordula ungeduldig, als alles an seinem Platz war.

„Gleich, Kleines", antwortete Silvia, „erst duschen wir uns noch und machen uns hübsch, dann gehen wir los."

Cordula fing sofort an, sich auszuziehen, und ließ, wie gewöhnlich, alles dort auf dem Weg ins Bad liegen, wo sie es fallengelassen hatte. Silvia gab ihr einen Klaps auf den nackten Po, und sie sauste ins Badezimmer.

Das Wasser der Dusche war herrlich erfrischend, und Silvia lehnte sich an die kalten Fliesen und ließ sich das Wasser über das Gesicht und den Körper rieseln. Sie hatte eine makellose Figur, mit einem kleinen festen Busen und einer schlanken Taille. Cordula hielt sich an ihr fest, um nicht auszurutschen, und quietschte vor Vergnügen.

In Bademäntel gehüllt traten sie auf den Balkon hinaus. Silvia schüttelte ihre lange blonde Mähne, daß die Wassertropfen flogen und sich Cordula das Handtuch als Schutz vors Gesicht hielt. Sie rieben sich die Haare trocken, bevor Silvia den Fön hervorholte. Sie kleideten sich an, Silvia packte noch ein paar Kleinigkeiten in ihre Umhängetasche und verließ mit ihrer Tochter das Haus.

Sie kannte ihr Ziel genau. Die Sonne brannte immer noch recht kräftig, obwohl es schon Spätnachmittag war. Cordula hüpfte vor ihrer Mutter den Gehsteig entlang und entdeckte überall neue und hochinteressante Dinge.

Die Bungalowsiedlung war noch relativ neu und bestand nur aus ein paar Dutzend Häusern mit einem Supermarkt, einem Cafè und einem Kiosk am Swimmingpool. Nach wenigen Minuten hatten sie die staubige Teerstraße erreicht, die an den Bungalows vorbei durch die Ortschaft Alagoa wieder zur Hauptstraße nach Tavira führte.

Küchenabfälle lagen neben den Gehsteigen, Hunde streunten herum. Nicht weit von der Siedlung entstand ein Parkhaus mit Wohnungen. Die Arbeiter entfernten gerade die Verschalungen der Betonpfeiler. Einige ließen es sich natürlich nicht nehmen, hinter Silvia herzupfeifen und ihr Aufforderungen zuzurufen, die sie Gott sei Dank nicht verstand, sonst hätte es ihr wahrscheinlich die Schamesröte ins Gesicht getrieben. Und doch schmeichelte es ihr, daß ihr Aussehen eine solche Reaktion hervorrief. Sie trug einen weiten buntbedruckten Rock mit dem passenden einfarbigen Oberteil dazu, und besonders der Rock ließ ihre langen Beine gut zur Geltung kommen.

Bald hatten sie die ersten Häuser von Alagoa erreicht. Gleich im Vorgarten des ersten Hauses stand ein wunderschöner Trompetenbaum, der übersät war mit Blüten. Die Häuser waren zum Teil klein und schäbig, oft roch man es bis auf die Straße, daß in vielen die Wassertoilette fehlte, aber die Blumenpracht vor jedem Haus deckte vieles zu. Riesige Oleanderbüsche, Palmen, Orangen- und Zitronenbäume standen überall, man konnte sich gar nicht sattsehen. Vor einem Haus saß eine alte Frau, ganz in Schwarz gekleidet, die Scheiben einer Orange in ihren zahnlosen Mund schob. Zum Schutz vor dem heruntertropfenden Saft hatte sie sich eine alte gelbe Damenunterhose über die Knie gelegt, was einen recht sonderbaren Kontrast ergab. Die Alte sagte etwas zu Cordula, aber die lief irritiert weg, da sie nichts verstand. Die Frau winkte noch einmal hinter ihnen her, aber als Silvia sich umdrehte, war sie schon wieder mit ihrer Orange beschäftigt.

Die kleine Kirche war mit einem baufälligen schmiedeeisernen Zaun umgeben. Silvia wäre fast daran vorbeigegangen, da der Eingang von einer Palme verdeckt war, deren untere Blätter nahezu bis auf den Boden reichten. Ein schmaler, mit großen Steinplatten befestigter Weg, unmittelbar an der Kirche entlang, endete an einem windschiefen eisernen Tor ohne Schloß. Als Silvia das Tor aufdrückte, quietschte es laut in den Angeln und schleifte über den Kiesboden. Sie trat mit Cordula aus dem Schatten der Kirche in die Sonne.

Die eisernen Grabkreuze auf dem Friedhof von Alagoa warfen schon längere Schatten, und Silvia blieb zunächst in der Sonne stehen, um sich zu orientieren. Die schmalen Pfade zwischen den Gräbern waren mit feinem Kies vom Strand bestreut, und jedes Grab hatte eine Umrandung aus hellen Kalksteinstückchen. Der Kies knirschte unter ihren Schritten, als die beiden sich nach rechts wandten. Hier lagen sehr alte Gräber, denn manches Kreuz hing schief im Boden, und einige Inschriften waren nicht mehr zu entziffern. Kleine Eidechsen lagen auf den warmen Steinen und wärmten sich in der Nachmittagssonne, um blitzschnell davonzuhuschen, wenn sich Schritte näherten. Cordula wollte natürlich sofort hinterherrennen, als sie die Tierchen bemerkte, aber Silvia sagte ernst: „Jetzt nicht, mein Schatz, komm, bleib an meiner Hand, wir sind gleich da."

Ganz am Ende der letzten Grabreihe, wo das Gras schon von außen durch den eisernen Zaun wucherte, um dessen Stangen sich Efeu und bunte Wicken rankten, stand ein weißes Holzkreuz, an dem die Farbe langsam abblätterte. Ein paar wenige Steine kennzeichneten die Umrisse des Grabes, das völlig zugewuchert war. Vor das Kreuz hatte eine mitleidige Seele eine rostige Blechdose gestellt, in der ein paar welke Blumen die Köpfe hängen ließen.

In der Nachbarreihe blickte eine in Schwarz gekleidete Frau mißtrauisch herüber, aber Silvia nickte ihr zu und lächelte sie an. Die Frau wandte sich ab und blickte zu Boden. Silvia war plötzlich sehr seltsam zumute. Ihr war, als beginne sich der Friedhof, die Kirche, der Himmel, einfach alles um sie herum zu drehen. Sie bekam Hitzewallungen, und im nächsten Augenblick liefen ihr kalte Schauer über den Rücken. Sie hielt die Hand ihrer Tochter so fest umklammert, daß sich Cordula beschwerte. Langsam fand sie ihre Haltung zurück und blickte auf das schlichte Holzkreuz.

„Michael Anders“ stand auf dem Holz, nichts weiter.

Langsam ließ sich Silvia in die Hocke nieder, um Cordula in den Arm nehmen zu können. Sie drückte sie fest an sich, und Tränen strömten nun über ihr Gesicht.

„Das ist kein schöner Platz, Mama, Papa soll da wegkommen, dann gehen wir.“

Silvia konnte sich jetzt nicht mehr beherrschen. Sie hatte sich so auf diesen Moment vorbereitet und ihn in Gedanken hundertmal durchlebt, aber nun, da der Augenblick da war, brachen alle Schleusen. Die ganze aufgestaute Beherrschung nach außen, die Trauer um den geliebten Menschen traten heraus.

„Oh, Mischa“, rief sie schluchzend, „warum hast du uns jetzt schon alleingelassen, wir waren doch erst am Anfang. Ich brauche dich doch so und unsere Kleine auch. Oh, Mischa, warum nur, warum?“

Weinkrämpfe schüttelten ihren Körper. Cordula blickte ihre Mutter ängstlich an und begann ebenfalls zu weinen.

„Mama, bitte hör doch auf zu weinen, komm, wir gehen hier weg“, flehte sie unter Tränen.

Silvia Anders wurde von ihrer Tochter wieder in die Realität zurückgeholt. Sie erhob sich langsam und wischte sich mit dem Handrücken die Tränen von den Wangen. Sie nahm Cordulas Hand und warf noch einen letzten Blick auf das Grab ihres geliebten Mannes. Sie ging dann weg, ohne sich noch einmal umzudrehen. Sie hatte sich wieder völlig in der Gewalt.

„Hier wirst du nicht bleiben, Mischa mein Schatz“, sagte sie leise, als sie mit ihrer Tochter die Reihen der Gräber entlangschritt und dem Ausgang des Friedhofs zustrebte.

TSCHECHISCH KOMRAU
(August 1936)

Werner Jäger und Thomas Waldner gingen die staubige Hauptstrasse von Tschechisch-Komrau entlang. Es war schon Abend, aber die Hitze hatte nicht nachgelassen. Beide hatten die Ärmel ihrer abgewaschenen Hemden zurückgekrempelt. Die Kragen fehlten völlig, was auch nicht weiter verwunderlich war, denn es waren beinahe die einzigen Hemden, die sie besaßen. Sie waren beide arbeitslos, und es war schwer, im deutschen Teil der Tschechoslowakei Arbeit zu finden. Sie hielten sich mit kleinen Gelegenheitsarbeiten über Wasser, die ihnen der Ortsführer der Sudetendeutschen Partei zuschanzte. Henlein hatte die Partei im letzten Jahr gegründet. Sie kannten beide Henlein, der regelmäßig Geld aus Deutschland erhielt und dem es gelang, die deutsche Bevölkerung für Hitlers Idee einer Rückführung der deutschen Gebiete zum Reich zu begeistern. Man hatte sich mit den Tschechen eigentlich recht gut vertragen, aber seit die Nazipropaganda auch über die Grenze schwappte, begegneten sich Tschechen und Deutsche mit immer mehr Mißtrauen. Der Ortsführer wollte Thomas und Werner für seine Partei ködern, das war beiden schon klar. Noch konnten sie seinen ständigen Aufforderungen, endlich Farbe zu bekennen, ausweichen, aber innerlich war ihnen immer mehr klar, daß er recht hatte. Sie konnten es hier zu nichts bringen, und was der Führer in Deutschland alles versprach, klang durchaus verlokkend. Die Freunde gingen stumm nebeneinander her. Sie waren beide groß und hatten blondes Haar, so daß man sie oft für Brüder hielt. Nur wer genauer hinsah, konnte erkennen, daß Thomas Waldner graue Augen hatte, während Werner Jäger, was bei hellblonden Haaren selten zu finden ist, dunkelbraune Augen hatte. Die beiden trugen die Haare kurzgeschnitten, und ihre hellen Bartstoppeln glänzten in der Sonne. Beide waren hager, und in ihren Gesichtern traten die Wangenknochen deutlich hervor. Man sah, daß sie nicht jeden Tag richtig satt wurden.

Sie hatten die Hände tief in den Hosentaschen vergraben, und der eine oder andere kickte ab und zu gedankenverloren ein Steinchen auf der Straße vor sich her.

„Hast du noch Geld für ein Bier?“ fragte Thomas seinen Freund.

„Für uns zwei reichts gerade noch“, antwortete der, „aber dann ist Sense für den Rest der Woche.“

„Dieses Scheißgeld", fluchte Thomas, „ständig ist Ebbe in der Kasse."

„Urbaneks Leuten geht es nicht schlecht", sagte Werner, „der verkauft seine Glaswaren fleißig über die Grenze."

„Der verdammte Gauner stellt doch nur Tschechen ein, oder du mußt die Dreckarbeit in seiner Glashütte machen für einen Hungerlohn, und die anderen lachen noch über dich", antwortete Werner. „Wenn Adolf tatsächlich kommt, hat es sich ausgelacht", sagte Thomas, „dann werden wir erst einmal lachen."

„Wenn, wenn, weiß der Teufel, wie lange das noch dauert. In der Zeit sind wir längst abgekratzt, wenn uns nicht die Tschechen vorher umlegen."

„Langsam, Werner", warf Thomas ein, „so leicht legt uns zwei keiner um. Du weißt, daß sie schon immer vor uns gekniffen haben, wenn es ernst wurde."

Sie hatten den Kelch erreicht, ihr Stammlokal, sofern sie Geld für ein Bier hatten. Der Gastraum war dicht gefüllt und beißender Zigarren- und Zigarettenqualm hing in der Luft. Der Kelch hieß eigentlich „U Kalichu", denn hier verkehrten in der Mehrzahl Tschechen, aber das hatte bis jetzt in Komrau keine Rolle gespielt.

Thomas und Werner drängten sich zur Theke vor, wo sie einen freien Platz erwischten, und bestellten ihr Bier, das in großen Glaskrügen ausgeschenkt wurde. Sie prosteten sich zu und wischten sich genüßlich den Schaum von den Lippen.

„Einmal möchte ich mich mit diesem Bier so richtig vollaufen lassen", sagte Thomas, „aber leider fehlt uns immer das nötige Geld".

„Jan scheint genug davon zu haben", antwortete Werner und deutete mit den Augen in die Ecke.

Der schwarze Jan, wie man ihn im Dorf nannte, Jan Halocha, arbeitete in Urbaneks Glashütte und verdiente mehr als zwei oder drei Familienväter in Komrau zusammen. Er saß an seinem Stammplatz in der Ecke neben der Theke und hatte seine übliche Gefolgschaft um sich versammelt, Arbeitskollegen aus der Glashütte, Männer aus dem Dorf, die ihm bei allem, was er sagte, recht gaben, nur um ein Bier spendiert zu bekommen, und alle hatten vom Bier schon rote Köpfe.

Jan war dafür bekannt, daß er sehr jähzornig war, und so wagte es auch selten jemand, ihm zu widersprechen, denn er war außerdem noch ein großer, starker Kerl, mit dem es keiner so leicht aufnahm. Jan sah, daß Thomas und Werner zu ihm herübergeschaut hatten. Er lehnte sich mit seinem Stuhl gegen die dunkle Wandvertäfelung zurück und grinste.

„Na, ihr zwei Arier, ihr macht wohl schon aus, wer auf meinem Platz sitzen wird, wenn euer Herr Hitler unser Land übernimmt. Aber das sage ich euch, Jan Halocha wird niemand von diesem Platz vertreiben, auch euer Scheiß Hitler nicht."

Er schaute herausfordernd in die Runde, aber alle hielten ihren Blick gesenkt, auch die wenigen Deutschen, die anwesend waren, oder sie nickten Jan eifrig zu.

„Laß uns in Ruhe unser Bier trinken, Jan", sagte Thomas, „wir wollen keinen Streit und haben auch mit Hitler nichts zu tun."

„Ihr habt mit ihm nichts zu tun", schrie Jan, „ihr seid doch auch Deutsche, oder? Henlein läßt Bewaffnete über die Grenze kommen, um Aufruhr zu stiften und die deutschen Interessen zu verteidigen, wie er es nennt, und ihr sagt, ihr habt damit nichts zu tun. Ich sage euch, dieses Land gehört uns, den Tschechen, und kein Hitler, kein Henlein oder sonst wer wird es uns abnehmen. Jan Halocha wird schon mit dafür sorgen."

Werner konnte nun nicht mehr an sich halten.

„Dieses Land hier gehört euch? Wer hat es euch denn geschenkt? Wieviele Hunderte von Jahren gehört es euch denn? Dieses Gebiet war deutsches Gebiet, Deutsche haben es erschlossen und besiedelt und Deutsche haben hier gewohnt, bis man es euch nach dem 1. Weltkrieg zugesprochen hat, widerrechtlich zugesprochen hat, sage ich."

Werner hatte sich ereifert und ließ sich auch von Thomas´ warnendem Blick nicht abhalten, obwohl er ihn auch noch heftig am Ärmel zupfte.

„Ist Komrau etwa kein deutscher Name? Ihr habt doch das „Tschechisch" davorgehängt, vor nicht einmal zwanzig Jahren, und da redest du von eurem Gebiet. Laß dich nicht auslachen, Jan Halocha."

Werner hatte nicht die drohenden Blicke der anderen Tschechen bemerkt, die nun zu murmeln anfingen.

Jan Halocha stand ganz langsam auf. Dicke Zornesadern quollen an seinen Schläfen hervor.

„Ihr deutsches Mistpack", zischte er voll Wut, wobei er seinen Nachbarn in die Gläser spuckte. Er schob seinen Stuhl zurück und stand langsam auf. Thomas und Werner wichen etwas zurück in die Nähe der Tür, dort hatten sich aber schon zwei Tschechen postiert, um ihnen die Flucht unmöglich zu machen.

„Und was jetzt? Da hast du uns schön in die Scheiße geritten“, flüsterte Thomas. „Ob wir da wohl wieder rauskommen?“

Beide hielten ihre Bierkrüge krampfhaft umklammert. Jan schob die beiden letzten Männer zur Seite und stand nun wenige Schritte vor ihnen. Er zog die Jacke aus und ließ sie über einen Stuhl fallen. Man konnte ihm ansehen, wie er die Situation genoß. Seine Saufkumpane stellten sich neben ihm auf. Er winkte sie mit einer Hand zurück und begann demonstrativ die Ärmel seines Hemdes bis zu den Oberarmen hochzukrempeln.

„Setzt euch und bestellt schon mal eine Runde frisches Bier, mit diesen beiden Bürschchen möchte ich allein abrechnen. Die werden in wenigen Minuten so viele Zähne gespuckt haben, daß sie ihr großdeutsches Maul nie mehr so weit aufreißen werden, in ihrem ganzen Leben nicht.“

Mit einem tierischen Gebrüll stürmte Jan mit vorgehaltenen Fäusten auf die beiden Freunde zu, um sich Werner als ersten vorzunehmen.

Jan Halocha hatte nicht damit gerechnet, daß Werner und Thomas auch bei Raufereien und Schlägereien ein eingespieltes Duo waren. Er hatte geglaubt, die beiden würden vor Schreck starr stehenbleiben und ihre Tracht Prügel einstecken. Wie sehr er sich getäuscht hatte, sollte Jan gleich erfahren.

Werner packte den heranstürmenden Jan am Arm und drehte ihn leicht von sich weg, während Thomas mit einer blitzartigen Bewegung den schweren Bierkrug auf Jans Schädel schmetterte. Jan Halocha stürzte dumpf zu Boden und rollte auf den Rücken. Zwei starre Augen blickten zur Holzdecke des Gastraumes. Blut aus einer klaffenden Kopfwunde, in der ein großer Glassplitter steckte, lief ihm durch das schwarze Haar in Strömen über das Gesicht. Jeder, der schon einmal einen Toten gesehen hatte, wußte, daß Jan Halocha tot war.

Während alle noch wie erstarrt auf den Toten am Boden blickten, um dessen Kopf sich eine immer größer werdende Blutlache bildete, klirrten die Fensterscheiben der Gaststube zur Straße hin. Faustgroße Steine, Holzknüppel und Nägel flogen durch die geborstenen Scheiben, und während die meisten versuchten, irgendwo Deckung zu finden, schlüpften Thomas und Werner durch die Tür neben der Theke nach draußen. Ohne nach hinten zu blicken, stürzten sie an der Küchentüre vorbei, den Gang entlang zur Türe zum Hof, die offenstand, da sich die Toiletten auf dem Hof befanden. Sie nahmen die vier Stufen auf einmal und rannten um die Hausecke zur Hofeinfahrt, um die Straße zu erreichen, denn von dort war unerwartete Hilfe gekommen. Egal, wer die Steine geworfen hatte, schlimmer konnte es nicht mehr kommen.

„Schnell, hierher", zischte eine Stimme aus dem Dunklen. Thomas und Werner rannten blindlings los. Ein Mann mit einer Laterne tauchte in einer Einfahrt auf und zog sie hinter das Tor.

Es war Karl Staufacher. Er führte die Nationalsozialisten in Komrau an.

„Ich habe euch in den Kelch gehen sehen und wußte, daß Jan Halocha dort schon den ganzen Nachmittag säuft und Reden hält. Ich konnte nicht früher kommen, ich mußte die Leute erst zusammentrommeln." In der Dunkelheit vor dem Wirtshaus konnte man jetzt die Rufe der Männer hören und die Geräusche einer Massenschlägerei.

„Wir danken dir, Karl", sagte Werner, „aber was jetzt?"

„Ihr müßt schnellstens verschwinden. Wenn euch die Meute erwischt oder die tschechische Polizei, seid ihr geliefert. Ich bringe euch heute nacht noch über die Grenze nach Deutschland, dort seid ihr in Sicherheit."

„Aber wir müssen doch erst nach Hause, einige Sachen holen und unseren Familien Bescheid sagen."

„Dafür ist jetzt keine Zeit mehr, ich werde euch das Nötigste besorgen und auch euren Eltern alles erklären. Beeilt euch jetzt, solange unsere Leute die Tschechen noch aufhalten."

Karl Staufacher führte sie in eine abgelegene Scheune, wo er sie hinter Strohballen versteckte. „Ich bin in einer halben Stunde wieder zurück, verhaltet euch solange ruhig, hier wird euch niemand vermuten."

Er verschwand in der Dunkelheit, und Thomas und Werner ließen sich auf den Boden sinken. Keiner sagte etwas, für Vorwürfe wäre es auch jetzt zu spät gewesen.

„So sehr hängen wir an unserem Drecksnest auch wieder nicht, oder?", sagte Thomas in die Stille.

„Nein, das nicht, mir tut es nur um Mutter leid, sie wird sich große Sorgen machen", antwortete Werner.

„Der Halocha, das Schwein, hat es nicht anders verdient, was meinst du?" fragte Werner.

„Hast du gesehen, wie der zu Boden gegangen ist. Zack, und da lag er."

Thomas stieß seinem Freund in die Rippen. Das war das letzte Mal, daß sie beide je wieder von Jan Halocha sprachen.

Pünktlich nach einer halben Stunde kam Karl Staufacher zurück. Er hatte zwei alte dicke Jacken mitgebracht, zwei zerbeulte Hüte und einen Rucksack.

„Hier ist Verpflegung drin. Es ist nicht viel, nur etwas Speck und Brot, aber bis über die Grenze wird es reichen."

Staufacher öffnete leise die Hintertür der Scheune und blickte lange in die Dunkelheit, ohne sich zu bewegen.

„Alles klar", flüsterte er nach hinten, „haltet euch dicht hinter mir und versucht, so leise zu sein als möglich. Los jetzt!"

Die drei Gestalten huschten aus der Tür, hinunter zum Bach, der an der Scheune vorbeifloß, um auf der anderen Seite unter einer niedrigen Weide haltzumachen. Staufacher wartete wieder einige Minuten. Er wollte kein Risiko eingehen und achtete auf jedes Gräusch, das vom Dorf kam. Thomas und Werner konnten kaum weiter als ein paar Meter sehen, da sich hinter der Scheune nur Wiesen, Sträucher und Felder erstreckten und kein Licht von der Straße bis hierherdrang.

Auf ein Zeichen Staufachers hin setzten sie sich wieder in Bewegung. Er führte sie, ohne anzuhalten, durch die Wiesen, über Feldwege und durch kleine Waldstücke und blieb erst nach drei Stunden zum ersten Mal stehen. Thomas und Werner keuchten nur noch, und farbige Kreise tanzten vor ihren Augen. Obwohl es schon recht kühl war, lief ihnen der Schweiß in Strömen über die Gesichter, und die Hemden unter den Jakken klebten ihnen am Körper. Staufacher hatte ein höllisches Tempo vorgelegt. Thomas, der den Rucksack trug, stützte die Arme auf die Knie und hätte sich am liebsten auf den Boden fallen lassen, um nie wieder aufzustehen.

„Aufpassen", sagte Staufacher, „keinen Laut!"

Aus dem nahen Wald ertönte ein Pfiff. Staufacher erwiderte den Pfiff, und eine Laterne wurde angezündet. Zwei Männer kamen aus dem Unterholz. Sie trugen ebenfalls dicke Jacken und Hüte, aber auf ihrem Rükken konnte man deutlich die Läufe von zwei Gewehren sehen.

„Du bist zu früh, Karl, was ist los, wen hast du da mitgebracht?" fragte der eine der Männer.

„Die beiden müssen unbedingt nach Deutschland geschleust werden, sie haben bei uns im Dorf einen Tschechen umgelegt. Ihr müßt euch jetzt um sie kümmern, Franz."

Der mit Franz angesprochene hielt seine Laterne höher, um Thomas. und Werner ins Gesicht sehen zu können, und brummelte:

„Alle Achtung, so junge Bürschchen und schon einen Mord auf dem Gewissen."

„Kein Mord, Totschlag in Notwehr", berichtigte ihn Thomas.

„Das spielt jetzt keine Rolle, mein Freund, ihr müßt erst einmal verschwinden. Mein Kumpel und ich gehören zu Henlein. Wir bringen euch über die Grenze nach Deutschland, und dort wird man sich um euch kümmern. Die Organisation entscheidet dann, was weiter mit euch geschieht. Ist euch das recht?"

„Ob uns das recht ist oder nicht, es bleibt uns ja keine andere Wahl", antwortete Werner.

„Das stimmt", lachte Franz. „Bis nächste Woche, um die gewohnte Zeit."

Franz drehte sich um und ging in den Wald zurück.

„Vielen Dank noch einmal, Karl, und grüß unsere Eltern und sag ihnen, daß sie sich keine Sorgen zu machen brauchen", sagte Thomas zum Abschied.

„Macht´s gut, Jungs, und haltet die Ohren steif." Karl winkte noch einmal und machte kehrt. Er mußte den ganzen langen Weg auch wieder zurücklaufen.

Thomas und Werner folgten Franz in den Wald, wo er unter den ersten Bäumen wartete. Der andere Mann schloß sich als Nachhut an, ohne daß sie seinen Namen erfuhren.

Zwei Tage später trafen Thomas und Werner auf einem klapprigen Lieferwagen nachts in München ein und wurden in einer Kaserne abgesetzt, wo ihnen ein Mann in schwarzer Uniform eine Stube in einer Baracke zuwies.

„Schlaft euch erst einmal aus, morgen wird sich dann der Obersturmbannführer mit euch beschäftigen."

Er schloß die Türe und ließ die beiden allein.

„Hast du das gehört", sagte Werner, „Obersturmbannführer, ich glaube, wir sind bei der SS gelandet."

„Dann sind wir auf jeden Fall fürs erste in Sicherheit", antwortete Thomas.

Die Stube war einfach, aber sehr sauber. Die Bodendielen glänzten, und die Betten waren frisch bezogen. Thomas und Werner zogen die Schnürstiefel von den Füßen und hängten die Jacken und Hüte an die Haken an der Tür. Sie hatten in den letzten zweiundsiebzig Stunden kaum zehn Stunden geschlafen. In ihren verschwitzten Kleidern sanken sie auf die Betten und fielen sofort in einen tiefen traumlosen Schlaf.

"Wem müssen wir dienen?"

"Unserem Volk und unserem Führer Adolf Hitler."

"Warum gehorchst Du?"

"Aus innerer Überzeugung, aus Glaube an Deutschland, an den Führer, die Bewegung, die Schutzstaffel und aus Treue."

(aus dem SS-Katechismus)

ST. ALBERT UNIVERSITÄT
(1970 - 1975)

Es war Sommer. Die Temperaturen kletterten tagtäglich auf beinahe 30 Grad, und die Studenten der Albertuniversität stöhnten unter der Hitze. Sie waren froh, daß jetzt, Mitte Juli, die letzten Clausuren und kleineren Prüfungen geschrieben wurden. Die Arbeiten im Historischen Seminar waren nahezu beendet. Die Assistenten hatten die letzten Korrekturen hinter sich, und alles bereitete sich auf die wohlverdienten Semesterferien vor

Wie jedes Jahr am Ende des Sommersemesters trafen sich auch dieses Mal wieder alle Hilfskräfte und Assistenten, um das Semester mit einem zünftigen Grillfest zu beschließen. Dr. Metzger, der Akademische Oberrat des Instituts, besaß einen alten Bauernhof unweit von St. Albert, am Waldrand gelegen, 3 Kilometer von der nächsten Ortschaft entfernt. Dort fand in jedem Sommer das Fest statt, und die Stimmung war natürlich nach getaner Arbeit stets recht ausgelassen.

Michael Anders, Ludwig Nicklas und Harald Reichert saßen zusammen am Tisch auf dem Hof vor dem großen Fachwerkhaus. Dr. Metzger hatte zahlreiche Umbau- und Renovierungsarbeiten vorgenommen. Er verbrachte nahezu jedes Wochenende hier und werkelte herum. Alles hatte er umgebaut, erneuert oder stilgerecht herrichten lassen. Der Hof, der sich hinter dem Haupthaus erstreckte, war von einer alten Scheune und einem Backhaus flankiert, das jetzt als Bar diente. Der Boden des Hofes war zum angrenzenden Hang hin mit Sandsteinplatten ausgelegt, unter denen sich Röhren befanden, die die Warmluft des offenen Kamins mit Grill aufnahmen, der in den Hang hineingebaut war. Solange das Feuer brannte, konnte man selbst am späten Abend und in den Morgenstunden noch barfuß gehen, da die Platten angenehm warm waren. Dr. Metzger hatte sich ausgiebig über die Heizmethoden der Antike informiert.

Wenige Meter neben dem Kamin kam klares Wasser aus einer Quelle aus dem Wald. In eine Röhre geleitet, füllte es ein großes Sandsteinbecken, das als Kühlschrank diente. Es war bis zum Rand mit Flaschen aller Art gefüllt. Das überlaufende Wasser floß in einer gepflasterten Rinne quer über den Hof zu einem nahegelegenen Bach hinter der Scheune.

Neben dem Sandsteinbecken führte eine Treppe zu einem Waldstück, das steil anstieg.

Die drei Freunde und Kollegen hatten gefüllte Bierkrüge vor sich stehen und unterhielten sich über ihre Arbeit und das vergangene Semester. Sie waren alle schon einige Zeit als Hilfskräfte tätig. Außer ihnen waren noch etwa zwanzig weitere Gäste anwesend, die alle in irgendeiner Form mit dem Historischen Seminar in Verbindung standen. Die Damen hatten auf einem Tisch selbstgemachte Salate aufgebaut und Isabella Barthel, die mit Michael bei Professor Weigel arbeitete, stand mit gerötetem Kopf am Grill und betreute fachmännisch die Steaks und Würstchen. Sie war mittelgroß, mit einer ausgeprägt sportlichen Figur, und hatte den Kopf voller dunkler Krauslocken. Das Hervorstechendste an ihrem Gesicht waren die großen braunen Kulleraugen, die fast schwarz wurden, wenn man Isabella in Wut versetzte. Michael mochte sie gut leiden, und die beiden verstanden sich als Kollegen prächtig, denn Isabella war ein richtiger Kumpeltyp.

Michael Anders war groß und wirkte etwas schlaksig. Er trug die dunkelbraunen Haare gescheitelt und hatte grüngraue Augen. Unter seiner eher kleinen Nase trug er einen buschigen Schnurrbart, der sein Gesicht breiter erscheinen ließ.

Ludwig Nicklas war blond, mit den gleichen lockigen Haaren wie Isabella, aber er war ein muskelbepacktes Schwergewicht, mit einem Vollbart, der ihm bis auf die Brust reichte. Er hätte einem Wikinger alle Ehre gemacht.

Harald Reichert wirkte dagegen wie ein Asket. Schlank, beinahe dürr, war er der größte der drei Freunde und trug einen Bürstenhaarschnitt wie ein neueingezogener Soldat. Trotz seines Fliegengewichts vertrug er eine Menge Bier, was die anderen immer wunderte, denn er aß wie ein Spatz. Wenn er ein paar Bier getrunken hatte, wurden seine grauen Augen stets ganz klein, so daß man nur noch die Lachfältchen in den Augenwinkeln sehen konnte.

„Was machst du jetzt nach den Semesterferien, Mischa? Gehst du mit Weigel nach München, oder hast du schon etwas anderes in Aussicht?“ fragte Harald.

„Hat sich Isabella eigentlich schon entschieden, was sie macht“, unterbrach ihn Ludwig. „Isabella wechselt zu Professor Zimmermann, er hat ihr eine Doktorarbeit angeboten, und sie kann als Assistentin bei vollem Gehalt bei ihm bleiben", antwortete Michael.

„Da hatte sie aber Glück, denn soweit ich weiß, hatte ihr Weigel nicht angeboten, mit nach München zu gehen", sagte Peter.

„Ich habe mich definitiv noch nicht entschieden", fuhr Michael fort, „denn ich habe noch etwas anderes in Aussicht. Ich werde es euch aber erst erzählen, wenn ich Genaueres weiß."

Die drei prosteten sich zu. Das Bier war herrlich kühl, und im Schatten der großen Bäume im Hof konnte man es trotz der Hitze aushalten.

Isabella schlug zwei Grillgabeln zusammen und rief alle zum Essen. Die Teller mit Salaten beladen, holte sich jeder ein Steak oder eine Bratwurst. Das Essen schmeckte ausgezeichnet, und Dr. Metzger wurde von allen Seiten mit Lob überhäuft. An den Tischen kehrte Ruhe ein.

Immer wenn Michael von seinem Teller aufblickte, sah er die Rückfront einer Blondine am Nebentisch. Sie trug einen langen, blonden geflochtenen Zopf, der beinahe bis auf die Sitzbank reichte. Enge Jeans und eine weiße bestickte Bluse waren außerdem zu sehen, das war alles. Er fragte sich, wie sie wohl von vorne ausschauen würde. Oft erlebte man da ja die tollsten Überraschungen. Michael hatte das Mädchen bis jetzt noch nie gesehen und auch vorher an der Universität nicht bemerkt. Die Neugierde packte ihn herauszufinden, wer das war, und wie sie aussah.

Das Essen war beendet, und die Stapel mit den benutzten Tellern wurden in die Küche zum Abspülen getragen. Michael trank den Rest seines Bieres aus dem Krug und stand auf.

„Möchte noch jemand etwas trinken?" fragte er, „ich gehe Nachschub holen."

„Bring doch einfach drei Bier mit", schlug Peter vor.

Michael kurvte absichtlich am Nebentisch vorbei, um die Blondine von vorn betrachten zu können.

Er vergaß beinahe, warum er aufgestanden war. Sie hatte ein hübsches ovales Gesicht mit einer langen geraden Nase und grünen Augen. Auch ihre Figur war in Ordnung, soweit Michael das beurteilen konnte, ohne daß das Mädchen aufstand.

Sie beachtete Michael gar nicht, obwohl er sie geradezu anstarrte, sondern war in ein Gespräch mit ihren Tischnachbarn vertieft.

Michael hatte schon einige Freundinnen und Bekannte gehabt, aber nie hatte er bis jetzt den richtigen Typ gefunden, der ihm hundertprozentig zusagte. Er war auf der Suche nach einem Mädchen, das nicht nur eine passable Figur und ein einigermaßen hübsches Gesicht hatte, sondern auch ein kluges Köpfchen. Superfiguren ohne Grips gab es massenweise, und an der Universität waren ihm auch schon einige intelligente Mädchen über den Weg gelaufen, aber die richtige Mischung war ihm bis jetzt nicht begegnet. Er mochte keine Typen, die ihn zu bemuttern versuchten, konnte es aber auch nicht leiden, herumkommandiert zu werden. Manche Mädchen ließen sich auch ihr emanzipatorisches Getue zu deutlich anmerken.

Während er in Gedanken bei dem blonden Mädchen weilte, hatte er das Sandsteinbecken erreicht. Die meisten Etiketten der Flaschen hatten sich im Wasser von den Flaschen gelöst und schwammen an der Oberfläche. Michael tauchte die Arme bis zu den Ellbogen in das kalte, klare Wasser und fischte nach drei Bierflaschen, deren Inhalt nur noch an den Kronkorken zu erkennen war. Er fuhr sich mit den nassen Händen über den Nacken, um sich auch hier Kühlung zu verschaffen.

Als er zurückkam, hatten sich die Freunde Zigaretten angezündet, und jemand spielte eine Kassettte von Cat Stevens ab. Michael suchte nach der Blondine, aber sie saß nicht mehr am Nebentisch.

„Was ist los, Michael, warum bist du so unruhig?“ fragte Harald.

„Nichts ist los, ich suche nur jemanden, den ich vorhin gesehen habe.“

„Ach, du meinst die blonde Nachbarin“, sagte Ludwig.

„Wie kommst du denn darauf?“ fragte Michael.

„Na, hör mal, du hast sie doch bald aufgefressen mit deinen Blicken, als du an ihrem Tisch vorbeigegangen bist. Das hat doch jeder Blinde bemerkt.“

Michael bekam rote Ohren, und die Freunde lachten. Sie tranken von dem frischen Bier, das Michael gebracht hatte, und unterhielten sich weiter. Michael merkte jedoch schnell, daß er nicht richtig zuhörte. Ständig schweifte sein Blick umher, um unter den wenigen Gästen die Blondine wiederzuentdecken. Dann sah er sie mit Isabella aus dem Haus kommen. Wahrscheinlich hatte sie beim Abräumen und Spülen geholfen.

Das war seine Chance.

„Entschuldigt mich einen Moment“, sagte Michael und stand auf, „ich muß mal eben mit Isa reden.“

„Er muß mit Isa reden“, sagten Harald und Ludwig im Chor und schauten sich grinsend an, während Ludwig mit den Händen die Bewegungen des Geigenspielens machte und Harald eine nicht vorhandene Kerze anzündete.

„Ihr Deppen", lachte Michael und winkte ab.

Er ging auf die beiden Mädchen zu, die an der Haustüre stehengebliebenen waren und miteinander plauderten.

„Hallo Isa", grüßte Michael und setzte sein strahlendstes Lächeln auf. „Deine Salate waren wieder Extraklasse, das mußte ich dir einfach sagen."

Isabella hatte ihn sofort durchschaut.

„Silvia, darf ich dir meinen Kollegen Michael vorstellen. Michael, das ist Silvia Reinders."

Die beiden gaben sich die Hand, und Michael war von Silvias Aussehen noch mehr begeistert.

„Michael und ich arbeiteten zusammen bei Professor Weigel, der jetzt nach München geht."

„Hast du dich eigentlich schon entschieden, ob du mitgehst?" fragte Isabella.

Michael antwortete, ohne seinen Blick von Silvia zu wenden.

„Nein, ich habe noch ein anderes Angebot, das mich auch interessiert, aber ich möchte erst darüber reden, wenn es wirklich aktuell ist."

„Ist es solch ein großes Geheimnis?" fragte Isabella.

„Nein, das nicht. Aber ich möchte mir das Angebot nicht von jemand anderem wegschnappen lassen, solange ich Bedenkzeit habe."

Silvia lachte. Sie hatte schöne weiße Zähne und eine warme Stimme. Ihre Augen lachten mit, was Michael besonders gut gefiel.

„Wo kommst du denn her?" fragte Michael, „ich habe dich bei uns an der Uni noch nie gesehen, in welcher Fakultät bist du?"

„Nicht so viele Fragen auf einmal, mein Herr", fiel ihm Isabella ins Wort.

„Verzieh dich und rede nicht dazwischen, wenn Erwachsene sich unterhalten", scherzte Michael.

„Das würde dir so passen", sagte Isabella, „ich kann dir doch das arme Kind nicht schutzlos überlassen, man kennt ja seine Pappenheimer."

„Also, Frau Kollegin, wenn ich bitten darf, wie despektierlich reden Sie denn von mir", protestierte Michael.

„Spaß beiseite. Das ist Silvia, sie kommt aus Hagen und studiert Englisch und Geschichte fürs Lehramt." Zu Silvia gewandt sagte sie: „Silvia, sei vorsichtig, dieser Mensch ist mir sogar beinahe gefährlich geworden. Laß dich von ihm ja nicht einwickeln.“ Silvia lachte erneut und legte ihre Hand auf Isabellas Schulter, um sie zu tätscheln.

„Ich kann gut auf mich selbst aufpassen, keine Angst, meine Liebe, und einen solch schlimmen Eindruck macht er nun doch auch wieder nicht.“ „Na ja“, sagte Isabella, „ich habe dich gewarnt. Ich an deiner Stelle wäre jedenfalls vorsichtig.“ Isabella zog den Kopf weg, da Michael sie am Ohr ziehen wollte, und ging lachend weg, wobei sie ihm noch die Zunge herausstreckte.

Michael lachte, und Silvia stimmte ein. Beide suchten einen Anfang, um das Gespräch fortzusetzen, es entstand aber zunächst nur ein peinliches Schweigen.

„Wie kommst du hierher?“ fragte Michael schließlich.

„Ich habe vergangene Woche meine letzte Clausur für das Hauptseminar in Geschichte geschrieben und habe auf dem Weg nach Hause bei Isabella haltgemacht. Wir sind zusammen zur Schule gegangen und möchten in den Semesterferien zusammen in Urlaub fahren.“

„Ach, ihr seid aus dem gleichen Ort“, warf Michael ein.

„Ja, nur wenige Straßen auseinander. Bist du auch aus der Gegend?“ fragte Silvia.

„Nein, Isabella und ich kennen uns durch unsere gemeinsame Arbeit so gut. Wir sind Freunde, sonst nichts.“

„So genau wollte ich es eigentlich gar nicht wissen“, sagte Silvia.

Es war inzwischen etwas dunkler geworden und auf den Tischen brannten Kerzen. Einer versuchte eine Lampionkette anzuschließen, aber das Kabel reichte nicht bis an die Steckdosen. Im Kassettenrecorder lief immer noch Cat Stevens. Vom Kamin her leuchteten noch einige Grillkohlen wie Katzenaugen. Auf dem freien Platz zwischen den Tischen und dem Kamin tanzten zwei Pärchen, das heißt, sie wiegten sich engumschlungen zum Klang der Musik.

„Möchtest du auch?“

Michael deutete mit dem Kopf in Richtung Tanzfläche. Er wollte vermeiden, sie mit an seinen Tisch einzuladen. Ludwig und Harald würden bestimmt alle Register ziehen, um bei Silvia Eindruck zu schinden und ihn auf die Schippe zu nehmen.

Silvia zog die Augenbrauen hoch, als sie die engumschlungenen Pärchen sah, aber da war das Musikstück schon zu Ende, und jemand wechselte die Kassette aus. Lieder der Beatles aus den sechziger Jahren erklangen.

Nun ging Silvia mit auf die Tanzfläche. Sie vertiefte sich völlig in die Musik und man merkte ihren Bewegungen kaum an, daß sie das erste Mal mit Michael tanzte. Sie folgte jedem seiner Tanzschritte ohne Probleme, und Michael hatte das Gefühl, als seien sie schon lange Zeit Tanzpartner. Silvia war von der Art, wie Michael tanzte, sehr angetan. Er war nicht nur ein guter Tänzer, sondern er suchte auch bei langsamen Titeln nicht gleich Körperkontakt, sondern ließ ihr Platz, um wirklich zu tanzen. Die meisten anderen jungen Männer traten oft nur zur Melodie von einem Fuß auf den anderen und ließen ihre Hände wandern. Sie mochte diese Tatscherei nicht, und deswegen war dieser Tanz eine angenehme Überraschung für sie. Sie genoß die Minuten ebenso wie Michael. Erst nach mehreren Liedern hörten sie auf.

„Ich muß mal wieder nach Isabella sehen", sagte Silvia und blies sich eine blonde Haarsträhne aus der Stirn. Ihr war vom Tanzen warm geworden. Auch Michael standen kleine Schweißperlen auf der Stirne, aber er hatte jeden Augenblick beim Tanzen genossen.

„Ich komme später noch einmal zu dir an den Tisch", sagte Michael.

Er trennte sich nur ungern von ihr. Als er zu seinen Freunden zurückkam, ging natürlich die Flachserei sofort los.

„Ein Totgeglaubter ist zurückgekehrt."

„Wirf die Vermißtenanzeige weg."

Harald und Ludwig wechselten sich ab, um Michael aufzuziehen.

„Hört doch mit dem Quatsch auf", lachte Michael.

„Wie findet ihr sie?"

„Für mich zu klapprig", sagte Ludwig.

„Und die Nase", fügte Harald hinzu, „also nein, nichts für mich."

„Mit euch Blödeln kann man doch kein vernünftiges Wort wechseln. Jetzt sagt doch einmal im Ernst eure Meinung."

Sie wußten, daß er auf ihre Meinung großen Wert legte, denn sie waren seine besten Freunde.

„Okay, ernsthaft", sagte Peter, „das Mädchen würde ich mir warmhalten, auch wenn ich noch nicht mit ihr gesprochen habe."

„Genau das habe ich vor", erwiderte Michael, während ihm Harald auf die Schultern klopfte.

Sie prosteten sich zu und unterhielten sich mit Kollegen, die an den Tisch kamen. Witze wurden erzählt, man lachte viel, und alle waren guter Laune. Einigen wurden die Zungen schon schwer, da sie bei der großen Hitze dem kühlen Bier allzu heftig zugesprochen hatten.

Michael hatte Silvia nahezu zwei Stunden aus den Augen verloren. Er unterhielt sich gerade mit Harald, als er plötzlich, wie von einer Tarantel gestochen, hochfuhr. Jemand hatte ihm einen Eiswürfel hinten in das T-Shirt geschoben. Als er sich umdrehte, hätte er beinahe die Bierkrüge vom Tisch gestoßen. Er sah gerade noch, wie Silvia und Isabella davonrannten und ihm die Zunge rausstreckten.

„Na wartet, ihr beiden", rief Michael.

„Los, kommt", forderte er die Freunde auf, „wir fangen die zwei ein."

„Hat dir jemand etwas getan, daß du ihn einfangen müßtest?" fragte Harald heuchlerisch Ludwig.

„Nein, ich bin völlig trocken auf dem Rücken", gab Ludwig zur Antwort.

Michael winkte ab und verschwand zwischen den Tischen. Die Mädchen waren in Richtung Scheune gerannt. Als Michael die Ecke des Gebäudes erreichte, sah er nur noch Silvia, die über die Wiese hinter der Scheune zum Garten lief. Er setzte ihr nach, so schnell er konnte, doch als er den Garten erreichte, war Silvia nirgends zu sehen. Michael blieb stehen, um zu verschnaufen und schaute sich suchend um.

In der hereinbrechenden Dunkelheit waren nur Schatten und undeutliche Umrisse zu erkennen. Da sah er in einer Ecke des Gartens etwas Weißes zwischen den Johannisbeersträuchern, Silvias weiße Bluse. Er schlich sich langsam näher, doch als er die Buschreihe fast erreicht hatte, sauste sie aus ihrem Versteck hervor und rannte auf das Waldstück hinter dem großen Sandsteinbecken zu.

Unter den ersten Bäumen, wo der Hang leicht anstieg, erwischte Michael sie. Er faßte Silvia im Lauf von hinten um die Hüften und riß sie in das weiche Laub des Waldbodens. Sie quietschte und strampelte, so daß sich überall auf ihrem Kopf Blätter in den blonden Haaren verfingen. Sie rollten beide wieder ein kleines Stück hangabwärts.

„Dir werde ich helfen", sagte Michael, noch etwas außer Atem, „harmlose Partygäste zu erschrecken."

Er hatte sie auf den Rücken gedreht und saß jetzt auf ihrem Bauch, während sie mit den Beinen strampelte und mit den Händen scherzhaft nach ihm schlug. Er packte sie an den Handgelenken und drückte ihre Arme neben dem Kopf auf den Boden.

„Ergib dich“, forderte Michael.

„Niemals“, keuchte sie unter seinem Gewicht und versuchte, ihn mit einem Ruck ihres ganzen Körpers abzuschütteln. Man sah ihren Augen an, daß ihr das Spiel Spaß bereitete. Sie wand sich hin und her, aber es gelang ihr nicht, sich zu befreien.

Michael beugte sich über ihr Gesicht, aber sie erkannte seine Absicht und drehte den Kopf zur Seite.

„Bitte nicht, Michael“, sagte sie leise, ohne sich weiter zu wehren.

Michael gab ihr einen Kuß auf die Wange. Sie roch wunderbar.

„Strafe muß sein“, sagte er und ließ ihre Handgelenke los.

Er begann, ihr das Laub und die Gräser aus den Haaren zu lesen. Als er aufstand, stützte sie sich auf die Ellbogen und schaute ihn mit einem seltsamen Blick an.

„Jeder andere hätte die Situation ausgenutzt, wenn er so provoziert worden wäre“, sagte sie, als er ihr die Hand reichte, um sie hochzuziehen.

„Ich bin nicht jeder andere“, antwortete er lakonisch und erhielt wieder diesen rätselhaften Blick von Silvia.

Sie klopften sich die letzten Blätter aus der Kleidung, und Michael hielt ihr die Hand hin. Sie ergriff sie, ohne zu zögern, und so gingen sie ein Stück durch den Wald bis zu dem Sandsteinbecken, das fast schon im Dunklen lag. Michael zog Silvia die Treppe hinter dem Becken hinauf, und sie setzten sich auf die letzte Treppenstufe, bevor der Wald begann. Hier konnte sie niemand sehen, auch der nicht, der Bier oder andere Getränke aus dem Wasser holte. Dunkelheit hüllte sie ein.

„Du wartest hier“, sagte Michael leise und verschwand. Er ging zurück zu seinem Tisch, aber nur um seine Zigaretten und den Bierkrug zu holen.

„Jagd beendet?“ fragte Harald.

„Noch nicht ganz“, antwortete Michael und steckte seine Zigaretten in die Hosentasche.

„Waidmannsheil“, rief Ludwig und hob seinen Krug, um mit Harald anzustoßen.

Michael versetzte ihm im Vorbeigehen einen leichten Schlag ins Genick und verschwand wieder in der Dunkelheit.

Silvia saß noch an dem gleichen Platz. Michael war erleichtert, als er sie sah, denn er hatte damit gerechnet, daß sie heimlich verschwinden würde, um ihn dann aufzuziehen. Er setzte sich neben sie und holte die Zigaretten aus der Tasche. Als er ihr eine anbot, schüttelte sie den Kopf und sagte:

„Ich rauche nur ab und zu, laß mich von deiner Zigarette ziehen."

Sie rauchten schweigend. Er bot ihr ein Bier aus seinem Krug an, aber auch das lehnte sie ab.

„Ich mag nur Bier mit Cola gemischt."

„Das ist kein Problem", sagte er und stand auf, um zum Wasserbecken zu gehen.

Er holte eine Flasche Cola heraus und öffnete sie mit seinem Feuerzeug. Als er einschenkte, sagte sie:

„Das wäre wegen mir nicht extra nötig gewesen, magst du denn diese Mischung auch?"

„Das macht mir nichts aus. Hauptsache es ist flüssig und es ist Alkohol drin", lachte er.

Sie unterhielten sich, rauchten ab und zu gemeinsam eine Zigarette und tranken von seinem Krug.

Michael erzählte ihr mehr und mehr von sich und vertraute ihr Sachen an, die er nie zuvor einem Mädchen erzählt hatte. Er wußte nicht, warum. Vielleicht war es die Art, wie sie zuhörte, er konnte es sich nicht erklären.

Auch Silvia wunderte sich über sich selbst. Sie teilte ihm Dinge mit, die sie nur ihrer besten Freundin erzählen würde. Sie fühlte sich wohl bei Michael. Ruhe und Sicherheit gingen von ihm aus, und sie hatte das Gefühl, als kenne sie ihn schon eine ganze Weile.

Es störte sie nicht, als er nach einiger Zeit seinen Arm um sie legte, und sie lehnte den Kopf an seine Schulter. Michael roch an ihren Haaren und genoß ihre körperliche Nähe.

Nach einer Zeit des Schweigens hob Michael Silvias Kinn mit den Fingerspitzen in die Höhe und schaute ihr in die Augen. Dieses Mal drehte sie den Kopf nicht auf die Seite.

Sie küßten sich zärtlich, indem sie sich nur mit den Lippen berührten. Silvia legte ihre Hand in seinen Nacken und zog ihn näher. Ihr Kuß wurde heftiger. Als sie sich von ihm löste, sagte sie: „Komm, laß uns zu unserem Platz gehen!"

Sie tasteten sich durch die Dunkelheit, bis sie die Stelle erreicht hatten, an der er sie eingefangen hatte. Es war hier heller als neben dem Sandsteinbecken, denn der Mond wurde nicht vom Haus und der Scheune verdeckt.

Michael legte sich in das Laub und zog Silvia zu sich herunter. Dieses Mal sträubte sie sich nicht, als er zärtlich wurde. Ihr Körper war weich und warm, ihre Haut glatt und zart.

„Es war wundervoll", flüsterte sie, als Michael sich wieder neben sie in das Laubpolster legte, und küßte seinen Kopf, der auf ihrer Brust ruhte.

Michael drehte den Kopf und schaute sie an.

„Ich möchte dir das Kompliment uneingeschränkt zurückgeben", sagte er und küßte sie lange auf den Mund.

„Was geschieht jetzt?" fragte Silvia nach einer Pause etwas schnippisch.

„Werde ich als weiteres Abenteuer zu den Akten gelegt?"

Michael zwickte sie scherzhaft in den Po.

„Möchtest du mich denn so schnell wieder loswerden?" fragte er zurück.

Eine kurzes Schweigen entstand. Beide suchten nach den richtigen Worten. Jeder von ihnen hatte Angst, das Falsche zu sagen, weil er eine enttäuschende Antwort befürchtete. Michael nahm zuerst allen Mut zusammen.

„Du bist eine tolle Frau, Silvia", sagte er, „und ich glaube, auch wenn du vielleicht in diesem Moment darüber lachst, ich glaube, ich habe mich ernsthaft in dich verliebt."

Sie umfaßte seinen Kopf mit beiden Armen. „Das ist kein Grund zum Lachen, denn mir geht es genauso. Ich fühle mich wohl und geborgen bei dir. Ich möchte bei dir bleiben, wenn du es ernst meinst."

Michael jubilierte innerlich, denn sie hatte ausgesprochen, was er nicht zu hoffen gewagt hatte.

Zwei Wochen später zog Silvia in Michaels Appartment ein, und Isabella fuhr alleine in Urlaub.

MÜNCHEN (1936)

Ein schrilles Pfeifen und das Trampeln von Stiefeln weckten Thomas Waldner und Werner Jäger aus einem traumlosen Schlaf. Das ganze Gebäude war plötzlich zum Leben erwacht. Werner und Thomas rieben sich die Augen und sahen sich von ihren Feldbetten aus an.

„Jetzt gehts los", sagte Werner und reckte sich genüßlich.

„Ich bin gespannt, wie es nun weitergeht", sagte Thomas und gähnte herzhaft.

Die Tür flog mit einem Schlag auf und ein Mann im Drillichanzug trat herein, um sofort zur Seite zu gehen und Haltung anzunehmen. Hinter ihm betrat ein Offizier das Zimmer. Er trug eine schwarze Uniform. Er war groß und wirkte asketisch. Quer über sein kantiges Kinn zog sich eine dünne feuerrote Narbe, die von einem Gefecht auf dem Paukboden herrührte. Auf den Kragenspiegeln waren kleine weiße Totenköpfe und SS-Runen zu sehen. Der Schulterriemen, das Koppel und die Schaftstiefel glänzten makellos.

Werner und Thomas hatten vor Müdigkeit in ihren Kleidern geschlafen und erhoben sich sofort von den Feldbetten, wobei sie versuchten, so etwas wie eine militärische Haltung einzunehmen. Der Offizier nahm die Mütze ab und klemmte sie sich unter den linken Arm. Er trug sehr kurz geschnittenes blondes Haar. Seine grauen Augen musterten die beiden Freunde kritisch, ohne daß er zunächst ein Wort sagte. Mit einer dünnen Reitpeitsche schlug er sich gegen die Stiefelschäfte. Mit langsamen Schritten ging er um die beiden herum, blieb vor Thomas stehen und schaute ihn lange an. Thomas schaute nicht zur Seite, aber es überlief ihn eine Gänsehaut, denn er hatte das Gefühl, in ein Paar starre Schlangenaugen zu sehen.

„Wer von euch hat denn zugeschlagen?" fragte der Offizier knapp.

„Ich, Herr....", stotterte Thomas.

„Brenner ist mein Name, Obersturmbannführer Brenner, meine Herren. Aber machen Sie sich keine Gedanken, wenn Sie sich entschließen sollten, hierzubleiben, und davon gehe ich aus, werden Sie meinen Namen noch verfluchen, genauso wie Sie mich verfluchen werden. Sie werden sich wünschen, mich nie getroffen zu haben."

Mit dieser Prognose sollte der Obersturmbannführer falsch liegen.

Er machte eine kurze Pause und sprach dann weiter.

„Sie können es natürlich vorziehen, unsere Gastfreundschaft nicht länger in Anspruch zu nehmen. Das steht Ihnen frei. Sie können die Kaserne jederzeit verlassen. Sie müssen allerdings damit rechnen, an der nächsten Ecke festgenommen zu werden, denn erstens haben Sie keine Papiere, und zweitens werden Sie von der Polizei wegen Mordes gesucht. Ich möchte Sie nicht erpressen, niemand soll bei unserer Organisation aus Zwang bleiben. Wenn Sie gehen möchten und auch wissen, wohin Sie gehen können“, er dehnte nun jedes Wort betont lang, „dann werden wir Ihnen helfen, soweit es in unserer Macht steht. Wenn Sie hierbleiben möchten, sorgen wir für Ihre absolute Sicherheit. Es wird Sie niemand behelligen. Wegen der Sache in Komrau brauchen Sie sich keine Sorgen zu machen. Hier bei uns wird man Sie als letztes suchen, wenn überhaupt. Selbst Ihr Freund Staufacher weiß nicht, wohin man Sie gebracht hat. Wir werden Sie mit neuen Papieren ausstatten, wie gesagt, vorausgesetzt, Sie wollen hierbleiben. Sie müssen sich jetzt nicht entscheiden. Ruhen Sie sich noch etwas aus, sehen Sie sich um, Sie können sich auf dem Kasernengelände frei bewegen, aber bitte verlassen Sie das Gelände nicht. Morgen sprechen wir uns wieder, dann können Sie mir ihre Entscheidung mitteilen.“

Der Offizier setzte seine Mütze auf, machte kehrt und tippte mit dem Ende der Reitpeitsche an den Mützenschirm.

„Guten Morgen, meine Herren!“

So schnell, wie er erschienen war, verschwand er wieder. Der Soldat an der Tür schlug die Hacken zusammen, und die Freunde waren wieder allein. Beide bliesen den Atem laut durch die Backen und entspannten sich. Werner fand als erster seine Sprache wieder.

„Mein lieber Freund, was war denn das?“ sagte er. „Der Mann ist ja so scharf wie eine Rasierklinge. Mit dem möchte ich nicht aneinandergeraten.“

„Bist du aber schon“, sagte Thomas, „und jetzt gilt es höllisch aufzupassen, der Kerl weiß, was er will.“

„Was machen wir?“ fragte Werner.

„Genau das, was er gesagt hat“, antwortete Thomas, „wir schauen uns um und entscheiden uns dann. Auf keinen Fall lasse ich meinen Arsch in der nächsten Zeit auf der Straße sehen.“

Sie machten sich frisch, rasierten sich und zogen frische Hemden aus den Rucksäcken. Als sie ihre Morgentoilette gerade beendet hatten, erschien erneut der Soldat im Drillichanzug.

„Kommt mit, ich zeige euch, wo es Frühstück gibt.“

Das Wort Frühstück klang gut in den Ohren der Freunde, und sie folgten dem Soldaten durch die Gänge. Der Frühstücksraum war ein hoher Saal, dessen Eichenholzdecke von mehreren mächtigen Holzsäulen getragen wurde. Rundum liefen Holzvertäfelungen, und der Dielenboden roch nach frischem Bohnerwachs. Ungefähr sechs Tische mit jeweils zwanzig Mann standen in Doppelreihen im Saal. Am Ende des Raumes, etwas erhöht, befand sich ein weiterer Tisch, an dem Thomas und Werner den Offizier wiedererkannten, der sie begrüßt hatte. Außer ihm saßen noch fünf Offiziere in schwarzen Uniformen an dem Tisch. Die Soldaten trugen alle Drillichanzüge und hatten sehr kurz geschorene Haare. Thomas und Werner sahen hier etwas deplaziert aus.

„Sucht euch einen freien Platz und langt zu“, sagte der Begleitsoldat. „Nach dem Essen gehe ich mit euch in die Kleiderkammer, damit ihr ordentlich rumlauft.“

Thomas und Werner setzten sich an den letzten Tisch, in der Nähe des Schalters, an dem das Essen ausgegeben wurde. Sie nickten den Soldaten am Tisch verlegen zu, aber sie wurden freundlich begrüßt, und die anderen schoben ihnen die Teller und Schüsseln zu. Die Auswahl war reichhaltig. Es gab Rühreier mit Speck, dicke Scheiben geräucherten Schinken, Schwarzbrot, Butter, Käse, dicke hausgemachte Würste und Kaffee und Milch aus großen Blechkannen. Die Soldaten hier waren von der Rezession im Land anscheinend verschont.

Thomas und Werner fielen wie ausgehungerte Wölfe über die Sachen her. Nicht nur, daß sie lange nichts Vernünftiges mehr gegessen hatten, sie hatten auch selten solche Köstlichkeiten zu Gesicht bekommen. Die anderen am Tisch grinsten und freuten sich, daß es den beiden so schmeckte.

Nach dem Frühstück erhielten sie beide neue Kleidung, nachdem sie dem SS-Offizier mitgeteilt hatten, daß sie hierbleiben wollten. Er hatte nur gelächelt, als ob er ihre Entscheidung vorausgeahnt hätte.

„Es bleibt dennoch dabei, schaut euch heute erst noch in Ruhe um“, hatte er hinzugefügt.

Thomas und Werner sahen sich zunächst ihre neue Stube an, die sie mit zwei anderen Kameraden teilen sollten. Paul Anders und Karl Hübner standen an den zwei belegten Spinden. Die vier Männer begrüßten sich mit Handschlag und stellten sich einander vor. Sie waren sich auf Anhieb sympathisch. Thomas und Werner räumten ihre paar Sachen in die leeren Spinde und besetzten die freien Etagenbetten. Paul und Karl mußten wieder zum Dienst, Thomas und Werner gingen auf Erkundungstour. Sie gingen zu den Waschräumen, zum Aufenthaltsraum, der eine eigene Wirtschaft mit Theke enthielt, und sahen sich alle Räume der Wohnbaracken genau an, um sich problemlos zurechtzufinden. Das Mittagessen fand wieder im gleichen Saal statt. Sie suchten sich die selben Plätze und wurden von den anderen Soldaten wie alte Bekannte begrüßt. Die meisten Männer am Tisch waren verschwitzt, und man sah, daß sie sich nur hastig und notdürftig gewaschen hatten. Es gab dicke Koteletts mit gekochten Kartoffeln und Blaukraut. Thomas und Werner hatten in den letzten Monaten selten zwei solche guten Mahlzeiten an einem Tag gehabt.

Nach dem Essen dehnten die Freunde ihren Erkundungsgang auf die übrigen Gebäude und Einrichtungen aus. Es gab Lehrsäle, Turnhallen, ein Schwimmbecken, einen Sportplatz im Freien, geräumige Waffenkammern und vieles mehr. Der Nachmittag reichte nicht, um alles in Erfahrung zu bringen, was sie wissen wollten.

Nach dem Abendessen zogen sich die Soldaten auf ihre Stuben zurück. Viele nutzten die Zeit, um hier und dort einen Knopf anzunähen und die Kleidung zu richten, einige schrieben Briefe nach Hause, die erst über Brenners Schreibtisch liefen, geöffnet natürlich, man las Zeitung, tauschte Neuigkeiten aus.

Thomas und Werner lernten nun Karl Hübner und Paul Anders etwas näher kennen. Sie waren gleichen Alters wie Thomas und Werner und hatten sich freiwillig für diese Ausbildung gemeldet. Sie kamen ins Plaudern. Thomas und Werner erzählten, wie und aus welchem Grund sie hierhergekommen waren, erwähnten aber keine Namen. Paul und Karl hörten interessiert zu, stellten aber keine Fragen.

Als die beiden geendet hatten, sagte Paul nur: „Hier bei uns seid ihr sicher und gut aufgehoben. Ob ihr zu unserem Haufen paßt, wird sich in den nächsten Tagen und Wochen herausstellen. Ein Zuckerschlecken ist die Ausbildung nicht, das kann ich euch sagen. Wir haben hier mit fast fünfhundert Mann angefangen. Was noch übrig ist, habt ihr ja beim Essen gesehen. Die zwei vor euch in unserer Stube haben es nicht gepackt."

Er deutete auf Hübner und fügte hinzu: „Unsere Unterstützung habt ihr jedenfalls hundertprozentig, wenn wir uns auf euch verlassen können."

Thomas hielt Paul die Hand hin und dieser schlug ein. Sie reichten sich alle vier die Hände. Sie wußten noch nicht, wie nahe sie sich noch stehen würden.

Nach der kurzen Ruhepause gingen sie alle vier in den Aufenthaltsraum. Zigarettenqualm kam ihnen entgegen, und viele Soldaten saßen an den Tischen, große Bügelflaschen mit Bier vor sich, und spielten Karten oder unterhielten sich.

Der Mann hinter der Theke war schon älter. Er trug aber den ergrauten Haarschopf ebenfalls kurzgeschoren und hatte ein schmales, kurzes Oberlippenbärtchen. Der eine Ärmel seines blauen Arbeitshemdes war leer.

„Das ist Oskar", sagte Karl, „unser Wirt. Er hat den Arm im Krieg vor Verdun verloren. Sprecht ihn besser nicht darauf an, sonst erzählt er euch den ganzen Frankreichfeldzug in allen Einzelheiten. Er ist immer froh, wenn er neue Opfer findet. Er besorgt auch ab und zu Dinge von draußen und nimmt etwas mit raus. Behandelt ihn anständig, er ist ein feiner Kerl."

„Trinkt ihr auch ein Bier mit?" fragte Paul.

Werner und Thomas nickten. Oskar stellte vier Flaschen auf die Theke und sagte nur kurz. „Zum Wohlsein!"

„Ich sehe unseren Freund und Gönner gar nicht", bemerkte Thomas.

„Die Ausbilder und Offiziere haben einen eigenen Raum", antwortete Karl, der sofort wußte, wen Thomas meinte.

Die beiden Freunde waren überrascht, daß die Getränke nichts kosteten, aber da sie nicht wußten, was sie am nächsten Morgen erwarten würde, gingen sie nach der dritten Flasche Bier zu Bett. Karl und Paul schlossen sich an.

Die ersten Tage waren knochenhart. Um 5.30 Uhr war Wecken, und für Waschen und Stube in Ordnung bringen blieb eine halbe Stunde. Um 6.00 Uhr gab es ein ausgiebiges Frühstück, um 6.30 Uhr war Dienstbeginn.

Langweilig wurde es Werner und Thomas nicht. Am Vormittag gab es ein volles Sportprogramm. Geländelauf hinter den Kasernen, Gymnastik in der Halle und im Freien, Boxen, Nahkampf, Hindernislauf, die beiden waren bis zum Mittagessen völlig ausgepumpt. Nach dem Essen trat Brenner zu ihnen.

„Na, meine Herren, wie gefällt es Ihnen bei uns? Haben Sie sich schon ein wenig eingewöhnt?“

Der Sarkasmus in seiner Stimme war nicht zu überhören.

„Es ist anstrengend, Herr Obersturmbannführer, aber wir schaffen das schon“, antwortete Thomas.

„Ihre Einstellung gefällt mir“, sagte Brenner und nickte beifällig. „Ich habe mit den Ausbildern gesprochen, ob sich Ihr Hiersein für uns überhaupt lohnt. Ihr braucht noch etwas mehr Kondition, aber sonst sind sie alle mit euch beiden sehr zufrieden.“

Er faßte in die Tasche seines Uniformrocks und zog ein dünnes Heftchen hervor.

„Für heute Nachmittag sind Sie vom Dienst befreit. Ich möchte, daß Sie sich hiermit beschäftigen. Wenn Sie das Gefühl haben, daß Sie das Wichtigste behalten haben, tun Sie vielleicht freiwillig noch etwas für Ihre Kondition. Auf Wiedersehen, meine Herren.“

Ohne Gruß machte Brenner kehrt und verließ den Raum.

Thomas drehte das Heft in seiner Hand um. „Dienstvorschrift-Sondereinheit der Schutzstaffel“ stand in gotischen Buchstaben auf dem Einband.

Jetzt wußten die beiden Freunde, warum sie hier mit „Sie“ angesprochen wurden. Man wollte ihnen das Gefühl geben, etwas Besonderes zu sein.

Thomas und Werner begaben sich auf ihre Stube, wo Paul und Karl eine Ruhepause auf den Feldbetten machten.

„Was wollte Brenner von euch?“ fragte Karl.

Thomas hielt das Heft hoch.

„Ach das“, sagte Paul, „die Herrschaften haben es vom Chef persönlich überreicht bekommen, welche Ehre“, frotzelte er.

Thomas warf ihm ein Kissen an den Kopf. Paul lachte.

„Viel Spaß damit, wir mußten uns am Anfang auch durchwühlen.“

„Aber dafür hatten wir keinen halben Tag dienstfrei, so wie Brenners Lieblinge“, fuhr Karl mit der Frotzelei fort. Im Nu war die schönste Kissenschlacht mit abschließendem Ringkampf auf dem Boden im Gange. Völlig außer Atem lagen sie schließlich auf dem Dielenboden und lachten.

„Komm, Karl", sagte Paul und stand auf, „ich glaub, wir sind im falschen Zimmer."

Thomas drohte ihm mit der Faust.

Paul und Karl setzten ihre Käppis auf und verließen lachend die Stube. Sie gingen zum Nachmittagsdienst.

Thomas und Werner machten es sich auf den Feldbetten bequem und begannen, das Dienstheft zu studieren. Es war schon gegen vier Uhr nachmittags, als sie die Nase voll hatten von Dienstvorschriften und Diensträngen.

„Die Dienstgrade habe ich drin", sagte Werner, „und die anderen Vorschriften lesen wir uns nach dem Abendessen nochmal durch."

Thomas nickte. Sie zogen sich Trainingsanzüge an und begaben sich auf das Übungsgelände hinter den Kasernen. Sie begannen erst leicht zu laufen, um dann im schnelleren Tempo über die Hindernisbahn zu gehen. Sie kletterten über Bretterwände, krochen unter gespanntem Stacheldraht durch, hüpften über Balken und kletterten an Seilen hoch. Keiner der beiden stand dem anderen in irgendetwas nach. Sie liefen und bewegten sich im gleichen Rhythmus, wie Maschinen, um bis an ihre Leistungsgrenze zu gehen.

Was keiner von beiden sah, war, daß Obersturmbannführer Brenner und ein weiterer Offizier am Fenster der Dienstbaracke standen und sie beobachteten. Die beiden Offiziere sprachen kein Wort, sondern zogen stumm an ihren filterlosen Zigaretten, die in verzierten Spitzen steckten. Nach einer Weile drehte sich Brenner dem anderen Offizier zu.

„Ich glaube, wir haben hier durch Zufall bestes Material für unsere Pläne bekommen", sagte er.

„Geben wir ihnen noch sechs Wochen Zeit", sagte der andere, während sie sich vom Fenster abwandten.

Thomas und Werner quälten sich unten weiter über die Bahn. Nach zwei Stunden waren sie ausgepumpt, aber sie fühlten sich gut.

„Ich hätte nie gedacht, daß mir so etwas einmal soviel Spaß machen würde", sagte Werner.

„Du sagst es", stimmte ihm Thomas zu. „Ich bin fix und fertig, aber trotzdem irgendwie zufrieden."

Die beiden gingen zur Kaserne zurück, um zu duschen, denn um 18.30 Uhr gab es Abendessen.

Die Wochen vergingen. Thomas und Werner waren jetzt mitten in der Ausbildung. Ihre Körper waren gestählt durch das tägliche harte Training, das gute Essen hatte aus den ehemals schlaksigen Jungen muskelbepackte Männer gemacht. Sie lernten den Kampf mit dem Messer, aber auch den Kampf mit Hilfe alltäglicher Gebrauchsgegenstände. Sie wußten, wie man einen Mann mit einem Kamm, einem Bleistift oder einem Schnürsenkel töten konnte. Sie lernten, mit Giften umzugehen, aber auch, mit welchen Methoden man aus einem Menschen etwas herausholen konnte, der sich vorgenommen hatte zu schweigen. Daneben machten sie auch ein Bildungsprogramm durch, das von Musik, Literatur bis hin zu Benimmregeln in feinen Gesellschaften alles enthielt. Sie lernten, sich in jeder Situation unauffällig und sicher zu benehmen und zu bewegen.

Brenner beobachtete dies alles mit großer Zufriedenheit, war es doch für ihn die Bestätigung, daß ihn sein erster Eindruck nicht getäuscht hatte. Bald würde für die vier Freunde die erste und wohl entscheidendste Bewährungsprobe kommen.

Paul, Karl, Werner und Thomas waren zu echten Freunden und zu einem funktionierenden Team geworden. Jeder hatte auf einem Gebiet besondere Fähigkeiten, so daß sich die vier perfekt ergänzten. Die anderen Soldaten der Sondereinheit vermieden es, mit der Stube 11 in Konflikt zu geraten, denn die vier hielten nicht nur zusammen, sondern waren inzwischen wegen ihrer Brutalität und Rücksichtslosigkeit gefürchtet. Sogar einer der Ausbilder hatte schon unliebsame Erfahrungen gemacht, als er beim Nahkampftraining einen allzu heftigen Angriff auf Thomas unternahm. Ein ausgekugelter Arm und einige gebrochene Rippen waren ihm eine Lehre, in Zukunft vorsichtiger zu sein.

Die Ausbildung wurde von Woche zu Woche erweitert. Die Nachmittage waren inzwischen ausgefüllt mit Vorträgen über Rassenlehre und national-sozialistische Politik.

In regelmäßigen Abständen wurden auch sogenannte politische Gefangene in die Kaserne überstellt, die peinlichen Befragungen unterzogen wurden. Prügelstrafen, Essensentzug, die Behandlung mit kaltem Wasser, Dauerlicht, Stromstöße und diverse andere Methoden waren an der Tagesordnung. Viele Gefangene überlebten diese Sonderbehandlung nicht. Diejenigen, die unter großen Schmerzen aussagten, was man von ihnen erfahren wollte, ohne an den grausamen Verhören zu sterben, wurden entweder zur Hinrichtung wieder abtransportiert oder kamen in eines der zahlreichen Konzentrationslager.

Auch auf diesem Gebiet zeigten Thomas, Werner und die anderen ihre besonderen Fähigkeiten. Sie waren sich sicher, daß sie Schädlinge am deutschen Volke ausmerzten und im Sinne des Führers handelten, den sie alle verehrten. Schmarotzer, wie Juden, Zigeuner und Asoziale, lebten nur auf Kosten des deutschen Volkes und mußten beseitigt werden. Alle Männer der Sondereinheit waren fest davon überzeugt, vom Führer dazu auserwählt zu sein, zur Rettung der Nation beitragen zu dürfen. Keiner hatte irgendwelche Gewissensbisse bei dem, was er tat, wurde doch besonders grausames Vorgehen gelobt, wurden Rücksichtslosigkeit und Härte als besondere Tugenden hingestellt. Wer Mitleid oder Schwäche zeigte, wurde verachtet, bestraft, ja manchmal aus der Einheit ausgeschlossen. Korpsgeist, Kameradschaft, Treue und absoluter Gehorsam gegenüber den Vorgesetzten und dem Führer wurden großgeschrieben.

Gerade Thomas und Werner, die unter den Demütigungen und Herabsetzungen in ihrer Heimat als junge Männer besonders gelitten hatten, saugten das neue Gedankengut auf wie Schwämme. Ihr Selbstwertgefühl stieg mit jedem Tag. Sie fühlten, daß man stolz auf das war, was sie taten, daß sie dazugehörten. Sie glaubten fest an das, was man ihnen einflößte. In diesem Bewußtsein wuchsen sie bei allem, was sie taten, über sich hinaus und zogen die Kameraden der Stube 11 mit. Die Anerkennung von Seiten des Obersturmbannführers Brenner erfüllte sie mit Stolz und Selbstachtung.

Besonderen Gefallen hatten die beiden Freunde an den Kameradschaftsabenden, die alle vierzehn Tage stattfanden. Dann hatte die Sondereinheit samstags und sonntags dienstfrei. Am Freitagabend trafen sie sich alle im großen Speisesaal. Es wurde Bier vom Faß in großen Litersteinkrügen ausgeschenkt, und ein Kamerad saß am Klavier auf dem kleinen Podium, das zu diesem Zweck geräumt wurde. Die Offiziere saßen an diesem Abend unter den Soldaten. Meistens hielt Obersturmbannführer Brenner eine markige Ansprache, danach begann das Singen und Saufen.

Thomas und Werner tranken nahezu jeden Kameraden unter den Tisch, wenn sie dazu aufgelegt waren.

„Die Fahne hoch“, „Auf der Heide blüht ein kleines Blümelein“, ständig wurden neue Lieder angestimmt, die alle kräftig mitsangen. Die Tische waren in zwei langen Reihen aufgestellt, so daß alle Kameraden beieinandersaßen. Witze wurden gerissen, manchmal spielten einige Kameraden kleine Sketche vor, die sich mit dem Alltagsleben in der Kaserne beschäftigten. Oft endeten die Abende erst weit nach Mitternacht, und viele konnten sich kaum noch auf den Beinen halten.

Thomas, Werner, Karl und Paul gehörten zu den wenigen, die trotzdem am Samstagmorgen aufstanden, um im Freien ihre Runden zu drehen oder in der Halle zu üben. Auch das sah Obersturmbannführer Brenner mit Wohlwollen. Samstagabends wurden auch Mädchen in die Kaserne gebracht, die bis Mitternacht das Gelände wieder verlassen mußten. Die vier Freunde machten aber von diesem kostenlosen Angebot keinen Gebrauch.

Dann kam die Stunde ihrer Bewährung. An einem Freitag wurden Thomas, Werner, Karl und Paul zu Brenner gerufen. Als sie in einer Reihe vor seinem Schreibtisch aufgereiht waren, die Hände zum Hitlergruß erhoben, stand er auf, ging zum Fenster, ohne ein Wort zu sagen, und blieb dort eine Weile stehen. Die vier rührten sich nicht. Brenner drehte sich nach einigen Minuten langsam um.

„Rühren“, rief er in seiner schnarrigen Art.

Die Kameraden nahmen eine bequemere Haltung ein.

„Ich habe Sie während der letzten Tage und Wochen sorgfältig beobachtet. Sie haben alle vier ausgezeichnete Leistungen erbracht, so daß ich beschlossen habe, Sie für höhere Aufgaben heranzuziehen. Bis jetzt war das, was Sie getan haben, mehr oder weniger Übung oder Spielerei. Ich möchte Ihnen nun eine wirkliche Aufgabe stellen, mit der ich Sie heute vertraut machen will. Wenn Sie sich dieser Aufgabe gewachsen zeigen, werden Sie sich nicht nur um den Führer und ihr Vaterland verdient machen, sondern Ihr weiterer Weg wird steil nach oben führen. Ich habe absolute Vollmachten vom Reichsführer der SS. Bewähren Sie sich, man schaut von höchster Stelle auf Sie. Folgen Sie mir jetzt!“

Obersturmbannführer Brenner nahm seine Mütze vom Schreibtisch und verließ den Raum. Die vier Männer folgten ihm im Gänsemarsch. Brenner ging in den Keller des Dienstgebäudes, wo die Häftlingszellen und Verhörräume untergebracht waren. Sie befanden sich tief unter der

Erde und hatten meterdicke Mauern, durch die kein Geräusch nach außen dringen konnte. Es war kalt und ungemütlich hier unten.

Die vier Freunde kannten sich bestens aus, denn eine kleine Gruppe von zwanzig Freiwilligen, unter ihnen Thomas, Werner, Karl und Paul hatte sich für einen Sonderkurs gemeldet, der unten in den Verhörräumen stattfand. Jeden zweiten Abend nach dem Essen hielt ein japanischer Offizier hier unten Unterricht.

Azui Hiragawa war Mitglied der Kempetei, der japanischen Geheimpolizei des Tenno. Er unterwies die Freiwilligen nicht nur in japanischen Nahkampfmethoden, sondern er lehrte sie auch die geheimen Künste der Unsichtbaren, der Ninjas, wie sie in Japan genannt werden. Thomas und Werner waren von diesen Stunden besonders angetan. Azui Hiragawa brachte oft Gefangene in die Kellerräume mit. An ihnen demonstrierte er nicht nur seine feinen Foltermethoden, sondern auch die Möglichkeiten, jemand, ohne Spuren zu hinterlassen, außer Gefecht zu setzten.

Obersturmbannführer Brenner unterstützte Hiragawa bei allem, was er durchführte. Einige Kursteilnehmer erschienen nach den Versuchen mit den Gefangenen nicht mehr zu den „japanischen Abenden". Am Ende waren nur noch zwölf übrig. Die vier Freunde der Stube 11 erwiesen sich als die Gelehrigsten und Kaltblütigsten des ganzen Kurses.

Als Brenner einen der Räume im Keller betrat, sprangen die zwei anwesenden SS-Leute auf und grüßten. Brenner legte die Hand an die Mütze und legte sie dann zusammen mit seinen Handschuhen auf den Tisch.

„Bringen Sie den Gefangenen Rosenzweig", befahl er. Die beiden Soldaten schlugen die Hacken zusammen und gingen weg.

Der Raum war kahl und wirkte nackt. Weder die Wände noch die Decke oder der Fußboden waren gestrichen. Zwei Stühle, ein Schreibtisch und eine Ablage für die verschiedenen Folterwerkzeuge an der Wand waren das gesamte Mobiliar. An der Wand über dem Schreibtisch hingen zwei gerahmte Portraits. Eines zeigte den Führer, das andere Heinrich Himmler, beide in Uniform. Auf dem Schreibtisch stand eine kleine Standarte in Schwarz und Weiß. Sie zeigte zwei SS Runen und den Spruch „Unsre Ehre heißt Treue". Die Glühbirne hing an einem blanken Stromkabel von der Decke.

„Der Student Rosenzweig", erklärte Brenner, „versuchte, nach seinem Hinauswurf aus der Münchner Universität Kontakt mit anderen jüdischen Studenten aufzunehmen, um eine geheime Widerstandsgruppe zu bilden, mit dem Ziel, deutsche Studenten zu einem gemeinsamen Boykott der Vorlesungen zu bewegen, Kommilitonen durch Flugblätter aufzuklären über das Unrecht, das den Juden in Deutschland geschieht. Wir sind zu der Überzeugung gelangt, daß der junge Herr Rosenzweig allein nicht über die notwendigen Kontakte verfügen konnte, um seine kühnen Pläne zu verwirklichen."

Brenner lachte und zündete sich eine Zigarette an.

„Wir behielten recht. Unser Freund hat nach einigem Widerstand die Namen von fünf jüdischen Freunden ausgespuckt, die wir bereits liquidiert haben. Nach noch etwas intensiverer Bearbeitung durch unseren Kollegen Hiragawa hat er gestanden, daß sein Vater, Simon Rosenzweig, pensionierter Musiklehrer, half, die wichtigsten Kontakte für seinen Sohn zu knüpfen, ja sogar selbst führender Kopf einer anderen Gruppe von Widerständlern ist, die nur eines, nämlich die Zersetzung des Reiches von innen, als Ziel haben."

Thomas hob die Hand.

„Bitte, was möchten Sie sagen?"

„Entschuldigen Sie den Einwand, Herr Obersturmbannführer", sagte Thomas, „aber wir haben 1936. Wieso ist dieser Jude noch frei und nicht längst in Sicherheitsverwahrung?"

„Eine gute Frage, Waldner", nickte Brenner,

„Simon Rosenzweig hatte Anfang der zwanziger Jahre gute Kontakte zu gewissen Münchner Gesellschaftskreisen. Als der Führer die Leitung der Partei übernahm, war er leider auf die finanzielle und gesellschaftliche Unterstützung dieser Kreise angewiesen. Die Damen dieser Gesellschaft liebten Rosenzweig wegen seiner Musik, mit der er sie bei den Kaffeekränzchen unterhielt. Einige dieser Damen halten es heute noch für ihre Pflicht, frühere Kontakte spielen zu lassen, um Simon Rosenzweig zu schützen. Es wartet eine äußerst delikate Aufgabe auf Sie, meine Herren. Wir dürfen bei der Beseitigung der Rosenzweigs keine Spur hinterlassen. Nichts, auch nicht der kleinste Verdacht darf auf unsere Organisation fallen, sonst machen uns diese erwähnten Damen durch ihre Ehemänner, die sich teilweise in höchsten Positionen in Berlin befinden, die Hölle heiß."

In diesem Augenblick wurde die Tür aufgestoßen, und die beiden SS Männer brachten den Gefangenen. Er hing mehr zwischen ihnen und wurde geschleift, als daß er selbst ging. Sie ließen ihn wie einen Sack auf den Stuhl vor dem Schreibtisch fallen, und er konnte sich nur mit Mühe auf der Sitzgelegenheit halten. Er war barfuß und trug eine graue Hose ohne Gürtel und ohne Hosenträger. Das blaue Hemd starrte vor Schmutz und war übersät von kleinen und größeren Blutflecken. Das Gesicht des Gefangenen war kaum noch zu erkennen. Die Augen waren zugeschwollen von zahlreichen Fausthieben, die Lippen und Wangenknochen waren blutverkrustet. Man hatte ihm büschelweise die Haare ausgerissen, und der Nase sah man an, daß sie an mehreren Stellen gebrochen war. Der Student blinzelte und kniff die Augen zusammen. Er war in Dunkelhaft gewesen, und das Licht schmerzte seinen Augen. Die nackte 100 Watt Birne schien ihm unbarmherzig ins Gesicht.

Brenner ging um den Schreibtisch herum und setzte dem Gefangenen die Spitze seiner Reitpeitsche unter das Kinn. Auch hier sah man viele blutunterlaufene Stellen.

„Wie heißt du Judenschwein“? brüllte Brenner.

Der Student war kaum in der Lage, den Kopf zu heben, aber er flüsterte vor sich hin.

„Lauter“, schrie Brenner erneut, „ich kann nichts hören!“

Nun schlug er ihm die Peitsche mit aller Kraft gegen die linke Wange.

Der Gefangene öffnete den Mund, der eine einzige blutige Masse war.

Die vier Männer wußten, was das bedeutete. Man hatte ihm mit einer Zange die Schneidezähne gezogen, nachdem man sie vorher langsam aufgebohrt hatte.

„Rosenzweig“, lallte er mit letzter Kraft und ließ den Kopf wieder auf die Brust sinken. Nur die Angst vor neuen Schmerzen hatte ihn diese Energieleistung vollbringen lassen.

„Hier haben wir unseren Herrn Rosenzweig“, fuhr Brenner fort, „der seine Kommilitonen gegen unseren Führer aufhetzen wollte, und sein sauberer Herr Vater, der sich seit Jahren durch die feinen Salons frißt und schnorrt, will die Hand beißen, die ihn so gut gefüttert hat.“

„Führen Sie das Subjekt ab und sorgen Sie für die Überstellung zur Weiterbehandlung nach Dachau“, befahl Brenner den SS Leuten.

Die beiden Männer faßten Rosenzweig wieder unter den Armen, und ein lautes Stöhnen kam aus seinem Mund, als sie ihn hochzogen. Er schien große Schmerzen zu haben. Seine nackten Füße schleiften über den blanken Betonboden und hinterließen blutige Spuren, als sie ihn hinauszerrten.

Thomas, Werner, Karl und Paul hatten keine Miene verzogen. Sie waren solche Anblicke gewohnt und hatten oft schon selbst mitgeholfen, Informationen aus Gefangenen herauszuholen. Wahrscheinlich würde Rosenzweig die Nacht beziehungsweise den Transport gar nicht überstehen. Aber das berührte hier im Raum niemanden. Die vier Männer schauten Brenner an.

„Hier sind zwei jüdische Ausweise, und das ist der Studentenausweis von Samuel Rosenzweig, unserem Freund, der uns gerade verlassen hat. Die Bilder von Waldner und Jäger sind ordnungsgemäß abgestempelt. Dies sind Originalausweise, keine Fälschungen. Ihr werdet diese Papiere brauchen, um in die Nähe der Rosenzweigs zu gelangen. Hübner und Anders sollen euch Deckung geben. Es ist mir völlig gleichgültig, wie ihr das hinbringt, aber eines will ich euch noch mit auf den Weg geben. Ihr seid da draußen völlig auf euch gestellt. Wenn ihr auf Grund irgendeines Fehlers eurerseits gefaßt werdet, kennt euch hier niemand. Es ist schon zu viel in diese Sondereinheit investiert worden. Wir können wegen eines Fehlers nicht alles riskieren. Ihr seid nie in dieser Kaserne gewesen. Es ist mir auch egal, wann ihr euren Auftrag ausführt, der Befehl lautet, die Familie Rosenzweig bis Sonntag 24.00 Uhr zu liquidieren. Wenn ihr irgendwelche Spuren hinterlaßt, die hierherdeuten, geratet ihr in Teufels Küche, das verspreche ich euch."

Die vier Männer nickten. Sie hatten nur zu genau verstanden. Aber es war ihnen keine Sekunde Angst vor der Aufgabe. Thomas und Werner nahmen die Papiere vom Schreibtisch und schauten sich die Ausweise an.

Sie hießen jetzt Mendelson und Silberbaum.

„Ich wünsche Ihnen viel Erfolg, meine Herren, Sie haben freien Durchgang am Haupttor bis Sonntag 24.00 Uhr. Gehen Sie in die Kleiderkammer, Sie finden dort alles, was Sie brauchen. Wenn Sie etwas Besonderes benötigen für Ihren Auftrag, gehen Sie zu Kohlert. Er hat Anweisung, Ihnen aus der Rüstkammer alles auszuhändigen, was Sie wünschen. Noch Fragen?"

Die vier Männer schüttelten den Kopf und verließen das Zimmer.

Obersturmbannführer Brenner atmete tief durch. Jetzt konnte er nur noch warten und sich auf die vier jungen Männer verlassen, die er nach Gefühl ausgesucht hatte. Wenn sie versagten, kostete ihn das den Kopf, das wußte er. Frau Rosenzweig war noch dazu, was er den vier Freunden verschwiegen hatte, die Schwägerin eines Reichsleiters, der einen mächtigen Arm hatte. Selbst Himmler würde sich schwertun, ihn, den Obersturmbannführer, geschweige seine Männer, zu schützen. Aber er hatte keine andere Wahl. Der Befehl aus dem Reichssicherheitshauptamt war deutlich gewesen, und die vier jungen SS Leute, die er gerade losgeschickt hatte, waren wirklich das Beste, was er aufweisen konnte, wenn nicht sogar das Beste, was die SS im Moment aufweisen konnte. Er hatte schon viele Soldaten ausgebildet und konnte sich in dieser Hinsicht ein Urteil erlauben. Das einzige, was ihnen fehlte, war Erfahrung. Brenner verließ etwas nachdenklich den Verhörbunker.

Die vier Männer waren stolz und aufgeregt.

„Endlich richtige Arbeit“, sagte Werner.

„Ich hoffe, ihr seid uns nicht böse, daß wir den direkten Auftrag haben und ihr nur abschirmen müßt“, fügte Thomas hinzu.

„Nein, wozu, Abschirmen kann doch auch ganz spannend sein. Wir wissen doch auch, daß ihr noch einen Takt besser seid auf diesem bestimmten Gebiet als wir.“

Paul hatte ausgesprochen, was auch Karl dachte.

„Laßt uns auf die Stube gehen und einen Plan aushecken“, schlug Karl vor.

Er war der Theoretiker, der Planer und Organisator. Karl übersah selten ein wichtiges Detail, wenn etwas zu planen war. Sie saßen auf den Betten und schauten Karl an.

„Als erstes holen wir uns Klamotten für einen Stadtgang. Heute Abend kundschaften wir alles gründlich aus. Es darf uns kein Fehler unterlaufen, wir dürfen nichts übersehen. Wo ist die Wohnung der Rosenzweigs?“

„Prinzregentenstraße“, sagte Werner mit einem Blick in Rosenzweigs Studentenausweis.

„Vornehme Gegend“, murmelte Karl, der sich in München ein wenig auskannte. Er fuhr fort.

„Paul, du gehst ins Haus und schaust dir die Lage der Wohnung, Stockwerke, Treppen, Ausgänge, Fenster, alles, was du für wichtig hältst, an, damit du Thomas und Werner informieren kannst. Ich möchte nicht, daß man die beiden vorher im Haus sieht.“

„Alles klar“, sagte Paul Anders.

„Werner und Thomas, ihr geht vor dem Haus langsam auf und ab, aber immer auf der einen Seite bis zur dritten Querstraße hoch und auf der anderen Seite wieder zurück. Schaut euch genau um, merkt euch jeden Hinterhof, jede verdächtige Gestalt, jeden, der scheinbar nur herumsteht. Geht den Weg nur einmal. Ich werde abseits stehen und beobachten, was sich in der Straße tut. Thomas und Werner, ihr überlegt euch noch, was ihr für den Auftrag braucht, wenn ihr im Haus seid. Ich weiß, was ich brauche, Paul auch. Alles klar?"

Die anderen nickten.

Thomas sagte zu Werner: „Meinst du, wir kriegen von dem neuen Zeug?"

„Ich denke schon, Brenner hat gesagt, Kohlert soll alles rausrücken, was wir wollen."

„Okay, dann gehe ich jetzt einmal zu Oskar, ich hab da so eine Idee."

Thomas ließ die verblüfft dreinschauenden Freunde allein und ging zur Küchenbaracke. Er ließ sich von Oskar ein Stück rohen Fisch geben und eine Tüte mit gekochtem Reis. Den Fisch legte er auf einen Teller, den er außen auf die Fensterbank der Stube 11 stellte.

„Willst du Katzen anlocken?" fragte Paul.

„Nein, ich möchte nur, daß dieses Stück Fisch richtig schön schlecht wird, das ist alles", antwortete Thomas, und Werner nickte, denn er ahnte, was Thomas vorhatte.

Den Nachmittag über gingen sie die Einzelheiten des Plans wieder und wieder durch.

Nach dem Abendessen begaben sie sich zur Kleiderkammer. Sie wählten dunkle Anzüge mit den passenden Krawatten, dunkle Halbschuhe, zweireihige Mäntel und schwarze Hüte, wie sie gerade Mode waren. Jeder probierte noch schwarze Lederhandschuhe an. So, wie sie jetzt aussahen, konnte man sie von tausend anderen jungen Männern, die am Abend in München ausgingen, nicht unterscheiden.

Karl und Paul gingen zu Kohlert, um sich mit den Dingen zu versorgen, die für den Auftrag notwendig waren. Jeder von beiden hatte seine Lieblingswaffe, die sie sich nun holten. Für heute abend gingen sie jedoch ohne Waffen aus.

Gegen halb neun Uhr machten sich die vier auf den Weg. Es war schon recht dunkel, und nur die Straßenlaternen erhellten die Gehsteige bis zu den Häusern und zogen helle Kreise auf die Fahrbahnen.

Die vier Männer gingen zunächst ein großes Stück des Weges zu Fuß, benutzten dann die Straßenbahn und legten die letzte Wegstrecke wieder zu Fuß zurück. Am Prinzregentenplatz trennten sie sich.

Karl überquerte die Straße, um nach wenigen Metern in einer dunklen Hofeinfahrt zu verschwinden. Es war, als hätte er sich in Luft aufgelöst.

Thomas und Werner schlenderten ganz langsam auf der rechten Straßenseite hoch und hatten die Hausnummer 92a ständig aus den Augenwinkeln im Blick.

Paul eilte ihnen voraus. Eine billige, abgeschabte Aktentasche unter den Arm geklemmt, sah er aus wie ein müder Büroangestellter, der nach einigen Überstunden von der Arbeit nach Hause strebte.

Es war ruhig in der Straße, und die Dunkelheit und der verhangene Mond waren ideal für das Vorhaben.

Paul verschwand im Eingang der Hausnummer 92a. Als sich die Tür hinter ihm schloß, trat ein Mann aus dem Hauseingang eines Gebäudes auf der gegenüberliegenden Straßenseite und zündete sich ganz langsam und bedächtig eine Zigarette an. Daraufhin trat ein anderer Mann aus dem Haus mit der Nummer 94 und steuerte auf die Tür zu, hinter der Paul gerade verschwunden war.

Thomas und Werner achteten nur auf den Mann, der hinter Paul das Haus betrat. Den ersten Mann, der das Zeichen gegeben hatte, bemerkten sie nicht.

Aber Karl hatte alles genau beobachtet und behielt den ersten Mann im Auge. Dieser ging eilig die Straße hinunter zu einer Kneipe an der Ecke. Karl folgte ihm, die Kameraden würden auf den zweiten Mann achten. Karl ging an der Kneipentüre vorbei und blieb am ersten erleuchteten Fenster stehen. Durch den Tabaksqualm sah er, wie der Mann sich sofort zu dem Telefon an der Wand begab und eine Nummer verlangte. Karl hatte genug gesehen. Er kehrte um und nahm seinen alten Platz wieder ein.

Thomas und Werner kamen jetzt langsam die andere Straßenseite herunter. Der Mann aus der Kneipe begegnete ihnen nach einigen Minuten, aber die beiden lachten und unterhielten sich so laut, daß er keinen Verdacht schöpfte und die beiden wohl für Betrunkene hielt.

Als die Haustür hinter Paul ins Schloß fiel, orientierte er sich blitzschnell. Eine Treppe führte in den Keller, ein einfaches Türschloß, kein

Problem. Rechts an der Wand zählte er acht Briefkästen, also zwei Wohnungen pro Stockwerk.

Der Name Rosenzweig stand auf keinem der Briefkästen. Verdammt, welchen logischen Fehler hatten sie gemacht ? Paul mußte schnell reagieren. Er eilte die ersten Stufen hoch. Als er den Treppenabsatz mit den ersten beiden Wohnungstüren erreicht hatte, hörte er das Schloß der Haustür. Lautlos schlüpfte er hastig weiter bis in den vierten Stock. Er öffnete seine Ledermappe und zog einen Stoß Zettel heraus.

„Kundgebung im Bürgerbräukeller" stand als dicke Überschrift auf den Blättern. Es handelte sich um eine Veranstaltung anläßlich des Jahrestages des Marsches auf die Feldherrenhalle.

Paul schob die Blätter unter den Wohnungstüren durch, während er gleichzeitig auf die Geräusche aus den Wohnungen achtete. Bevor er das Stockwerk verließ, klingelte er an beiden Korridortüren.

Als er vom vierten in den dritten Stock hinunterstieg, hatte der Mann gerade den Absatz zum dritten Stock erreicht und postierte sich vor einer der Türen. Einfacher hätte er es für Paul nicht machen können.

„Was bist du nur für ein Stümper", dachte sich Paul und sagte laut. „Guten Abend und Heil Hitler."

Er lächelte den Mann vor ihm an und hielt ihm einen Wurfzettel hin. Der Mann nahm ihn schweigend, ohne den Blick von Paul zu wenden. Er trug einen dunkelgrünen Ledermantel, unter dem Stiefel herausschauten, und er hatte die Hände in den Taschen vergraben. Die rechte Manteltasche beulte sich verdächtig aus. Da er einen breitkrempigen Hut tief ins Gesicht gezogen hatte, konnte man nur den schmalen Mund und ein dünnes Oberlippenbärtchen erkennen.

Paul drückte sich, immer noch freundlich lächelnd, an ihm vorbei und murmelte ein „Entschuldigung." Er bückte sich und schob einen Zettel unter der Türe durch, vor der der Mann stand. Dieser bewegte sich nicht, sondern beobachtete nur genau, was Paul tat. Paul warf einen Blick auf das Namensschild an der Türe. Er hätte eigentlich keinen Hinweis mehr gebraucht, aber an der Türe stand „Baum" und aus der Wohnung konnte man deutlich Klaviermusik hören.

Paul ging zur zweiten Tür und nahm dann grüßend den Hut ab. „Einen schönen Abend noch", wünschte er und ging weiter nach unten. Vor jeder Wohnungstür blieb Paul stehen, um seine Zettel zu verteilen. Der Mann ging jetzt an ihm vorbei. Jede Faser in Pauls Körper war angespannt.

Der Mann wußte nicht, daß er nur eine falsche Bewegung zu machen brauchte, um von einer auf die andere Minute zu sterben. Aber mit dieser Tat wäre das Unternehmen „Kabeljau“, wie sie es scherzhaft nannten, ernsthaft gefährdet gewesen.

Der Mann musterte Paul noch einmal kurz und ging weiter. Paul nahm sich Zeit. Er steckte noch einen Zettel in jeden Briefkasten, um das Täuschungsmanöver perfekt zu machen, und verließ erst dann das Haus.

Der Mann stand neben der Türe und rauchte.

Paul ging nach rechts weiter und betrat das Haus Nr. 94. Er durfte jetzt keinen Fehler machen.

Thomas und Werner hatten alles beobachtet und gingen vorbei.

Karl blieb noch in seinem Versteck, um einzugreifen, falls Paul Hilfe brauchen sollte. Seine Bedenken waren vergeblich. Als er etwa zwanzig Minuten später seinen Standort verließ, war nichts Außergewöhnliches passiert.

Paul hatte, um seine Tarnung aufrecht zu erhalten, die ganze Häuserreihe aufgesucht. Niemand war ihm gefolgt.

Gegen 11.00 Uhr saßen die vier bei Oskar und berichteten einander, was sie ausgekundschaftet hatten. Sie tranken zufrieden ihr Bier, denn der erste Teil ihres Auftrags war zufriedenstellend verlaufen. Der Aufenthaltsraum war nahezu leer, nur noch wenige SS Leute tranken den letzten Schluck Bier. Der Dienst begann sehr früh.

Paul, Thomas, Werner und Karl hatten dienstfrei bis zum Dienstag. Oskar brachte noch eine Runde, und sie warteten, bis er wieder hinter der Theke stand. Was sie sich zu sagen hatten, war für keinen anderen bestimmt, nicht einmal für Oskar, der sonst schweigen konnte wie ein Grab, wenn es um Geheimnisse ging. Zu viel hing vom Gelingen ihres Vorhabens ab.

„Ich übernehme morgen den ersten Mann“, sagte Karl, „er darf auf keinen Fall zum Telefonieren kommen. Ich hoffe nur, daß er keine regelmäßigen Kontrollanrufe macht. Heute hat er es nicht getan, wenn doch, müssen wir mit Überraschungen rechnen, aber das übernehmen Paul und ich. Paul, du postierst dich im Hauseingang Nr. 96. Wenn mein Mann das Zeichen gibt, daß Thomas und Walter im Haus sind, folgst Du dem Burschen, der in Nr. 94 wartet. Es wäre besser, wenn er nicht bis zum Haus kommt, um unnötigen Lärm im Flur zu vermeiden.“ Die anderen hörten zu und nickten.

„Wenn die beiden aus dem Weg geräumt sind, habt ihr genug Zeit, um euren Auftrag auszuführen. Es besteht jedoch die Gefahr, daß im Laufe des Abends eine Ablösung kommt. Haltet euch also nicht unnötig auf."

Thomas und Werner nickten schweigend.

Karl fuhr fort.

„Paul wird, wenn ihr im Haus seid, ein Auto besorgen, um die zwei Kerle wegzuschaffen. Ihr werdet dabei später mithelfen. Während Paul das Auto holt, decke ich euch alleine."

„Wo kriegen wir ein Auto her?" fragte Paul.

„Ich habe schon mit Kohlert geredet. Er hat eine ganze Auswahl mit prima gefälschten Nummernschildern in der Garage stehen. Wir fahren morgen zu unserem Auftrag. Wir parken den Wagen in einer Seitenstraße. Wenn wir fertig sind, kommen wir mit dem Auto auf dem schnellsten Weg wieder zurück. Kohlert kümmert sich dann um alles weitere", sagte Karl.

Er hatte an alles gedacht. Die Freunde tranken ihr Bier aus und gingen zu Bett. Der morgige Tag konnte die Wende in ihrem Leben sein, er konnte aber auch das Ende ihrer hoffnungsvollen Laufbahn bedeuten. Sie waren sich der Wichtigkeit ihres Auftrags durchaus bewußt. Keiner schlief besonders gut in dieser Nacht. Es war nicht die Angst oder die Aufregung, es war das ständige Nachgrübeln, ob sie doch nicht irgend etwas vergessen hatten. Erst am frühen Morgen fielen sie in einen bleiernen Schlaf. Gegen 10.00 Uhr standen sie auf. Oskar hatte ihnen ein ausgiebiges Frühstück aufgehoben. Nachdem sie schweigend gegessen hatten, ging jeder seiner Aufgabe nach.

Paul machte sich auf den Weg zu Kohlert. Gemeinsam suchten sie die Garage auf, die sich in den ehemaligen Pferdeställen der Kavalleriekaserne befand. Mehrere Fahrzeuge, sogar zwei große Horchs, standen in Reih und Glied. Keines hatte ein Nummernschild. Paul suchte sich ein Auto aus, während Kohlert zu einem kleinen Schrank ging und einen Stapel Nummernschilder hervorholte. „Diese hier sind alle noch gültig, das heißt jedes dieser Nummernschilder fährt in der Umgebung Münchens noch einmal herum", lachte Kohlert. „Ich hoffe nicht, daß ihr gerade mit eurem Doppelgänger einen Unfall baut und die Polizei dazukommt."

„Mal den Teufel nicht an die Wand", antwortete Paul und nahm ihm ein Nummernschild aus der Hand.

„Wann wollt ihr starten?“ fragte Kohlert.

„Gegen halb acht“, sagte Paul.

„Alles klar, um halb acht ist das Auto für euch startklar. Voller Tank, Maschine überprüft, die Papiere und den Schlüssel lege ich auf den Fahrersitz.“

Kohlert war ein Mann, der nicht viele Worte machte, aber er war äußerst zuverlässig.

Sie verließen zusammen die Garage und gingen zurück zu Kohlerts Waffenkammer, wie er sie selbst nannte.

Paul schritt durch die Regale und holte hier und dort etwas heraus und betrachtete es, bis er sich doch für sein Spezialwerkzeug entschied. Kohlert hatte wirklich eine ausgefallene Sammlung der seltensten Waffen und Materialien, und er war stolz darauf.

„Keine Eintragung im Buch“, sagte Kohlert, „Anordnung von Brenner.“

Paul verließ den kleinen Saal mit den hohen Regalen und den Schiebeleitern und begab sich auf seine Stube. Es war beinahe 12.00 Uhr.

Karl saß am Tisch und zeichnete Straßenpläne, in die er Uhrzeiten und Hausnummern eintrug. Er sah sehr zufrieden aus.

„Hast du deine Ausrüstung schon geholt?“ fragte Paul.

„Mach ich nach dem Essen. Ich weiß schon, was ich mitnehme“, antwortete Karl.

Sie schlossen, was sie sonst nicht taten und was auch normalerweise nicht nötig war, die Stube 11 sorgfältig ab und gingen zum Mittagessen.

Werner saß bereits am Tisch.

„Wo ist Thomas?“ wollte Karl wissen.

Werner hatte den Mund voll und deutete mit der Gabel zum Essensschalter. Als Paul und Karl sich bückten, um in die Küche sehen zu können, sahen sie Thomas an einem der großen Herde stehen. Er briet etwas in der Pfanne. Das Küchenpersonal rümpfte die Nase, und einige schüttelten angeekelt den Kopf. Thomas hatte das Stück Fisch, das jetzt bereits bestialisch stank, paniert und briet es auf beiden Seiten goldbraun.

Karl und Paul wußten nicht so recht, was sie davon halten sollten, und schauten Werner fragend an.

„Schon einmal etwas von einer schweren Fischvergiftung gehört?“ grinste Werner.

Jetzt ging den beiden ein Licht auf. Sie setzten sich und begannen Essen auf ihre Teller zu häufen. Wenig später gesellte sich Thomas zu ihnen. Die drei rümpften die Nase.

„Du stinkst, als ob du in eine Fischabfalltonne gefallen wärst“, sagte Paul.

„Du solltest erst einmal in die Küche gehen“, grinste Thomas, „die hätten mich am liebsten rausgeworfen.“

Die vier beendeten ihre Mahlzeit, und Thomas und Karl gingen zu Kohlert, um sich ebenfalls ihre Sachen für den Abend zu holen. Werner war auf dem Weg zu Brenner. Er brauchte die Genehmigung für das neue Betäubungsmittel, das sie vor kurzem von der Forschungsabteilung der BASF bekommen hatten. Azui Hiragawa hatte es an einem Gefangenen ausprobiert, und die Wirkung war verblüffend gewesen.

Der Mann war bei klarem Verstand geblieben, hatte alles gehört, was man ihm sagte, war aber kaum in der Lage gewesen zu sprechen. Alle seine Bewegungen waren wie im Zeitlupentempo verlaufen, wenn er auch seine Muskeln, wenn auch mit viel Mühe, hatte kontrollieren können.

Obersturmbannführer Brenner saß in seinem Büro und las einen Lagebericht aus Berlin, als Werner anklopfte. Er hörte sich dessen Bitte an und griff sofort zum Telefon, um Kohlert Bescheid zu geben. „Und verfahren Sie mit dem Buch, wie angeordnet“, fügte er am Ende des Gesprächs hinzu.

„Brenner geht auf Nummer sicher“, dachte Werner. Wenn einer von ihnen geschnappt werden würde und Brenner Wind davon bekäme, würde nicht der Hauch eines Verdachts auf ihn fallen. Das Auto, die Waffen, nichts, aber auch gar nichts ließ Rückschlüsse zu, daß Brenner oder die SS die Finger im Spiel hatten. Auch in Kohlerts Buch würde sich also für den heutigen Tag keine Eintragung finden lassen. Werner war sogar davon überzeugt, daß die Stube 11 blitzschnell wieder belegt sein würde, wenn die vier geschnappt werden würden und anfingen zu plaudern.

Aber damit war nach Werners Meinung überhaupt nicht zu rechnen, weder mit dem Geschnapptwerden noch mit dem Plaudern.

„Es freut mich, Jäger, daß sie sich Gedanken machen und alles so sorgfältig planen und vorbereiten“, sagte Brenner zum Schluß.

Er fügte gönnerhaft hinzu: „Alles Gute und viel Erfolg!“

Werner war stolz auf dieses Lob, denn wie alle anderen bewunderte er Obersturmbannführer Brenner, der für sie alle Vorbild war, denn er verkörperte wie sonst keiner den arischen Herrenmenschen, dessen Ideal alle möglichst nahekommen wollten.

Brenner zeigte selten Gefühle und auch diese Aktion bewies, daß er alles berechnete und eiskalt durchführen ließ. Er erlaubte aber niemand irgendeinen Fehler.

Werner, Thomas und die anderen hofften, einmal zu seinem Offiziersrang aufzusteigen, dafür arbeiteten sie. Es war ihre feste Überzeugung, daß sie dazu ausersehen waren, andere zu befehligen und zu beherrschen, da sie der auserwählten Rasse angehörten.

Werner schlug die Hacken zusammen, grüßte und verließ Brenners Büro.

Bei Kohlert traf er auf die anderen. Kohlert reichte ihnen ein kleines Glasröhrchen, in dem sich eine farblose Flüssigkeit befand.

„Es ist absolut geschmackslos und geruchlos", sagte er. „Ein paar Tropfen genügen, die Wirkung stellt sich innerhalb von Sekunden ein. Es wirkt über die Magenschleimhäute und geht über das Blut sofort ins Gehirn, wo es die Lähmungserscheinungen hervorruft."

Das Röhrchen war mit einem kleinen Korkstopfen verschlossen. Kohlert packte es in ein wattiertes Holzkistchen und überreichte es Werner.

„Nehmt es erst heraus, kurz bevor ihr es braucht", sagte er, „es wäre schade, wenn es zerbricht." Er grinste bei dieser Äußerung.

Werner nahm das Kästchen entgegen. Alle vier hatten sie jetzt, was sie benötigten, der Abend konnte kommen.

Zurück in ihrer Stube zogen sie die Vorhänge zu und legten sich auf die Feldbetten. Wenn sie auch nicht schlafen konnten, so ruhten ihre überreizten Nerven doch etwas aus. Im Zimmer roch es immer noch leicht nach dem verfaulten Fisch, obwohl Thomas inzwischen alles so verpackt hatte, daß ihn der Geruch nicht verraten würde.

Um 17.00 Uhr erhoben sich die vier wie auf ein gemeinsames Zeichen von den Betten. Sie duschten, rasierten sich und kleideten sich an. Bei Oskar nahmen sie dann ein frühes Abendessen ein.

„Alles Gute, Jungs", sagte Oskar. Wahrscheinlich wußte er mehr, als die vier ahnten. Nach dem Essen überprüften sie noch einmal ihre Kleidung. Sie sahen jetzt aus wie vier junge Männer, die sich in das Münchner Abendleben stürzen wollen.

Jeder steckte vorsichtig in die Taschen des Anzugs oder des Mantels, was er für das Vorhaben brauchte. Danach breitete Karl noch einmal den Plan auf dem Tisch aus. Sie gingen alle Einzelheiten sorgfältig durch. Jeder wußte bis ins kleinste Detail Bescheid.

Zusammen machten sie sich auf den Weg zur Garage. Papiere und Schlüssel waren da, wie Kohlert es versprochen hatte. Paul setzte sich hinter das Steuer. Der Motor sprang gleich an, und die Maschine brummte gleichmäßig. Paul fuhr langsam aus der Garage, um die Baracke und auf das Haupttor zu. Der Posten salutierte und öffnete den Schlagbaum. Paul reihte sich vorsichtig in den spärlichen Abendverkehr ein.

„Denk daran beim Fahren, Paul“, sagte Karl, „nicht auffallen, um keinen Preis. Unser Leben und unsere Zukunft kann davon abhängen.“

Paul nickte stumm. Sie fuhren quer durch München, und als sie den Prinzregentenplatz erreichten, steuerte Paul die vorgesehene Seitenstraße an und parkte den Wagen. Die vier schauten sich beim Verlassen des Fahrzeugs noch einmal genau um. Es war alles ganz ruhig. Die Straßen lagen im Dunkeln, es war sogar etwas dunstig, was ihr Vorhaben noch erleichterte. Man konnte kaum von einer Straßenlaterne zur anderen schauen. Nachdem sie die Uhrzeit verglichen hatten, machten sie sich in bestimmten Zeitabständen auf den Weg.

Es war siebzehn Minuten vor acht.

Karl war der erste, der seine Position einnahm. Eine qualmende Pfeife im Mund, eine Zeitung unter dem Arm, tauchte er in das Dunkel der Hofeinfahrt, die er gestern schon einmal mit Erfolg benutzt hatte.

Etwa zehn Minuten nach ihm ging Paul los. Er verschwand im Hauseingang der Nummer 96.

Thomas und Werner warteten noch eine ganze Weile. Es war schon etliche Minuten nach acht, als sie die Prinzregentenstraße entlangschlenderten. Vor dem Haus mit der Nummer 92a blieben sie stehen. Werner bückte sich, um auf die Türschilder zu sehen.

Gerade als sie im Begriff waren, das Haus zu betreten, flammte auf der anderen Straßenseite ein Streichholz auf. Ein Mann trat auf die Straße und schnippte eine Zigarettenkippe in die Gosse. Er machte kehrt und ging die Straße entlang in Richtung Eckkneipe.

Aus der Hausnummer 94 trat der Mann mit dem grünen Ledermantel, um Thomas und Werner zu folgen.

Was er nicht sehen konnte, war, daß seinem Kollegen auf der anderen Seite ein Mann in den Weg trat, der aus einer Hofeinfahrt gekommen war.

Karl Hübner lief mit gesenktem Kopf, als ob er genau auf den Weg achten würde. Kurz bevor er den Weg des Mannes kreuzte, machte er einen schnellen Schritt nach rechts, so daß er heftig mit ihm zusammenstieß.

Der Mann verspürte zuerst nur einen kleinen schmerzhaften Schlag auf der linken Brustseite, aber dann zerriß ein brennender Schmerz seinen Oberkörper.

Karl zog die angespitzte Stahlfahrradspeiche mit einem schnellen Ruck aus seiner Brust.

Der Mann wollte den Mund zu einem Schrei öffnen, aber er preßte stattdessen die linke Hand gegen sein Herz, während sich die rechte Hand in Karls Mantel krallte. Karl hielt ihn mit beiden Armen aufrecht und drückte ihn gegen sich. Das Blut aus der kleinen aber tödlichen Wunde drang nicht durch den Mantel. Der Mann schüttelte sich mehrmals in heftigen Krämpfen, bevor er starb und in Karls Armen erschlaffte.

Karl packte ihn und zog ihn die wenigen Meter zur Hofeinfahrt. Obwohl der Mann mit seiner Winterkleidung recht schwer war, bereitete es dem durchtrainierten SS Mann keine Probleme, ihn wegzubringen. Er legte ihn hinter einige alte Kästen entlang der Hofmauer, die früher einmal zur Haltung von Kaninchen gedient hatten. Hier war er fürs erste gut untergebracht, bis Paul das Auto brachte, denn es war zudem stockdunkel in dem Hof. Karl ging ohne Hast durch den Hof zurück und nahm seine Position wieder ein.

Paul hatte durch einen Spalt in der Haustür beobachtet, wie die brennende Zigarette eine Kurve durch die Luft machte, um im Rinnstein zu landen. Als der Mann, der sie geworfen hatte, sich wegdrehte, um zu der Kneipe zu gehen, schaute Paul vorsichtig um den Pfosten der Haustür.

Der andere Mann mit dem grünen Ledermantel trat aus dem Dunkel, um Thomas und Werner zu folgen. Lautlos setzte Paul ihm nach. Etwa einen Meter vor dem Eingang war er unmittelbar hinter ihm.

Der Mann hatte ihn nicht gehört.

Paul achtete auf dessen rechte Hand, die er in der Manteltasche stekken hatte. Blitzschnell holte er aus und versetzte dem Mann von hinten einen Handkantenschlag auf die Stelle zwischen Hals und Schulter. Er war sich sicher, daß der Mann den rechten Arm die nächsten Minuten nicht würde bewegen können. Paul hatte recht.

Der Mann zuckte unter dem Schlag zusammen und fühlte, wie sein rechter Arm bis zu den Fingerspitzen taub wurde. Er konnte den Griff der Waltherpistole in seiner Tasche kaum noch spüren. Er wollte herumfahren, um dem Angreifer zu begegnen, aber in diesem Augenblick legte ihm Paul Anders von hinten die Klaviersaite um den Hals und ging einen kurzen Schritt zurück, mit dem Holzgriff zog er die Schlinge ruckartig zu.

Der Mann faßte sich mit der linken Hand an den Hals, aber der Draht hatte sich schon zu tief in sein Fleisch gebohrt, als daß er auch nur einen Finger unter die Schlinge gebracht hätte.

Paul zog noch fester.

Dem Mann fiel der Hut vom Kopf. Er verdrehte die Augen und versuchte, mit einer letzten verzweifelten Anstrengung mit der linken Hand über die Schulter nach Paul zu greifen. Es dauerte nur wenige Sekunden. Ein letzter kurzer Ruck noch und der Mann sank wie ein Sack nach hinten weg. Die schwarzblaue Zunge quoll ihm aus dem Mund.

Paul zog ihn in das Dunkel des Hauseingangs und hob den Hut auf. Nach kurzer Zeit kam Karl und übernahm seinen Posten. Karl setzte dem Opfer den Hut wieder auf und schlug ihm den Kragen des Mantels hoch. Nachdem er ihn hochgezogen hatte, lehnte er ihn neben die Haustür an die Wand und stellte sich fest gegen ihn, damit er nicht wegrutschte. Für einen zufällig vorbeikommenden Passanten sah es aus, als ob zwei Zechkumpane einander stützen würden, weil sie zu tief ins Glas geschaut hatten.

Paul war losgegangen, um den Wagen zu holen, und bog nach einigen Minuten langsam um die Ecke. Er öffnete den hinteren Wagenschlag und stieg aus. Sie nahmen den Mann in die Mitte und schleppten ihn zum Fahrzeug. Sie setzten ihn auf den rechten Sitz hinter dem Beifahrer. Von außen sah es aus, als ob er eingenickt sei. Die beiden stiegen ein. Paul fuhr langsam in die gegenüberliegende Hofeinfahrt und löschte die Lichter. Niemand war zu sehen.

Sie holten den zweiten Mann hinter den Kaninchenställen hervor und setzten ihn zu dem anderen auf den Rücksitz. Paul stieß auf die Straße zurück und fuhr einige Meter langsam weiter, ehe er den Wagen gegenüber der Nummer 92a parkte. Für jeden Fußgänger sah es so aus, als ob vier Männer im Auto auf einen weiteren Fahrgast warteten. Paul und Karl behielten die Straße mit Hilfe der Rückspiegel ständig im Auge.

Werner und Thomas stiegen die Treppen zur Wohnung der Rosenzweigs hinauf. Werner läutete an der Wohnungstüre. Sie nahmen die Hüte ab und setzten beide ihr freundlichstes Lächeln auf.

Der Spion in der Tür wurde geöffnet.

„Sie wünschen?“ fragte eine Frauenstimme.

„Wir sind Studienkollegen ihres Sohnes“, sagte Thomas.

„Mosche, kommst du einmal, bitte“, sagte die Frauenstimme.

Ein kurzes Schweigen folgte.

„Wo ist Aaron?“ fragte eine Männerstimme.

„Wir haben ihm unten unsere Ausweise gezeigt, auch den ihres Sohnes.“

Werner und Thomas hielten ihre gefälschten jüdischen Papiere hoch, zusammen mit dem echten Studentenausweis von Samuel Rosenzweig.

Es dauerte eine kleine Weile, dann rasselte eine Vorhängekette und die Türe wurde geöffnet.

Mosche Rosenzweig stand im Türrahmen. Er trug eine graue Flanellhose, Hausschuhe, ein weißes offenes Hemd und eine graue Strickjacke, die an den Ärmeln mit Lederflicken besetzt war. Er hatte den Kopf voller grauer Locken und eine kleine randlose Brille saß vorn auf seiner kräftigen Nase. Das großflächige Gesicht strahlte. Er machte eine einladende Handbewegung nach innen.

„Kommen Sie nur herein, meine Herren, und entschuldigen Sie unsere Vorsichtsmaßnahmen, aber Sie wissen ja sicher, in welch einer gefährlichen Zeit wir Juden leben. Sie haben Nachricht von unserem Sohn, von Samuel?“

Werner und Thomas nickten, aber ehe sie etwas sagen konnten, unterbrach Frau Rosenzweig ihren Mann.

„Mosche, bitte doch unseren Besuch erst einmal in die gute Stube.“

Sie trug ein blaues knöchellanges Kleid mit feinen weißen Streifen. Es war tailliert und betonte ihre schlanke Figur sehr vorteilhaft. Das Kleid war am Hals hochgeschlossen und mit Spitzen besetzt. Sie hatte das immer noch pechschwarze Haar zu einem dicken Knoten gebunden. Ihr Gesicht war klassisch schön, mit hohen Wangenknochen und dunklen, fast schwarzen Augen.

Beide Rosenzweigs wirkten noch jung, Thomas schätzte die Frau auf Anfang vierzig, ihren Mann etwa vier oder fünf Jahre älter.

Herr Rosenzweig nahm ihnen die Hüte und Mäntel ab, und sie standen alle vier etwas verlegen in dem engen Flur an der Garderobe herum. Frau Rosenzweig ging voraus ins Wohnzimmer. Der Raum war groß, hoch und hell. Geschmackvolle Möbelstücke und dicke Teppiche zeigten, daß es den Rosenzweigs nicht schlecht ging. Die Vorhänge aus Brokatstoff waren zugezogen. In der Mitte des Raumes stand ein wunderschöner alter Flügel. Herr Rosenzweig bat die Männer, auf einem Chippendalesofa Platz zu nehmen. Er und seine Frau setzten sich in die Sessel.

„Wir heißen David Mendelson und Isaac Silberbaum", sagte Thomas, „und sind im gleichen Semester wie Samuel."

„Wie geht es meinem Sohn?" fragte Frau Silberbaum aufgeregt und rutschte auf ihrem Sessel hin und her.

Man konnte ihr ihre Sorge und Ungeduld anmerken.

„Das letzte, was wir von ihm gehört haben, war, daß ihn die Gestapo festgenommen hat. Seit dieser Zeit haben wir überhaupt nichts mehr von ihm gehört. Auch Aaron konnte nichts in Erfahrung bringen."

Aaron war wohl der Mann, der ihnen gefolgt war, als sie das Haus betreten hatten.

„Sie können beruhigt sein", sagte Werner, „Samuel ist in Sicherheit. Wir haben ihn nach Waldperlach gebracht. Hier ist sein Ausweis, als Beweis, daß es ihm gutgeht."

Er reichte Frau Rosenzweig den Studentenausweis ihres Sohnes. Sie nahm ihn in die Hand, schaute lange auf das Bild, um ihn dann gegen die Brust zu drücken.

„Ich danke Ihnen von Herzen für die gute Nachricht", sagte sie leise und drückte die Hand ihres Mannes, der den beiden jungen Männern freundlich zunickte.

Er wußte noch nicht, daß er sich mit diesen netten Jungen das Grauen in die Wohnung geholt hatte.

„Sarah", sagte er, „was sind wir nur für Gastgeber."

„Du hast recht, Mosche." Sie stand auf und strich ihr Kleid glatt.

„Haben Sie schon gegessen?" fragte sie.

„Vielen Dank, Frau Rosenzweig", antwortete Werner.

„Aber es macht uns wirklich Freude, wenn Sie mit uns essen, ich wollte sowieso gerade das Abendbrot richten", fuhr sie fort.

„Wir dürfen uns nicht zu lange aufhalten, es wird sonst zu gefährlich für uns alle“, lehnte Thomas ab.

„Aber eine schnelle Tasse Tee trinken Sie doch wenigstens mit uns“, bat Frau Rosenzweig.

Thomas und Werner tauschten einen schnellen Blick aus.

„Herzlichen Dank, gnädige Frau, recht gern“, sagte Thomas höflich.

Sarah Rosenzweig zog sich in die Küche zurück.

„Erzählen Sie“, forderte Herr Rosenzweig sie auf, „wo haben Sie Samuel zuletzt gesehen?“

„Wie ich bereits sagte“, antwortete Werner, „wir haben ihn nach Waldperlach gebracht. Aaron konnte davon nichts wissen. Wir wußten, daß die Gestapo eine Durchsuchung im Studentenwohnheim in der Cimbernstraße macht, wo sich Samuel bei einem Kommilitonen versteckt hielt. Bevor die Gestapo eintraf, sind wir vier zusammen durch ein Kellerfenster in den Garten und von dort mit dem Auto nach Perlach. Sein Kommilitone Otto ist dort noch bei ihm. Das Versteck kennen nur wir vier.“

„Da bin ich ja einigermaßen beruhigt“, sagte Herr Rosenzweig.

Seine Frau kam mit einem großen Tablett herein und unterbrach das Gespräch.

„Eine schöne Tasse Tee wird uns jetzt guttun“, sagte sie mit einem Lächeln und stellte das Tablett ab.

Thomas und Werner hielten höflich ihre Tassen hin, als die Hausherrin einschenkte. Zucker stand auf dem Tisch. Sie tranken alle vorsichtig von dem heißen Tee und schwiegen eine kurze Zeit.

„Herr Rosenzweig“, sagte Thomas, „Samuel hat uns soviel von ihren Klavierabenden erzählt, spielen Sie doch ein kurzes Stück für uns.“

Mosche Rosenzweig hob abwehrend die Hände und schüttelte den Kopf.

„Bitte, Herr Rosenzweig“, bettelte auch Werner, „es ist doch noch nicht zu spät, als daß es stören würde.“

„Tu den jungen Leuten doch den Gefallen, Mosche, zur Feier des Tages, Du bist doch heute auch noch nicht richtig zum Üben gekommen“, schloß sich Frau Rosenzweig den Bitten an.

„Also gut, überstimmt“, lachte Herr Rosenzweig und stand auf, um zum Flügel zu gehen. Er nahm Platz und schlug den Deckel zurück. Er knetete ein paar Augenblicke seine Finger, schloß dann die Augen und begann zu spielen. Er spielte ein Klavierkonzert von Rachmaninov an.

Thomas und Werner hatten während ihrer Ausbildung aufgepaßt.

Mosche Rosenzweig spielte wundervoll. Seine Frau sah ihn vom Sessel aus liebevoll an. Nach kurzer Zeit stand sie auf, trat hinter ihn und legte ihm die Hand auf die Schulter. Er schaute hoch und schenkte ihr einen zärtlichen Blick.

Werner nutzte die Zeit, um das Glasröhrchen aus der Tasche zu ziehen. Vorsichtig nahm er den Korken ab und kippte jeweils die Hälfte des Inhalts in die Teetassen ihrer Gastgeber.

Als Mosche Rosenzweig geendet hatte, applaudierten Werner und Thomas eifrig.

„Danke, danke", sagte Herr Rosenzweig, „ich glaube, ich bin etwas aus der Übung."

„Es war wundervoll", lobten ihn die beiden Männer nahezu gleichzeitig.

„Er hat schon lange nicht mehr die Gelegenheit gehabt, ein richtiges Konzert zu geben, das fehlt ihm sehr." Frau Rosenzweig schenkte frischen Tee nach. Sie tranken erneut.

„Biete doch unseren Gästen wenigstens etwas Gebäck an", forderte Rosenzweig seine Frau auf.

Sie wollte aufstehen, sank aber wieder in ihren Sessel zurück. Sie faßte sich an den Kopf.

„Was ist dir, Liebes?" fragte ihr Mann und wollte aufstehen, um zu ihr zu gehen. Aber auch ihm versagten die Beine den Dienst, und er fiel wieder nach hinten in den Sessel. Beide waren nicht mehr in der Lage, die Arme zu heben, und statt Worten kam nur noch undeutliches Gestammel aus ihrem Mund.

„Das Zeug wirkt toll", sagte Werner , und Thomas nickte zustimmend.

Ein fragender Ausdruck trat in die Augen der Rosenzweigs.

„Ja, ihr zwei lieben Juden, da staunt ihr", sagte Werner.

„Wir sind weder Studenten noch Saujuden wie ihr. Wir gehören einer Sondereinheit der SS an, die dafür sorgen wird, daß Deutschland von solchem Ungeziefer, wie ihr es seid, befreit wird. Euer sauberes Söhnchen sitzt bei uns in der Kaserne im Keller. Das letzte Mal, als wir ihn zu

Gesicht bekamen, war er nicht sehr gesprächig, es fehlten ihm nämlich die Beißerchen und die Zunge war dick."

Die beiden lachten, als hätten sie einen guten Witz gemacht.

Schmerz war in Sarah Rosenzweigs Augen zu erkennen.

„Und nun zu euch", sagte Thomas, „ich habe euch etwas mitgebracht."

Er ging in den Flur, um das Päckchen aus der Manteltasche zu holen, das den Fisch und den Reis enthielt.

Werner und Thomas deckten den Tisch für ein Abendessen zu zweit, stellten frische Teetassen hin, nicht, ohne vorher die ersten vier Tassen sauber zu spülen und abgetrocknet wieder einzuräumen.

Die Augen der Rosenzweigs folgten ängstlich jeder Bewegung der beiden.

Thomas richtete Reis und Fisch auf einer Platte an und gab eine Portion davon auf beide Teller. Er setzte sich auf die Sesselkante neben Mosche Rosenzweig, nahm einen Teller zur Hand und führte eine Gabel mit Fisch an seinen Mund. Es roch abscheulich.

„So, schön den Mund aufmachen und runterschlucken."

Herr Rosenzweig hielt die Lippen zusammengepreßt, soweit er es in seinem Zustand konnte, und versuchte, den Kopf zu schütteln.

Thomas nickte Werner zu. Dieser begann ganz langsam Sarah Rosenzweigs Kleid aufzuknöpfen. Sie wollte sich wehren, aber mehr als ein paar schwache Zuckungen kamen nicht heraus. Als er in Nabelhöhe angekommen war, schob Werner ihr das Kleid über die Schultern nach hinten.

Thomas hielt Rosenzweig wieder die Gabel hin. Er öffnete den Mund immer noch nicht.

Werner zog nun die Träger des Hemdes und des Büstenhalters über die Schultern. Mit einem Ruck legte er die rechte Brust bloß. Er begann ihre Brustwarze fest zwischen seinen Fingern zu reiben. Sie wurde dabei groß und hart.

Mosche Rosenzweig verdrehte die Augen und gab undeutliche Laute von sich. Er versuchte, sich verzweifelt aufzurichten, aber es war vergeblich.

„Na, was ist?" sagte Thomas, „essen wir jetzt schön brav, oder soll mein Freund weitermachen?"

Werner hatte inzwischen beide Brüste freigelegt und fing an, mit der Hand zwischen Sarah Rosenzweigs Beine zu fahren.

Mosche Rosenzweig öffnete gehorsam den Mund. Als er aber eine Gabel voll Fisch auf der Zunge hatte, stieß er sie mit letzter Anstrengung wieder über die Lippen.

„Du jüdisches Ferkel", schimpfte Thomas, „kannst du nicht einmal anständig essen?"

Werner hatte nun eine Kerze angezündet. Er führte sie an Sarah Rosenzweigs Busen und ließ langsam das heiße Wachs auf ihre Brustwarzen tropfen. Sie versuchte, sich aufzubäumen.

Thomas packte Mosche Rosenzweig von hinten an den grauen Lokken und sah ihn scharf an, während er heftig an seinen Haaren zog.

„Du hast zwei Möglichkeiten. Entweder du ißt jetzt sauber die Hälfte deines Tellers leer, oder mein Freund wird deine Judenhure so hernehmen, daß du sie in kurzer Zeit nicht mehr erkennst. Hast du mich verstanden?"

Mosche Rosenzweig versuchte ein Nicken und öffnete den Mund. Von jetzt an schluckte er Bissen um Bissen hinunter, den Blick immer auf seine Frau gerichtet.

Als der Teller halb geleert war, hörte Thomas auf. Er ging zu Sarah Rosenzweig.

„Nun zu Dir, mein jüdisches Schätzchen", sagte er und fing an, sie wieder anzuziehen.

Er schob ihre Träger wieder hoch und knöpfte das Kleid ordentlich zu, nicht jedoch, ohne vorher das inzwischen erkaltete Wachs von ihrer Brustwarze gepellt zu haben.

„Jetzt bist du mit dem Abendessen dran", fuhr er fort und führte eine Gabel zu ihrem Mund. Auch sie wollte die Lippen nicht öffnen, und Mosche Rosenzweig ermutigte sie mit einem schwachen Kopfschütteln.

„Jetzt habe ich eure Faxen dick", sagte Thomas. „Los, Werner, ohne Vorspiel!"

Werner öffnete Mosche Rosenzweigs Gürtel und knöpfte ihm die Hose auf. Er faßte in den Hosenschlitz und holte sein Glied heraus.

„Sieh da, ein beschnittener jüdischer Fliegenpilz", lachte Werner.

Er holte aus seiner Tasche eine kleine Drahtschlinge hervor. Er führte sie unten um Mosche Rosenzweigs Hoden und zog langsam zu. Mosche Rosenzweigs Augen weiteten sich vor Schmerz.

Seine Frau öffnete die Lippen und schluckte Bissen für Bissen hinunter, bis sie auch zwei Drittel ihres Tellers geleert hatte.

Werner brachte Mosche Rosenzweigs Hose wieder in Ordnung. Die beiden Männer standen auf und blickten sich sorgfältig um. Sie hatten keine verräterischen Spuren hinterlassen.

Thomas holte ein schmales Holzkästchen aus seiner Jackentasche. Nun kam die eigentliche Hauptaufgabe. Er öffnete das Kästchen. Zwei lange blitzende Stahlnadeln lagen auf einem Samtuntergrund.

Azui Hiragawa hatte sie seinem begabtesten Schüler zum Abschied geschenkt, bevor er nach Japan zurückkehrte.

Thomas nahm eine der Nadeln heraus. Werner setzte sich auf Mosche Rosenzweigs Schoß und hielt dessen Arme ruhig. Thomas faßte die Nadel mit der rechten Hand. Mit der linken suchte er die Stelle am Hinterkopf seines Opfers, wie es ihm Azui Hiragawa hundertmal gezeigt hatte. Er setzte die Nadel an und stieß sie mit einem Ruck hinein, um sie genauso schnell wieder herauszuziehen.

Werner beobachtete Mosche Rosenzweigs Augen. Ein kurzes schmerzvolles Zucken, dann erschien eine Leere, wie man sie nur bei Menschen sieht, die den Verstand verloren haben. Und genau das hatte Mosche Rosenzweig in diesem Moment. Er würde von jetzt an nur noch lallen wie ein Kleinkind, aber niemand würde je wieder ein vernünftiges Wort von ihm hören. Man würde es letztendlich auf den verdorbenen Fisch schieben, den die Rosenzweigs zum Abendbrot gegessen hatten. Selbst wenn man die winzige Einstichstelle entdecken würde, was kaum zu erwarten war, würde eine logische Erklärung ausbleiben. Mosche Rosenzweig würde für immer ein Pflegefall bleiben, soweit die NS Gesundheitsbehörden dies dulden würden, was bei einem Juden sehr unwahrscheinlich war. So wie die Dinge standen, würde er in Hadamar oder in einer der anderen „Anstalten“ landen.

In den Münchner Gesellschaftskreisen würden einige Damen traurig und bestürzt sein über das Unglück, das dem begabten Musiker widerfahren war, aber einigen Ehemännern würde es willkommen sein, brauchten sie doch jetzt nicht mehr einen Juden zu schützen, der einem die Karriere versauen konnte, nur weil er für die Kaffeetafel der Gattin so schön Klavier gespielt hatte.

Thomas und Werner wiederholten die Prozedur bei Sarah Rosenzweig. Thomas wischte seine Nadel an einem Taschentuch sauber und packte sie wieder in sein Kästchen. Nach einem letzten Blick verließen sie den Raum.

Sarah und Mosche Rosenzweig saßen wie Puppen in ihren Sesseln vor dem gedeckten Tisch.

Thomas und Werner zogen die Korridortüre hinter sich zu. Die Polizei würde der Tatsache, daß die Kette nicht eingehängt war, keine zu große Bedeutung zumessen, wenn sie überhaupt als erstes eintreffen würde. Das Licht brannte in der Küche, im Wohnzimmer und im Flur.

Als sie das Haus verließen, war es zwanzig Minuten vor zehn. Sie überquerten die Straße und stiegen in das wartende Auto. Paul schaute fragend, als sie sich in das Fahrzeug quetschten.

„Alles nach Plan", sagte Thomas und klatschte in die Hände. Sie fuhren zurück zur Kaserne, ohne daß sie angehalten wurden. Die beiden Toten pendelten hin und her und sackten schließlich vornüber, ohne daß sich einer der vier weiter darum kümmerte.

Der Posten salutierte und öffnete den Schlagbaum. Sie waren in Sicherheit. Sie stellten das Auto in der Garage ab und gingen sofort zu Brenner, um Meldung zu machen. Er saß hinter seinem Schreibtisch. Der überquellende Aschenbecher zeigte, daß er nervös war.

„Was gibt es, meine Herren, so spät noch?" fragte er.

„Auftrag befehlsgemäß ausgeführt", sagten die vier im Chor.

Obersturmbannführer Brenner sprang auf.

„Was, ihr seid schon fertig? Ihr hattet doch Zeit bis morgen Abend 24 Uhr. Ihr seid doch Teufelskerle."

Brenner sah man die Erleichterung und Freude an. „Hat alles so geklappt, wie ich es angeordnet habe?" kam dennoch eine zusätzliche Frage.

„Natürlich, Herr Obersturmbannführer", antwortete Karl Hübner.

„Keine Spuren, keine Hinweise, keine Zeugen. Apropos Zeugen, Herr Obersturmbannführer. Wir hätten da im Auto noch zwei männliche Personen, Juden vermutlich, die die Rosenzweigs bewachten. Sie haben die Fahrt hierher nicht so richtig vertragen. Da sie der Gruppe angehörten, die Rosenzweig führte, wird sie außer den eigenen Leuten keiner vermissen. Deshalb haben wir sie mitgebracht."

„Gut gemacht, Männer. Um das Problem wird sich Kohlert in altbewährter Manier kümmern. Ich danke Ihnen, meine Herren, und wünsche eine gute Nacht. Schlafen Sie gut. Ich erwarte Sie morgen früh bei mir zum Rapport."

Brenner stand auf, um jedem einzeln die Hand zu geben. Dies bedeutete eine große Ehre, denn Brenner haßte das Händeschütteln, wie jede körperliche Berührung.

Die vier Freunde grüßten und gingen auf ihre Stube. Sie waren alle noch zu überdreht, um jetzt schlafen zu können, also gingen sie zu Oskar und genehmigten sich noch einige Biere auf ihren Erfolg. Sie erzählten sich nun gegenseitig, wie alles abgelaufen war. Oskar durfte nun zuhören und brachte eine Runde Bier nach der anderen. Als sie zu Bett gingen, waren sie ziemlich angeheitert. Am nächsten Morgen um 10 Uhr standen sie wie aus dem Ei gepellt vor Brenners Schreibtisch. Er hatte eine Münchner Sonntagszeitung auf dem Tisch liegen. Er zeigte ihnen den Artikel auf der dritten Seite. „Der bekannte Münchner Musiker M. B. wurde gestern Abend noch mit seiner Frau in eine Münchner Klinik eingeliefert. Wahrscheinlich haben sich beide eine schwere Fischvergiftung zugezogen. Obwohl nach der Behandlung alle Körperfunktionen normal arbeiteten, sind beide Patienten nicht ansprechbar. Die behandelnden Ärzte stehen vor einem Rätsel, da ihnen ein ähnlich gelagerter Fall noch nicht begegnet ist."

„Was sagen Sie dazu, meine Herren", brüllte Brenner und schlug mit der Zeitung heftig auf die Schreibtischplatte.

Karl antwortete. „Die Organisation des Herrn Rosenzweig arbeitet schnell. Nachdem sich die beiden Wachen nicht rechtzeitig gemeldet haben, wurden die Rosenzweigs sofort in ihrer Wohnung gefunden."

Brenner brüllte los.

„Wollen Sie mich auf den Arm nehmen? Das dürfte Ihnen schlecht bekommen. Erklären Sie mir, was das soll: Beide Patienten sind nicht ansprechbar. Ich hatte doch angeordnet, beide Rosenzweigs aus dem Weg zu räumen. Was ist nun, wenn sich ihr Zustand bessert und sie fangen zu plaudern an?"

Brenner kochte vor Wut. Die Narbe in seinem Gesicht war feuerrot geworden.

„Erlauben Sie mir, Herr Obersturmbannführer, daß ich Ihnen das genauer erkläre", unterbrach ihn Thomas Waldner.

„Ich bitte darum", schnauzte Brenner, dessen gute Laune vom vorherigen Abend verflogen war.

„Sie hatten angeordnet“, fuhr Thomas fort, „die beiden aus dem Weg zu räumen, und genau das haben wir getan. Von Mord hatten sie nicht gesprochen. Ich habe bei unserem japanischen Meister einige Dinge gelernt, die den Medizinern hier etliches Kopfzerbrechen bereiten werden. Seien Sie versichert, Herr Obersturmbannführer, daß die Rosenzweigs sich weder an ihren eigenen Namen erinnern noch reden, geschweige denn schreiben werden. Sie können gerne Nachforschungen anstellen lassen, aber ich bin mir völlig sicher, daß Herr Rosenzweig nicht einmal mehr Frau Rosenzweig erkennt, wenn sie sich gegenübersitzen.“

Brenner blickte immer noch nachdenklich.

Thomas sprach weiter: „Ist das nicht die einfachste und eleganteste Lösung. Beide leben noch, sind aber völlig hilflos, ja wertlos. Nicht der Hauch eines Verdachts, wie Sie es zu nennen pflegten, wird auf unsere Organisation fallen. Steht etwas von den beiden Männern in der Zeitung, die wir beseitigt haben?“

Brenner schien erleichtert. „Kein einziges Wort, die Burschen der Organisation wissen wohl selber noch nicht genau, was eigentlich geschehen ist.“

Brenner lachte jetzt. Er hatte seine Fassung wiedergewonnen.

Brenners Gedanken gingen weiter. Wie würde er jetzt in Berlin dastehen. Er sah sich im Geiste schon im Reichssicherheitshauptamt, umringt von Heydrich, Kaltenbrunner und den anderen, wie sie ihm auf die Schulter klopften, ihn lobten wegen seiner grandiosen Idee, wie sie ihn vorschlugen für weitere größere und wichtigere Aufgaben für den Führer und das Reich.

Brenner drehte sich um, er grinste jetzt.

„Waldner, Waldner, vor Ihnen muß man sich ja vorsehen.“

Er klopfte Thomas mit der Hand anerkennend gegen den linken Oberarm.

„Meine Herren, ich bin mehr als zufrieden mit Ihnen. Ich werde nach Berlin Meldung machen und ihre Namen lobend erwähnen. Ich denke, Sie können vielleicht sogar mit einer Beförderung rechnen. Ich werde mich persönlich dafür einsetzen.“

Nichts von all dem würde er tun. In seinem Bericht nach Berlin würde nur der Name Brenner stehen. Beförderungen konnte er ohne Rücksprache selbst vornehmen, aber das konnten die vier Männer nicht wissen.

„Zur Feier des Tages erweitere ich Ihren Urlaub bis zum nächsten Sonntag.“ „Danke, Herr Obersturmbannführer“, erscholl es gleichzeitig aus vier Kehlen.

„Abtreten“, bellte Brenner. Die vier Freunde verließen das Zimmer und gingen zurück auf ihre Stube. Erst dort stimmten sie ein wahres Indianergeheul an und schlugen sich gegenseitig auf den Rücken und die Schultern.

Oskar hatte eine schwere Woche vor sich, denn nun wurde jeden Abend schwer gebechert, und auch von Brenners Angebot, einige Damen bereit zu halten, machten die vier regen Gebrauch. Sie schliefen oft bis in den Morgen hinein, und Oskar sorgte für das Frühstück. Er hatte die vier richtig ins Herz geschlossen. Nach dem Frühstück ging es regelmäßig in die Halle oder ins Gelände. Sie hielten sich trotz der feuchten Abende fit.

Nach drei Wochen kam ihre Beförderung zu Untersturmführern.

Am Tag nach Führers Geburtstag wurden Thomas, Werner, Karl und Paul zum Obersalzberg versetzt. Sie gehörten jetzt zur persönlichen Leibwache Adolf Hitlers, wenn er in seinen geliebten Berchtesgadener Bergen war.

"Ich schwöre Dir, Adolf Hitler,
als Führer und Kanzler des Deutschen Reiches
Treue und Tapferkeit.
Ich gelobe Dir
und den von Dir bestimmten Vorgesetzten
Gehorsam bis in den Tod,
so wahr mir Gott helfe."

(Eid des Staffelanwärters auf seinen Führer)

NEUENDORF - ST. ALBERT (1972)

Silvia hatte Michael die Entscheidung leicht gemacht. Sie hatte beschlossen, sich für das neue Wintersemester an der St. Albert Universität einzuschreiben, wenn Michael nicht nach München gehen würde.

Die Semesterferien waren nahezu vorbei, und Silvia und Michael hatten einen wundervollen Sommer zusammen verbracht. Sie waren in Michaels altem Volkswagen durch das Elsaß gefahren, hatten die Schlösser der Loire besucht und zum Schluß drei Wochen auf einem Zeltplatz am Lago Maggiore gefaulenzt. Wo immer es ihnen gefiel, hatten sie ihr kleines Zelt aufgeschlagen und waren ein, zwei Tage geblieben, bis es sie weitergezogen hatte.

Silvia hatte Michaels Mutter kennengelernt, eine große, schlanke Frau mit einem dunklen Teint, der zusammen mit der Frisur an eine spanische Tänzerin erinnerte. Michael war ihr einziger Sohn, und so begegnete sie Silvia zunächst mit kühlem Abstand. Erst, als sie merkte, daß es wirklich ernst um die beiden stand, kam sie Silvia Stück für Stück entgegen.

Die letzten beiden Septemberwochen des Jahres verbrachten sie bei Michael zu Hause in Neuendorf, etwa eine Autostunde von St. Albert entfernt. Michael und seine Mutter bewohnten eine Dachwohnung mit vier Zimmern in einem neugebauten Haus am Rande der kleinen Stadt.

Neuendorf hatte nur etwa 10.000 Einwohner und war im Vergleich zu St. Albert mit seinen über 100.000 Einwohnern noch ein Dorf, denn hier kannte beinahe jeder jeden.

Bereits nach einer Woche wurde Silvia wie eine alte Bekannte begrüßt, wenn sie mit Michaels Mutter zum Einkaufen ging oder mit Michael eine Pizzeria oder Eisdiele besuchte. Die drei saßen am Abend oft zusammen, und Silvia und Michael schmiedeten Zukunftspläne, während Michaels Mutter meistens schweigend und ab und zu lächelnd zuhörte.

Kurz vor Semesterbeginn rief Michael im Historischen Seminar der St. Albert Universität an. Er ließ sich mit dem Sekretariat von Professor Doll verbinden. Er war der Leiter der Abteilung für Frühgeschichte. Die Vorzimmerdame gab Michael einen Termin für den kommenden Freitagmorgen um 10.00 Uhr.

Sivia begleitete ihn nach St. Albert. Sie wollte die Zeit nutzen und das Appartment aufräumen und saubermachen.

Michael war um 9.45 Uhr in Professor Dolls Vorzimmer. Er war in dieser Hinsicht ein Pedant und haßte Unpünktlichkeit über alles.

„Guten Morgen, Frau Zenglein. Mein Name ist Anders, Michael Anders. Ich habe um 10.00 Uhr einen Termin bei Professor Doll."

„Guten Morgen, Herr Anders. Ich werde Sie gleich beim Professor anmelden."

Sie drückte den Knopf der Sprechanlage.

„Professor, Herr Anders ist hier für Sie."

„Oh, schön, schicken Sie ihn herein", antwortete Professor Doll.

Er hatte eine angenehme tiefe Stimme. Frau Zenglein nickte Michael zu und deutete auf die Tür neben ihrem Schreibtisch. Michael klopfte kurz an und trat ein.

Professor Doll stand mit einer kleinen Gießkanne am Fenster. Das ganze Zimmer war voller Blumen. Die Fensterbank konnte nicht alle Töpfe aufnehmen, und so hatte der Professor seine Blumen auf der Schreibtischkante stehen, in einer Ecke neben der Tür befanden sich große Yuccas und ein Gummibaum, ja sogar von seinen Bücherschränken hingen grüne Ranken herab. Professor Doll stellte seine Gießkanne ab.

„Nehmen Sie doch Platz", sagte er freundlich und reckte Michael seine Hand entgegen. Michael ergriff die dargereichte Hand und hatte das Gefühl, als seien seine Finger in einen Schraubstock geraten. Er setzte sich und betrachtete den Mann hinter dem Schreibtisch.

Professor Doll war ein kleiner, sehr kräftiger Mann mit einem zu großen Kopf auf einem zu kurzen Hals. Er hatte rotblonde Haare und ein pockennarbiges Gesicht mit einer breiten Nase und wulstigen Lippen. Studenten in den Anfangssemestern machten sich zunächst immer über sein Aussehen lustig, aber wenn sie Professor Doll richtig kennengelernt hatten, wußten sie, daß hinter diesem Äußeren eine Seele von Mensch steckte. Professor Doll war nicht nur ein exzellenter Historiker, sondern auch ein ausgezeichneter Menschenkenner. Was aber seine hervorstechendste Eigenschaft war, war die Tatsache, daß er sich jederzeit rückhaltlos für seine Studenten einsetzte.

„Wissen Sie, warum ich Sie hergebeten habe?" eröffnete Doll das Gespräch.

„Nicht so richtig, Herr Professor, in Ihrem Brief stand nur, daß es sich um ein interessantes Forschungsprojekt handelt."

„Das ist richtig", fuhr Doll fort, „ich ziehe es vor, die Angelegenheiten persönlich zu besprechen. Es freut mich, daß Sie sich Zeit genommen haben, um sich anzuhören, was ich mit Ihnen vorhabe."

„Was wissen Sie über die Kelten?" fragte Doll unvermittelt.

Michael überlegte nicht lange.

„Um die Wahrheit zu sagen, Herr Professor, weiß ich nicht mehr als das, was ich im Proseminar für Frühgeschichte darüber gehört habe. Die Kelten bevölkerten den gesamten mitteleuropäischen Raum bis nach Spanien und bis zur Atlantikküste. Reste von keltischen Siedlungen lassen sich besonders im Main-Donauraum finden, und man geht davon aus, daß die Basken und die Bretagner Teile ihrer Kultur und Sprache aus der Keltenzeit bewahrt haben."

„Na, das ist doch schon einiges", lachte Professor Doll. „Soweit ich weiß, haben Sie neben Geschichte auch Anglistik und Germanistik studiert und waren an der Sussex University."

„Sie sind gut informiert", sagte Michael.

„Das gehört unter anderem zu meinen Aufgaben", antwortete Doll.

„Sie haben auch Vorlesungen bei Professor Weatherby über die englische Frühgeschichte gehört, wie ich Ihrem Studienbuch entnehmen konnte. Können Sie also meine Frage von vorhin noch etwas präziser beantworten?"

„Gerne", sagte Michael. „Auf Grund semantischer Gemeinsamkeiten geht man davon aus, daß auch die Waliser keltisches Kulturgut bewahrt haben, da sich die Reste der ersten Einwohner, vermutlich Kelten aus dem französisch-spanischen Raum, nach der Invasion der Jüten, Sachsen und Angeln in die schwer zugänglichen Gebiete von Wales zurückgezogen haben. Dort haben sie dann auch die dänische und normannische Invasion überstanden. Professor Weatherby geht davon aus, daß zur keltischen Zeit eine Landbrücke zwischen England und dem Kontinent bestand, was sich auch durch genaue Studien der Artussage belegen läßt."

„Wie kommt Weatherby zu dieser These?" fragte Doll interessiert.

Michael fuhr fort. „Ritterliche Regeln und höfisches Benehmen sind zuerst in Frankreich entstanden und haben von dort auf das übrige Europa übergegriffen. Da jedoch alle Ritter der Tafelrunde bereits eine solche ritterliche Lebensweise führten und in der Artussage auch französische

Namen und Orte erwähnt werden, schließt Professor Weatherby nicht aus, daß Südengland, Wales und große Teile Frankreichs in diesem Sagenkreis eine Rolle spielen. Auch wäre der Süden Englands für die ausgedehnten Reisen und Züge der Ritter der Tafelrunde viel zu klein gewesen. Von einer Überfahrt mit einem Schiff ist aber nie die Rede, also muß es eine Verbindung Englands mit dem Kontinent gegeben haben."

Professor Doll lauschte gespannt.

„Ich glaube, ich habe den richtigen Mann ausgewählt", sagte er schließlich.

„Ich möchte ein Werk über die Kultur, Sprache und Lebensweise der Kelten im gesamten europäischen Raum herausgeben. Und dazu möchte ich Sie als Mitarbeiter."

„Warum ausgerechnet mich?" fragte Michael verwundert. „Ich war Assistent in neuerer Geschichte, ich habe fast keine Ahnung von den Kelten oder von Frühgeschichte überhaupt. Wie kommen Sie auf mich? Es gibt Dutzende anderer, die besser qualifiziert sind für diese Aufgabe."

„Das kann ich Ihnen sagen, Herr Anders", antwortete Professor Doll.

„Ich habe Ihre Arbeit über die Reichsgründung 1870/71 gelesen und war von der Art, wie Sie ihre Recherchen durchgeführt haben, sehr beeindruckt. Sie sprechen perfekt Englisch, Sie kennen sich in Südengland aus, Sie waren Student bei Professor Weatherby. Sind das Gründe genug?"

Professor Doll lächelte Michael an.

„Das mag ja sein", sagte Michael etwas verzweifelt, „aber wie soll ich denn zu Ihrem Werk etwas beitragen, wenn ich von der Materie selbst kaum etwas verstehe."

„Nur langsam, junger Mann, lassen Sie mich erklären, was ich von Ihnen erwarte. Sie bekommen von mir einen Assistentenvertrag für vier Jahre. Die ersten vier Semester werden Sie jeweils ein Proseminar zur Einführung in die Geschichte an der Universität hier halten. In dieser Zeit werden Sie aber auch meinen beiden anderen Mitarbeitern zur Hand gehen, die keltische Relikte im deutschen Raum untersuchen, vermessen und aufzeichnen. Diese Tätigkeit und die vier Semester sollten genügen, damit Sie sich die Kenntnisse aneignen, die Sie benötigen. Nach dieser Zeit sollen Sie nach England gehen. Ich habe Sie bereits beim Kollegen Weatherby avisiert, Sie werden seine volle Unterstützung haben. Sie haben zwei Jahre Zeit. Nehmen Sie alles so auf, was Sie in England finden, wie Sie es von meinen Mitarbeitern in den nächsten zwei Jahren lernen. Sie können sich eine Wohnung suchen, Sie können nach Hause fahren, wann immer Sie wollen, ich möchte nur nach zwei Jahren die kompletten Ergebnisse auf meinem Schreibtisch haben. Natürlich werde ich einige Daten und Fakten vorab benötigen, aber das wird Ihnen ja nicht schwerfallen."

Professor Doll hatte sich klar ausgedrückt. Es war ein verlockendes Angebot. Aber Michael dachte weiter.

„Vorausgesetzt, ich nehme Ihre Offerte an", sagte er, „was geschieht nach den vier Jahren? Ich bin dann 32 und ein ausgemusterter Assistent."

Doll lachte. „Ich habe natürlich auch an Ihre Zukunft gedacht. Aber die hängt wiederum nur von Ihnen ab. Sie können Ihre Arbeit in England bei mir als Doktorarbeit einreichen. Ich werde mich bei erfolgreich abgelegter Prüfung um eine Stelle als Archivleiter in Altstadt für Sie bemühen, wenn Sie das interessiert."

Und ob Michael das interessierte. Als Archivleiter hatte er ausgesorgt. Er wäre sein eigener Herr, könnte seine Arbeitszeit frei einteilen, hätte Zeit und Muße genug, sich den Studien zu widmen, die ihn interessierten. Außerdem säße er, was das Arbeitsmaterial anbelangen würde, direkt an der Quelle. Altstadt war nur 10 Kilometer von Neuendorf entfernt.

Er dachte schon weiter. Vielleicht konnte Silvia eine Stelle am dortigen Gymnasium bekommen.

„Ich weiß", unterbrach Doll seine Gedanken, „das Archiv in Altstadt ist klein, aber es ist gut sortiert. Die Stelle ist außerdem mit A 15 dotiert. Ich möchte Sie nicht drängen. Nehmen Sie sich noch einige Tage Bedenkzeit und geben Sie mir dann Bescheid."

Doll erhob sich von seinem Platz. Er reichte Michael erneut seine Pranke, und dieser ergriff sie vorsichtig.

Silvia war nicht begeistert, als sie erfuhr, was Professor Doll mit Michael vorhatte. Michael hatte ihr sofort alles erzählt. Besonders die Tatsache, daß Michael für zwei Jahre nach England gehen sollte, machte ihr Sorgen.

„Aber Liebes", sagte Michael, „in den Semesterferien kommst du zu mir rüber, und während des Semesters kann ich heimkommen, wann immer ich will. Mit meinem Assistentengehalt können wir das locker bezahlen. Du kannst mir sogar helfen bei der Arbeit in England. Wir können uns ganz Südengland anschauen. Wir werden bei den Stockwells wohnen, wo ich als Student schon gewohnt habe, und du kannst dabei deine Sprachfertigkeit für das Staatsexamen vervollkommnen. Wenn die zwei Englandjahre vorbei sind, bist du im zehnten Semester. Du machst dann im Frühjahr dein Examen und im Sommer, wenn ich aus England komme, heiraten wir."

Silvia blieb der Mund offenstehen.

„Ist das etwa ein offizieller Antrag?" fragte sie. „Ich habe immer gedacht, das wäre viel romantischer, mit einer Bitte um meine Hand oder so etwas Ähnlichem."

Michael warf sich vor ihr auf die Knie und breitete die Arme aus.

„Gnädiges Fräulein, darf ich es wagen, Ihre Hand mir anzutragen? Nein, wie war das noch?" Er schüttelte verzweifelt den Kopf.

Silvia lachte herzhaft, nahm seinen Kopf in beide Arme und drückte ihn fest gegen ihren Schoß.

„Du Spinner", sagte sie leise, „ich liebe dich und hoffe, daß du mich in vier Jahren noch willst."

Am nächsten Morgen unterschrieb Michael Anders den Vertrag in Professor Dolls Zimmer.

ALTSTADT - NEUENDORF
(1932)

Maria Anders hatte Glück. Zwei Jahre, nachdem sie die Schule verlassen hatte, fand sie eine feste Anstellung. Die meisten Mädchen ihres Alters, sie war gerade sechzehn geworden, wurden schon während der Schulzeit auf ihr späteres Schicksal vorbereitet. Sie lernten von ihren Müttern, wie man einen Haushalt führte und alle anderen weiblichen Pflichten erfüllte, bis sie nach dem Schulabschluß früher oder später das Glück oder Pech hatten, einen Ehemann zu finden. Oft verlor dadurch die Mutter eine billige Arbeitskraft, manchmal war aber auch der Vater froh, wenn er ein hungriges Maul weniger stopfen mußte.

Die Zeiten waren schlecht. Sechs Millionen Menschen in Deutschland waren arbeitslos, und die wenigen, die eine Stelle hatten, schlugen sich mehr schlecht als recht durchs Leben.

Nationalsozialisten und Kommunisten stritten sich, wie die Lösung aus dieser Misere aussehen sollte. Die demokratische Regierung lähmte sich selbst, der Reichspräsident war ein alter Tattergreis, der Entscheidungen nur noch mit Hilfe seiner teils unfähigen Berater fällen konnte.

Maria Anders hatte Glück, denn ihr Vater hatte das Friseurgeschäft in Neuendorf. Zu seinen Stammkunden zählte auch Anton Weinstein, ein jüdischer Arzt, der seine Praxis in Altstadt hatte. Die Weinsteins waren in Neuendorf sehr beliebt, denn Anton Weinstein hatte nahezu in jedem Haushalt schon als Arzt gewirkt. Man konnte ihn auch noch nach einem langen Arbeitstag zu jeder Zeit in Altstadt nachts herausklingeln, er kam stets und war immer freundlich. Nur die wenigsten seiner Neuendorfer Patienten waren in der Lage, Dr. Weinstein zu bezahlen. Wenn er hie und da etwas Geld erhielt, gab es seine Frau hinter seinem Rücken oft wieder zurück. Viele zeigten ihre Dankbarkeit durch kleine Geschenke. Die Weinsteins bekamen bei passender Gelegenheit Dinge, die sie gut gebrauchen konnten und die ihre Patienten ohne Probleme verschmerzen konnten.

Da gab es große Backbleche voll Zwetschgenkuchen zur Kirchweih im Herbst, fette Gänse zu Martini, eine Ente oder einen Stallhasen zu Weihnachten. Jeder, der den Weinsteins etwas schuldete, zahlte auf seine Art und Weise. Einige wenige, die nichts zu geben hatten, versorgten den

Garten, hackten Holz, nahmen kleine Reparaturarbeiten am und im Haus der Weinsteins vor.

Alle vierzehn Tage kam Dr. Weinstein zu Georg Anders, um sich die Haare schneiden und den Bart stutzen zu lassen. Er hatte immer etwas für die Kinder in der Tasche. Paul Anders, der ein Jahr älter als Maria war, lernte bei seinem Vater, und Maria half der Mutter im Haushalt oder machte sich im Laden nützlich. Dr. Weinstein brachte immer kleine Geschenke aus der Stadt mit.

Georg Anders hatte ihn vor einiger Zeit wegen Maria angesprochen. Er war der Ansicht, daß seine beiden Kinder auf eigenen Füßen stehen sollten, aber der Hauptgrund war, daß er seine Familie kaum durchbringen konnte. Wenn man sparen mußte, und das mußten alle Einwohner von Neuendorf, dann hatte man kein Geld für einen Friseurbesuch. Die Familie Anders schlug sich durch mit dem, was der Garten hergab, und außerdem fütterte Frau Anders mit den Abfällen jedes Jahr ein Schwein, das bis zum letzten Gramm verwurstelt wurde. Für frisches Fleisch aus der Metzgerei war selten genug Geld in der Kasse.

Dr. Weinstein hatte auf dem Friseurstuhl Platz genommen. Georg Anders hängte ihm das weiße Tuch um und begann, Rasierschaum anzurühren.

„Sie hatten mich schon vor längerer Zeit wegen Maria gefragt“, eröffnete Dr. Weinstein das Gespräch.

„Ja, Herr Doktor, sie wird jetzt schon bald siebzehn und sollte etwas Anständiges lernen.“

„Na, Herr Anders, was Ihre Frau Maria alles beigebracht hat, ist doch wohl etwas Anständiges. Man muß für sein Können nicht immer einen Gesellenbrief oder einen Titel vorweisen können.“

„So habe ich das doch nicht gemeint, Herr Doktor“, entschuldigte sich Georg Anders, „aber sie sollte halt auf eigenen Füßen stehen, ein bißchen eigenes Geld verdienen, damit sie sich auch einmal ein hübsches Kleid oder ein Paar Schuhe kaufen kann. Bei uns reicht es doch beim besten Willen hinten und vorne nicht.“

„Ich verstehe Sie schon, Herr Anders“, fuhr Dr. Weinstein fort, „aber gerade das, was Maria bei Ihrer Frau gelernt hat, wird sie hoffentlich bald brauchen können. Einer meiner Patienten in Altstadt ist David Cohn. Er hat eine gutgehende Rechtsanwaltskanzlei, und seine ganze Familie und seine Angestellten kommen zu mir in die Sprechstunde. Sein Hausmädchen hört zum Ende des Monats auf, da sie heiraten möchte und aus Altstadt wegzieht. Bei seinem letzten Besuch hat er mich gefragt, ob ich nicht jemand wüßte, der zuverlässig sei, da ich doch in so viele Haushalte käme. Ich habe gleich an Ihre Maria gedacht. Die Arbeit ist die gleiche wie zu Hause. Sie bekäme ein Zimmer bei den Cohns. Sie hätte jeden Sonntag und alle zwei Wochen auch am Samstag frei, und die Bezahlung ist auch recht ordentlich."

„Das wäre ja prima, Herr Doktor", freute sich Georg Anders, „ich werde gleich Maria rufen."

Dr. Weinstein sagte: „Rufen Sie auch gleich Ihre Frau, denn sie betrifft es ja auch."

Paul Anders holte seine Mutter und seine Schwester aus der Küche.

Paul war großgewachsen für sein Alter und trug die Haare kurzgeschoren. Seit einem Jahr ging er regelmäßig heimlich zu den Treffen der SA. Es gefiel ihm dort. Es herrschte echte Kameradschaft und im SA Heim war immer etwas los. Er begegnete Dr. Weinstein in letzter Zeit mit Mißtrauen, obwohl er noch nie negative Erfahrungen gemacht hatte. Es stimmte doch, was der Gruppenleiter gesagt hatte. Den Weinsteins ging es immer noch gut, und jetzt dieser Cohn, auch er war in Pauls Augen ein Volksschmarotzer. Sie hielten doch zusammen, diese Juden, damit keiner von ihnen zu kurz kam, während es den Deutschen schlecht ging. Bei dem Gedanken, daß seine Schwester bei einem Juden als Dienstbotin arbeiten sollte, war Paul unbehaglich zumute. Er getraute sich jedoch nicht, irgend etwas zu sagen. Dazu war er von seinem Vater zu autoritär erzogen worden. Georg Anders hätte ihm wohl bei einer abfälligen Bemerkung kräftig hinter die Löffel gehauen.

Therese Anders war immer noch eine stattliche schwarzhaarige Erscheinung, und Maria war ihr Abbild. So mußte die Mutter in jungen Jahren ausgesehen haben. Sie wischte sich die Hände an der Schürze ab und gab Dr. Weinstein die Hand.

„Schön, Sie wieder bei uns zu sehen, Herr Doktor", sagte Therese Anders höflich.

Paul beobachtete aus der Ecke die Szene. Dieses kriecherische Getue seiner Mutter, noch dazu vor einem Juden, war ihm zuwider.

„Frau Anders, ich habe Ihrem Mann gerade einen Vorschlag gemacht, was Ihre Tochter anbelangt. Ich möchte aber auch Ihre Meinung dazu hören."

Dr. Weinstein erzählte den beiden Frauen noch einmal, was er bereits Georg Anders gesagt hatte. Maria Anders stand etwas schüchtern dabei, aber als Dr. Weinstein zu Ende gesprochen hatte, klopfte ihr Herz erheblich schneller. Das war es, worauf sie gewartet hatte. Raus aus der Enge des Elternhauses, aus dem Dorf, wo jeder jederzeit wußte, was der Nachbar tat. Wo jedes neue Kleid, jede Veränderung des Äußeren mit deutlichem Tuscheln registriert wurde. Sie wartete auf die Reaktion ihrer Mutter.

Altstadt, das bedeutete Leben, abends einmal ins Kino gehen und Willy Fritsch sehen, am Samstagabend zum Tanzen, die vielen Geschäfte, die Cafes, Maria wagte gar nicht weiterzudenken. Die Arbeit im Haushalt würde ihr nichts ausmachen, die war sie gewohnt. Auch frühes Aufstehen bereitete ihr keine Schwierigkeiten.

„Du müßtest dann natürlich auch abends ab und zu arbeiten", sagte Dr. Weinstein, „wenn die Cohns eine Gesellschaft geben."

Maria sah die Sache von einer ganz anderen Seite. Sie würde auch etwas mitbekommen vom Hauch der feinen Gesellschaft. Sie würde die Damen sehen in den teuren Kleidern, mit Schmuck behängt, die Herren in den Smokings. Sie dachte nicht an das bißchen Arbeit.

Therese Anders schaute ihre Tochter an.

„Glauben Sie nicht, sie wäre noch etwas zu jung, Herr Doktor. Ich meine, sie wäre alleine in der Stadt und hätte niemand, der sich um sie kümmert. Den Haushalt für uns drei schaffe ich spielend alleine. Ich habe nur Angst, daß Maria alleine in der Stadt nicht zurechtkommt."

Marias Herzschlag schien auszusetzen.

„Machen Sie sich deswegen keine Sorgen, Frau Anders", erwiderte Dr. Weinstein.

„Frau Cohn wird für Maria wie eine Mutter sein, das verspreche ich Ihnen."

Dr. Weinsteins Aussage schien Frau Anders´ letzte Zweifel zu beseitigen. Sie nickte schließlich als Zeichen der Zustimmung, und Maria jubilierte innerlich.

Dr. Weinstein würde die Einzelheiten mit Frau Cohn abklären und dann Maria mit in die Stadt nehmen. Am darauffolgenden Montag sollte Maria ihre Stelle in Altstadt antreten.

Maria hatte ihre wenigen Habseligkeiten in einen kleinen schwarzen Pappkoffer gepackt und saß bei Dr. Weinstein im Auto, den Koffer auf den Knien. Ihre Eltern und ihr Bruder winkten zum Abschied.

„Ich bringe sie immer am Freitag mit, wenn sie Samstag und Sonntag frei hat", rief Dr. Weinstein noch, und dann verschwand das Auto hinter der nächsten Kurve.

Auf der Fahrt erzählte Dr. Weinstein Maria alles, was er von den Cohns wußte. Frau Cohn war erst knapp über vierzig und hatte zwei Kinder. Jakob Cohn war zwanzig und Ruth war in Marias Alter. David Cohn war erheblich älter als seine Frau. Außer den Cohns gehörte noch eine Köchin, Anna , zum Haushalt, und Philipp, Annas Mann, der sich um den Garten und das Haus kümmerte und Herrn Cohn und die Familie chauffierte. Maria hörte schweigend, aber interessiert zu. Nach einer knappen Viertelstunde hatten sie die Villa der Cohns erreicht.

Ein hoher schmiedeeiserner Zaun mit scharfen Spitzen umgab das Anwesen. Ein gerader Weg führte um ein Blumenrondell zur Eingangstreppe des großen Gebäudes. Vier Säulen flankierten die Treppe. Alles machte einen sehr gepflegten Eindruck.

Frau Cohn hatte den Wagen von Dr. Weinstein kommen sehen und erwartete sie oben an der Treppe. Sie streckte ihm die Hände entgegen.

„Willkommen, lieber Freund", sagte sie.

Dr. Weinstein küßte galant ihre Hand und deutete auf Maria.

„Ich habe Ihnen Maria Anders mitgebracht, sie soll Ihnen ihre Gisela ersetzen."

Maria machte einen kleinen Knicks. Frau Cohn gab ihr die Hand.

„Ich freue mich, dich kennenzulernen, Maria. Ich darf dich doch Maria nennen?" fragte Frau Cohn.

Maria nickte und sagte: „Aber natürlich, gnädige Frau."

„Du darfst mich Frau Cohn nennen, Gnädige gibt es bei uns im Haus nicht. Ich hoffe, du wirst dich bei uns wohlfühlen.

Anna wird dir dein Zimmer zeigen und dich in deine Aufgaben einführen."

Maria mochte Frau Cohn auf Anhieb. Sie war das, was sich Maria unter einer Dame vorgestellt hatte. Sie trug einen modischen Kurzhaarschnitt und eines der knielangen Charlestonkleider, wie Maria sie in den Journalen im Salon ihres Vaters gesehen hatte. Frau Cohn trug nur wenig Schmuck, aber selbst Maria sah, daß es teure Stücke waren. Ihre Augen waren freundlich und offen, als sie Maria anschaute.

Dr. Weinstein verabschiedete sich, denn er mußte in seine Praxis.

„Komm herein, Maria, hast du schon gefrühstückt? Anna soll dir noch eine Kleinigkeit machen."

Frau Cohn redete ständig, um Maria die Scheu zu nehmen.

Die Eingangshalle war hoch und geräumig. Vier Doppeltüren führten in die weiteren Räume, und links lief eine breite Treppe hinauf zu einer Galerie, hinter der weitere Zimmertüren zu sehen waren. Der Boden der Halle bestand aus Marmormosaik und war mit dicken Perserteppichen belegt. Frau Cohn öffnete die erste Türe links. Sie traten in eine große helle Küche mit zwei Fenstern zur Front hin. Maria hatte noch nie eine solche Küche gesehen. Hier gab es wirklich alles, was eine gute Köchin brauchte, und noch einiges mehr. Kupferne Pfannen und Tiegel, Schüsseln in allen Größen, einen riesengroßen Herd gab es, Wärmeplatten, polierte Küchenschränke, zwei Spülbecken, ein Holzklotz für das Fleisch, nichts fehlte.

An einem großen Tisch unter den Fenstern saß eine rundliche gemütlich wirkende Frau und trank Kaffee aus einer bauchigen Henkeltasse. Sie trug eine blaue Schürze und hatte die Haare zu einem dicken Dutt aufgesteckt. Ihr Gesicht war rosig und strahlte Ruhe und Zufriedenheit aus.

„Das ist die gute Seele unseres Hauses", sagte Frau Cohn und deutete auf Anna.

Diese stand auf und kam den beiden entgegen.

„Das ist Maria Anders, Anna, sie wird dir in Zukunft zur Hand gehen. Ich denke, du wirst dich gut um sie kümmern."

Frau Cohn verließ die Küche. Anna ging auf Maria zu und nahm plötzlich ihr Gesicht in beide Hände. Maria war etwas verwirrt.

„Kindchen, du brauchst nicht so schüchtern zu sein", sie tätschelte Maria die Wangen.

„Mein Gott, was bist du mager, die Anna wird dich ordentlich herausfüttern müssen."

Sie nahm Maria den Koffer aus der Hand und drückte sie in einen Stuhl am Küchentisch.

„Mal sehen, was wir Gutes für dich haben."

Sie ging zu einer Tür am Ende der Küche. Aus der Speisekammer trug sie Butter, gekochte Eier, Wurst, Käse, Marmelade und Kuchen zum Tisch und schenkte eine große Tasse voll mit Kaffee. Aus dem Brotkasten nahm sie einen dicken runden Laib und schnitt große Scheiben dunkles Brot ab.

„Nu lang zu, Kindchen", forderte sie Maria auf. Sie schenkte sich selbst Kaffee nach und setzte sich wieder auf ihren Platz.

Was Anna für Maria hingestellt hatte, würde daheim in Neuendorf für alle eine ganze Woche reichen.

Erst ganz langsam, aber dann doch mit großem Appetit begann Maria zu essen. Anna saß dabei, in der einen Hand die Tasse, in die andere die Wange gestützt, und lächelte zufrieden. Sie hatte Maria ins Herz geschlossen. Anna hatte schon einige Hausmädchen überlebt. Sie mochte die Sorte nicht, die sich kurz in der Küche umsahen, ihr Zimmer sehen wollten und sofort nach der Arbeitszeit und der Bezahlung fragten. Die stillen, schüchternen Marias waren ihr lieber. Anna fragte Maria, während diese aß, ein wenig aus, und Maria gab bereitwillig Antwort, ja sie erzählte Anna alles über ihre Familie, Dr. Weinstein und Neuendorf. Anna freute sich über Marias Offenheit und fühlte sich in ihrer Meinung über sie bestätigt. Maria half Anna beim Wegräumen.

Danach gingen sie beide eine Hintertreppe neben der Speisekammer nach oben.

„Wir haben das Dachgeschoß ganz für uns alleine", sagte Anna.

Unter der Dachschräge befanden sich mehrere Zimmer, die an den Giebelseiten große Sprossenfenster hatten. Die Zimmer dazwischen waren mit geräumigen Gauben versehen.

„Hier sind unser Schlafzimmer, unser Bad und unser Wohnzimmer." Anna deutete auf die ersten beiden Türen rechts und eine Türe links.

„Das Wohnzimmer ist natürlich auch für dich, Kindchen, aber Philipp und ich sitzen abends meist gemütlich in der Küche und hören Radio. Es ist auch einfacher so, wenn die Cohns noch etwas brauchen. Die jungen Leute kommen oft spät heim und haben dann noch Hunger."

Anna mußte verschnaufen, das Treppensteigen und das viele Reden nahmen ihr den Atem.

„Das ist dein Zimmer."

Sie hatten das Ende des Ganges erreicht. Das Zimmer war so groß wie die halbe Wohnung der Familie Anders zu Hause. Ein breites Doppelbett stand in der Schräge, der Dielenfußboden war mit hellen Läufern belegt. Neben der Tür stand ein massiver dreiteiliger Kleiderschrank, in dem sich Marias wenige Habseligkeiten verlieren würden. Unter dem Fenster stand eine Kommode mit einer Schüssel und einer Kanne darin. In die andere Seite der Schräge schmiegte sich eine gemütliche Polsterecke mit einem kleinen Tisch. An einer Tür des Kleiderschranks war ein mannshoher Spiegel angebracht. Neben dem Bett befand sich eine Tür. Anna öffnete sie und sagte: „Das ist dein Badezimmer, das Wasser wird unten warmgemacht, Philipp kümmert sich darum."

Maria bekam vor Staunen den Mund nicht zu. Im Bad befanden sich eine Wanne, eine Toilette, ein Waschbecken mit Spiegel und sogar eine Dusche. Alles war aus weißem Emaille mit blauen Hähnen. Das Bad war bis zur Schräge mit weiß-blauen Kacheln gefliest, und auf dem Boden waren wieder helle Läufer ausgelegt. In einem Holzgestell neben der Tür saß ein ganzer Stapel dicker Frotteehandtücher in allen Größen.

„Na", sagte Anna, „gefällt dir dein neues Zuhause, Kindchen?"

Maria hatte sich an die neue Anrede schon gewöhnt, und aus Annas Mund klang sie irgendwie vertraut. Maria stotterte: „Ich weiß gar nicht, was ich sagen soll, Anna. Das alles kommt mir wie ein Traum vor."

Anna lachte. „Komm, Kindchen, ich helf dir auspacken, und dann kannst du mir zur Hand gehen, wenn ich das Mittagessen vorbereite."

Die wenigen Sachen, die Maria mitgebracht hatte, waren schnell eingeräumt. Anna holte Schürzen in den verschiedensten Farben aus dem Schrank.

„Die wirst du beim Auftragen und in der Küche brauchen", sagte sie.

Als sie beide wieder in der Küche waren, saß ein Mann in einer blauen Latzhose am Küchentisch. Die Ärmel seines verwaschenen Hemdes waren bis zu den Oberarmen hochgekrempelt. Die schon teilweise grauen Haare hatte er gerade nach hinten gekämmt. Freundliche blaue Augen schauten aus einem sonnengebräunten, zerfurchten Gesicht.

„Das ist Philipp, mein Mann", sagte Anna nicht ohne Stolz.

„Philipp, das ist Maria, unser neues Mädchen."

Philipp stand auf und gab Maria eine große schwielige Hand.

„Hat meine Glucke wieder ein Küken zum Bemuttern gefunden", sagte Philipp und faßte Anna von hinten um die Taille.

„Philipp, laß das", protestierte Anna schwach und gab ihm einen Klaps auf die Hand.

„Der Mensch wird nie erwachsen“, fügte sie hinzu, aber Maria sah an dem Blick, den sie ihm schenkte, daß die beiden sich gut verstanden.

„Wissen Sie, Fräulein, seit unsere Tochter geheiratet hat und nach Köln gezogen ist, fehlt Mutter etwas.“

Maria lachte. „Ich heiße Maria, Sie dürfen mich ruhig so nennen.“

„Dann müssen Sie auch Philipp zu mir sagen“, erwiderte Annas Mann.

Die drei setzten sich, und Anna schenkte noch einmal Kaffee ein. Maria fühlte sich bei den beiden wohl. Es war ihr, als habe sie eine neue Familie gefunden. Auch Anna und Philipp tauschten Blicke aus. Sie hatten wieder eine Tochter, die sie umsorgen konnten.

„So, nu jetzt aber an die Arbeit, es geht schon auf halb elf zu“, hob Anna den Kaffeetisch auf. Sie schob ihren Mann durch die Hintertür.

„Mach dich draußen nützlich“, sagte sie, „ich ruf dich, wenn das Essen fertig ist.“

Die nächsten eineinhalb Stunden verbrachten Anna und Maria damit, das Mittagessen für die Cohns zuzubereiten. Sie kochten koscher für die Cohns und bereiteten für sich eine Extramahlzeit zu. Anna freute sich, als sie sah, wie flott Maria die Arbeit von der Hand ging.

Beim Mittagessen lernte Maria den Rest der Familie Cohn kennen. Sie trug jetzt ihr einziges schwarzes Kleid und hatte eine weiße Schürze umgebunden. Sie half Anna beim Servieren der Speisen.

David Cohn war ein Mann mit silbergrauen Haaren und einem Vollbart, der nur noch wenige schwarze Haare enthielt. Er war äußerst korrekt gekleidet. Zu einem dunklen Nadelstreifenanzug trug er eine graue Weste und eine silbergraue Fliege. Er hatte braune stechende Augen. In seiner runden Brille spiegelte sich seine Umgebung, wenn er den Kopf ins Licht der Tischlampe bewegte. Ruth Cohn war die jüngere Ausgabe ihrer Mutter. Sie hatte nur die dunklen Augen des Vaters und war schlanker und zierlicher als ihre Mama. Jakob Cohn schaute Maria geradewegs in die Augen, so daß sie verlegen den Kopf wegwandte. Er sah aus wie sein Vater, nur trug er keinen Bart. Die dunklen Locken fielen ihm immer wieder in die Stirn. Er war größer und breiter gebaut als sein Vater. Maria vermied es, ihn noch einmal anzuschauen.

Nach dem Essen erhob sich David Cohn. Er zog eine goldene Uhr aus seiner Westentasche und ließ den Deckel aufspringen.

„Entschuldige, Liebes, aber ich habe um halb Zwei einen wichtigen Termin in der Kanzlei“, sagte er und beugte sich zu seiner Frau hinunter, um sie auf die Wange zu küssen.

„Nehmt den Kaffee bitte ohne mich.“ Frau Cohn faßte ihm in den Bart und drückte ihre Wange gegen sein Gesicht.

„Aber natürlich, Schatz, geh nur“, sagte sie liebevoll.

Beim Verlassen des Eßzimmers blieb er kurz stehen. Er musterte Maria mit seinen dunklen Augen durch die Brille und sagte: „Sie müssen Fräulien Anders sein. Dr. Weinstein hat mir nur Positives über Sie berichtet. Ich hoffe, Sie fühlen sich wohl in meinem Haus. Sollten Sie irgendwelche Probleme haben, wenden Sie sich bitte an meine Frau. Guten Tag.“

David Cohn sah noch aus den Augenwinkeln, wie Maria einen kleinen Knicks machte. Gute Manieren, dachte er bei sich.

Er öffnete die Küchentüre.

„Philipp, ich fahre heute Nachmittag wieder selbst, ich möchte nach Kanzleischluß noch einige Besorgungen machen.“

David Cohn verließ das Haus, und kurz darauf hörte man das Brummen des Autos, als er vom Hof fuhr.

„Das ist gut“, sagte Anna an Maria gewandt, „dann können wir gleich essen. Normalerweise warten wir, bis mein Mann Herrn Cohn an der Kanzlei abgesetzt hat, und essen, wenn er zurückkommt.“

Maria servierte den Kaffee, und danach setzten sie sich und ließen sich ihr Mittagessen schmecken. Maria und Anna spülten das Geschirr, räumten die Küche auf, und dann begann die Arbeit im Haus.

„Am Vormittag räumen wir die Zimmer auf und machen die Badezimmer sauber“, sagte Anna.

„Am Nachmittag kümmern wir uns um die anderen Zimmer und erledigen bestimmte Arbeiten. Wir putzen alle vierzehn Tage das Tafelsilber, wir bringen die Teppiche regelmäßig raus auf die Wiese, wir machen die Lampen sauber, putzen die Fenster und wischen die Böden. Am Montag ist Waschtag, da fällt das Mittagessen aus. Die Familie Cohn ist an diesem Tag in der Stadt. Frau Cohn macht dann ihre Einkäufe. Wenn dir also etwas einfällt, das fehlt, setz es auf die Liste neben der Küchentür, und Frau Cohn bringt es dann am Montag aus der Stadt mit.“

Anna sprach so, als ob die Fahrt in die Stadt eine Weltreise wäre. Dabei war die Bushaltestelle nur zwei Minuten vom Haus der Cohns entfernt, und die Fahrt zum Hauptbahnhof dauerte kaum zwanzig Minuten, die Haltestellen mitgerechnet. Mit dem Auto waren es etwa zehn Minuten bis in das Stadtzentrum.

Anna hatte Maria den Auftrag gegeben, mit einem Lappen und Möbelpolitur die Schränke und Tische im Eß- und Wohnzimmer zu wischen.

Maria war gerade mit den Eßzimmermöbeln fertig, als sie aufhorchte. Im Wohnzimmer hatte jemand begonnen, Klavier zu spielen. Maria nahm ihr Arbeitszeug auf und betrat leise das Wohnzimmer.

Ruth Cohn hatte sie nicht kommen hören und war ganz in ihr Spiel vertieft. Maria lehnte sich an die Türfüllung und lauschte schweigend. Sie hatte noch nie jemand so schön spielen hören.

Frau Cohn betrat hinter Maria den Raum. Sie lächelte, als sie Maria so ganz versunken in die Musik sah.

„Komm nur herein", sagte sie.

Maria schrak auf, murmelte eine Entschuldigung und wollte aus dem Zimmer eilen. Ruth Cohn war jedoch schneller. Sie war beim Eintreten ihrer Mutter aufmerksam geworden und faßte Maria am Arm. Sie nahm ihr den Lappen und die Flasche aus der Hand, legte beides auf einen kleinen Beistelltisch und zog Maria neben sich auf die Polsterbank vor dem Klavier.

„Was möchtest du hören?" fragte Ruth, indem sie für die gleichaltrige Maria das vertraute du benutzte.

„Ich weiß nicht, gnädiges Fräulein, ich finde alles schön, was Sie spielen", gab Maria verlegen zur Antwort. Sie hatte die Hände in den Schoß gelegt.

„Maria", schimpfte Frau Cohn scherzhaft, „ich habe dir heute Morgen schon gesagt, es gibt in diesem Haus keine Gnädigen."

„Und ich heiße Ruth", fügte die Tochter hinzu und umfaßte Marias Schultern.

Maria lächelte schüchtern. Soviel Zuneigung und Entgegenkommen waren ihr bis jetzt noch nicht begegnet. Ruth schlug einen Wiener Walzer auf und zwang durch ihre Bewegungen beim Spiel Maria dazu, mitzuschunkeln. Frau Cohn sah vom Sofa aus zu und freute sich über die Ausgelassenheit der Mädchen.

„Jetzt muß ich aber wieder an die Arbeit", protestierte Maria, als das Lied zu Ende war, und nahm ihre Arbeitsutensilien wieder an sich. Ruth spielte weiter, während Maria fortfuhr, die Möbel zu polieren. Wenn sich die Blicke der Mädchen trafen, lächelten sie sich zu.

Als Maria mit der Arbeit fertig war, gab es den Nachmittagskaffee in der Küche. Philipp war auch wieder da. Er kaute schweigend auf einem Stück Brot, aber man sah es ihm an, daß er sich in der Gegenwart der beiden Frauen wohlfühlte.

„Na, Kindchen, was sagst du?“ fragte Anna.

„Glaubst du, daß du die Arbeit hier schaffst?“

Maria strahlte Anna über den Rand ihrer Kaffeetasse an.

„Hast du Arbeit gesagt, Anna? Ich fühle mich hier wie zu Hause, und die Arbeit bin ich doch von daheim gewöhnt.“

Das war der längste zusammenhängende Satz, den Maria an diesem Tag von sich gegeben hatte. Anna tätschelte Maria über den Tisch hinweg die Hand.

„Das freut mich, Kindchen, das freut mich sehr. Dich doch auch, Philipp?“

Annas Mann brummelte etwas mit vollem Mund, was man als Zustimmung deuten konnte. Die Küchentüre wurde plötzlich mit Schwung aufgerissen und Ruth stürmte herein.

„Anna“, rief sie, „brauchen Sie Maria jetzt?“

Maria blickte Anna fragend an.

„Nein“, entgegnete Anna, „eigentlich nicht. Ich werde einen Kuchen backen, und das kann ich auch alleine. Geh nur, Maria.“

Ruth zog Maria hoch, und die beiden rannten aus der Küche.

Ruths Zimmer war ein Traum in Gelb. Alles war geschmackvoll in dezenten Gelbtönen gehalten, von den Teppichen bis zu den Gardinen und Tapeten. Die Möbel waren aus weißem Schleiflack. Ruth plazierte Maria auf ihr Bett und öffnete den Kleiderschrank. Maria kam aus dem Staunen nicht heraus. So viele Blusen, Röcke, Kleider, Jacken und Pullis hatte sie bis jetzt nur im Kaufhaus in Altstadt gesehen.

„Maria, zieh deine Schürze und dein Kleid aus“, kommandierte Ruth.

Maria zögerte zunächst, aber Ruth bestand darauf. Kurz darauf stand Maria in ihrem weißen Baumwollunterrock da, der an einigen Stellen schon geflickt war.

„Was ist denn das?“ fragte Ruth. „Zieh sofort das Ding aus, das kannst du in Zukunft als Putzlappen verwenden“, fügte sie scherzend hinzu.

Trotz der heftigsten Proteste Marias zog ihr Ruth den Unterrock über den Kopf.

Maria schämte sich, denn sie trug keinen Büstenhalter und hatte eine wollene Unterhose an. Ruth schüttelte den Kopf. Sie ging zum Schrank und holte einen Stapel Unterwäsche heraus, den sie neben Maria aufs Bett warf. Alle Stücke waren entweder aus reiner Seide oder aus feiner Baumwolle.

„Hier", befahl Ruth, „such dir ein paar Schlüpfer aus und zieh am besten gleich einen an. Deinen kannst du zu dem Unterrock geben."

Maria zögerte, streifte dann aber schnell die Unterhose ab und griff zu einem seidenen Slip. Die Versuchung war zu groß. Wie toll sich das auf der Haut anfühlte, wenn sie mit der Hand darüberfuhr. Ruth gab ihr noch vier Slips und vier Unterröcke, bevor sie sie in das erste Kleid steckte. Es paßte wie angegossen.

„Bitte versteh mich nicht falsch, Maria, ich will nicht den barmherzigen Samariter spielen mit meinen abgelegten Sachen. Aber Mama besteht darauf, daß ich immer nach der neuesten Mode gekleidet bin, und kauft mir ständig neue Sachen, ohne daß ich die alten auftragen kann."

Maria sah Ruth einen Augenblick lang an.

„Nein, Ruth", sie gebrauchte zum ersten Mal ihren Vornamen, „ich bin dir dankbar. Ich hatte noch nie im Leben so schöne Sachen. Für mich ist das alles hier wie ein Traum."

Sie deutete auf die Sachen, die auf dem Bett lagen.

Ruth ging auf Maria zu, und die beiden Mädchen umarmten sich.

„Ich möchte, daß du meine Freundin wirst", sagte Ruth und gab Maria einen Kuß auf die Backe.

Die Anprobe dauerte nahezu eine Stunde, dann schleppten die Mädchen Arme voller Kleider in Marias Dachkammer und füllten den Kleiderschrank. Sie freuten sich und kicherten dabei wie die Schulmädchen.

Als Maria in die Küche zurückkam, um Anna bei der Vorbereitung des Abendessens zu helfen, hatte sie vor Erregung rote Backen. Anna fragte nicht, sondern teilte ihr die Arbeit ein, auf die sich Maria eifrig stürzte.

Nach dem Abendessen zeigte Maria Anna ihre Schätze. Anna staunte über die vielen Sachen. Als Maria ihr erzählte, was sich am Nachmittag zugetragen hatte, nickte Anna nur und sagte: „Das hast du der Musik zu verdanken. Ruth liebt Musik über alles und mag alle Menschen, die Musik lieben."

Maria paßte sich ohne Probleme dem Wochenablauf der Cohns an. An den Wochenenden, an denen sie nur sonntags frei hatte, blieb sie in Altstadt. Sie ging manchmal ins Kino oder in ein Cafe, wie sie es sich vorgenommen hatte, aber am Sonntag ging sie trotzdem Anna zur Hand, worüber diese sich sehr freute.

Sie hatte Maria inzwischen wie eine Tochter ins Herz geschlossen. An den langen Wochenenden holte Dr. Weinstein Maria am Freitagabend ab. Anna entließ sie immer etwas früher, und Maria brauchte auch erst am Montagmorgen zurückzusein, da sie wieder mit Dr. Weinstein fahren konnte. Philipp hob jedesmal einen großen Henkelkorb in das Auto, wenn Maria das Haus am Freitag verließ.

Marias Mutter klatschte immer vor Freude in die Hände, wenn Maria die vielen Köstlichkeiten auspackte. Nur Paul hatte stets etwas auszusetzen. Er wollte sich nicht von Juden durchfüttern lassen, wie er es nannte, aber der Hunger ließ ihn doch alle guten Vorsätze vergessen, und er langte kräftig zu, wenn Maria den Tisch deckte. Ihre Mutter war auch sehr verwundert über die hübschen Kleider und die feine Wäsche, aber sie freute sich insgeheim mit ihrer Tochter und gönnte ihr die schönen Sachen von Herzen.

Nach sechs Monaten war Maria mit allen Arbeiten im Haus Cohn vertraut. Anna und sie bildeten ein eingespieltes Team. Ruth kam oft zu den beiden in die Küche, wann immer sie konnte, und Maria durfte ab und zu mit zu einem Konzert, wenn Ruths Bruder keine Lust hatte oder anderweitigen Interessen nachging. Immer, wenn Maria servierte, verschlang er sie geradezu mit seinen dunklen Augen, so daß ihr die Röte ins Gesicht stieg, wenn sie seinem Blick begegnete. Außer einem Gruß während des Tages hatte er aber noch keinen Satz mit ihr gewechselt. Er gefiel Maria gut. Er hatte Manieren, war sehr sportlich und liebte Musik wie Ruth. Maria hätte zu gerne mit Ruth über ihren Bruder gesprochen, aber so weit ging ihre Vertrautheit noch nicht. Heimlich, wenn sie Jakobs Zimmer aufräumte oder Wäsche in seinen Schrank setzte, steckte sie die Nase in seine herumliegenden Sachen. Sie liebte diesen Geruch. Aber auch davon würde sie natürlich niemand etwas erzählen.

An einem Mittwoch nahm Anna Maria in der Küche zur Seite.

„Diese Woche werden wir am Freitag waschen, Kindchen. Du kannst dann am Wochenende bügeln. Ich muß am Montag weg."

Maria schaute Anna fragend an.

„Es ist nur für zwei Wochen", fuhr Anna fort.

„Meine Tochter in Köln bekommt ihr zweites Kind, und ich kümmere mich solange um ihren Haushalt, bis sie wieder auf den Beinen ist. Du kannst leider in dieser Zeit nicht nach Hause fahren."

„Das macht doch nichts", sagte Maria. „Ich lasse Dr. Weinstein Bescheid sagen, daß er meine Familie informiert."

„Philipp bleibt zu deinem Schutz hier", lachte Anna. „Im übrigen traue ich dir schon zu, daß du alleine zurechtkommst. Du machst deine Sache prima. Auch Frau Cohn hat sich schon des öfteren lobend über dich geäußert."

Am Sonntagmorgen brachte Philipp seine Frau zum Bahnhof. Die Küche sah verlassen aus ohne ihren Mittelpunkt.

Maria bestand ihre Bewährungsprobe glänzend, der Sonntag verlief ohne Zwischenfälle. Am Montag war das Haus leer, denn die Cohns aßen, wie jeden Montag, in der Stadt. Philipp arbeitete im Garten, und Maria begann, die frischgebügelte Wäsche in die Schränke einzuräumen.

Als sie in Jakobs Zimmer kam, lagen einige Sportsachen quer verstreut im Zimmer, so wie er es oft zu tun pflegte. Maria setzte ihre Wäsche ab und begann, die Kleidungsstücke aufzuheben, als sie ein Plätschern aus dem Badezimmer hörte. Jakob hatte wieder einmal vergessen, die Dusche richtig abzustellen. Maria ging hinüber und betrat das Bad.

Sie erschrak so, daß sie augenblicklich wie erstarrt stehenblieb. Jakob stand nackt unter der Dusche. Das Wasser perlte über seinen gebräunten Körper, und Maria ertappte sich dabei, daß sie ihn wie gebannt anstarrte. Jakob drehte sich jetzt um.

„Ah, Maria", sagte er ohne jede Scham, „würdest du mir bitte ein Badetuch reichen?"

Maria griff verdattert ein Handtuch aus dem Regal und versuchte wegzuschauen.

„Na, wer wird denn so schüchtern sein", sagte Jakob. „Hast du noch nie einen nackten Mann gesehen?"

Maria stürzte mit hochrotem Kopf aus dem Badezimmer, stolperte über einen Tennisschläger und wäre beinahe gestürzt. Sie rannte in die Küche, schlug die Türe hinter sich zu und setzte sich an den Tisch. Ihre

Hände zitterten, ihr Puls raste. Sie vermochte kaum, sich eine Tasse Kaffee einzuschenken. Nach einigen Schlucken beruhigte sie sich langsam wieder. Es war nicht der Schreck oder Jakobs Nacktheit, was sie so aufgewühlt hatte. Sie hatte einfach seinen Körper ansehen müssen. Sie hatte sich nicht von der Stelle bewegen können, so fasziniert war sie gewesen. Was war nur mit ihr los? War sie verliebt? Maria war noch nie verliebt gewesen, deshalb kannte sie dieses Gefühl auch nicht. Sie wußte nur, daß sie völlig verwirrt war.

Die Küchentüre ging auf, und Jakob streckte vorsichtig seinen noch feuchten Haarschopf herein. Maria wurde schon wieder rot.

„Entschuldige, Maria, ich wollte dich um Verzeihung bitten wegen vorhin. Ich habe es nicht böse gemeint. Ich wollte dich nicht erschrecken, aber ich wußte selbst nicht, was ich hätte tun oder sagen sollen, als du plötzlich im Bad standest. Hätte ich um Hilfe schreien sollen?"

Maria mußte lachen.

„Die Bemerkung mit dem nackten Mann tut mir wirklich leid. Ich wußte nicht, wie ich die peinliche Situation überspielen sollte."

Jakob schaute schuldbewußt, und seine Stimme klang ehrlich.

„Du solltest doch eigentlich in der Stadt sein und mit den anderen essen?" fragte Maria.

„Ach, ich habe diese Montagsstadtgänge satt. Ich hatte mich mit einem Freund zum Tennis verabredet".

So schnell, wie Jakob erschienen war, verschwand er wieder aus der Küche.

Maria ging wieder ihrer Arbeit nach, aber ihre Gedanken kreisten ständig um Jakob Cohn. Sie hatte sich also doch verliebt, und zwar bis über beide Ohren. Sie wußte es zu diesem Zeitpunkt nur noch nicht genau.

In den darauffolgenden Tagen ließ sich Jakob bei Tisch nichts anmerken. Am Freitag ging die Familie Cohn ins Konzert. Maria räumte die Küche auf und holte den Kuchen aus dem Ofen, den sie für den Samstag gebacken hatte. Gegen neun Uhr ging sie zu Bett. Sie holte sich einen Roman aus der Bibliothek, was ihr Frau Cohn ausdrücklich erlaubt hatte, und machte es sich mit Hedwig Courts-Mahler im Bett gemütlich.

Es war November, und Maria hatte es in ihrem Zimmer schön warm. Philipp war gleich nach dem Abendessen zu Bett gegangen. Seit seine

Anna nicht mehr im Haus war, war er noch wortkarger geworden. Maria hatte gerade die ersten fünf Seiten gelesen, als es an ihre Tür klopfte.

„Philipp", dachte Maria sofort, „er braucht sicher noch etwas aus der Küche." Maria legte ihr Buch zur Seite und rief herein.

Die Tür öffnete sich einen Spalt und eine Hand mit einer Blume erschien. Dann tauchte Jakobs Kopf auf. Er schlüpfte herein und schloß schnell die Türe leise hinter sich, während er einen Zeigefinger auf die Lippen legte.

„Jakob", protestierte Maria und zog die Bettdecke höher zum Kinn, „bist du verrückt geworden, was machst du um diese Zeit in meinem Zimmer. Ich denke du bist im Konzert."

„Ich bin in der Pause abgehauen, es war nicht besonders gut", sagte Jakob. Er trat ans Bett und legte ihr die Blume aufs Kopfkissen.

„Die hast du doch aus dem Strauß im Wohnzimmer geklaut", stellte Maria fest.

„Sei doch nicht so kleinlich." Jakob hob die Hände. „Wo hätte ich denn um diese Jahreszeit am Abend Blumen herbekommen sollen?"

„Man schleicht sich auch nachts nicht in das Zimmer eines Mädchens", sagte Maria.

Jakob sagte nichts, er setzte sich auf die Bettkante, nahm Marias Kopf zwischen seine Hände und küßte sie auf den Mund. Maria schloß die Augen. Als er seine Lippen von den ihren löste, sah er, daß sie die Augen immer noch geschlossen hielt. Er küßte sie erneut, und dieses Mal öffneten sich ihre Lippen. Sie umfaßte seinen Kopf und zog ihn zu sich aufs Bett. Sie küßten sich lange und flüsterten in den Pausen ständig den Namen des anderen. Als Jakob die Bettdecke wegziehen wollte, schob Maria ihn sanft von sich.

„Nein, Jakob", sagte sie, „jetzt noch nicht, laß mir noch etwas Zeit, bitte."

Jakob sah sie zärtlich an, nickte lächelnd und legte den Kopf an ihre Schulter, und Maria streichelte seinen Nacken.

„Ich möchte dir etwas sagen", sagte er schließlich mit ernster Stimme, „aber lach mich bitte nicht aus, versprichst du mir das?"

„Warum sollte ich dich auslachen, dazu besteht doch überhaupt kein Grund?" fragte Maria.

„Maria, schau mich an." Jakob hob den Kopf und faßte Maria mit der Hand unter das Kinn, so daß sich ihre Augen auf gleicher Höhe befanden.

„Ich mag dich sehr, Maria, ich glaube ich habe mich schrecklich in dich verliebt."

Maria sagte zuerst nichts. Er hatte den Satz ausgesprochen, auf den sie so lange gewartet hatte, hatte das gesagt, von dem sie seit Wochen nur zu träumen gewagt hatte.

„Ich mag dich auch, Jakob", sagte sie leise, „aber du mußt mir versprechen, daß niemand etwas davon erfährt. Ich fühle mich sehr wohl in deiner Familie, und ich weiß nicht, was deine Eltern dazu sagen werden, wenn sie erfahren, daß du dich in ihr Hausmädchen verliebt hast."

Jakob wollte etwas erwidern, wollte protestieren, aber sie ließ ihn nicht zu Wort kommen.

„Bitte, Jakob, versprich es mir jetzt, daß dies unser Geheimnis bleibt. Laß noch etwas Zeit vergehen, bis wir uns ganz sicher sind. Du mußt jetzt auch gehen, deine Eltern kommen wahrscheinlich bald nach Hause."

Jakob gab ihr einen letzten langen Kuß und verschwand so leise, wie er gekommen war.

Maria dachte nun nicht mehr ans Lesen oder Schlafen. Sie lehnte sich in das Kissen zurück und schaute an die Decke. Sie war völlig aufgewühlt. Das, woran sie nicht zu denken gewagt hatte, war eingetreten. Jakob Cohn hatte sich in sie verliebt, in Maria, das Mädchen aus Neuendorf. Es war wie in einem Roman. Maria malte sich schon die schönsten Träume aus. Es dauerte eine Weile, ehe sie wieder einen klaren Gedanken fassen konnte. Aber ganz langsam wurde ihr doch auch die Realität wieder bewußt. Jakobs Eltern würden, bei aller Zuneigung zu ihr, mit dieser Verbindung niemals einverstanden sein. Und erst ihre eigenen Eltern. Ihr Vater würde toben, ihre Mutter sie mit Vorwürfen überhäufen. So etwas gehörte sich nicht in ihren Kreisen in Neuendorf. Man blieb unter sich. Dort gab es die Cohns und die Weinsteins, die Familien der oberen Gesellschaft, und in Neuendorf die Familien Anders und all die anderen, zu denen Maria gehörte, und die unter sich blieben. Jeder blieb dort, wo er hingehörte. Sie dachte auch an ihren Bruder. Er würde sie sicher als Judenhure beschimpfen. Er hatte sich inzwischen mit Leib und Seele der nationalsozialistischen Bewegung verschrieben. Das Glück, das Maria gerade noch empfunden hatte, schlug in Verzweiflung um, wenn sie an all die Hindernisse dachte, die ihrer Liebe zu Jakob im Wege standen. Vielleicht war Anna die einzige, die ihr Verständnis entgegenbringen würde.

Wie sehr sehnte sie in diesem Augenblick Annas Anwesenheit herbei. Maria schlief erst sehr spät ein und wurde von wirren Träumen geplagt. Sie wachte am Morgen völlig zerschlagen und deprimiert auf. Ihre Stimmung besserte sich erst, als sie Jakob wiedersah.

Er strahlte sie an und drückte ihr auf dem Flur heimlich einen Kuß auf die Backe, als sie auf dem Weg war, um sein Zimmer aufzuräumen, und er sich sicher war, daß sie unbeobachtet waren.

Sie faßte neuen Mut und beschloß, um ihre Liebe zu kämpfen, wenn nur Jakob zu ihr hielt.

Wann immer es möglich war, schlich sich Jakob abends auf Marias Zimmer. Sie erzählte ihm von ihren Ängsten und Sorgen, aber er verstand es immer wieder, sie mit seiner heiteren unbeschwerten Art aufzumuntern.

Jakobs Umarmungen und Küsse wurden von Mal zu Mal fordernder, aber Maria wies ihn stets liebevoll, aber doch bestimmt zurück. Trotz all seiner Liebesschwüre gab sie nicht nach und vertröstete ihn.

Ruth war die erste, die von ihrer Liebe erfuhr. Maria mußte sich ihr anvertrauen, sie wäre sich sonst schäbig vorgekommen, wenn sie es vor ihr verheimlicht hätte. Ruth sah in Marias schuldbewußtes Gesicht. Auch sie schaute zunächst sehr ernst drein, dann lachte sie und umarmte ihre Freundin.

„Aber das ist ja toll, Maria, du glaubst nicht, wie ich mich für dich freue", rief sie aus. „Jetzt gehörst du wirklich zu unserer Familie. Wollen wir es gleich den Eltern erzählen?"

„Bitte nicht, Ruth, bitte nicht", flehte Maria, „dazu ist noch Zeit, und außerdem denke ich, daß das Jakobs Sache ist."

„Was hat mein Bruder doch für ein Glück", sagte Ruth, „aber er ist ja auch ein lieber Kerl. Ich glaube, du bist seine erste große Liebe." Sie kicherte.

„Wenn es soweit ist, kannst du Mama ruhig mir überlassen. Papa wird ein härterer Brocken werden, aber den schaffen wir dann gemeinsam auch."

Ruth drückte Marias Hände.

Anna wußte schon lange, was sich unter dem Dach abspielte, denn sie hatte bereits fünf Tage nach ihrer Rückkehr beobachtet, wie sich Jakob heimlich die Treppe hinauf- und wieder hinunterschlich. Anna hatte einen leichten Schlaf. Wer nicht blind war, konnte es an den Gesichtern der beiden ablesen, was los war, wenn sie sich im Haus begegneten. Anna sagte nicht viel. Sie schaute Maria nur eines Tages an, als sie das Mittagessen zubereiteten, und sagte: „Ich hoffe, Kindchen, du weißt, was du tust.“

Maria wollte etwas erwidern, aber Anna schnitt ihr das Wort ab. „Keine Flunkereien, Kindchen, nicht mit Anna, dafür habe ich schon zu viel gesehen und erlebt. Du bist ein vernünftiges Mädchen, du mußt wissen, was auf dich zukommt. Überleg es dir genau! Außerdem ist das allein eure Sache, deine und Jakobs. Ich möchte dich aber auf keinen Fall als Haushaltskraft verlieren.“

Anna wandte sich ohne ein weiteres Wort wieder ihrer Arbeit zu.

Maria ging um den Tisch und gab Anna einen dicken Kuß auf die Backe.

„Na, na, na,“ protestierte Anna lächelnd. „Du bist ein Schatz, Anna“, sagte Maria, „ich wußte die ganze Zeit über nicht, wie ich es dir beibringen sollte. Du hast mir einen Stein vom Herzen genommen.“

Weihnachten und die Jahreswende verbrachte Maria zu Hause. Es wurde die schlimmste Zeit ihres Lebens daheim. Sie war froh, Anfang Januar wieder nach Altstadt zu kommen, nicht nur wegen Jakob. Sie hatte die gute Stimmung zu Hause nutzen wollen und ihrer Familie am Weihnachtsabend von sich und Jakob erzählt.

Es war eine Katastrophe gewesen. Ihr Vater hatte sich nach einer heftigen Debatte betrunken, ihr Bruder war nach wüsten Beschimpfungen aus dem Haus gestürmt, und ihre Mutter hatte kopfschüttelnd still vor sich hin geweint und immer wieder gesagt: „Wohin soll denn das führen, Maria, du machst dich und uns doch nur unglücklich.“

Besonders die Streitereien mit ihrem Bruder gingen Maria an die Nerven. „Judenflittchen“ war noch das Geringste, was er ihr bei den täglichen Auseinandersetzungen an den Kopf warf.

Es war schön, wieder bei Anna, Philipp, Ruth und Jakob zu sein.

Zwei Monate später gab Maria Jakobs Drängen nach. Sie hatte vorgesorgt und von zu Hause etwas mitgebracht, denn der Friseur des Ortes war zu dieser Zeit auch für den Verkauf von Verhütungsmitteln zuständig.

Maria hatte das blaue Päckchen auf ihren Nachttisch gelegt, so daß es Jakob sehen mußte, wenn er zu ihr ins Bett schlüpfte. Er sah sie zweifelnd an, als er die Packung genauer betrachtete, aber Maria nickte nur und zog ihn näher zu sich. Sie schmiegten sich aneinander und küßten sich lange. Jakob streichelte Marias Rücken und Nacken, weil er wußte, daß sie das besonders gerne mochte.

Nach einigen Augenblicken vergaßen sie alles um sich herum.

Als Maria aufstand, um sich im Badezimmer zu waschen, beobachtete Jakob sie, wie sie nackt durchs Zimmer ging. Er liebte ihren makellosen Körper und ihre geschmeidigen Bewegungen.

Als Maria sich wieder neben ihn ins Bett kuschelte, beugte er sich über sie und schaute sie lange an. Schweigend hielten sie sich an den Händen. Keiner wußte, was er sagen sollte, denn zu groß war das Glücksgefühl, das sie immer noch empfanden.

Beide wußten jedoch in diesem Augenblick auch, daß noch eine schwere Zeit vor ihnen lag.

Der Streit mit Marias Familie war noch das geringste Übel. Sie fühlten beide insgeheim, daß sie ihr Glück intensiv genießen mußten, weil ihnen die Zeit und die Umstände nicht viel Zeit ließen.

Jakob wollte an diesem Abend nicht gehen, und Maria mußte ihn beinahe gewaltsam aus dem Bett schubsen.

Die Tage vergingen. Adolf Hitler war inzwischen Reichskanzler geworden und hatte im März den folgenschweren Satz gesprochen: „Deutsches Volk, gib mir vier Jahre Zeit!"

Die antisemitische Stimmung wuchs, aber Maria bekam das nur in der Konfrontation mit ihrem Bruder zu spüren. Sicher las sie die Tageszeitungen, aber die Artikel über das internationale Judentum nahm sie nicht so ernst, noch nicht.

Eines Abends im Juli lag sie mit Jakob in ihrem Zimmer. Sie hatten sich geliebt, und es war warm unter dem Dach. Sie lagen nackt nebeneinander.

„Ich möchte dich etwas fragen, Jakob", begann Maria, „aber du darfst mir nicht böse sein, ja?"

„Warum sollte ich dir böse sein", antwortete er.

„Sag mir, warum sieht dein Penis so anders aus?"

Jakob hob den Kopf.

„Soll das etwa heißen, mein Schatz, daß du Vergleichsmöglichkeiten hast?" sagte er halb im Scherz.

„Du Dummkopf", lachte Maria, „ich habe doch schließlich einen Vater und auch einen Bruder."

„Du weißt, daß ich Jude bin“, erklärte Jakob ernst, „alle jüdischen Jungen werden beschnitten. Bei uns ist das eine religiöse Zeremonie. Damit werden wir in den Bund Abrahams aufgenommen.

Das ist auch ein Fest in jeder Familie.“ „Tut denn das nicht fürchterlich weh?“ fragte Maria. „Warum tut man das?“

„Die Beschneidung geht zurück bis in die Frühgeschichte des Judentums. Man tat dies, weil es Gott befohlen hatte. Es ist auch heute noch hygienischer, beschnitten zu sein, aber es geschieht mehr aus unserer Glaubenstradition heraus. Natürlich tut es weh. Aber es ist nicht so schlimm, wie du denkst. Die Knaben sind ja erst einige Tage alt.

„Wenn du also nicht beschnitten wärest, wärst du auch kein richtiger Jude?“

Maria hatte aufgehört, ihn zu streicheln, sondern stützte den Kopf auf die Hand und sah ihn neugierig an.

„So darfst du das nicht sehen“, fuhr er fort. „Schau dir meinen Anhänger um den Hals an!“ Er deutete mit dem Finger auf seine Brust. Maria schaute genau hin.

„Was siehst du?“ fragte Jakob.

Maria nahm das Schmuckstück in die Hand und betrachtete es genau. „Ein silbernes Viereck mit einem goldenen Stern darin“, antwortete Maria.

„Das ist kein einfacher Stern, das ist ein Davidsstern“, erklärte Jakob weiter.

„Wenn du genau hinschaust, wirst du sehen, daß er aus zwei Dreiekken besteht, die übereinander gelegt sind.“

Maria nickte.

„Das eine Dreieck zeigt mit der Spitze nach oben. Es zeigt zum Himmel. Das ist die Verbindung des Juden mit Gott Jahwe durch die Aufnahme in die jüdische Glaubensgemeinschaft durch die Brit Mila. Das andere Dreieck zeigt zum Boden, zur Erde. Die Erde ist für uns die Mutter. Jeder Mann ist Jude, wenn er von einer jüdischen Mutter abstammt, ganz gleich, welcher Religion er später angehört. Er bleibt für uns immer Jude.“

Maria hatte noch so viele Fragen, und Jakob erzählte ihr von Sukkot, dem Laubhüttenfest, von Jom Kippur und vielen anderen jüdischen Bräuchen.

Im Herbst des gleichen Jahres erfuhren Jakobs Eltern von dem Verhältnis zwischen Maria und Jakob.

Frau Cohn nahm Maria in den Arm, Ruth hatte schon die entsprechende Vorarbeit geleistet und ihre Mutter vorbereitet.

David Cohn machte ein sehr ernstes und nachdenkliches Gesicht. Er sagte nur: „Wenn ich konsequent wäre, müßte ich Maria jetzt entlassen."

Alle schauten ihn erschrocken an, besonders seine Frau und Jakob.

„Aber wann bin ich schon einmal konsequent", fuhr er fort, „wenn es um meine Familie geht."

Man spürte die Erleichterung bei allen Anwesenden.

„Ich möchte dich aber darauf hinweisen, mein Sohn, daß du den Ernst der Lage anscheinend noch nicht erkannt hast. Ich sage das zum Schutz von Maria. Du weißt nicht, in welche Schwierigkeiten du das Mädchen bringen kannst."

Frau Cohn und die anderen sahen David Cohn verständnislos an.

„Ich möchte, daß du nach dem Essen zu mir ins Arbeitszimmer kommst", sagte David Cohn zu Jakob gewandt. „Ich halte es für meine Pflicht als dein Vater, dich über gewisse Dinge zu informieren."

Jakob nickte nur. Er war sich nicht sicher, was sein Vater mit ihm besprechen wollte, aber er hatte kein gutes Gefühl bei der ganzen Sache.

Das Essen verlief schweigender als sonst. Jeder hing seinen Gedanken nach und überlegte, was David Cohn wohl gemeint haben könnte.

Nach der Mahlzeit begab sich Jakob in das Arbeitszimmer seines Vaters. Dieser saß hinter seinem Schreibtisch und machte ein sehr ernstes Gesicht. Er hatte zahlreiche Papiere vor sich ausgebreitet.

„Setz dich bitte, Jakob", forderte er seinen Sohn auf.

„Du bist jetzt an der Universität und hast demnach sicher auch die antisemitische Stimmung im Lehrbetrieb mitbekommen."

„Ach, Vater", sagte Jakob, „das sind doch nur Spinnereien von ein paar Nazistudenten, das nehmen wir nicht so ernst."

„So, Spinnereien nennst du das", entgegnete ihm sein Vater.

„Ich glaube, du begreifst noch gar nicht, welch blutiger Ernst diese Spinnereien werden. Ich habe genauere Informationen über die Vorhaben dieser Spinner, wie du sie nennst. Es wird in den nächsten Jahren noch schlimmer für uns Juden kommen, weitaus schlimmer. Es werden sogenannte Judengesetze herauskommen. Eines soll, so wie ich von höherer

Stelle erfahren habe, "Gesetz zum Schutz des deutschen Blutes und der deutschen Ehre" heißen."

„Was hat das mit mir und Maria zu tun?" warf Jakob etwas ungeduldig ein.

David Cohn sank noch tiefer in seinen Schreibtischsessel. Er sah jetzt alt und klein aus. Jede Falte seines Gesichtes trat überdeutlich hervor. Er nahm langsam seine Brille ab und legte sie auf die lederne Unterlage des Schreibtisches. Mit den Fingern der linken Hand faßte er sich an die Nasenwurzel. Er hielt die Augen einen Moment geschlossen. Jakob hatte seinen Vater noch nie so gesehen.

Seine sonstige Sicherheit und Souveränität im Umgang mit allen Dingen schien von ihm abgefallen zu sein.

„Wie soll ich es dir nur beibringen", flüsterte David Cohn.

Jakob stand auf.

„Papa, du glaubst doch nicht wirklich, daß diese antijüdischen Parolen der Nazis eine ernsthafte Bedrohung für uns sind? Antisemitismus hat es doch schon immer gegeben, auch hier in Deutschland. Kein vernünftiger Politiker würde so etwas in Erwägung ziehen. Aber du hast mir immer noch nicht gesagt, was das konkret mit mir und Maria zu tun hat."

„So, du glaubst also, wir hätten es hier mit vernünftigen Menschen zu tun oder mit einer Minderheit auf der Straße, in der Uni, in der Partei?"

David Cohns Worte wurden jetzt heftiger. Man sah ihm seine Erregung an.

„Ich habe noch immer zahlreiche gute Verbindungen nach oben, bis in die höchsten Ministerien. Nicht alle spielen verrückt, aber die meisten müssen mit den Wölfen heulen, wenn sie beruflich überleben wollen. Ich will dir sagen, was die Nazis vorhaben und was das mit dir und Maria zu tun hat."

„Es wird den Juden verboten werden, Konzerte zu besuchen, wir werden keine öffentliche Badeanstalt mehr aufsuchen dürfen, wir werden keine Parks mehr betreten dürfen, wir werden nicht mehr in Kinos gehen dürfen, nicht mehr in Restaurants oder Gaststätten. Jüdische Künstler werden aus der Kulturszene verschwinden."

Bei jedem neuen Verbot hatte David Cohn mit der flachen Hand auf die Schreibtischplatte geschlagen. Sein Gesicht war jetzt hochrot vor Erregung.

„Aber Vater“, unterbrach ihn Jakob, „das sind doch alles nur Vermutungen, das wird sich doch in der Praxis nie durchsetzen lassen.“

„Hier, hier, lies selbst, wenn du mir nicht glaubst.“

Mit jedem „hier“ schleuderte David Cohn seinem Sohn ein Blatt vom Schreibtisch entgegen.

„Das sind Auszüge aus den Gesetzesentwürfen, die mir von Freunden zugespielt wurden.“

David Cohn ließ sich heftig atmend wieder in seinen Sessel zurücksinken.

Jakob hob die Blätter auf und überflog sie eilig. Der dunkelgetäfelte Raum schien für Jakob noch düsterer zu werden, während er Seite für Seite durchlas.

„Aber, aber das ist doch Wahnsinn, Vater. Wie wollen denn die Nazis eine halbe Million Menschen aus dem öffentlichen Leben ausschließen?“

„Das ist noch nicht alles, Jakob.“

David Cohn hatte sich wieder etwas gefaßt, seine Stimme klang ruhiger und leiser.

„Nach dem Ausschluß aus dem öffentlichen und kulturellen Leben wird später die Brandmarkung folgen. Wir werden gekennzeichnet werden wie unsere Vorfahren aus dem Mittelalter, die spitze Hüte tragen mußten. Jeder Jude wird einen zweiten Vornamen bekommen, Israel für die Männer und Sarah für die Frauen. Diese Namen werden in die Pässe eingetragen. Jeder Jude wird zudem einen gelben Davidsstern deutlich sichtbar auf der Kleidung tragen müssen.“

David Cohns Stimme klang immer leiser, beinahe resignierend.

„Kann man dagegen nichts unternehmen?“

David Cohn hob die Hand.

„Die Nazis suchen Sündenböcke für alle Mißstände in Deutschland. Wie wollen wir etwas unternehmen gegen die Millionen Deutschen, die hitlerhörig sind. Du hast nach dir und Maria gefragt. Auf Grund des ersten Gesetzes, das ich dir genannt habe, wird Maria, im Falle einer Eheschließung, genauso behandelt werden wie eine Jüdin, und das gleiche würde später euren Kindern drohen.“

David Cohn hatte aufgehört zu sprechen. Er setzte seine Brille wieder auf und schaute seinen Sohn an. Jakobs Verstand wollte das Unglaubliche, das Unfaßbare, das er gerade gehört und gelesen hatte, nicht begreifen, nicht verarbeiten. Es dauerte eine Weile, ehe er wieder sprechen konnte.

„Entschuldige Papa, daß ich dir nicht glauben wollte. Ich dachte, du reagierst so wegen Maria."

David Cohn schaute seinen Sohn liebevoll an, legte dann die Fingerspitzen aneinander und sagte:

„Natürlich wäre es deiner Mutter und mir lieber gewesen, wenn du ein Mädchen aus unseren Kreisen, wenn du eine Jüdin gewählt hättest."

„Es hätte uns bestimmt auch besser gefallen, wenn dieses Mädchen eine entsprechende Schulbildung genossen hätte und unserer Glaubensgemeinschaft angehören würde. Die Tochter eines Friseurs, wobei das nicht abwertend gemeint ist, die bei uns als Hausmädchen arbeitet, erfüllt sicher nicht die Pläne, die Mutter und ich mit dir hatten. Aber eines solltest du in dieser Familie inzwischen gelernt haben, daß nämlich Toleranz eine ganz große Rolle spielt. Wenn dir das entgangen sein sollte, empfehle ich dir, den Nathan noch einmal zu lesen."

David Cohn deutete nach diesen Worten auf die Bücherwand hinter ihm. Jakob ging um den Schreibtisch herum und umarmte seinen Vater, der ihm dabei auf den Rücken klopfte. Sie sahen sich an.

„Ich habe dir noch einiges zu sagen, was für die ganze Familie wichtig ist", sagte David Cohn.

„Ich habe das Haus verkauft, zu einem reellen Preis, bevor es sich in ein, zwei Jahren ein raffgieriger Nazi für ein Butterbrot und ein Ei unter den Nagel reißt. Das Geld, sowie unsere anderen Vermögenswerte habe ich in die Schweiz transferiert. Ich zahle im Moment Miete für unser Haus, aber dafür können wir ausziehen, wann wir wollen."

„Was geschieht mit Anna und Philipp?" unterbrach ihn Jakob.

„Es ist schön, daß du gerade an sie denkst", sagte sein Vater, „aber auch für die beiden ist gesorgt. Annas Tochter in Köln hat genug Platz für sie, und ich habe für die beiden in einer Kölner Bank ein Treuhandkonto eingerichtet, an das die Nazis nicht herankommen, so daß sie ihr gutes Auskommen haben, bis sie ihre Rente beziehen. Wir werden in Altstadt bleiben, so lange die politische Situation es zuläßt. Falls es für uns gefährlich zu werden beginnt, ist unsere Flucht nach Frankreich schon bis auf das Kleinste vorbereitet."

David Cohn verbrachte noch zwei Stunden mit seinem Sohn im Arbeitszimmer. Er erzählte ihm von „Esch Gadol", von seinem Onkel Levy in Prag, von den Verwandten in der Tschechoslowakei, und teilte ihm alles mit, was ihm wichtig erschien.

Als die beiden das Zimmer verließen, war aus dem Studenten Jakob Cohn ein Mann geworden.

Jakob besprach alles, was er von seinem Vater gehört und erfahren hatte, mit Maria.

„Es wäre in der momentanen Situation unverantwortlich von mir, wenn ich dich bitten würde, mich zu heiraten“, sagte Jakob.

Maria hatte Verständnis für Jakob, wenn sie alles berücksichtigte, was sie von ihm gehört hatte.

Maria ging, wie gewohnt, ihrer Arbeit nach, wenn auch die Familie Cohn manchmal protestierte, weil sie nach deren Meinung fast schon dazugehörte, aber Jakob ließ Maria ihren Willen.

Das Jahr ging ohne Zwischenfälle zu Ende. Zu Beginn des neuen Jahres wurden die ersten Veränderungen deutlich. Die Stimmung im Hause wurde gedrückter. Die Cohns verzichteten nach und nach auf den wöchentlichen Stadttag, die Konzertbesuche wurden seltener. Maria stellte fest, daß einige wertvolle Kunstgegenstände allmählich aus dem Haus verschwanden.

David Cohn sorgte rechtzeitig vor. Dann kam der Reichsparteitag in Nürnberg 1935. Nach der Abschlußkundgebung wimmelte der Bahnhof von Altstadt vor heimkehrenden SA-Leuten. Ein größerer Trupp zog von der Innenstadt zu den Villenbezirken der Vorstadt. Die Männer waren alle mehr oder weniger angetrunken, grölten und lärmten und trugen große Plakate mit, auf denen zu lesen war, „Juden, paßt auf, wir kommen von Nürnberg“. Einige trugen auch Fackeln mit, da es schon dunkel wurde. Der Zug bewegte sich auf das Haus der Cohns zu.

An der Spitze marschierte Paul Anders. Vor dem schmiedeeisernen Tor der Villa machten die Männer halt und riefen im Chor: „Juden raus, Juden raus“, wobei einige heftig an dem Gitter rüttelten.

Maria stand am Fenster ihrer Dachwohnung und betrachtete aus dem Dunkel ihres Zimmers die gespenstische Szene. Sie sah das haßerfüllte Gesicht ihres Bruders im Fackelschein. Jetzt wurde ihr klar, daß alles stimmte, was Jakob und sein Vater erzählt hatten.

Philipp machte dem Spuk vor dem Tor schnell ein Ende. Er drehte den Wasserhahn auf, an dem sich ein C-Rohranschlußstück befand, und hielt den Strahl in Richtung Tor. Das wütende Schreien der Männer mischte sich mit dem Zischen der verlöschenden Fackeln. Einige wollten sich am Zaun festhalten, aber der Wasserdruck war zu stark. Die Meute stob auseinander, um dem kalten Guß zu entgehen, wobei viele drohend die Fäuste schüttelten.

„Wartet nur, wir kommen wieder!" riefen sie zum Haus herüber.

Auch David Cohn hatte das Geschehen vom Fenster seines Arbeitszimmers aus beobachtet. Eine geladene Pistole lag die ganze Zeit auf dem Schreibtisch neben ihm. Jetzt schob er sie wieder in die Schublade zurück. Er wußte nun, das es höchste Zeit war. Bereits am nächsten Morgen begann die Familie, die Abreise vorzubereiten. David Cohn hatte die Möbel, die Teppiche und die größeren Wertgegenstände zu einem vernünftigen Preis zusammen mit dem Haus verkauft, also konnte sich die Familie auf die persönlichen Dinge beschränken.

Vier Wochen nach der Veröffentlichung der „Nürnberger Gesetze" saß die Familie Cohn in zwei Autos, die sie in Richtung französische Grenze bringen sollten. David Cohn hatte in der Nähe von Blois an der Loire ein Landhaus gemietet.

Jakob und Maria blieben. Alle Überredungskünste der Familie waren vergebens. Maria wollte ihre Familie nicht im Stich lassen, und Jakob weigerte sich, ohne Maria mitzufahren.

David Cohn gab Jakob noch einmal genaue Anweisungen und nahm dann schweren Herzens Abschied von seinem Sohn.

„Wenn die Lage zu brenzlig für dich wird, komm nach Frankreich, versprich mir das, mein Junge!"

Jakob umarmte seinen Vater.

„Ich verspreche es, Vater. Schalom!"

„Schalom, mein Sohn!"

David Cohn konnte die Tränen kaum zurückhalten.

Ebenso erging es Frau Cohn und Ruth. Maria und Ruth hielten sich die ganze Zeit über an den Händen und schauten sich stumm an. Tränen strömten über ihre Wangen. Im Hintergrund schneuzte sich Anna ständig heftigst in ihr Taschentuch, während sich Philipp an den beiden Autos zu schaffen machte, um seine Verlegenheit zu verbergen. Er zurrte hier einen Koffer fester, trat dort gegen einen Reifen wegen des Luftdrucks, um ja nicht zu zeigen, daß auch ihm der Abschied an die Nieren ging.

Dann war es soweit. Die Familie stieg ein. David Cohn fuhr das eine Auto, dessen Rücksitz mit Koffern bepackt war, Frau Cohn und Ruth fuhren hinter ihm her. Sie mußten sich jetzt beeilen, denn der Grenzposten, der bestochen war, um sie durchzuwinken, hatte nicht den ganzen Tag Dienst.

Maria und Jakob rannten bis zur Straße hinter den Autos her und winkten so lange, bis ihnen die Arme schmerzten und die Fahrzeuge schon lange nicht mehr zu sehen waren.

Zwei Tage später zogen Maria und Jakob in eine kleine Wohnung am anderen Ende der Stadt, wo sie niemand kannte. Jakob hatte einen neuen „echten" Ausweis mit Geburtsurkunde auf den Namen Jakob Kraus. Sein Vater hatte vor seiner Abreise noch einmal alle seine Beziehungen spielen lassen.

Im Haus wußte niemand über Jakob und Maria Bescheid. Sie gingen selten aus, um nicht aufzufallen oder einem Bekannten über den Weg zu laufen. Maria hatte die Wohnung nach ihrem Geschmack eingerichtet mit dem Geld, das ihr David Cohn zu diesem Zweck großzügig zur Verfügung gestellt hatte.

Anna und Philipp wußten von der neuen Wohnung, Maria erzählte zu Hause aber nichts, sondern gab vor, wieder nach Hause zu kommen. Wie das funktionieren sollte, hier die Wohnung in der Stadt mit Jakob, und dort die Familie in Neuendorf, darüber hatten sich Maria und Jakob noch keine richtigen Gedanken gemacht.

Anna und Philipp waren die letzten, die das Haus verließen, bevor die neuen Mieter einzogen. Philipp hatte einen Lieferwagen besorgt und lud Küchenutensilien auf, die Frau Cohn Anna geschenkt hatte. Er brummelte dabei ständig vor sich hin, wozu man das ganze Zeug denn jetzt noch brauche, trug aber alles, was ihm seine Frau reichte, brav hinaus und packte es aufs Auto. Maria half Anna beim Ausräumen der Zimmer und der Küche.

Sie drückte schließlich Maria noch einmal fest an ihren umfangreichen Busen und sagte:

„Nu, Kindchen, jetzt mußt du alleine auf Dich aufpassen. Mach mir ja keine Schande und laß es dir gutgehen."

Sie drehte sich schnell um und schob ihren massigen Körper auf den Beifahrersitz des Lieferwagens, damit Maria ihre Tränen nicht sehen konnte, wobei Anna das Hütchen mit dem kleinen Schleier schräg ins Gesicht rutschte.

Philipp drückte Maria nur kurz die Hand, aber man sah seinen Augen an, was er fühlte, als er sie zum letzten Mal anschaute. Es lag unendlich viel Traurigkeit darin.

Der Lieferwagen verschwand knatternd aus der Villenauffahrt. Maria blieb allein auf der Treppe des Hauses zurück. Sie mußte unwillkürlich an den Tag denken, an dem Frau Cohn sie an gleicher Stelle willkommen geheißen hatte. Langsam ging sie hinein und suchte jedes vertraute Zimmer noch einmal auf. Sie strich über die Möbel und Tapeten, sog den Duft der Räume ein. Bevor sie ging, spielte sie auf dem Klavier noch eine kleine Melodie, die sie von Ruth gelernt hatte. Sie konnte dabei das Weinen nicht unterdrücken.

Als sie die Haustüre hinter sich zuzog, wußte sie, daß die schönste Zeit ihrer Jugend mit dem Schnappen des Türschlosses vorbei war.

Aus dem Gesetz "Zum Schutz des deutschen Blutes und der deutschen Ehre" vom 15. September 1935:

§1.1 Eheschließungen zwischen Juden und Staatsangehörigen deutschen oder artverwandten Blutes sind verboten. Trotzdem geschlossene Ehen sind nichtig, auch wenn sie zur Umgehung dieses Gesetzes im Ausland geschlossen sind.

§2. Außerehelicher Verkehr zwischen Juden und Staatsangehörigen deutschen oder artverwandten Blutes ist verboten.

KZ KADOMIN
(1935 - 1940)

Die Tage am Obersalzberg waren im Vergleich zu der Zeit in München ein Erholungsurlaub.

Das Haus, die Kasernen lagen eingebettet in eine wundervolle Landschaft. Von den Fenstern ihrer Unterkünfte schauten die vier Kameraden auf die Berchtesgadener Bergwelt. Das Kehlsteinhorn, der Tote Mann und andere bekannte Gipfel ragten in unmittelbarer Nähe auf. Nicht weit vom Obersalzberg liegt das kleine Dörfchen Oberau, wo man beim Auerwirt oder beim Postwirt gemütlich zusammensitzen konnte. Die Einwohner waren den SS Männern gegenüber immer freundlich. Nicht nur, daß sie ihr Geld hier ausgaben, mancher Oberauer und manche Oberauerin fanden Arbeit im oder um den Kasernenbereich. Die Wachen brauchten Nahrungsmittel und Getränke, ihre Sachen mußten gewaschen werden.

Der Dienst war streng, aber das waren Paul, Karl, Werner und Thomas gewohnt. Disziplin und Härte gehörten zu ihren herausragenden Eigenschaften. Als Unterführer hatten sie sowieso keinen Wachdienst zu leisten, sondern waren für andere Aufgaben zuständig, die sie mit gewohnter Präzision erledigten.

Besonders Thomas war durch das Münchner Unternehmen ein besonderer Ruf vorausgeeilt, so daß man auch am Obersalzberg von noch höherer Stelle auf ihn schaute und ihn beobachtete. Der Standartenführer vor Ort schlug bei einer Dienstbesprechung vor, Thomas Waldner einer weiteren Bewährungsprobe zu unterziehen. Er sollte befördert und für eine bestimmte Zeit in das Konzentrationslager Kadomin geschickt werden.

Kadomin war ein großes Lager an der tschechoslowakischen Grenze, im Protektorat Böhmen und Mähren. Man machte dort auch medizinische Versuche mit Gefangenen und probierte verschiedene rationelle Tötungsarten aus.

Noch bevor sich die deutschen Truppen anschickten, Polen zu überfallen, erhielt Thomas Waldner seine Beförderung und den Marschbefehl. Er war erstaunt, aber nicht ganz unzufrieden. Es war zwar schön hier am Obersalzberg, aber der Dienst begann, eintönig zu werden, und Thomas freute sich auf eine neue Aufgabe.

Seine Beförderung und der Abschied wurden kräftig begossen, und am folgenden Abend saß Thomas im Zug, der ihn von Berchtesgaden über München und Prag nach Kadomin bringen sollte.

Thomas war an einem Dienstag abgefahren und erreichte am Mittwochnachmittag sein Ziel. Zwei SS Leute holten ihn am Bahnhof ab.

Kadomin war früher eine Festung der K.und K. Monarchie gegen die Türken gewesen, diente dann als Gefängnis und jetzt als Konzentrationslager. Die Außenmauern waren meterdick. Der ganze Komplex war etwas abgelegen, und es waren etliche hundert Meter von den letzten Häusern von Kadomin bis zum Lager. Das Auto fuhr durch einen mächtigen runden Steinbogen, um vor dem Haus des Kommandanten halt zu machen. Die Wege waren überall sauber gepflastert und gekehrt, die Anlage machte auf den ersten Blick einen hellen und freundlichen Eindruck. Ein schmaler Weg führte durch einen kurzgeschnittenen Rasen, auf dem vereinzelt Obstbäume wuchsen, bis hin zum Haus.

Thomas wurde schon erwartet. Der Lagerkommandant, Oberführer Weiß, begrüßte ihn überschwenglich.

„Freue mich, Sie begrüßen zu dürfen, habe schon viel Gutes über Sie gehört, werden uns sicher gut verstehen, Heil Hitler“, sprudelte Weiß in seiner abgehackten preußischen Militärsprache herunter. Er gab Thomas die Hand, die sich wie ein toter Fisch anfühlte, und führte ihn dann ins Haus. Dort wurde Thomas der Frau des Hauses vorgestellt, mit ihren zwei Töchtern. Frau Weiß war ein eher unscheinbares Wesen, die durch die Geburt der beiden Kinder völlig ihre Figur verloren hatte. Sie hatte ein flaches nichtssagendes Gesicht, das kurz den Anflug eines Lächelns zeigte. Die beiden Mädchen machten einen Knicks, um danach kichernd im Nebenzimmer zu verschwinden.

Es war normalerweise nicht üblich, daß die Familien der Lagerführer oder der hohen Lageroffiziere im Lagerbereich selbst wohnten, aber Kadomin war eine Ausnahme, da der Wohnkomplex weit außerhalb des KZ Bereichs lag und die Baracken der Häftlinge und die übrigen Einrichtungen nur durch mehrere separate Eingänge erreicht werden konnten. Weiß zog die Uniformjacke aus, die ihm sowieso zu eng war, und bat Thomas, sich zu setzen. Thomas betrachtete seinen einzigen Vorgesetzten näher. Der Oberführer hatte einen schmalen hochrasierten Schädel mit einer Frisur und einem Bärtchen, mit denen er den Führer kopieren wollte. Er trug eine kleine randlose Brille und hatte gelbe Zähne vom starkem Zigarettenkonsum. Sein Bauch hing über die Hose, die von breiten Trägern gehalten wurde. Seine Arme waren dünn, schlaff und muskellos. Er hatte die weißen, zarten Hände einer Frau.

Thomas war dieser Mensch vom ersten Augenblick an zuwider, war er doch genau das Gegenteil von dem, was Thomas verkörperte, und was der Führer sich unter seiner neuen arischen Rasse vorstellte. Nach Thomas´ Meinung war er sicher noch einer aus der alten Garde, der seine Position durch langjährige Parteizugehörigkeit und gute Beziehungen erhalten hatte, und nicht durch die entsprechende Ausbildung und Leistung. Trotzdem mußte sich Thomas mit ihm arrangieren, wenn er seiner eigenen Laufbahn nicht schaden wollte. Er lächelte freundlich und bedankte sich für den angebotenen Schnaps, obwohl er sonst während der Dienstzeit jeglichen Alkoholgenuß vermied. Der Oberführer setzte das Gespräch fort.

„Sie werden sehen, Waldner, Sie haben sich den richtigen Platz ausgesucht."

Thomas wunderte sich über diesen Satz, da er bis vor drei Tagen nicht einmal gewußt hatte, wo Kadomin genau lag.

„Wir haben es recht angenehm hier. Wir verfügen über ein eigenes Schwimmbad, ein Kino, eine Kegelbahn, eine Wirtschaft mit gutem böhmischen Bier, immer frisch aus der Brauerei. Und es gibt jede Menge Weiber."

Er zwinkerte Thomas vertraulich zu und hob sein Glas in Richtung seiner Frau.

„Natürlich nur für die Junggesellen, drüben in den Mannschaftsbaracken."

Frau Weiß stand mit hochrotem Kopf auf und verließ den Raum.

„Sie entschuldigen mich, Herr Waldner", sagte sie, und Thomas stand auf, bis sie aus dem Zimmer gegangen war. Oberführer Weiß war ziemlich geschmacklos gewesen.

„Weiber", sagte er, „meine ist zu zart besaitet. Im Lager haben wir einige, Waldner, ich sage Ihnen..."

Weiß drehte die Hand hin und her und schmunzelte.

„Wenn Sie da einer etwas versprechen, ob Sie es halten, ist natürlich eine andere Frage," er lachte laut, „dann ficken die Ihnen die Seele aus dem Leib. Ich habe da so meine Erfahrungen. Habe so einer Judenschlampe ihr Balg wegnehmen lassen, was sie natürlich nicht wußte, nur so zum Spaß. Sie hat bei mir gebettelt und gefleht. Als ich ihr meine Bedingungen nannte, ich sage Ihnen, Waldner, zwei Stunden lang, in jeder Stellung und in allen Variationen, ich war fix und fertig danach. Sogar meine Alte hat wahrscheinlich etwas gemerkt. Hab das Weib und ihren Balg selbstverständlich sofort wegschaffen lassen, Sie können sich denken, wohin", er lachte wieder sein schmutziges Lachen, „damit sie mir bei den anderen die Tour nicht vermasselt, aber die war wirklich eine tolle Nummer."

Thomas mußte sich zusammenreißen, um nichts zu sagen. Er hatte nichts dagegen, jüdische Frauen für solche Zwecke zu benutzen, die Wachmannschaften mußten ja auch bei Laune gehalten werden, und es machte natürlich auch Spaß, aber die Art und Weise, wie Weiß darüber sprach, gefiel ihm nicht, noch dazu, da er verheiratet war und zwei Kinder hatte.

Aber in dieser Hinsicht sollte Weiß Thomas noch mehr Überraschungen bieten.

„Ich werde Ihnen jetzt Ihr Quartier zeigen", sagte Weiß schließlich.

Thomas war erleichtert, daß dieses Gespräch ein Ende hatte.

„Der Wachführer schläft eigentlich in einem gesonderten Wohnhaus in der Nähe der Baracken, aber meine Frau meinte, sie könnte Sie hier bei uns unterbringen, damit Sie etwas kultiviertere Gesellschaft hätten."

Gerade auf diese Gesellschaft wollte Thomas aber lieber verzichten.

„Ich möchte nicht unhöflich sein, Herr Oberführer, und Ihre Frau Gemahlin nicht vor den Kopf stoßen", sagte Thomas, „aber halten Sie es nicht auch für besser, wenn ich, schon wegen der Disziplin, in der Nähe der Baracken bleibe? Ich lerne dann auch die Mannschaften schneller und besser kennen."

Weiß sah ihn zunächst erstaunt an, und Thomas befürchtete schon, er würde ihn jetzt zusammenbrüllen. Aber Weiß grinste plötzlich und sagte:

„Ich hab es schon zu meiner Frau gesagt, da kommt sicher ein ganz scharfer Hund vom Obersalzberg, SS Eliteeinheit, ich weiß nicht, ob der sich ans Haus gewöhnt. Ich habe recht behalten."

Er schlug Thomas mit der Hand auf die Schulter.

„Natürlich dürfen Sie bei ihren Männern Quartier nehmen, wie es sich gehört, das ist doch gar keine Frage. Ich habe auch gar nichts anderes von Ihnen erwartet."

Thomas wußte nicht, ob dies eine Ausrede war, oder ob Weiß ihn hatte auf die Probe stellen wollen.

„Kommen Sie aber doch ab und zu abends vorbei auf ein Gläschen oder eine Flasche." Er zwinkerte schon wieder, aber Thomas atmete innerlich auf. Der eine oder andere Abend im Hause des Oberführers würde vorübergehen, aber ständig mit dieser Familie zusammenzuwohnen, das hätte Thomas auf Dauer nicht ausgehalten.

Thomas wurde von seinen neuen Untergebenen mit Zurückhaltung und Skepsis aufgenommen. Er war einer dieser jungen Musteroffiziere, so glaubten sie. Erst nach einigen Wochen hatte er ihren vollen und absoluten Respekt, nicht nur vor seiner Uniform und seinen Rangabzeichen, sondern vor seiner Person. Sie hatten erlebt, daß er kein verwöhnter Schreibtischoffizier war. Zwei besonders harten Burschen mußte er in einer Auseinandersetzung zeigen, was er auf Lager hatte, wobei er gar nicht alle Tricks anwenden mußte. Die Offiziersjacke hatte er abgelegt, damit die Männer als Untergebene keine Gewissensbisse bekamen, wenn sie sich mit einem Hauptsturmführer schlugen. Das Krankenrevier war für eine Woche mit zwei weiteren Patienten belegt gewesen, denn Thomas hatte sie nicht geschont. Als die beiden entlassen wurden, waren sie die treuesten Untergebenen und Kameraden, die sich ein Vorgesetzter wünschen konnte. Sie wären für ihn durchs Feuer gegangen.

Der Dienst war relativ einfach, Thomas hatte die Wachstube unter sich und beaufsichtigte die Männer, wenn zweimal pro Woche neue Transporte mit dem Zug ins Lager kamen. Die Schienen reichten bis zu einer provisorischen Rampe, wo die Gefangenen aussortiert wurden.

David Cohn, seine Frau und seine Tochter Ruth wurden Ende des Jahres 1940 in Paris verhaftet und mit dem nächsten Transport, den man zusammenstellte, nach Kadomin gebracht. 45 Waggons mit über 6700 Menschen wurden auf die Reise geschickt, mehr als 1500 erlebten die Ankunft in Kadomin nicht.

Als Thomas Waldner auf die Rampe trat, sah er die Kinder, Frauen und Männer hinter den kleinen vergitterten Luken der Wagen mit Augen voller Todesangst hindurchschauen. Sie waren alle bleich, ängstlich und verwirrt. Die Hilfskommandos entriegelten die Türen und schoben sie auf. Die Menschen wurden mit Peitschenhieben aus den Waggons getrieben. Über Lautsprecher erhielten sie ihre Anweisungen.

Thomas Waldner zündete sich langsam und genüßlich eine Zigarette an.

Die Gefangenen traten in drei Reihen an und gingen langsam an den beiden Lagerärzten vorbei. Diese gaben nur ein kleines Zeichen mit der Hand. Wer nach links geschickt wurde, kam ins Arbeitslager, das Thomas unterstand. Die anderen wurden sofort, nach Männern und Frauen getrennt, zur Vernichtung vorbereitet. Ältere Männer und Frauen, sowie Kinder unter zwölf Jahren wurden unterschiedslos vernichtet, da sie nicht zur Arbeit taugten.

Junge hübsche Mädchen und Frauen kamen in ein besonderes Gebäude. Sie dienten nicht nur den Mannschaften als Zeitvertreib, sondern auch Dr. Kirchner und Dr. Kessler für ihre medizinischen Versuche.

Man bemühte sich, die zum Tode Verurteilten möglichst ruhig zu den Kammern zu führen.

Die drei Cohns hatten sich die ganze Zeit über an den Händen gehalten, bis sie an den Ärztetisch traten.

David Cohn wurde ins Arbeitslager geschickt, Ruth Cohn kam zur Gruppe der jungen Mädchen zur besonderen Verwendung, Rebecca Cohn wurde in die rechte Reihe beordert.

Als die drei die Hände nicht voneinander nehmen wollten, schlug ein Wachmann brutal mit der Peitsche dazwischen, so daß sie sich in ihr Schicksal fügten und hinter den übrigen schwankenden Gestalten herschritten.

David warf seiner Frau noch einen letzten liebevollen Blick zu. Sie wollte noch etwas sagen, aber er konnte die Worte nicht mehr verstehen, als sie in der Gruppe verschwand.

Rebecca Cohn wußte nicht, was geschehen würde, aber sie hatte zuviel gehört, sie ahnte, daß sie in den Tod geschickt wurde. Der Menschenzug setzte sich in Bewegung zu den Krematorien.

Die dort beschäftigten Häftlinge sagten den Gefangenen, daß sie zum Baden und Entlausen kämen.

Rebecca Cohn zog sich aus und legte ihre Kleider zusammen. Ein Friseur kam, der den Frauen und Mädchen mit schnellen Schnitten die Haare abschnitt, die in Säcken verstaut wurden. Rebecca Cohn begann zu weinen. Sie war nicht die einzige unter den Frauen.

Mit den anderen wurde sie in die Kammern geschoben, die mit Brauseköpfen und Wasserleitungsrohren versehen waren. Auch Rebecca

Cohn ahnte nun nicht, was kommen würde. Es wunderte sie lediglich, daß die Aufseher immer mehr Menschen in den einen Raum quetschten, so daß sich bald niemand mehr rühren konnte.

Die Türen wurden verriegelt. Es herrschte beängstigendes Schweigen. Das Licht flackerte, ehe es völlig erlosch. Die Frauen und Kinder um Rebecca herum begannen zu schreien. Als die ersten neben den Säulen, die nichts anderes als Einwurfschächte für das Gas waren, umkippten und röchelten, wußte Rebecca Cohn, daß dies das Ende bedeutete. Verzweifelte Mütter hielten ihre Kinder und Babys so weit wie möglich nach oben zur Decke, in der Hoffnung, daß sie so dem tödlichen Gas entgehen würden. Ein kleines Mädchen griff nach Rebeccas Hand, und sie zog sie zu sich heran. Sie preßte den kleinen Körper fest an sich, die Händchen legten sich um ihren Hals. Als Rebecca Cohn das Gas roch, atmete sie tief ein, damit es schneller ging. Das Mädchen ließ Rebecca nicht los.

Thomas schaute von außen durch das Beobachtungsloch der Türe, als die Deckenbeleuchtung wieder eingeschaltet wurde.

Nach zwanzig Minuten war keiner mehr am Leben. Die Männer des Arbeitskommandos rissen die Türen auf und schalteten die Entlüftungsanlagen ein, bevor sie mit dem Herausziehen der Leichen begannen.

Die Körper waren naß von Schweiß und Urin, und die meisten waren kotbeschmutzt.

Rebecca Cohn und das kleine Mädchen mußten mit Gewalt auseinandergezerrt werden, so fest hatten sich die Körper im Todeskampf ineinander verkrampft.

Zwanzig Kapos öffneten den Toten den Mund mit Haken und sahen nach Gold. Mit Zangen und Hämmern brachen sie die Goldzähne und Kronen aus den Kiefern.

Ein Aufzug brachte die Leichen nach oben vor die angeheizten Öfen. Die Asche, die beim Verbrennen ständig durch die Roste fiel, wurde mit Lastwagen abtransportiert.

David Cohn wurde mit den anderen Männern in das Lager C getrieben. Es war nachträglich errichtet worden, da das Lager die Menge an Gefangenen nicht mehr aufnehmen konnte. Neben der Errichtung einiger neuer Baracken hatte man auch einfach lange Höhlen in den Naturfels gesprengt und Pritschen hineingestellt, in die man nun, obwohl höchstens Platz für 60 Menschen war, bis zu 150 Männer stopfte.

In den Baracken stand das Wasser am Morgen zwei Zentimeter hoch auf dem Fußboden, da die Körperausdünstungen der Gefangenen an den Decken herabtropfte und an den Wänden herunterlief. Am Eingang zum Block C war ein kleiner Wachtturm errichtet worden, der mit einem starken Scheinwerfer versehen war, um den großen Hof zwischen den Felsenlöchern und den Baracken ausleuchten zu können.

Oberführer Weiß hatte auf diesem Turm ein Grammophon installiert, das an einen großen Lautsprecher angeschlossen war, der das ganze Gelände beschallte.

Wenn die Musik ertönte, meist waren es Wiener Walzer, wußten die Gefangenen, daß sie trotz eines gnadenlos harten Arbeitstages nur wenig Schlaf finden würden.

Immer, wenn der Lagerkommandant in stark angetrunkenem Zustand war, stieg er auf seinen kleinen Turm und stellte die Musik an. Die Gefangenen wurden aus den Zellen getrieben und mußten im Scheinwerferlicht paarweise Wiener Walzer tanzen.

Wenn jemand zu langsam tanzte oder den Takt nicht beibehielt, bedeutete dies oft sein Todesurteil.

Oberführer Weiß begnügte sich nicht damit, die Gefangenen am späten Abend mit der Musik zu quälen, er schoß mit seinem Präzisionsgewehr jeden gnadenlos nieder, der ihm im Scheinwerferlicht vor das Visier kam.

David Cohn war ein schlechter Tänzer. Bereits am dritten Abend nach seiner Ankunft wurde er aus dem Felsenloch gejagt, um bei eisiger Kälte mit einer anderen jammervollen Gestalt Walzer zu tanzen.

Nach wenigen unbeholfenen Schritten traf ihn eine Kugel in den Hinterkopf, die auch seinem Tanzpartner das Gesicht wegriß und so dem Leben der beiden Männer ein Ende setzte, deren einziges Vergehen gewesen war, daß sie Juden waren und nicht tanzen konnten.

Thomas hatte sich an das wöchentliche Ritual gewöhnt. Nach der Selektion an der Rampe und dem Besuch in den Kammern schaute Thomas öfter bei Dr. Kirchner und Dr. Kessler vorbei, die für ihre medizinischen Versuche ein unerschöpfliches Reservoir an jüdischen Gefangenen hatten. Sie brauchten sie für ihre Testreihen nur an der Rampe auszusortieren. Dr. Kirchner unternahm Versuche mit Verbrennungen und Erfrierungen, wozu Gefangene dann entweder „abgefackelt“ wurden, wie er es nannte, oder indem er sie stundenlang in eisiges Wasser legte, um festzustellen, wie lange sie aushielten, bevor sie ohnmächtig wurden, und mit welchen Methoden man sie wieder beleben konnte.

Die Luftwaffe und Marine profitierten von diesen Versuchen für ihre Fallschirmspringer und Matrosen.

Die Häftlinge schrien oft stundenlang wie Tiere, da sie die Schmerzen nicht mehr aushalten konnten. Dr. Kessler hatte sich auf Sterilisierungsversuche spezialisiert und machte erste Experimente, um Menschen zu klonen. Er entnahm zu diesem Zweck jüdischen Mädchen, die er von SS Männern „begatten" ließ, die befruchtete Eizelle, um sie unter dem Mikroskop zu teilen. Die geteilten Zellen ließ er dann in Nährlösungen heranreifen, um möglichst viele äußerlich völlig gleiche Menschen im Labor zu züchten. Dies wäre ein gewaltiger Fortschritt auf dem Weg zur Reinerhaltung und Züchtung der blonden, blauäugigen, arischen Rasse gewesen.

Ruth Cohn war eines der Versuchsobjekte von Dr. Kessler.

Nachdem sie über mehrere Tage hinweg im Lagerbordell von SS Wachmännern und Kapos vergewaltigt worden war, hatte ihr Verstand einfach abgeschaltet. Ohne äußerliche Regung ließ sie alles völlig apathisch über sich ergehen. Das aber bereitete wiederum den Männern keinen Spaß mehr, so daß sie nach einer weiteren Woche bei einem Sterilisierungsversuch Dr. Kesslers qualvoll ums Leben kam, nachdem er ihr eine chemische Lösung in die Eierstöcke gespritzt hatte.

Thomas verfolgte diese Arbeiten sehr interessiert und half auch teilweise mit.

Nach kurzer Zeit hatte er auch Geschmack an den jüdischen Frauen und Mädchen im Lager gefunden, die wie Ruth Cohn ins Lagerbordell geschafft worden waren. Viele glaubten ja, daß sie eine besondere Behandlung erfahren, ja vielleicht sogar freigelassen würden, wenn sie den Wachmännern und Hilfskapos einen „Gefallen" taten.

Thomas Waldner ließ sich von seinem Adjutanten natürlich nur Mädchen bringen, die noch „unberührt" von seinen Männern waren. Alle endeten jedoch, nachdem man sie benutzt hatte, ohne Ausnahme bei Dr. Kessler und dann in den Krematorien.

Thomas war ein gutaussehender junger Mann, und so spielte bei seinen Abenteuern nicht immer nur die Hoffnung auf eine eventuelle Entlassung aus dem Lager eine Rolle. Thomas ging aber nie ein Risiko ein. So schön eine Jüdin auch sein mochte, sie blieb für ihn ein Mensch zweiter Klasse. Man konnte sich ihrer bedienen, aber Gefühle durften keine Rolle spielen.

Dr. Kessler kümmerte sich auf seine Weise um die abgelegten Bettgefährtinnen von Thomas.

Thomas fuhr regelmäßig zu Besuchen auf den Obersalzberg, aber er erzählte den Kameraden, obwohl sie seine einzigen und besten Freunde waren, nie etwas über seine Aufgaben und Tätigkeiten.

Mit Oberführer Weiß kam er inzwischen ganz gut zurecht, aber am liebsten hielt er sich in der Wachstube bei seinen Männern auf, wo es sehr oft zünftig zuging, da sie das Hinterzimmer des Wachgebäudes mit der Genehmigung des Hauptsturmführers als Bierkneipe benutzten.

„Wir hatten das moralische Recht, wir hatten die Pflicht, dieses Volk umzubringen“

(Heinrich Himmler, Reichsführer SS)

„Aus deutschen Konzentrationslagern gibt es keinen anderen Ausgang als den Schornstein“

(Karl Fritzsch, SS-Hauptsturmführer)

NEUENDORF - BRIGHTON
(1975-1980)

Die Koffer standen fertig gepackt im Flur. Silvia und Michael saßen im Wohnzimmer ihrer Dachwohnung. Sie hatten den ganzen Tag zusammen verbracht, eine längere Zeit davon im Bett, und jetzt, da es Zeit wurde für Michael aufzubrechen, fiel ihnen der Abschied doch sehr schwer. Sie saßen da und warteten auf Isabella, die mit Michael nach Brighton fahren sollte, um ihm bei seinen Forschungsarbeiten zu assistieren. Silvia war es zwar einerseits nicht recht, daß Michael eine weibliche, und noch dazu attraktive Begleiterin hatte, andererseits kannte sie Isabella recht gut und hoffte, daß sie ein wenig auf Michael aufpaßte. Silvia hatte den Kopf an Michaels Schulter gelegt und hielt seine rechte Hand zwischen ihren Händen.

„Du versprichst mir, daß du gut auf dich aufpaßt, mein Schatz, damit ich mir keine Sorgen zu machen brauche."

Michael strich ihr übers Haar.

„Ich werde viel an dich denken, dir regelmäßig schreiben und dich genauso regelmäßig anrufen. Mach dir bitte keine unnötigen Gedanken, ich werde schon zurechtkommen."

Michael versuchte, Silvias Sorgen und Bedenken zu zerstreuen. Mitten in ihr Gespräch läutete die Türglocke und riß sie aus ihrer Zweisamkeit.

„Ich glaube, das ist Isabella, jetzt geht es los", sagte Michael und gab Silvia einen Kuß auf den Mund.

Isabella und Michael hatten beschlossen, am Abend loszufahren, um den ruhigeren Nachtverkehr nutzen zu können. Sie würden so am Morgen die erste Fähre nach Dover erwischen und gegen Mittag in Brighton sein.

Michael stand auf und ging zur Tür. Isabella stand im Türrahmen, den Koffer neben sich und eine Umhängetasche über der Schulter. Sie war, wie stets, bester Laune.

„Na, ihr Turteltäubchen, es wird Zeit, daß ihr euch voneinander losreißt", begrüßte sie Silvia und Michael.

Beide mußten lachen. Man konnte Isabella nicht böse sein.

„Magst du noch etwas trinken oder essen, bevor ihr fahrt?“ fragte Silvia.

„Nein, danke“, antwortete Isabella, „ich habe gerade eine ganze Kanne Kaffee in mich hineingeschüttet, ich bin voll bis obenhin.“ Sie zeigte mit der Handkante an ihren Hals. „Ich denke, es ist Zeit, daß wir aufbrechen. Es ist schon nach zehn Uhr. Wenn wir die erste Fähre kriegen wollen, müssen wir jetzt los. Es sei denn, wir fahren in einem Stück durch.“

„Nein, tut das auf keinen Fall“, sagte Silvia, „am Ende schläft noch einer von euch am Steuer ein und es passiert etwas.“

Michael holte seine Jacke von der Garderobe und schaute noch einmal nach, ob er alle Papiere in der Brieftasche hatte, die er benötigte. Silvia stellte sich auf die Zehenspitzen und schlang ihm die Arme um den Hals.

„Gib gut acht auf dich, mein Schatz“, sagte sie ihm ins Ohr und schaute ihm dann in die Augen. Sie mußte blinzeln, um die Tränen zu unterdrücken, die feucht in ihren Augen schimmerten.

Michael drückte sie ganz fest an sich und gab ihr einen langen letzten Kuß.

„Schluß jetzt mit der Knutscherei“, fuhr Isabella dazwischen und umarmte Silvia ebenfalls.

„Ich paß schon auf ihn auf, mach dir keine unnötigen Sorgen“, flüsterte sie der Freundin ins Ohr, „mach es inzwischen gut.“

Zu dritt gingen sie die Treppe hinunter zum Hof.

Michael packte die Koffer in seinen BMW und legte seine Jacke auf den Rücksitz, bevor er sich hinter das Steuer setzte. Silvia gab ihm noch einen Kuß durch das offene Wagenfenster, und dann startete Michael den Motor und setzte zurück auf die Straße. Silvia winkte noch lange hinter den beiden her.

„Bevor wir auf die Autobahn fahren, schau bitte noch einmal nach, ob du all deine Papiere bei dir hast“, sagte Michael zu Isabella.

„Ja, Papa“, gab diese frech zur Antwort und begann in ihrer Tasche herumzukramen. Nacheinander hielt sie Michael alle Reisedokumente unter die Nase. Er schob ihre Hand beiseite, da sie ihm die Sicht auf die Straße nahm.

„Wenn du etwas vergessen hast, lasse ich dich von Calais hinter der Fähre herschwimmen“, alberte Michael.

Isabella grinste nur und schaltete das Radio an. Es dauerte eine Weile, bis sie einen guten Sender mit Popmusik gefunden hatte. Danach setzte sie sich gemütlich zurecht, um für sich und Michael ein Zigarette anzuzünden. Sie rauchten schweigend und hörten der Musik zu. Michael konzentrierte sich auf den Verkehr, während Isabella das eine oder andere Lied mitsang und den Takt auf ihren hochgezogenen Knien mittrommelte.

„Vielleicht versuchst du, etwas zu schlafen“, sagte Michael, „damit du mich später beim Fahren ein Stück ablösen kannst.“

„Ich kann doch jetzt nicht schlafen“, erwiderte Isabella, „ich habe erstens viel zu viel Kaffee im Bauch, und zweitens bin ich viel zu aufgeregt.“

Die Fahrt verlief ruhig und ohne Zwischenfälle. Isabella hatte den Kopf auf die Nackenstütze gelegt und summte vor sich hin. Die Stunden vergingen. Sie rauchten ab und zu und redeten ein wenig miteinander. Michael bemerkte plötzlich, wie sein Nacken anfing, ein wenig steif zu werden. Er hob abwechselnd die rechte und die linke Schulter, um die Muskeln zu lockern. Da fühlte er Isabellas Hand in seinem Nacken, die seine verspannten Muskeln massierte und knetete.

„Das tut gut, Isabella, ich danke dir, aber willst du jetzt nicht doch etwas schlafen?“

„Und wer soll nach dir schauen, wenn ich schlafe?“ fragte sie zurück.

Sie war ein Dickschädel, und eigentlich hätte es Michael längst aufgeben sollen, sie von etwas zu überzeugen, was sie nicht wollte. Es war bereits gegen drei Uhr nachts, als Michael bemerkte, daß seine Augenlider schwer wurden. Er fing an zu blinzeln und sich die Augen zu reiben, aber es nützte nichts. Er stellte plötzlich fest, daß er ein kurzes Stück gefahren war, ohne daß es ihm richtig bewußt war. Jetzt wurde es gefährlich. Er steuerte den nächsten Rastplatz an und stieg aus. Isabella verschwand in den Büschen, und auch Michael nutzte die Pause, um hinter einem Baum zu verschwinden. Nachdem sie eine Kleinigkeit gegessen und getrunken hatten, tauschten sie die Plätze im Auto. Michael machte es sich auf dem Beifahrersitz bequem, als Isabella sich wieder in den ruhig fließenden Verkehr auf der Autobahn einreihte.

Bald darauf war er fest eingeschlafen.

Er wachte erst wieder auf, als er das gleichmäßige Brummen des Motors nicht mehr fühlte und ihm kalt wurde. Als er aufblickte, sah er, daß sie auf einem Parkplatz standen und Isabella, über das Lenkrad gebeugt, den Kopf auf beiden verschränkten Armen gebettet, fest schlummerte. Ein kurzer Blick auf die Uhr sagte Michael, daß es bereits nach fünf Uhr war. Er fühlte sich ausgeruht, denn er konnte in jeder Lage und überall tief schlafen.

Er weckte Isabella auf, die mit einem Schlag putzmunter war und nach einer Zigarette verlangte.

„Die Wirkung des Kaffees hat wohl nachgelassen", sagte sie grinsend als Entschuldigung.

„Immer noch besser so, als daß du uns an die Leitplanke gesetzt hättest", sagte Michael und schob sie vom Fahrersitz.

Er fuhr jetzt, bei Tageslicht, etwas flotter weiter, und nach kurzer Zeit hatten sie die belgische Grenze erreicht. Am Grenzübergang war in den frühen Morgenstunden niemand zu sehen, das Zollhäuschen war leer. Große Bogenlampen hüllten nun die Autobahn in gleißendes Licht. Michael mußte unwillkürlich daran denken, daß die belgischen Autobahnen, wegen ihrer Beleuchtung, und die Chinesische Mauer die einzigen Bauwerke waren, die man mit bloßem Auge vom Mond aus erkennen konnte.

Gegen acht Uhr näherten sie sich den Hafenanlagen von Calais.

Michael parkte vor dem Büro der Sealink und kaufte die Tickets für die Überfahrt. Die Preise waren saftig, aber es war immer noch erheblich billiger, als zu fliegen. Außerdem waren sie darauf angewiesen, für ihre Aufgabe in England mobil zu sein.

Michael fuhr weiter zur Verladerampe. Sie waren relativ früh und standen deshalb unmittelbar vor der Absperrung.

Nach einigen Minuten sahen sie ihr Schiff kommen und beobachteten das Anlegemanöver. Das riesige Schiff drehte sich langsam zur Hafenmole. Die Heckklappe ging nach unten, und das große Loch am Schiffsheck spuckte Auto um Auto aus. Der Menschen- und Fahrzeugstrom aus dem Inneren schien kein Ende zu nehmen.

Nach einer Weile entfernte ein Bediensteter der Hafenpolizei die Absperrkette, und Michael, der der erste Fahrer in der Reihe war, steuerte auf die Öffnung am Schiffsende zu. Es dröhnte und schepperte, als er über die dicken Holz- und Eisenplanken fuhr. Mehrere Männer in blauen Overalls winkten Michael zu seinem Standplatz am Bug des Schiffes.

Michael und Isabella nahmen ihre Jacken und Taschen an sich und verließen den Laderaum. Hinweisschilder führten zu den Treppen zu den

Isabella gingen zum Vorderdeck und suchten sich einen Sitzplatz. Durch die Fenster konnten sie sehen, wie die Schlange der Autos im Inneren des Schiffes verschwand. Nach einiger Zeit begann der Schiffsboden zu vibrieren, und langsam drehte sich das Schiff mit stampfenden Motoren in Richtung See. Als sie das offene Meer erreicht hatten, verließ Michael den Aufenthaltsraum und ging auf das Oberdeck. Der Wind zerrte an seinen Haaren und an seiner Kleidung, als er zum Heck schlenderte. Die Schiffsschraube wirbelte weißen Schaum auf, der sich in breiter Spur hinter dem Schiff herzog. Ein Schwarm Möven kreiste über dem Schiff. Es war kalt, und Michael spürte Müdigkeit in sich aufsteigen. Er ging zurück und holte sich einen Kaffee. Isabella hatte bereits gefrühstückt.

„Warst du schon im Duty Free Shop?“ fragte Michael.

Isabella schüttelte den Kopf.

„Kommst du mit?“

Isabella quälte sich aus ihrem Sessel hoch. Man sah ihr an, daß sie auch müde war. Sie gingen die Treppen hinauf in den Laden. Michael kaufte zwei Stangen Zigaretten und eine Flasche französischen Cognac. Er wußte, daß Mr Stockwell, bei dem sie wohnen würden, großen Wert auf solche Mitbringsel legte. Michael ärgerte sich über den Preis für den Cognac, denn für dieses Geld hätte er in Deutschland einen noch besseren Cognac regulär kaufen können. Es blieb ihm nun jedoch keine andere Wahl. Er packte die Sachen in eine Plastiktüte und ging mit Isabella zurück. Sie suchten sich zwei gemütliche Sessel, und die Köpfe aneinandergelegt schliefen sie beide nach kurzer Zeit ein. Als sich Isabella im Schlaf bewegte, wachte Michael auf. Er sah auf die Uhr. Der Zeit nach mußten sie bald in Dover anlegen. Er weckte Isabella, und die Zeit reichte gerade noch für eine Tasse Kaffee. Während sie am Fenster standen und in kleinen Schlucken tranken, kamen die weißen Klippen von Dover als heller Streifen am Horizont in Sicht.

Sie machten sich langsam auf den Weg zu ihrem Auto. Die große Klappe rumpelte wieder nach unten, und sie verließen das Schiff. Isabella war gerade dabei, die grüne Plakette „Nothing To Declare“ an die Innenseite der Frontscheibe zu kleben, als sie die Zollstation schon hinter sich gelassen hatten. In regelmäßigen Abständen waren Warnschilder aufgestellt mit der Aufschrift „Keep left“, um alle Nichtengländer auf die neue Fahrweise aufmerksam zu machen.

„Ein blödes Gefühl“, sagte Isabella, „wenn man als Beifahrer in der Straßenmitte fährt.“

„Du bist jetzt für das Überholen zuständig“, sagte Michael.

„Warum denn ?“ wollte Isabella wissen.

„Ich kann doch nicht rechts vorbeischauen, ob einer entgegenkommt, wenn ich auf der linken Seite sitze.“

„Das ist ja ein toller Job“, maulte Isabella, „wenn es also kracht, bin ich schuld.“

Sie fuhren die Küstenstraße entlang durch kleine Dörfer und Städtchen. Es war sonnig, aber ein kräftiger Wind blies ständig von der See her. Isabella war dauernd am Reden und Deuten. Sie entdeckte immer wieder irgendetwas Niedliches, Süßes oder typisch Englisches. Man merkte, daß sie das erste Mal in England war.

Michael war teilweise froh, daß sie soviel redete, denn so blieb er wenigstens wach.

Gegen 11.30 Uhr kamen sie nach Brighton, und Michael hielt vor dem Informationcenter an, um einen neuen Stadtplan zu kaufen. Die Stockwells waren im letzten Sommer umgezogen, und Michael wußte nicht genau, wo die Osborneroad lag, wo sie jetzt ein neues und größeres Haus bezogen hatten. Das alte Haus im Pembroke Crescent war verkauft worden, da Mrs Stockwell mehr Zimmer brauchte, um noch mehr Studenten aufnehmen zu können, da sie sich sonst nicht ausgelastet fühlte.

Michael breitete die Karte auf der Motorhaube aus, und gemeinsam mit Isabella suchte er in der Legende nach der Osborneroad. Sie hatten sie schnell gefunden und stiegen wieder ins Auto. Isabella nahm die Karte auf den Schoß, um Michael zu dirigieren, aber dieser erkannte schnell die vertrauten Straßen wieder, so daß er ihre Hilfe kaum benötigte. Nach einer guten Viertelstunde hatten sie ihr Ziel erreicht. Isabella schaute nach den Hausnummern. Osborneroad 11 war ein schmales hohes Haus mit drei Stockwerken. Jede Etage hatte einen Glasvorbau mit schönen Holzrahmenfenstern.

Michael spürte, wie er aufgeregt wurde, da er seine Gasteltern nach so langer Zeit wiedersehen würde. Als sie die Pforte zu dem kleinen Vorhof öffneten, vernahmen sie lautes Hundegebell im Haus.

„Das sind William und Impilou“, sagte Michael und lächelte. Die beiden Zwergpudel waren, abgesehen von den zahlreichen Studenten, der Kinderersatz für die Stockwells. Sie wurden auch wie Kinder behandelt.

Die Haustür war wegen der Studenten immer offen, und Michael öffnete für Isabella die Tür, und sie traten ein. Die beiden Hunde kamen angesaust und beschnüffelten sie beide, um dann wie verrückt an Michael hochzuspringen. Sie machten dabei einen Höllenlärm und waren kaum zu beruhigen.

Mrs Stockwell war durch das Gebell aufmerksam geworden und trat aus der Küchentür.

„Oh, Michael", rief sie mit ihrer hohen Stimme, „wie schön, dich wieder bei uns zu haben."

Sie umarmte ihn und drückte ihn so fest an sich, daß ihm die Luft wegblieb. Ihr dick aufgetragenes Makeup hinterließ deutliche Spuren auf Michaels Wange. Mrs Stockwell war noch etwas fülliger geworden, sah aber wie immer sehr gepflegt aus. Michael stellte Isabella vor, und sie gingen in die kleine Küche, um zur Begrüßung eine Tasse Tee zu trinken. Der gemütliche runde Tisch aus dem Haus am Pembroke Crescent war verschwunden und hatte einer Art Theke mit hohen Hockern Platz gemacht. Nach etlichen Fragen und vielem Erzählen kamen Isabella und Michael endlich dazu, ihr Gepäck aus dem Auto zu holen. Mrs Stockwell hatte zwei Zimmer im dritten Stock hergerichtet, mit Blick auf die Straße. Isabella und Michael teilten sich ein Badezimmer, und außer ihnen wohnte sonst niemand in der dritten Etage, zwei weitere Zimmer standen leer. Sie räumten ihre Sachen ein. Mrs Stockwell hatte in der Zwischenzeit einen kleinen Lunch zubereitet, und während des Essens ging das Erzählen weiter.

Am Nachmittag fuhren Isabella und Michael zur Universität. Sie stellten sich bei Professor Weatherby vor. Er gab ihnen ausführliches Kartenmaterial und etliche Unterlagen, wo sie die Plätze und Einrichtungen finden würden, die sie aufnehmen und ausmessen sollten. Er war in jeder Hinsicht sehr hilfsbereit und freute sich sehr, seinen alten Studenten wiederzusehen. Er zeigte ihnen seine ganze wissenschaftliche Abteilung und bot seine Hilfe bei allen auftretenden Problemen an.

Am Abend trafen Isabella und Michael den Rest der Familie. Mr Stockwell, ein schlanker, asketisch aussehender Mann, begrüßte Michael herzlich und ließ bei Isabella gleich seinen ganzen Charme spielen, so daß ihn Mrs Stockwell ab und zu eifersüchtig anfunkelte. Auch die Studenten waren da. Bernard, ein Franzose aus der Normandie, Hemant, ein Inder aus Sambia und Sortirius, ein Grieche aus Saloniki, wohnten alle im

Haus und besuchten die St. Giles Sprachschule für Ausländer in Hove. Keiner der jungen Leute war älter als zwanzig. Ihr Englisch war noch relativ schlecht, so daß sie sich an der lebhaften Unterhaltung beim Dinner kaum beteiligen konnten. Nach dem Essen setzten sich Mr Stockwell, Isabella und Michael an den großen Wohnzimmertisch. Michael breitete die Karte von Südengland aus. Mr Stockwell begriff schnell, um was es ging. Er war Vertreter einer bekannten spanischen Weinfirma und bereiste regelmäßig die zahlreichen Pubs und Restaurants in diesem Gebiet. Er war für Michael eine große Hilfe. Man legte einen Zeitplan fest, wobei Mr Stockwell die eventuellen Fahrzeiten beisteuerte, und sie markierten alle Stellen auf der Karte mit farbigen Filzstiften.

„Wenn wir uns an den Zeitplan halten können, werden wir bequem mit unserer Arbeit fertig und haben dann vielleicht noch Zeit, um ein bißchen Ferien zu machen und um uns einiges anzusehen", sagte Michael zum Abschluß.

Isabella nickte. Sie räumten ihre Unterlagen weg und setzten sich mit den Stockwells zu einem Glas spanischen Rotweins zusammen. Es wurde ab und zu eine Zigarette geraucht, und so entstand die vertraute Stimmung, die Michael schon während seiner Studienzeit so genossen hatte. Isabella hatte sich in einen Sessel gekuschelt, und man sah auch ihr an, daß sie sich hier wohlfühlte. Nach einigen Stunden verabschiedete sich Mrs Stockwell mit der traditionellen Nightcup. Sie gingen danach alle zu Bett.

Am nächsten Morgen schliefen Michael und Isabella etwas länger. Nach dem Frühstück marschierten sie los. Das Wetter war schön, der Wind vom Meer roch nach Salz. Michael zeigte Isabella Brighton und Hove. Es hatte sich seit seinem letzten Aufenthalt nicht sehr viel verändert. Sie schlenderten die Seepromenade entlang zu den Piers, die jetzt als Spielhöllen mit Automaten genutzt wurden, umsäumt von Verkaufsbuden aller Art. Michael zeigte Isabella den Indischen Palast und den dazugehörigen Park. Nach einem italienischen Mittagessen streiften sie durch die Lanes und aßen in der „Mock Turtle" köstliche hausgebackene Scones mit Marmelade und Sahne zum Tee. Zum Dinner waren sie wieder zu Hause.

Am nächsten Morgen begannen sie mit ihrer Arbeit. Sie nahmen sich zunächst die Plätze in der näheren Umgebung vor. Michael photographierte, nahm die Maße, Isabella machte Notizen und fertigte einfache

Bleistiftzeichnungen an. Sie war eine Meisterin darin. Am Abend wurden alle Daten ausgewertet. Michael hatte eines der leerstehenden Zimmer zu einer Dunkelkammer umfunktioniert, und Isabella zeichnete alle Grundrisse, Gebäudereste und Denkmäler nach den angegebenen Maßen noch einmal maßstabsgetreu nach. Immer, wenn sie einen Auftrag genau und komplett erledigt hatten, gaben sie alle Unterlagen in einen großen Umschlag, den sie verschlossen, beschrifteten und in Michaels schwarzem Aktenkoffer verstauten. Jeder Umschlag wurde mit einer oder auch mehreren Flaschen Wein mit den Stockwells gebührend gefeiert.

Jeden Abend rief Michael in Deutschland an und erzählte Silvia, was am Tage alles passiert war. Er vermißte sie sehr, aber es waren ja bald Sommerferien, und beide freuten sich schon auf Silvias Besuch in Hove.

An den Wochenenden faulenzten Isabella und Michael. Wenn es regnete, lungerten sie vor dem Fernseher herum, spielten mit den Studenten Domino oder gingen in ein Pub. Bei schönem Wetter waren sie immer am Strand zu finden, oder sie fuhren in die nähere Umgebung, um sich etwas Interessantes anzusehen.

Endlich war der Tag gekommen, an dem Silvia eintreffen sollte. Es war ein Freitag, am späten Nachmittag. Michael hatte vor freudiger Erregung schon den ganzen Tag mit unsinnigen Beschäftigungen zugebracht, so daß er mehr als einmal Isabellas Spott über sich ergehen lassen mußte. Gegen 16.00 Uhr setzten sie sich ins Auto und fuhren nach Gatwick, um Silvia vom Flughafen abzuholen. Es herrschte dichter Verkehr auf dem Motorway, aber sie kamen pünktlich an. Auch das Flugzeug hatte keine Verspätung. Es blieb noch Zeit für eine Tasse Kaffee, aber dann hielt es Michael nicht mehr auf dem Stuhl. Er suchte sich einen Platz vor dem betreffenden Ausgang und wartete. Endlich erschien auf der Anzeigetafel das Zeichen „landed“ hinter Silvias Flugnummer. Die Blumen, die Michael gekauft hatte, ließen schon die Köpfe hängen, da er sie ständig in den Händen hin- und herdrückte.

Dann sah er Silvia durch die automatische Sperrtüre. Sie ließ den Koffer auf den Boden fallen und rannte auf Michael zu. Sie fiel ihm um den Hals, und er fing sie auf und drehte sich mit ihr im Kreis. Ihr Haar duftete herrlich, er hatte diesen Geruch so sehr vermißt. Er stellte sie schließlich ab, und sie küßten sich lange. Sie hatten alles um sich herum vergessen. Erst als sich Isabella protestierend zwischen sie drängte, hörten sie auf. Auch die Mädchen umarmten sich, und Michael holte Silvias Koffer.

Hand in Hand marschierten die drei zum Parkhaus, wobei Silvia und Michael immer wieder kleine Küsse tauschten. Auf der Fahrt zurück nach Hove erzählte Silvia alle Neuigkeiten aus Deutschland, und so verging die Zeit sehr schnell. Silvia wurde von den Stockwells herzlich begrüßt, und am Abend wurde ausgiebig gefeiert.

Mrs Stockwell hatte ein zweites Bett in Michaels Zimmer gestellt. Als sie zu Bett gingen, kuschelten sich Silvia und Michael eng aneinander, denn Silvia war sehr müde, und es war schon sehr spät. Am nächsten Morgen, als alles noch schlief, holten sie das am Abend Versäumte sehr gründlich nach. Es war für beide herrlich, sich nach so vielen Wochen wieder intensiv zu lieben, und nach einer kurzen Pause schliefen sie ein zweites Mal miteinander, aber jetzt nicht mehr so stürmisch und wild, sondern langsam und zärtlich, jeder den anderen genießend.

Für das Wochenende hatten Isabella und Michael schon einen Plan geschmiedet. Sie wollten mit Silvia nach Woodstock fahren, um das Schloß des Duke of Marlborough, Blenheim Castle, zu besichtigen. Gleich nach einem ausgiebigen Frühstück fuhren sie los. Sie hatten alle drei eine kleine Reisetasche mit, denn sie wollten in der Nähe von Woodstock übernachten. Mr Stockwell hatte ihnen ein schönes altes Pub dafür vorgeschlagen und auch dort angerufen, um ihre Zimmer zu reservieren. Das Wetter war wie geschaffen für ihr Vorhaben, und so fuhren sie langsam auf der Landstraße in Richtung Oxfordshire dahin. Je weiter sie von der Küste wegkamen, um so schöner wurden die Landschaft und die Dörfer. Sie entdeckten alte Herrenhäuser, versteckt in verwilderten Parks, hinter Mauern mit großen schmiedeeisernen Toren, die von wildem Efeu überwuchert waren. Dicke Weiden ließen manchmal ihre Äste so über die Straße hängen, daß sie wie durch einen riesigen gelben Bogen fuhren. Die Straßen waren oft so schmal, daß man kaum glauben konnte, daß zwei Autos aneinander vorbeikommen würden. Sie genossen die Fahrt und hielten nur von Zeit zu Zeit an, um ein schönes Foto zu machen. Gegen Mittag steuerten sie ein Pub in der Nähe von Reading an, das auch Mr Stockwell empfohlen hatte. Der Parkplatz war von hohen alten Bäumen eingesäumt, und man hätte das Pub kaum gesehen, wenn nicht das bunte Schild an der Straße ins Auge gefallen wäre, denn das Haus war sehr niedrig und völlig von wildem Wein überwuchert. Das Pub hieß "St. George´s Inn".

Auf dem Schild war der Nationalheilige Englands zu erkennen, wie er den Drachen tötete.

Sie traten über die Schwelle, und Michael mußte sich bücken, um sich nicht den Kopf anzuschlagen. Man konnte im Schankraum kaum etwas erkennen, denn es war sehr düster, und sie kamen aus dem hellen Sonnenlicht. Nur langsam gewöhnten sich die Augen an das schummrige Dunkel des Raumes. Sie standen in einem sehr alten Pub, aber welch eine phantastisch schöne Einrichtung umgab sie. Sie kamen aus dem Staunen nicht heraus. Die Decke, die Wandvertäfelungen, der Fußboden, die Theke, alles war aus glänzendem poliertem Holz, das dunkel schimmerte. Der Zapfhahn und der Thekenbelag waren aus altem Kupfer, über der Theke standen die Gläser in antiken Spiegelschränken. Alle Wände waren dicht mit riesigen Landschaftsbildern und alten Fotos behängt. Der offene Kamin war schwarz verrußt, die Tische davor sahen gemütlich aus und luden zum Sitzen ein. Die kleinen Holzfenster waren bleiverglast und hatten breite Fensterbänke, auf denen Blumentöpfe aus Wedgewoodkeramik standen.

Sie setzten sich und bestellten drei „Bitter“. An der Theke waren verschiedene warme Gerichte erhältlich, und Isabella war gezwungen, ihre schlechte Meinung über die englische Küche zu revidieren. Sie aßen köstlichen „Shepherd´s Pie“ und tranken ein zweites Bier.

Michael genoß die tolle Inneneinrichtung. Die alten Ölgemälde hatten es ihm besonders angetan. Direkt über dem Kamin hing ein großes Bild mit einem burgähnlichen Gebäude darauf. Michael stand auf, um es näher zu betrachten.

„Monastry near Reading“ stand auf dem kleinen Metallschildchen im Rahmen. Michael trat interessiert näher. In ihm war der Historiker wach geworden. Das Bild faszinierte ihn auf gewisse Weise.

Der Wirt hatte ihn beobachtet und kam hinter der Theke hervor zu ihm herüber.

„Das ist hier ganz in der Nähe“, sagte er, auf das Bild deutend, „ein katholisches Kloster. Es gibt nicht mehr so viele davon in England, wissen Sie.“

Michael nickte freundlich.

„Habt ihr das gehört“, sagte er zu den Mädchen gewandt, „ein katholisches Kloster mitten im anglikanischen England.“

Isabella und Silvia standen ebenfalls auf und traten näher, um das Bild genauer betrachten zu können.

„Ob das immer noch so aussieht“, fragte Silvia.

Auch ihr Interesse war geweckt worden.

Michael gab Silvias Frage an den Wirt weiter.

Dieser nickte eifrig.

„Es sollen sogar noch Mönche dort leben, sagt man im Dorf, aber man sieht sie äußerst selten.“

„Das wäre doch etwas für uns“, war Isabella Feuer und Flamme, „kommt, laßt uns das ansehen!“

„Wenn es kein zu großer Umweg ist“, sagte Michael, „habe ich nichts dagegen.“

„Heute können wir uns Blenheim Castle ohnehin nicht mehr anschauen“, sagte Silvia, „und ob wir jetzt in Woodstock etwas unternehmen oder uns das Kloster ansehen, ist doch wohl egal.“

Das geheimnisvolle Gebäude auf dem Bild hatte die Phantasie der drei Historiker angeregt.

Sie bezahlten und ließen sich vom Wirt den Weg genau beschreiben. Es war nach seinen Ausführungen nicht sehr weit. Sie stiegen ins Auto und fuhren los. Kein einziges Schild, keine Hinweistafel deutete auf die Existenz eines solch großen Gebäudekomplexes hin. Die Straße ähnelte nach und nach immer mehr einem Feldweg, der schließlich in einen Pappelhain führte, wo er aufzuhören schien.

„Ich glaube, der Wirt hat uns ganz schön auf den Arm genommen“, brummte Isabella.

„Nimm es doch von der lustigen Seite“, sagte Silvia, „so nah wären wir sonst nie mit der englischen Landschaft in Berührung gekommen.“

Sie lachten alle drei. Als der BMW aus dem Pappelwäldchen herausfuhr, fuhr den drei Freunden der Schreck ordentlich in die Glieder. Urplötzlich, vorher von den Bäumen verdeckt, ragten wenige Meter vor ihnen die dunklen Mauern des Klosters auf. Sie wirkten wegen des hellen Sonnenlichts noch wuchtiger und düsterer als auf dem Bild im Pub.

Michael trat auf die Bremse.

„Das ist ja gewaltig“, sagte er bewundernd, „schaut euch einmal diese Mauern an und diese Höhe.“

Sie konnten vom Auto aus die Oberkante der Mauern gar nicht erkennen. Sie stellten das Auto neben dem Feldweg ab und gingen zu Fuß weiter. Der schmale Weg führte rund um das Gemäuer. Zuerst kamen sie an ein breites massives Holztor mit zwei mächtigen Flügeln, die an wuchtigen eisernen Bändern hingen, die in das Mauerwerk eingelassen waren. Der Boden davor zeugte davon, daß der Eingang nur wenig benutzt wurde, denn es führten keine Spuren hinein oder heraus, und auch der Graswuchs bis dicht an das Holz des Tores bewies, daß es nicht oft geöffnet wurde, um Wagen oder Menschen hindurchzulassen. Der Eingang war mindestens fünf bis sechs Meter hoch, und die Türen schlossen mit der Oberkante der Mauer ab.

„Mann, was muß die für ein Gewicht haben“, bemerkte Silvia staunend und klopfte an das Holz. Die schweren Balken schluckten jeden Ton. Sie setzten ihren Fußmarsch fort. Auf der gegenüberliegenden Seite des Gebäudes war ein weiterer Eingang. Das Tor hier war halbrund und in die Mauer eingefügt. In einem der Torflügel befand sich eine Pforte, in die ein kleines Fenster geschnitten war. Auch hier waren keine Anzeichen auf dem Boden zu entdecken, daß das Kloster regelmäßig betreten oder verlassen wurde. Michael trat näher und klopfte mit der Faust an das Fenster. Sie warteten gespannt. Nichts regte sich. Michael klopfte noch einmal. Nach einer kleinen Ewigkeit wurde das Fenster einen Spalt geöffnet. Ein bärtiges Gesicht unter einer dunkelbraunen Kapuze wurde sichtbar.

„Was wollen Sie?“ brummelte der Mönch undeutlich.

„Wir kommen aus Deutschland und sind Historiker“, antwortete Michael, „wir möchten das Kloster besichtigen.

Er hatte sein freundlichstes Lächeln aufgesetzt. Michaels Worte schienen den Mann überhaupt nicht zu beeindrucken.

„Sie wollen was ?“ fragte der Mönch entsetzt, „unser Kloster besichtigen? Das geht nicht. Das geht auf gar keinen Fall.“

Er wollte das Fenster schon wieder schließen, aber Michael war schneller. Er hielt den Laden fest und sagte: „Bitte, wir sind den ganzen Weg von Brighton hierher gefahren. Wir sind auch Katholiken. Ich arbeite sogar in einem Kloster in Deutschland als Lehrer“, schwindelte Michael.

Der Mönch schaute ihn noch einmal mißtrauisch von oben bis unten an und musterte auch die Mädchen mit kritischem Blick.

„Moment, warten Sie", brummelte er erneut und schlug dann das Fenster heftig zu, als ob er Angst hätte, daß Michael wieder den Laden festhalten würde.

Die drei standen verdutzt da und schauten sich an.

„Ein komisches Kloster mit komischen Mönchen", kicherte Isabella, „der hat geschaut, als ob er noch nie eine weibliches Wesen gesehen hätte."

„Das hat er vielleicht in den letzten Jahrzehnten auch nicht", sagte Silvia, „das kommt ganz auf den Orden an."

Hinter ihnen an der Pforte war wieder ein Geräusch zu hören. Sie drehten sich um. Die große Tür öffnete sich und ein anderer Mönch trat heraus. Er trug keine Kapuze und war glatt rasiert. Ein Kranz silbergrauer Haare umgab den schmalen glänzenden Schädel.

„Entschuldigen Sie die Unhöflichkeit von Bruder Alban", sagte er in perfektem Deutsch, „aber wir haben so selten Besucher hier, um genau zu sein, haben wir überhaupt keine Besucher. Ich bin Father Mathew. Ich bin der Abt dieses Klosters. Was kann ich für Sie tun?"

Michael zog es nun vor, bei der Wahrheit zu bleiben, und stellte sich und die Mädchen der Reihe nach vor. Er erzählte, durch welchen Zufall sie hierher gekommen waren.

Father Mathew lächelte, als Michael den Wirt erwähnte.

„Das glaube ich, daß im Dorf allerlei Gerüchte umgehen, denn wir verlassen das Kloster nahezu niemals. Sie müssen verzeihen, aber Sie sind seit vielen Jahren, ja Jahrzehnten, die ersten Menschen, die überhaupt in unser Kloster hineinwollen. Seit ich zurückdenken kann, hat nie ein Fremder unser Haus betreten."

Der Abt konnte nicht ahnen, daß er mit diesem Satz die drei Freunde noch neugieriger gemacht hatte.

Michael erklärte sein Interesse als Historiker.

Father Mathew nickte verständnisvoll.

„Ich denke, in Ihrem Fall kann ich eine Ausnahme verantworten und werde Ihnen das Kloster zeigen, aber für die Damen tut es mir leid. Frauen haben generell keinen Zutritt, auch nicht in Ausnahmefällen. Sie müssen leider draußen warten."

Die Enttäuschung stand Isabella und Silvia ins Gesicht geschrieben.

„Wenn Sie dennoch mitkommen möchten ?" Father Mathew wandte sich an Michael und deutete auf die Klosterpforte.

„Geh nur", sagte Silvia schnell, bevor es sich der Abt anders überlegte, „sonst war die ganze Fahrt umsonst. Erzähl uns dann, wie es war, wir gehen so lange spazieren."

Michael wollte Silvia die Kamera abnehmen, aber Father Mathew hob die Hand.

„Keine Photos, nur Sie, mein Freund." Er lächelte wieder. „Kommen Sie jetzt !"

Michael betrat hinter Father Mathew das Kloster, obwohl ihm so allein doch etwas mulmig zumute war. Dunkelheit und angenehme Kühle herrschten unter dem Eingangsbogen. Das Tor lag unmittelbar vor einem Kreuzgang mit enormen Ausmaßen, der um die ganze Anlage führte. Aber im Gegensatz zu den anderen Kreuzgängen, die Michael kannte, gab es hier keine Blumen und Ziersträucher oder gerechte Wege und kleine Wasserbecken, sondern die vier Rechtecke, die von einfachen Kieswegen getrennt waren, bestanden aus Feldern, die mit Gemüse bepflanzt waren. Karotten, Krautköpfe, Bohnen, alles stand in Reih und Glied, beschattet von halbstämmigen Obstbäumen. Reihen von Stachelbeer- und Johannisbeersträuchern zogen sich an den Wegen entlang.

Father Mathew sah das Erstaunen auf Michaels Gesicht.

„Es stimmt, was ich gesagt habe. Wir verlassen das Kloster nie. Alles, was wir zum Leben brauchen, stellen wir selbst her und erzeugen wir selbst. Hier ist unser Obst- und Gemüsegarten. Man kann die Heilige Schrift auch zwischen Tomaten und Erdbeeren lesen." Er lächelte wieder auf seine sanfte und zufriedene Art.

„Hinter diesem Tor", er deutete auf die gegenüberliegende Seite des Kreuzgangs, „befinden sich die Ställe, Wiesen und Felder. Das ganze Gelände ist von diesen Mauern umgeben. Niemand braucht nach draußen zu gehen, keiner muß zu uns kommen. Nur das Holz für die Schreinerei und unsere Heizöfen holen wir einmal im Jahr aus dem Wald, der ebenfalls uns gehört. Selbst, wenn einer aus unserer Gemeinschaft stirbt, verläßt er das Kloster nicht, sondern wird drüben im zweiten Obstgarten beerdigt."

Father Mathew führte Michael durch den Speisesaal und die Wohn- und Schlafräume. Alles war äußerst spartanisch eingerichtet. Er zeigte ihm die Kapelle und stieg mit ihm auf den Glockenturm. Von dort hatte man einen Blick über die ganze Anlage. Jetzt wurden Michael erst die riesigen Ausmaße des Klosterkomplexes bewußt. Sie gingen in die Ställe und die Werkstätten. Michael kam sich vor, als ob er eine Musteranlage für mittelalterliche Klöster besichtigen würde. Überall, wo sie hinkamen, wurde Michael mit großem Erstaunen betrachtet, aber keiner der Mönche und Brüder richtete ein einziges Wort an ihn.

„Wir halten ständiges Silentium", klärte ihn Father Mathew auf seine Frage hin auf, „nur ich bin davon ausgenommen, da ich die Klostergeschäfte verwalte, und auch nur ich kann die Dispens erteilen."

Am meisten beeindruckten Michael der Gebetsraum und die Bibliothek. Hinter den Gebetsbänken hingen monumentale Ölgemälde, die die Wände völlig bedeckten und Szenen aus der Katholikenverfolgung unter Heinrich VIII. zeigten.

„Wir haben unsere besonderen Märtyrer", sagte Father Mathew. „Seit Heinrich VIII., und nur mit Unterbrechungen unter Königin Mary, wurde die katholische Kirche in England verfolgt und unterdrückt. Aber das wissen Sie als Historiker sicherlich."

Michael nickte. Er war sehr berührt von dem, was er sah. In der Bibliothek lagen Bücher, Folianten und Ersthandschriften von unschätzbarem Wert. Das erkannte Michael sofort. Was würde mancher mittelalterlich orientierte Historiker dafür geben, hier forschen und arbeiten zu dürfen. Und welche Meister der Schreinerkunst hatten diesen Schätzen einen solch würdigen Ort geschaffen. Alle Einrichtungsgegenstände waren aus Edelhölzern gefertigt. Die Schreibtische aus Kirschbaumholz hatten Schubladen, die mit dem Beil gehackt waren. Da standen herrliche Lesepulte mit gedrechselten Füßen, jeder nach einem anderen Muster. In die Holzsäulen waren Figuren geschnitzt, die die Decke auf ihren Schultern zu tragen schienen. Die Decke des Raumes war ein einziges geschnitztes Kunstwerk mit Szenen aus der Heiligen Schrift. Michael konnte sich nicht sattsehen und stand oft minutenlang mit offenem Mund da. Er war nun schon über zwei Stunden im Kloster, aber die Zeit schien hier stillzustehen.

Father Mathew begleitete ihn wieder zum Ausgang. Sie schritten nebeneinander über den Kiesweg durch den Kreuzgang zurück zur Pforte.

Ein Mönch stand mit dem Rücken zu ihnen gewandt und band die Ranken der Stachelbeersträucher nach oben zusammen. Vor der Pforte blieb Father Mathew stehen.

„Warten Sie hier, ich möchte Ihnen noch ein kleines Andenken mitgeben."

Er verschwand in einer Tür im Seitengebäude. Michael ging wieder ein Stück zurück, um im Sonnenlicht des Innenhofes einen letzten Eindruck aufzunehmen. Er schaute noch einmal rundum, und sein Blick blieb schließlich bei dem Mönch hängen, der langsam und sorgsam Ranke um Ranke eines Stachelbeerbusches aufnahm und dann alles mit einer Schnur zusammenband. Er trug die gleiche braune Kutte wie all die anderen, einfache Ledersandalen und einen geflochtenen Strick um die Hüften, an die er seine Arbeitsgeräte und die Schnüre gehängt hatte. Sein Hinterkopf glänzte in der Sonne, sein Schädel war vollkommen kahl. Michael wußte zunächst nicht, was es war, aber irgendetwas störte ihn an diesem Mönch. Er schaute ihm weiter zu, und urplötzlich fiel ihm auf, was an ihm ungewöhnlich war. Der Mann faßte mit seinen schmalen Händen in die Stacheln der Zweige, als ob er überhaupt keinen Schmerz verspüren würde. Blut rann ihm in dünnen Fäden über die Finger beider Hände. Michael starrte fasziniert auf die Szene.

Father Mathew trat wieder hinter ihn.

„Hier ist ein kleiner selbstgemachter Rosenkranz als Erinnerung an uns."

Er reichte Michael sein Geschenk. Dieser wollte sich gerade bedanken, als er aus den Augenwinkeln sah, daß der Mönch sich beim Klang von Father Mathews Stimme umgedreht hatte. Michael schaute ihm ins Gesicht.

Ein seltsam starrer Blick trat in die Augen des Klosterbruders, alles Blut schien aus seinem Gesicht zu weichen. In seinen Augen war plötzlich panische Angst zu lesen. Er ließ die Schnüre zu Boden gleiten und schlug die Hände vors Gesicht. Ein Krampf schüttelte ihn, bevor er laut und durchdringend zu schreien anfing. „Stille Nacht, oh mein Gott, Stille Nacht !" Er deutete auf Michael, drehte sich abrupt um und rannte wie von Furien gehetzt aus dem Kreuzgang hinaus, wobei er über die Gemüsebeete stolperte und beinahe gestürzt wäre.

Michael hatte es die Sprache verschlagen. Er sah Father Mathew an, aber auch aus dessen Gesicht war das Lächeln verschwunden. Bevor Michael etwas fragen konnte, nahm ihn der Abt am Arm.

„Er ist etwas wirr im Kopf, ein Landsmann von Ihnen. Sie dürfen das nicht so ernst nehmen. Sie haben ihn wahrscheinlich erschreckt, weil er nie fremde Menschen sieht. Gehen Sie jetzt und grüßen Sie die Damen von mir."

Father Mathew schob ihn durch die Klosterpforte und reichte ihm zum Abschied noch einmal die Hand.

Michael war etwas verwirrt über den kurzen Vorfall im Kreuzgang. Er ging nachdenklich zum Auto zurück, wo Silvia und Isabella bereits ungeduldig auf ihn warteten.

Er erzählte ihnen ausführlich alles, was er gesehen hatte, denn die beiden waren sehr neugierig, da sein Besuch so lange gedauert hatte. Auch die Begegnung mit dem seltsamen Mönch verschwieg er nicht.

Auf der Fahrt sprachen sie noch eine ganze Zeitlang über das Kloster. Am späten Nachmittag erreichten sie Woodstock, wo sie ihr Nachtquartier aufschlagen wollten.

ALSTADT - NEUENDORF - ASCHBACH (1935 -1940)

Maria war nach der Abreise der Cohns nach Neuendorf zurückgekehrt, während Jakob in der gemieteten Wohnung allein blieb. Sie wollte keinen Verdacht aufkommen lassen. Wann immer sie dazu in der Lage war, fuhr sie mit dem Bus in die Stadt und suchte die Benediktstrasse auf. Jakob wartete jedesmal voll Sehnsucht auf sie, und sie liebten sich immer so heftig, als ob es das letzte Mal wäre. Aber je länger dieser Zustand dauerte, umso unzufriedener wurde Jakob mit ihrer Situation, da er oft tagelang allein in der Wohnung war. Dementsprechend sah diese auch aus, und Maria verbrachte Stunden damit, alles wieder in Ordnung zu bringen, was Jakob natürlich auch nicht paßte, da er es lieber gehabt hätte, wenn sie sich in der kurzen Zeit, die ihnen vergönnt war, mit ihm beschäftigt hätte. Nur am Abend traute er sich gelegentlich zu langen Spaziergängen aus der Wohnung, denn die Gefahr war groß, einem früheren Bekannten in die Arme zu laufen.

In letzter Zeit stritten Maria und Jakob oft, meist wegen Kleinigkeiten, was auch daran lag, daß Jakob keine sinnvolle Beschäftigung hatte.

„Bleib doch noch", bettelte er jedesmal, wenn sie zurück nach Neuendorf fahren wollte.

„Es ist zu gefährlich, Jakob, versteh mich doch. Es ist doch nur zu deinem Schutz. Wenn meine Eltern etwas erfahren, wäre das vielleicht nicht so schlimm, aber du kennst doch meinen Bruder. Wenn der nur die geringste Kleinigkeit merkt, ist es um dich geschehen. So wie die Juden jetzt behandelt werden, läßt er dich, ohne mit der Wimper zu zucken, abholen und wegschaffen."

„Dann müssen wir uns etwas anderes einfallen lassen", sagte Jakob, „so kann es auf keinen Fall weitergehen, sonst drehe ich noch durch. Ich komme mir wie ein eingesperrtes Tier vor."

Am nächsten Tag faßte Jakob einen Entschluß. Er rief einen alten Freund seines Vaters, Dr. Schuhmacher, an und vereinbarte einen Termin mit ihm. Gleich am Nachmittag trafen sie sich in seiner Kanzlei.

„Ich kann in Teufels Küche kommen", sagte Dr. Schuhmacher, „wenn irgend jemand von dieser Sache erfährt, aber ich tue es um deines Vaters willen."

Er prüfte Jakobs falsche Papiere und nickte anerkennend. Dann griff er zum Telefon und führte einige Ferngespräche, die mit den Ausweisen zu tun hatten.

„Mit deinen Papieren dürftest du keine Schwierigkeiten haben. Dein Vater hat gute Arbeit geleistet. Die Familie mit deinem Namen gab es in Hainbach tatsächlich. Das Gemeinderegister ist in den zwanziger Jahren bei einem Brand völlig zerstört worden."

Dr. Schuhmacher legte die Papiere vor sich auf den Schreibtisch und blickte Jakob über den Rand seiner Brille hinweg an.

„Es gibt eine Möglichkeit, euch aus der Patsche zu helfen. Ich habe einen Studienkollegen in Aschbach, Dr. Schäfer. Er kennt auch deinen Vater noch vom Studium her."

Er telefonierte erneut. Jakob hörte zu, wie er mit seinem Kollegen verhandelte. Auch der Name seines Vaters fiel. Er jubelte innerlich, als er aus dem Gespräch mitbekam, daß das Vorhaben zu klappen schien.

„Du hast es ja teilweise mitbekommen. Dr. Schäfer kann Dich als Bürovorsteher einstellen, nach einer gewissen Einarbeitungszeit natürlich. Aber was noch wichtiger ist, deine Maria kann bei ihm im Haushalt arbeiten, und er hat auch eine Wohnung für euch. Aschbach ist auch weit genug weg, so daß es unwahrscheinlich ist, daß ihr dort Bekannten über den Weg lauft, die euch kennen. Bei Maria dürfte es in dieser Hinsicht keine Probleme geben, auch wenn ihre Eltern wissen wollen, wo sie hinzieht."

Jakob hörte den Ausführungen Dr. Schuhmachers aufmerksam zu. Dieser fuhr fort.

„Ich werde alles Nötige in die Wege leiten, Dr. Schäfer muß natürlich gründlich eingeweiht werden. Ich denke, wir können ihm in dieser Sache vollstes Vertrauen schenken."

Maria teilte Jakobs Freude über die neue Chance, endlich ein normales Leben führen zu können, mit Abstrichen natürlich. Ihre Eltern waren von der Nachricht, daß Maria wegziehen wollte, nicht besonders begeistert, zumal sich ihre Mutter wieder an ihre Tochter im Haushalt gewöhnt hatte. Sie fanden sich schließlich mit der Tatsache ab, obwohl Aschbach so weit entfernt war, denn Maria ließ sich nicht von ihrem Entschluß abbringen.

Maria löste die Wohnung in der Benediktstrasse auf und sorgte dafür, daß die wertvollsten Stücke nach Aschbach gebracht wurden, wo ihnen Dr. Schäfer eine neue schöne Wohnung besorgt hatte.

Jakob machte die Arbeit in der Kanzlei Spaß, und Maria war die Stütze im Haushalt Dr. Schäfers, dessen Frau erkrankt war und oft das Bett hüten mußte, so daß sie die Anwesenheit Marias besonders schätzte. Endlich schien ihr Glück vollkommen. Niemand war auf die Idee gekommen, Jakobs falsche Identität in Frage zu stellen.

Maria erzählte zu Hause von ihrer Wohnung und von der Arbeit, und ihre Eltern schienen zufrieden.

Weihnachten und Silvester mußte Maria natürlich daheim verbringen. Jakob blieb in Aschbach.

Zum Silvesterabend hatte Paul zwei Freunde aus der Schutzstaffel mitgebracht, Thomas und Werner, die den Jahreswechsel nicht zu Hause feiern konnten. Es wurde ein lustiger Abend, wie Maria ihn lange nicht erlebt hatte.

Maria hatte den ganzen Abend über bemerkt, daß Thomas Waldner ständig in ihre Richtung blickte. Immer wenn sie ihn ansah, trafen sich ihre Augen, so daß Maria jedesmal glaubte, bis unter die Haarwurzeln rot zu werden, denn Thomas war ein gutaussehender junger Mann. Er behandelte sie mit ausgesuchter Höflichkeit und hatte ausgezeichnete Manieren. Er tanzte mit ihr, wenn sich die Möglichkeit bot, und das war sehr oft. Er sprach recht wenig mit ihr, aber seine Blicke sagten alles. Nach der üblichen Mitternachtsschießerei nahm Thomas Paul auf die Seite.

„Paul, ich muß mit dir reden“, sagte er und drückte seinem Freund ein volles Bierglas in die Hand.

„Was ist denn los?“ fragte Paul, „warum tust du so wichtig?“

„Es geht um deine Schwester, Paul, ich finde, sie ist ein tolles Mädchen. Ist sie schon in festen Händen?“

Paul wußte zunächst nicht, was er sagen sollte, so sehr überraschte ihn die Frage seines Freundes. Er hatte mit allem gerechnet, aber damit nicht.

„Ich glaube nicht“, sagte er vorsichtig, „jedenfalls habe ich noch von keinem festen Freund gehört“, log er weiter.

Er würde sich hüten, Thomas von der Verbindung seiner Schwester mit dem Juden in Altstadt zu erzählen, den er ja wirklich noch nie zu Gesicht bekommen hatte.

„Wohnt deine Schwester hier bei euch in Neuendorf?“ fragte Thomas weiter.

„Nein, sie arbeitet bei einem Anwalt in Aschbach im Haushalt.“

Thomas legte Paul freundschaftlich den Arm um die Schultern.

„Unter Freunden, Paul, hättest du etwas dagegen, wenn ich mich ein wenig mehr um deine Schwester bemühe. Ich denke, ich habe mich in sie verliebt, sie wäre genau das richtige Mädchen für mich. Ich muß sie unbedingt wiedersehen.“

Paul jubelte innerlich, aber er zeigte nach außen keine Regung. Einen seiner besten Freunde in der Familie als Schwager, das wäre eine tolle Sache.

„Von mir aus hast du freie Bahn“, sagte Paul scherzhaft, „aber laß uns jetzt reingehen, die anderen werden uns sicher schon vermissen.“

Paul ließ sich seine Freude nicht anmerken. Beim nächsten Tanz wagte es Thomas, Maria näher an sich heranzuziehen. Als sie sich nicht sonderlich sträubte, legte er den Kopf an ihr Haar, das wundervoll roch. Er fühlte sich glücklich wie schon lange nicht mehr. Maria genoß den Tanz mit Thomas ebenso, denn er tanzte ausgezeichnet. Sie fühlte sich zu ihm hingezogen. Sie spürte seine harten Muskeln unter dem Stoff des Anzugs und wollte sich auch gar nicht wehren, als er sie beim Tanzen näher an sich zog. Sie legte sogar den Kopf an seine Schulter und ließ sich von ihm zum Klang der Musik führen.

Paul war nicht der einzige, der den beiden mit Freude zusah. Auch Werner und Pauls Eltern lächelten, als sie die beiden so tanzen sahen.

„Darf ich Sie in Aschbach einmal besuchen?“ fragte Thomas unvermittelt.

Als der Name Aschbach fiel, wurde Maria schlagartig klar, daß sie einen schweren Fehler gemacht hatte. Sie überlegte krampfhaft, was sie sagen sollte.

„Sehen Sie, Thomas, ich habe nur eine kleine Wohnung und außerdem einen guten Bekannten, dem Ihr Besuch sicher nicht recht wäre.“

Sie mußte äußerst vorsichtig sein und durfte jetzt nichts Falsches sagen.

„Wenn es nur ein guter Bekannter ist“, ließ Thomas sich nicht entmutigen, „wird er sicher nichts dagegen haben, wenn ich Sie an einem Wochenende einmal ausführe. Ich bringe auch Anstandsdamen mit.“

Er schaute sie mit einem Dackelblick an und deutete auf Werner und Paul, so daß Maria lachen mußte.

„Natürlich können wir zusammen einmal ausgehen, wie könnte ich so ein Angebot ablehnen."

Marias Gedanken rasten. Sie konnte unmöglich ablehnen, ohne daß ihr Bruder Verdacht geschöpft hätte. Irgendwie mußte sie es aber auch Jakob beibringen, aber wie. Er würde sehr enttäuscht sein und außer sich sein vor Wut und Eifersucht. Die Lust an der Silvesterfeier war ihr vergangen. So weit hätte sie es nicht kommen lassen dürfen. Und doch mußte sie sich innerlich eingestehen, daß sie den Abend genossen hatte. Ihr Gewissen regte sich nicht im geringsten Maße, denn sie hatte sich nichts vorzuwerfen.

Beim Abschied gab ihr Thomas einen Kuß auf die Wange. Sie glaubte, seine Lippen noch Minuten danach wie Feuer auf der Haut zu spüren.

„Auf Wiedersehen in Aschbach, schöne Frau", hatte er lächelnd gesagt, als er ihr die Hand gab. Am Tag nach Neujahr fuhr Maria zurück nach Aschbach. Sie erzählte Jakob noch am gleichen Abend alles, was sich zugetragen hatte, und ließ nichts aus, bis auf den Kuß am Schluß der Feier. Jakob machte ihr zunächst bittere Vorwürfe, aber sie konnte ihn davon überzeugen, daß er jetzt weiter mitspielen mußte, um keinen Verdacht zu erregen.

An einem Freitag, Ende Januar, saß Maria mit Jakob in einem kleinen Lokal in Aschbach beim Mittagessen, als die Tür aufging und drei in Schwarz gekleidete SS-Männer durch die Tür traten. Der Wirt eilte sofort geflissentlich herbei, um sie zu einem Tisch zu dirigieren, aber der eine der Männer deutete mit der behandschuhten Hand zu Marias und Jakobs Tisch hin.

Die drei Uniformierten kamen auf den Tisch zu.

Jakob rutschte beinahe das Herz in die Hosentasche. Er legte die Gabel, die er zum Mund führen wollte, weg, ein dicker Kloß bildete sich in seinem Hals. Maria schaute erschrocken in die Richtung, in die Jakob blickte, als sie seinen Gesichtsausdruck sah.

Jakob begriff nichts, als sie plötzlich aufsprang und den ersten der drei Männer freundlich begrüßte.

Sie stellte Jakob die drei SS-Leute vor.

„Jakob, darf ich dir meinen Bruder vorstellen. Das ist Paul. Paul, das ist ein Bekannter von mir, der in der Kanzlei meines Arbeitgebers arbeitet. Wir gehen am Wochenende manchmal zusammen essen."

Jakob schmerzte es innerlich, wie er mitanhören mußte, daß ihn sein Mädchen verleugnete, ja sogar verleugnen mußte, um ihn zu schützen.

„Jakob, das sind zwei Kameraden meines Bruders, Thomas und Werner", setzte Maria die Vorstellung fort.

Die Männer gaben sich der Reihe nach die Hände, und Thomas, Paul und Werner nahmen die Uniformmützen ab.

„Ist es erlaubt?" Thomas deutete auf den freien Stuhl neben Maria.

„Aber natürlich", Jakob hatte seine Fassung wiedergefunden, „setzten Sie sich doch bitte zu uns." Jakob holte noch einen Stuhl und winkte den Wirt herbei.

„Haben Sie schon gegessen, das Essen hier ist vorzüglich", fragte Jakob höflich.

„Danke", sagte Paul, „wir haben im Zug bereits gegessen, aber ein Glas Bier vielleicht." Jakob bestellte noch vier Bier und ein Glas Wein.

Es ist grotesk, ging es ihm durch den Kopf. Er, der Jude Jakob Cohn, saß mit drei Bluthunden Himmlers an einem Tisch, machte Konversation und lud sie noch dazu zu einem Bier ein. Er hätte beinahe laut gelacht, wenn die ganze Geschichte nicht so blutig ernst gewesen wäre. Jakob entging auch nicht, mit welchen Blicken Thomas Maria musterte, aber er mußte sich mit Gewalt zusammenreißen, wenn es ihm auch äußerst schwerfiel.

Als die Getränke kamen, plauderten sie über allerlei belangloses Zeug.

„Woher wußtet ihr, wo ich bin?" fragte Maria ihren Bruder, der ständig Jakob aus den Augenwinkeln beobachtete.

„Wir haben vom Bahnhof aus in der Kanzlei angerufen, und das Mädchen sagte uns, daß ihr freitags meistens hier anzutreffen wäret", antwortete Paul.

Er beobachtete Jakob immer noch. Ihm war, als ob er ihn schon einmal irgendwo gesehen hätte, aber er konnte sich nicht erinnern.

Jakob trug sogar das Parteiabzeichen am Revers seiner Anzugjacke. Dr. Schuhmacher hatte an alles gedacht.

„Haben wir uns letztes Jahr nicht auf dem Reichsparteitag getroffen?" fragte Paul Jakob plötzlich.

„Nein, das glaube ich nicht“, sagte Jakob ganz ruhig, „es war mir leider aus beruflichen Gründen nicht möglich, daran teilzunehmen.“

Das Gespräch schwenkte in gefährliche Bahnen ein. Jakob sah auf die Uhr. Er stand auf.

„Maria, meine Herren“, sagte er, „ich muß mich leider verabschieden, die Pflicht ruft wieder. Ich hoffe, wir treffen uns bald wieder einmal. Die Getränke gehen natürlich auf meine Rechnung.“

Jakob verließ das Lokal und atmete erst tief durch, als er um die nächste Ecke war.

„War das Ihr Bekannter, von dem Sie mir an Silvester erzählt haben?“ wollte Thomas wissen.

Maria nickte über den Rand ihres Weinglases hinweg. Beinahe hätte sie etwas verschüttet.

„Daß du mir nie von ihm erzählt hast“, wunderte sich ihr Bruder Paul.

„Ach, er arbeitet bei Dr. Schäfer, und wir gehen gelegentlich zusammen aus.“

Marias Antwort war Paul ein wenig zu gleichgültig. Er nahm sich vor, der Sache näher auf den Grund zu gehen und sich diesen Arbeitskollegen genauer vorzuknöpfen.

Thomas hatte Maria für den Abend eingeladen. Jakob war logischerweise schlechtester Laune, und was Maria auch versprach, sie konnte seinen Zorn nicht besänftigen.

Die drei SS Männer gingen mit Maria in ein kleines Tanzlokal, und Maria mußte sich trotz aller Zurückhaltung eingestehen, daß von Thomas eine gewisse Wirkung auf sie ausging.

Sie genoß es auch, daß ihnen im Lokal bewundernde Blicke zugeworfen wurden. Sie schaffte es am Ende des Abends, die drei Freunde abzuwimmeln, die mit aller Gewalt bei ihr zu Hause noch einen Kaffee trinken wollten. Ihre hartnäckige Weigerung machte Paul noch aufmerksamer.

Zum Glück mußten die SS-Leute am nächsten Tag wieder abreisen, da sie am Sonntag Wachdienst hatten. Jakob hätte wahrscheinlich durchgedreht, wenn er noch einmal so einen Abend hätte durchstehen müssen.

Paul hatte sich von seiner Schwester nicht täuschen lassen. Er fühlte, ja er wußte, daß irgendetwas in Aschbach nicht stimmte.

In den folgenden Wochen ließ er sich offiziell über die zuständige SS-Dienststelle alle Daten über Marias „Bekannten“ zustellen. Weder

Dr. Schäfer noch Jakob erfuhren etwas von dieser Aktion. Die Maschinerie der SS lief leise und reibungslos.

Paul ging alle Unterlagen genau durch. An seinem nächsten freien Wochenende fuhr Paul Anders nach Hainbach. In der Brusttasche seiner Uniform hatte er eine Vergrößerung des Paßphotos von Jakob. Er suchte nacheinander den Bürgermeister, den Pfarrer und die drei Gastwirte von Hainbach auf. Keiner konnte sich an den jungen Mann mit dem angegebenen Namen erinnern. Überall schüttelten die Leute den Kopf, wenn sie das Photo sahen.

Pauls Verdacht schien sich zu bestätigen. Wer war der Mann, wenn ihn in seiner angeblichen Heimatgemeinde niemand kannte?

Als Paul mit dem Zug zurückfuhr, überlegte er genau, was er als nächstes tun wollte. Maria und Jakob durften auf keinen Fall Verdacht schöpfen.

Wenn seine Schwester erfahren würde, daß er hinter den Nachforschungen steckte, wäre es mit seinem schönen Plan, der Maria und Thomas betraf, vorbei.

Warum der falsche Name? ging es ihm immer wieder durch den Kopf. Er legte den Kopf an die kalte Scheibe des Zugfensters und starrte in die Nacht. Lichter huschten vorbei, und dann wurde der Zug langsamer. Als das Hinweisschild von Altstadt neben den Gleisen auftauchte, schlug sich Paul mit der Hand vor die Stirn. Warum war er nicht gleich daraufgekommen?

Der jüdische Freund in Altstadt, die regelmäßigen Stadtbesuche trotz der Arbeitslosigkeit, der Arbeitsstellenwechsel, alles paßte ineinander. Wie hatte er sich so täuschen lassen können? Jetzt wollte er völlig sichergehen.

Am nächsten Sonntag machte Paul Anders einen Besuch im Tennisclub von Altstadt. Maria hatte zu Hause oft von ihrem ersten Arbeitgeber erzählt, und so wußte Paul, daß die ganze Familie Cohn Tennis gespielt hatte.

Ängstliche und verwunderte Blicke begegneten ihm, als er das Clubhaus betrat. Schwarze Uniformen waren im weißen Sport nicht gerade an der Tagesordnung.

Er ging zur Theke und bestellte sich ein Bier.

„Kann ich Ihnen irgendwie behilflich sein?" fragte der Wirt höflich.

„Das wäre nett“, sagte Paul, zog das Photo aus der Tasche und reichte es über die Theke. Er beobachtete das Gesicht des Wirtes genau. Er würde es sofort bemerken, wenn dieser versuchen sollte, ihn anzuschwindeln. Der Wirt schaute das Bild eine kurze Zeit an und sagte dann, wobei er mit dem Finger auf das Photo klopfte:

„Ich habe den jungen Mann schon bei uns im Club gesehen. Da war er allerdings jünger. Ich glaube, das ist ein ehemaliger Spieler unserer Jugendmannschaft. Ich kann mich aber auch täuschen. Wissen Sie, es spielen so viele junge Leute bei uns im Verein. Gehen Sie doch einmal ins Nebenzimmer da hinten“, er deutete auf eine Türe neben der Theke, „dort drinnen hängen alle Aufnahmen unserer Mannschaften aus den letzten Jahren. Vielleicht hilft Ihnen das weiter.“

Paul legte die Uniformmütze neben sein Bierglas und ging in den Nebenraum. Die Wände ringsum waren mit Bildern von Tennismannschaften gepflastert. In großen Glasvitrinen glänzten Gold- und Silberpokale. Es war dämmrig in dem Raum, und Paul knipste das Deckenlicht an.

Er begann mit der Suche links neben der Türe. Mit dem Photo in der Hand ging er von Bild zu Bild. Er wählte zunächst nur die Aufnahmen mit den Schüler- und Jugendmannschaften aus. Er war schon nahe daran, die Hoffnung auf Erfolg aufzugeben, als er entdeckte, was er suchte.

Fünf Jungen standen vor dem Netz auf einem der Tennisplätze, die Schläger in der Armbeuge, und strahlten in die Kamera. Bezirksmeister 1929 stand in dicken Buchstaben unter dem Bild. Der zweite von links, der seinen Arm um die Schultern des Bildnachbarn gelegt hatte, war identisch mit dem Mann, dessen Photographie Paul Anders in den Händen hielt.

„Jakob Cohn“ stand im Text unter dem Bild.

Paul lächelte, er hatte es insgeheim geahnt, ja sogar gehofft, denn nun würde es ein Kinderspiel sein, den Rivalen von Thomas aus dem Weg zu räumen. Paul verließ das Zimmer, nahm seine Mütze von der Theke und gab ein großzügiges Trinkgeld. Seine Entdeckung war ihm das wert, auch wenn der Wirt etwas verdutzt dreinblickte.

Nach der Rückkehr zu seiner Einheit wartete Paul die Gelegenheit ab, bei der er Thomas wiedersah. Er hatte nun Zeit. Als er Thomas endlich unter vier Augen sprechen konnte, erzählte er ihm ausführlich von den Ergebnissen seiner Nachforschungen.

„Was gedenkst du jetzt zu tun?“ wollte Thomas wissen.

„Hast du denn immer noch Interesse an meiner Schwester, nach dem, was du gerade erfahren hast?“ fragte Paul.

„Mehr als je zuvor, aber das, was du in Erfahrung gebracht hast, sollte unser Geheimnis bleiben“, antwortete Thomas. „Wenn deine Schwester jedoch erfährt, daß wir beide hinter der Sache stecken, kann ich meine Chancen bei ihr in den Wind schreiben.“

„Mach dir mal darüber keine Sorgen“, grinste Paul. „Einige kleine Hinweise an der richtigen Stelle und unser Problem ist gelöst. Mach dir lieber Gedanken darüber, wie du meine Schwester über ihren baldigen schrecklichen Verlust hinwegtrösten kannst.“

Der Donnerstag der darauffolgenden Woche sollte das Leben von Maria und Jakob grundlegend verändern.

Es hatte den ganzen Tag über geregnet. Maria und Jakob wollten den Abend zu Hause bei einem Glas Wein und guter Musik verbringen. Gegen 23.00 Uhr gingen sie zu Bett. Als Maria das Wohnzimmer verließ, knipste sie das Licht aus und ging ins Bad.

Die Männer in dem Auto auf der gegenüberliegenden Straßenseite warteten noch. Sie trugen lange schwere Ledermäntel und breitkrempige Hüte, die sie tief ins Gesicht gezogen hatten. Sie saßen im Auto und rauchten schweigend. Jeder, der einen Blick in das Fahrzeug geworfen hätte, hätte sofort erkannt, daß es sich um Gestapoleute handelte, denn die Mitglieder der Geheimen Staatspolizei traten inzwischen immer gleich gekleidet auf.

Etwas weiter entfernt parkte ein zweiter schwarzer Wagen. In ihm saßen Paul Anders und Thomas Waldner.

Nach etwa einer halben Stunde gaben sie dem ersten Auto ein Lichtzeichen. Die Türen des Wagens gingen auf, und die vier Gestapomänner überquerten die Straße und verschwanden im Hauseingang des Hauses, in dem Maria und Jakob wohnten. Nahezu lautlos gingen sie in den zweiten Stock. Einer läutete an der Wohnungstür.

Maria und Jakob schreckten im Bett hoch. Sie hatten es sich mit einem Buch gemütlich gemacht. Maria schaute auf die Uhr.

„Wer kann das um diese Zeit noch sein?“ fragte sie erstaunt.

Jakob war bleich im Gesicht, als ob er ahnen würde, daß dieses Klingeln nichts Gutes bedeuten konnte. Das Läuten wiederholte sich.

„Bleib hier“, flüsterte Maria. Sie stand auf.

„Ich werde nachsehen“, sagte Jakob bestimmt, nahm beim Verlassen des Schlafzimmers den Bademantel vom Türhaken und zog den Gürtel fest um die Hüften. Es war dunkel im Flur. Als er an der Korridortüre angelangt war, fragte Jakob: „Wer ist da bitte, was möchten Sie?“

„Öffnen Sie sofort die Türe, hier ist die Geheime Staatspolizei. Wenn Sie nicht augenblicklich aufmachen, werden wir uns mit Gewalt Zutritt verschaffen.“

Jakob fühlte, wie ihm alles Blut aus dem Kopf wich. Er mußte sich an der Wand abstützen. Es war alles umsonst gewesen. Tiefe Resignation überkam ihn. Wie in Trance drehte er den Schlüssel im Schloß und öffnete die Türe. Die vier Männer stürmten nacheinander in den Flur.

Maria hatte sich inzwischen ebenfalls etwas übergezogen und trat aus dem Schlafzimmer.

„Sind Sie der Jude Jakob Cohn?“ fragte der größte der Gestapoleute.

Maria rief laut: „Sag nichts, bitte, sag gar nichts“, und wollte zu Jakob hinlaufen, aber einer der Gestapomänner stieß sie zur Seite.

Jakob hatte aufgegeben. Maria sah es mit Schrecken in seinem Gesicht. Er nickte nur auf die erneute Frage des Mannes, er wirkte nun völlig apathisch. Sie packten ihn am Handgelenk und rissen ihm die Arme auf den Rücken. Handschellen klickten.

„Im Namen des Deutschen Volkes, Sie sind verhaftet“, sagte der gleiche Mann.

„Und nun schafft den Saujuden raus!“

Maria schrie im Hintergrund auf. „Halt“, rief sie, „warten Sie, bitte warten Sie, das muß ein Mißverständnis sein. Sie haben sich sicher in der Adresse geirrt. Hören Sie, mein Bruder ist Offizier in der SS, sein Name ist Paul Anders, bitte warten Sie doch!“ In ihrer Verzweiflung hatte sie einen der Männer am Arm gepackt und wollte ihn von Jakob wegziehen. Sie redete ständig weiter. „Bitte rufen Sie meinen Bruder an, es wird sich sicher alles aufklären, hören Sie doch, bitte!“

Der Gestapomann versuchte, sich loszumachen, während Maria dauernd auf ihn einredete.

Er nahm ihre Hand von seinem Ärmel und schlug ihr mit der flachen Hand ins Gesicht. Nicht zu fest natürlich. Es sollte echt wirken, aber er wollte mit den SS Offizieren unten im Auto keine unnötigen Schwierigkeiten bekommen. Sie hatten ihnen genaue Anweisungen gegeben.

„Halt den Mund, du Judenhure. Sei froh, daß wir dich nicht gleich mitnehmen. Wie kann man nur so tief steigen und sich mit einem Saujuden einlassen. Pfui Teufel!“

Der Mann spuckte Maria ins Gesicht. Sie hatte sich bei dem Schlag des Mannes auf die Unterlippe gebissen, die leicht blutete. Sie wischte sich die Spucke von der Wange und torkelte gegen die Wand, wo sie langsam schluchzend zu Boden sank.

Die vier Männer zerrten Jakob aus dem Flur die Treppe hinunter.

Viele Augenpaare beobachteten das Geschehen durch Türspione und Oberlichtfenster, aber kein einziger Hausbewohner ließ sich sehen. Jakob wurde auf der Straße in das Auto geschoben.

Maria rappelte sich nach dem ersten Schock hoch und hastete aus der Wohnung die Treppe hinunter, immer zwei oder drei Stufen auf einmal nehmend.

Als sie völlig außer Atem die Haustür erreichte, fuhr der Wagen der Gestapo gerade ab. Im Schein der Straßenlaterne konnte Maria sehen, wie sich Jakob im Auto noch einmal umdrehte und mit bleichem Gesicht durch die Heckscheibe zu ihr blickte. Sie hob die Hand und streckte sie nach ihm aus, aber da verschwand der Wagen in der Dunkelheit.

Thomas und Paul hatten von ihrem Fahrzeug aus alles beobachtet, was sich auf der Straße abgespielt hatte. Thomas bemerkte, daß es ihm innerlich wehtat, als er Maria so verzweifelt auf dem Gehsteig stehen sah. Er wäre am liebsten ausgestiegen und hätte sie in den Arm genommen, aber er wußte, daß er damit alles verraten und kaputtgemacht hätte, und so nahm er sich zusammen.

Mit hängenden Schultern ging Maria langsam zum Hauseingang zurück, wobei sie sich wie eine gealterte Frau am Türstock abstützte, bevor sie die Stufen hinaufstieg.

Paul stieß Thomas in die Seite.

„Das Problem wäre aus der Welt geschafft. Jetzt liegt es bei dir, mein Freund, wie du Maria tröstest, damit sie über den schrecklichen Verlust hinwegkommt.“

Er betonte die letzten Worte so, daß Thomas lachen mußte.

„Paul hat recht“, dachte er, „nun ist sie frei für mich.“

Mit diesem Gedanken drehte er den Zündschlüssel um, und die schwarze Limousine reihte sich in den spärlichen Nachtverkehr ein.

BERLIN
(1945)

Der Mann kauerte im Schatten der halbverfallenen Mauer. Der Wind wirbelte Staub und braune Blätter auf und trieb sie an den Häuserwänden entlang. Der Mann kniff die Augen zusammen und zog den Kopf tiefer in den Kragen seiner dünnen Jacke. Er sah alt aus, denn er hatte eingefallene Wangen und kurzes graues Haar. Die Schädelknochen traten deutlich hervor, so daß er Ähnlichkeit mit einem Totenkopf hatte. Die dunklen Augen blickten stumpf, und doch war etwas Brennendes in ihnen, Haß, unendlicher Haß.

Die dünne Wehrmachtsjacke hielt den kalten Wind kaum zurück, und er fröstelte. Er veränderte seine kauernde Stellung und stützte sich nun auf den rechten Fuß, der in derben Bauernschuhen steckte. Mit beiden Händen hielt er ein Gewehr umklammert und preßte den kalten Lauf gegen die stoppelige Wange. Stunde um Stunde wartete er und starrte hinüber auf das große Haus unter den hohen Bäumen, das sich gegen den Abendhimmel abzeichnete. Zwischen den Sträuchern des Parks, der das ganze Haus umgab, konnte man durch eine Ritze einen schmalen Lichtstreifen aus einem Kellerfenster sehen. Die übrigen Fenster des Gebäudes waren leer, die Scheiben zerborsten, die Holzbalken der Decken schwarz vom Feuer, das Dach eingestürzt. Noch vor wenigen Jahren war die Villa Wohnsitz eines SS Gruppenführers gewesen und hatte glanzvolle Feste und Feiern erlebt, auf denen sich die Elite des Dritten Reiches traf.

Im Gewölbe des Hauses, tief in der Erde, so daß nur schmale Fenster am Deckenrand Licht hindurchließen, stand ein schwerer Eichentisch, aus dicken Bohlen gefertigt. Reihen verstaubter Weinflaschen stapelten sich an den Wänden. Der Keller war trotz der zahlreichen Luftangriffe unversehrt geblieben. Gruppenführer Rombach hatte immer wieder darauf geachtet, daß die eisenbeschlagene Gewölbetüre nicht aufgebrochen wurde.

Kerzen, die auf leere Weinflaschen gesteckt waren, hüllten den Raum in ein gespenstisch flackerndes Licht. Elf Männer, alle etwa im gleichen Alter, mit Ausnahme Rombachs, saßen um den großen Tisch.

Alle SS Offiziere, die anwesend waren, gehörten zur Gruppe Wotan. Gruppenführer Rombach, der selbst als Chef Wotan fungierte, hatte diese

Eliteeinheit gegründet. Der Führer selbst hatte ihm persönlich dazu den Auftrag erteilt. Vielleicht ahnte Adolf Hitler damals, im Jahr 1944, schon, welches Schicksal Deutschland erwarten würde. Rombach hatte alle Männer sorgfältigst ausgewählt. Keiner von ihnen hatte eine eigene Familie, die wenigsten hatten noch Verwandte oder nahe Angehörige, so daß sie auf nichts und niemand Rücksicht nehmen mußten. Natürlich waren auch noch andere Voraussetzungen erforderlich gewesen. Absolute Hingabe an die Ideen des Nationalsozialismus, selbstlose Treue zum Führer und Rücksichtslosigkeit gegenüber allen, die dem deutschen Reich schaden könnten, waren nur einige davon.

Jeder der Männer hatte einen Decknamen, der aus der deutschen Mythologie stammte, und nur Rombach hielt den Kontakt zu den einzelnen Mitgliedern aufrecht. Er war das Herz der Gruppe. In seinem Auftrag waren Millionenwerte in die Schweiz transferiert worden, die zur Finanzierung ihres Vorhabens nach dem Krieg dienen sollten. Nur seine Männer kannten die Geheimcodes auf den Schweizer Banken. Tausende von Gefangenen in den Konzentrationslagern hatten ihre letzten Wertgegenstände verloren, die nun in Form von Goldbarren, Edelsteinen und Diamanten in den Tresoren der Keller einiger Schweizer Bankhäuser ruhten.

Rombach stand an der Stirnseite des Tisches und richtete das Wort an die Männer.

„Kameraden, unser Führer und Reichskanzler Adolf Hitler ist tot. Das deutsche Reich ist zerstört. Viele Kameraden sind im Kampf um den Führerbunker gefallen. Viele sind von Russen, Engländern und Amerikanern verhaftet und gefangengenommen worden. Der Reichsführer der SS hat Gift genommen, um sich der schändlichen Verhaftung zu entziehen. Wir können uns auf deutschen Straßen nicht mehr frei bewegen. Wir sind die einzigen, die aus der Kampfgruppe Wotan überlebt haben. Jeder von euch ist vor langer Zeit auserwählt worden, den Geist des Nationalsozialismus und die Reinheit der arischen Rasse zu erhalten. Es ist nun an der Zeit, daß wir uns trennen."

Wotan fuhr fort.

„Ihr werdet alle ein geeignetes Versteck im In - oder Ausland suchen. Wenn ihr in Sicherheit seid, ruft diese Nummer an."

Er nannte eine mehrstellige Zahl. Sie waren alle gut geschult, keiner würde Probleme haben, sich die Zahl zu merken.

„Teilt mir euren Aufenthaltsort mit, damit ich euch aus unserer Kasse das nötige Geld zukommen lassen kann, wenn ihr dazu selbst nicht in der Lage seid. Unter dieser Nummer könnt ihr mich zunächst erreichen. Wenn sich etwas ändert, erhaltet ihr Nachricht. Unser Kamerad Walter wird ständig mit mir in Verbindung bleiben. Ich habe ihn dazu ausersehen, euch zu schützen. Er wird dafür sorgen, daß euch niemand in die Nähe kommt, der eure wahre Identität aufdecken könnte.“

Walter Koslowski war der jüngste Offizier in der Gruppe Wotan, aber auch einer der brutalsten und gefährlichsten. Bei ihm war diese Aufgabe in besten Händen.

„Ihr wißt“, sagte Rombach, „daß das Reich nur nach außen hin zerstört ist, unsere Idee lebt weiter, wir leben weiter. Viele Freunde im In - und Ausland stehen hinter uns. Unsere Zeit wird wieder kommen, dessen bin ich mir sicher. Dann werde ich euch zusammenrufen. Haltet, wenn möglich, keinen Kontakt untereinander, damit ihr nicht die ganze Gruppe gefährdet, wenn tatsächlich einer von euch gefaßt wird. Wer sich bei mir nicht meldet, gilt für uns als tot.“

Rombach zog seinen SS Dolch aus der Scheide und stieß ihn mit einem Schlag mitten auf dem Tisch tief in die Platte. Die Klinge blieb zitternd stecken. Nacheinander folgten alle seinem Beispiel. Jeder hielt den gestreckten rechten Arm über seinen Dolch, bis alle Hände sich in der Mitte trafen.

„Sieg Heil“, erklang es aus allen Kehlen.

Jeder nahm seinen Dolch aus der Tischplatte, und ohne weitere Worte zu wechseln, verließen sie den Keller der Villa.

Die ersten verharrten an der Kellertür, geduckt, in den Garten starrend, bis sich ihre Augen an die Dämmerung gewöhnt hatten.

Als der erste mit der Hand ein Zeichen gab, huschten sie nacheinander durch den von Unkraut überwucherten Park. Am Gittertor zur Straße verharrten sie erneut, um dann in kleinen Abständen die Straße zu betreten.

Der Mann auf der anderen Straßenseite hatte die schattenhaften Bewegungen gesehen. Seine Augen waren seit langer, sehr langer Zeit an die Dunkelheit, an die totale Finsternis gewöhnt. Es gab nur ein Problem, er konnte auf die Entfernung die Gesichter nicht erkennen.

Die ersten drei SS Leute betraten den Gehsteig und schlenderten in verschiedenen Richtungen davon.

Der Mann wartete. Er hatte die Person, die er suchte, so oft laufen sehen, daß er sicher war, daß er sie am Gang erkennen würde.

Jetzt kamen wieder zwei Männer aus dem Halbdunkel des Gartens. Er konzentrierte sich. Sie gingen langsam über die Straße und bewegten sich von seinem Standort weg. Er mußte nun handeln, denn er war sich sicher, daß der eine die Person war, die er mit brennendem Haß suchte. Er visierte den Mann über den Lauf des G 2 an. Er zielte mitten auf den Körper, um ihn ja nicht zu verfehlen.

Thomas und Paul hatten den Park gemeinsam verlassen. Sie schlugen die Kragen ihrer Jacken hoch, als ihnen der Wind so heftig ins Gesicht blies. Nach einigen Schritten blieben sie stehen. Paul hatte eine Packung „Lucky Strike" aus der Tasche gezogen und bot Thomas eine Zigarette an.

Der amerikanische Soldat, der auf dem Weg nach Berlin Pauls Papiere hatte kontrollieren wollen, hatte sie bei sich gehabt. Jetzt lag er, mit einer Fahrradspeiche im Herzen, im Untergestrüpp einer Fichtenschonung entlang der Bahnstrecke nach Berlin. Paul hatte den Soldaten beobachtet, der sich langsam durch den Zug arbeitete, während sein Partner hinter ihm herging. Der eine kontrollierte die Papiere, der andere hielt zur Einschüchterung oder Abschreckung die MP vor der Brust.

Paul zog sich bis zur Waggontüre zurück und wartete, mit dem Rükken zur Tür. Die beiden GIs verließen das letzte Abteil des Wagens und kamen auf ihn zu. Der erste forderte ihn auf, seinen Ausweis zu zeigen. Paul nickte freundlich und faßte mit der einen Hand in die Brusttasche seiner Jacke, wo sich die Fahrradspeiche befand. Mit der anderen Hand drückte er ganz langsam den Türhebel des Wagens herunter. Paul lächelte den Soldaten immer noch an. Dieser grinste zurück und nahm sicherlich an, daß Paul seine Papiere aus der Tasche holen wollte. In dem Augenblick aber, da die Zugtüre hinter ihm aufschwang, packte Paul zu und riß den Amerikaner mit nach draußen.

Sein Kamerad konnte gar nicht so schnell reagieren, da waren die beiden durch die Türe verschwunden. Er hastete in das nächste Abteil, um die Notbremse zu ziehen, aber bis der Zug dann zum Stehen kam, hatte er schon etliche hundert Meter zurückgelegt.

Der junge GI ruderte mit den Armen, und noch im Fallen stieß Paul ihm die Speiche in den Oberkörper. Der heftige Aufprall auf dem Boden wurde durch den leblosen Körper unter Paul gemildert. Paul hielt ihn fest, bis sie auf dem Boden aufschlugen, um ihn dann sofort loszulassen. Er rollte sich geschickt ab und machte gleich kehrt, um den Toten ins Unterholz des nahen Wäldchens zu ziehen.

Neben ein paar Dollar und Ausweispapieren trug der Amerikaner noch ein Benzinfeuerzeug und eine Schachtel „Lucky Strike“ mit sich.

Thomas nahm die angebotene Zigarette dankbar an. Zigaretten waren im Moment Mangelware. Paul holte das Feuerzeug aus der Hosentasche und ließ den Deckel aufschnappen. Zwei Versuche, die Zigaretten anzuzünden, scheiterten wegen des Windes. Thomas nahm Paul das Feuerzeug aus der Hand. In dem Augenblick, in dem er an dem Rädchen drehte, wandte er sich zur Seite, um den Wind etwas im Rücken zu haben.

Dieser Schritt zur Seite rettete ihm das Leben.

Ein Schuß peitschte, und Paul sank mit einem Aufstöhnen zu Boden. Thomas hatte Paul einen Sekundenbruchteil vorher noch mit seinem Körper verdeckt. Instinktiv warf Thomas sich auf den Boden und begann, Paul vom Gehsteig weg in Richtung eines Hauseingangs zu ziehen. Hoffentlich hatte keine in der Nähe patrouillierende Streife der Russen den Schuß gehört, denn sonst war es um sie geschehen. Es fiel kein weiterer Schuß mehr. Thomas hob Pauls Kopf in die Höhe, indem er einen Arm unter seinen Nacken schob. Pauls Gesicht war kreidebleich, kleine Schweißperlen bildeten sich auf seiner Stirn.

„Was ist los, Kumpel?“ fragte Thomas. „Wo hat es dich erwischt?“

Ein Stöhnen kam aus Pauls Mund.

„Ich glaube im Rücken“, preßte er mit größter Anstrengung hervor. „Meine Beine, ich fühle meine Beine nicht mehr.“

Thomas tastete Pauls Rücken ab. In Nierenhöhe fühlte er einen nassen klebrigen Fleck. Die Kugel mußte genau in der Nähe der Wirbelsäule eingedrungen sein.

„Diese Drecksau“, fluchte Thomas, „wo steckt diese feige hinterhältige Drecksau. Ist wahrscheinlich schon über alle Berge, der gottverdammte Hund. So eine Scheiße aber auch. Jetzt haben wir den ganzen Krieg überstanden, und nun so ein Mist.“

Er schlug voller Wut mit der Faust an den Türpfosten des Hauseingangs.

Paul war ohnmächtig geworden. Es dauerte nicht lange, bis die ersten Kameraden zu Hilfe eilten. Gemeinsam schafften sie Paul weg zu Dr. Haißbach, ihrem alten SS Arzt.

Ein normales Krankenhaus konnten sie nicht aufsuchen. Die Alliierten führten regelmäßig Kontrollen durch, und die Tätowierungen mit der Blutgruppe unter den Oberarmen einiger Patienten war für sie oft Grund genug, jemand aus dem Krankenbett heraus zu verhaften, auch wenn einige SS Männer versuchten, die Blutgruppentätowierungen mit Seife und Puder zu verdecken oder mit der Rasierklinge zu entfernen.

Dr. Haißbachs Wohnung lag versteckt, und er verfügte über alles, was er für eine Notoperation brauchte. Nach vier Stunden teilte er den mit Bangen wartenden SS Kameraden mit, daß Paul überleben würde, aber immer querschnittsgelähmt bleiben würde.

Der Mann in der Bauruine drückte ab. Er sah über Kimme und Korn, wie Thomas sich bewegte, aber es war zu spät, die Kugel war aus dem Lauf. Ein Mann stürzte zu Boden. Noch bevor er ein zweites Mal zielen und schießen konnte, hatte sich Thomas ebenfalls zu Boden geworfen. Kalte Wut stieg in dem Mann hoch, denn er wußte, daß er seine einzige Chance zur Rache vertan hatte. Er stand auf und warf das Gewehr in eine dunkle Ecke des Geländes. Geduckt huschte er durch die schwarzen Mauerreste davon.

Zwei Stunden später traf er am verabredeten Ort ein, wo die Männer von „Esch Gadol" schon auf ihn warteten. Auf einem Lieferwagen verließ der Mann Berlin und bestieg acht Stunden später einen Fischkutter, der ihn vom Kontinent wegbrachte, den er nie wieder betreten wollte, denn hier hatte er alles verloren, was ihm je im Leben lieb und teuer gewesen war.

NEUENDORF - KADOMIN
(1940-1945)

Für Maria war nach Jakobs Verhaftung eine Welt zusammengebrochen. Verzweifelt hatte sie versucht, ihren Bruder Paul zu erreichen, damit er etwas für Jakob unternähme. Aber Paul war nicht zu erreichen. Maria ahnte nicht, daß ihr Bruder eigenhändig dafür gesorgt hatte, daß er in den nächsten Wochen unauffindbar und unerreichbar war. Maria konnte sich nicht mehr auf ihre Arbeit konzentrieren. Alles erinnerte sie an Jakob, das Büro, das kleine Restaurant, die Wohnung.

Ihr Chef konnte die Gestapo nur mit Mühe davon überzeugen, daß er von Jakob getäuscht worden war. Glücklicherweise ließ die Geheime Staatspolizei die Finger von Maria, dafür hatten Paul und Thomas schon gesorgt, sonst wäre es auch um Dr. Schäfer geschehen gewesen.

Nach einigen Wochen kündigte Maria ihren Arbeitsplatz und gab auch ihre Wohnung auf. Sie packte die wichtigsten persönlichen Dinge zusammen und zog wieder zu ihren Eltern nach Neuendorf. Ihrer Mutter war die Erleichterung anzumerken, daß ihre Tochter wieder zu Hause war. Marias Mutter war geschockt, als Maria ihr erzählte, was alles passiert war, aber innerlich war sie auch zufrieden, daß der „lästige Schwiegersohn“ endlich verschwunden und wieder alles in Ordnung war.

Maria verrichtete ihre häuslichen Pflichten, obwohl sie durch das Geld der Cohns unabhängig gewesen wäre, aber es schien, als habe sie ihren Lebensmut verloren. Sie ging nie aus und war auch selten dazu zu bewegen, das Haus zu verlassen. Niemand ahnte, daß sie einen kühnen Plan ausgeheckt hatte, in dem ihr Bruder eine wichtige Rolle spielen sollte.

Paul Anders hatte endlich, nach langer Zeit, vierzehn Tage Heimaturlaub. Er wunderte sich zwar über das freundliche Verhalten seiner Schwester ihm gegenüber, aber er ahnte nicht, was sie sich ausgedacht hatte.

Paul konnte nach einigen Tagen seine Schwester dazu überreden, mit ihm in Altstadt auszugehen. Sie gingen zusammen in ein Restaurant, in dem ein Klavierspieler die Gäste beim Essen unterhielt.

Seit langem machte Maria wieder einen gelösten Eindruck. Der Wein war ihr ein wenig zu Kopf gestiegen, und sie genoß die bewundernden

Blicke der anderen Gäste, die ja nicht wissen konnten, daß der gutaussehende junge Mann ihr Bruder war.

Erst als schwarzuniformierte SS Männer das Lokal betraten, wurde Maria wieder in die Wirklichkeit zurückgeholt. Sie hatte für wenige Stunden vergessen, daß ihr Bruder auch Mitglied dieser mehr gefürchteten als geachteten Organisation war. Aber der Anblick der Männer brachte ihr auch ihren Plan wieder in Erinnerung, und sie dachte bei sich, daß die Gelegenheit jetzt eigentlich günstig wäre.

Sie legte ihrem Bruder die Hand auf den Unterarm.

„Paul," sagte sie leise, „kann ich mit dir über etwas reden? Aber bitte schimpf nicht gleich wieder mit mir, versprichst du mir das?"

Paul zog erstaunt die Augenbrauen hoch. So hatte seine Schwester seit langer Zeit nicht mehr mit ihm geredet.

„Was hast du auf dem Herzen, Schwesterlein?" sagte er lachend.

Maria wußte, daß sie jetzt keinen Fehler machen durfte.

„Ich weiß, Paul, daß ich vieles falsch gemacht habe, besonders, was meine Beziehung zu Jakob Cohn anbelangt."

Sie sah, daß ein scharfer Zug um seinen Mund entstand.

„Ich weiß, wie du über die Juden denkst, aber sieh doch mal, ich habe bei den Cohns doch nur Gutes erfahren."

„Du hast als Dienstbotin Almosen empfangen", warf Paul ein.

„Bitte, Paul, laß mich weiterreden. Du wolltest doch nicht böse werden."

Pauls Miene entspannte sich nur ein wenig.

Maria fuhr fort.

„Ich weiß auch, daß du es immer gut mit mir gemeint hast."

Innerlich hätte sich Maria für diese Lüge ohrfeigen können.

„Deswegen brauche ich jetzt deine Hilfe. Du hast sicher selbst bemerkt, daß es mir nicht gutgeht. Ich kann mich an nichts mehr richtig freuen."

„Und was kann ich dabei für dich tun?" fragte ihr Bruder.

„Paul, ich möchte mich endlich auch innerlich von Jakob lösen, denn so kann ich nicht weiterleben. Wie soll ich je wieder einen anderen Mann lieben können, wenn ich nicht von Jakob loskomme. Du kannst doch sicher herausfinden, wo sie Jakob hingebracht haben. Verschaffe mir die Möglichkeit, ihn noch einmal zu sehen, damit ich für immer von ihm Abschied nehmen kann."

Maria hoffte, daß ihr Bruder auf das Täuschungsmanöver hereinfallen würde. Wenn sie erst einmal wußte, wo Jakob war, würde sie Himmel und Hölle in Bewegung setzen, um ihm zu helfen.

Paul gab zunächst keine Antwort, sondern schaute Maria lange intensiv an.

Er hätte lachen können. Wenn sie gewußt hätte, daß sich ihr Jakob seit langem in der Obhut von Thomas in Kadomin befand, hätte sie ihm wahrscheinlich vor allen Gästen des Lokals mit einem Schreikrampf die Fingernägel durchs Gesicht gezogen.

Maria sah Paul flehend an. Sie konnte nicht ahnen, daß ihre Bitte perfekt in seinen Plan mit Thomas hineinpaßte. Er tätschelte Marias Hand.

„Du verlangst sehr, sehr viel von mir, Schwesterherz. Ich weiß nicht, ob meine Beziehungen so weit reichen, daß ich dir einen Gefangenenbesuch im Konzentrationslager ermöglichen kann, und ich nehme an, daß der Jude Cohn in ein KZ gebracht worden ist. Ich werde sehen, was ich tun kann."

Es würde ihm ein Leichtes sein, Marias Wunsch zu erfüllen. Ein Anruf bei Thomas würde genügen. Den Sonderpassierschein für die Zugfahrt konnte er sogar selbst ausstellen.

Maria sah ihren Bruder erleichtert an. Ihre Laune hatte sich noch mehr gebessert.

Zwei Wochen später saß Maria in einem Abteil zweiter Klasse des Zuges nach München, in Richtung Kadomin.

Der Zug hatte die Grenzstation Bayrisch Eisenstein passiert und befand sich nun im Gebiet des Protektorats Böhmen und Mähren. Dreimal war Maria von Feldjägern kontrolliert worden, die jedoch jedesmal die Hände an die Helme legten und eine gute Reise wünschten, wenn sie den Passierschein gelesen hatten.

Maria war müde, denn sie hatte schon um fünf Uhr aufstehen müssen. Sie legte den Kopf an die Scheibe des Zugfensters und starrte mit brennenden Augen in die Landschaft. Hin und wieder fuhren sie an einem Bauernhof oder einer kleinen Ortschaft vorbei. Die Dörfer trugen meist deutsche Namen, nachdem man die tschechischen Schilder entfernt hatte.

Es befanden sich nur wenige Leute im Zug, denen Maria kaum Beachtung schenkte. Ihre Gedanken kreisten um Jakob. Sie wurde plötzlich von Zweifeln geplagt, ob ihre Entscheidung, ihn aufzusuchen, richtig war, jetzt, da der Bahnhof von Kadomin immer näher rückte.

Wie würde Jakob aussehen? Würde sie ihn wiedererkennen? Wie war es ihm inzwischen ergangen? Würde er sich freuen, sie wiederzusehen? Würde das Schreiben ihres Bruders ausreichen, um Jakob sehen zu können?

Je mehr Fragen sie sich stellte, um so unruhiger wurde sie.

Das ruckartige Anhalten des Zuges und das Quietschen der Räder auf den Schienen rissen sie aus ihren Grübeleien.

„Kadomin, Kadomin“, rief eine Stimme durch einen krächzenden Lautsprecher, „Sie haben Anschluß zum Personenzug nach Prag auf Gleis zwei!“

Maria zerrte den schweren Rucksack aus der Gepäckablage und stieg aus dem Zug. Es waren nicht viele Menschen auf dem Bahnhof. Einer von ihnen trug eine Uniformmütze und hatte eine Kelle in der Hand. Maria ging auf ihn zu und fragte ihn nach dem Weg zum Lager. Der Bahnbeamte schaute sie zunächst an, als ob sie nicht richtig im Kopf wäre, zeigte aber dann auf den Weg, der aus dem Städtchen nach links führte.

Maria rückte ihren Rucksack zurecht und machte sich auf den Weg.

Der Beamte schaute ihr verständnislos nach, ehe er sich kopfschüttelnd umdrehte.

Thomas streckte die Beine behaglich unter der Bettdecke aus. Er hatte, wie jeden Tag, seinen Mittagsschlaf genossen und wartete nun darauf, daß das Mädchen kam, das er sich gestern ausgesucht hatte. SS Mann Jahnke hatte genauen Befehl bekommen. Thomas rauchte eine Zigarette und trank einen Schluck Weinschorle aus der Karaffe auf dem Nachttisch. Es klopfte an der Stubentüre.

„Herein“, rief Thomas laut, und Jahnke schob ein dunkelhaariges Mädchen durch die Tür, um sie sofort wieder zu schließen.

Das Mädchen stand verlassen und unsicher an der Tür.

„Wie heißt du?“ fragte Thomas mehr höflichkeitshalber, denn der Name der Mädchen war ihm eigentlich egal, und er vergaß sie so schnell wieder, wie er sie gehört hatte.

„Ich heißen Annalena“, gab sie schüchtern zur Antwort, ohne von ihren Füßen aufzublicken. Sie hatte den Kopf gesenkt und starrte vor sich auf den Boden.

„Du kannst dich dort drinnen duschen, Annalena", sagte Thomas, wobei er sich eine Hand über den Kopf hielt.

Das Mädchen hatte verstanden und nickte. Sie trug verwaschene, aber saubere Kleidung. Die dunklen Haare waren unter einem Kopftuch versteckt. Sie hatte große dunkle Augen und einen schön geschnittenen Mund. Von ihrem Körper war unter der Lagerkleidung nicht viel zu sehen, aber Thomas hatte sich auf sein gutes Auge und die Beine des Mädchens verlassen. In den meisten Fällen gehörte zu einem hübschen Gesicht und wohlgeformten Beinen auch ein schöner Körper. Thomas schätzte sie auf siebzehn, höchstens achtzehn Jahre.

Sie ging in das kleine Badezimmer, und nach kurzer Zeit hörte Thomas das Rauschen der Dusche. Das Wasser lief lange, das Mädchen schien die heiße Dusche zu genießen, oder sie wollte Zeit gewinnen, weil sie wußte, was der Mann im Bett von ihr wollte. Das Wasser wurde schließlich abgestellt, und wenige Augenblicke später stand sie in der Badezimmertüre, ein Handtuch um den Körper geschlungen, so daß nur die Beine und der Kopf herausschauten.

Sie blickte Thomas fragend an. Sogar die kurzgeschorenen Haare standen ihr gut. Thomas klopfte mit der Hand auf den Platz neben sich im großen Bett. Nur zögernd kam sie näher, setzte sich auf die Bettkante und legte sich dann langsam neben Thomas auf den Rücken, ohne das Badetuch abzunehmen. Thomas lächelte. Er mochte diese Art Mädchen, die noch ihre natürliche Scheu behielten, besonders. Es hatte einige gegeben, die sich nach dem Duschen sofort auf ihn gestürzt hatten, um ihm wilde Leidenschaft vorzuheucheln. Das mochte Thomas gar nicht.

Vorsichtig strich er dem Mädchen über das noch feuchte Haar. Sie zitterte, und er konnte an ihrem Hals deutlich sehen, wie ihr Herz wild pochte. Sie hat Angst, dachte Thomas, aber das erhöhte den Reiz noch mehr für ihn und stachelte seine Lust an. Er küßte sie sanft in die Halsbeuge, auf die Schulter, auf den Arm. Er hatte Zeit. Er löste das Handtuch von ihrem Körper und schaute sie an, bevor er anfing, sie überall zu streicheln, von den Fußspitzen bis zu den Augen.

Das Mädchen schaute aber nur an die Decke und zeigte keine Reaktion. Die Hände lagen neben ihr auf dem Bettlaken. Thomas hatte lange genug gewartet, er nahm sie schnell und rücksichtslos.

Sie zeigte immer noch keine Regung. Sie hob lediglich das Becken etwas an, wahrscheinlich, um die Sache schneller zu beenden.

Mit einem wohligen Seufzer drehte sich Thomas nach dem Akt auf die Seite. Er hörte noch, wie das Mädchen aufstand und kurz danach das Wasser im Bad wieder rauschte. Als sie zurück zum Bett kam, war Thomas fast wieder eingenickt.

Er fuhr plötzlich hoch und schaute auf die Uhr. Es war an der Zeit, in die Wachstube zu gehen. Die Männer wußten, daß er jeden Tag um diese Zeit kam, und er brachte diese Regelung selten durcheinander. Er stand auf und ging ins Bad. Nachdem er ausgiebig geduscht hatte, kleidete er sich sorgfältig an.

Annalena saß auf dem Bett. Die Beine unter den Po geschoben hielt sie in der einen Hand die Weinkaraffe und in der anderen einen Apfel. Auf beiden Backen kauend strahlte sie ihn an. Thomas verstand den plötzlichen Sinneswandel nicht ganz. Sie hatte ihre anfängliche Scheu vollkommen abgelegt. Thomas konnte nun ihren vollen Busen und die ganze Figur bis hinunter zu den Schenkeln bewundern. Er mußte lachen.

„Du bald wiederkommen", sagte das Mädchen, „dann ich dich lieben ganz wild und ganz viel."

Thomas nickte nur und zog seine Schaftstiefel an. Mit einem letzten Blick in den Spiegel kontrollierte er den Sitz seiner Schirmmütze, bevor er ohne einen weiteren Kommentar das Zimmer verließ.

Der SS Mann stand neben der Türe. Thomas nickte ihm wohlwollend zu.

„Wie immer, Herr Hauptsturmführer?" fragte er.

Thomas sagte: „Bring sie dann zu Dr. Kessler, ich denke, sie ist ein lohnendes Exemplar für ihn."

Dr. Kessler machte gentechnische Versuche mit Juden und war immer auf brauchbares Material angewiesen.

Jetzt würde sich erst Jahnke bedienen, um das Mädchen dann, wie befohlen, wegzubringen. Letzteres würde heimlich geschehen. Die anderen sollten auch glauben, daß denen die Freiheit winkte, die ausgewählt wurden. Die SS Männer verbreiteten dieses Gerücht eifrig, und so gab es nie einen Mangel an Nachschub.

Kurz nachdem Jahnke die Türe hinter sich geschlossen hatte, hörte Thomas das Mädchen schreien. Bald aber war das Schreien einem gurgelnden Laut gewichen, denn Jahnke liebte eine besondere Art der sexuellen Befriedigung.

Thomas schritt langsam über den gepflasterten Hof. Er mußte seinen Männern diese Vergnügungen gönnen, damit sie durch den Dienst und die teilweise grausame Arbeit nicht durchdrehten. Nur Alkohol, gutes Essen und Frauen hielt die Männer bei der Stange, die täglich Menschen prügelten, mißhandelten und töteten. Thomas wußte aber auch, daß außer ihm noch einige, darunter Jahnke, das genossen, was sie tun mußten.

Maria hatte sich noch einmal nach dem Weg erkundigt, der zum Lager führte. Es lag weit außerhalb der Stadt. Es führten zwar Eisenbahnschienen dorthin, aber sie hatte keinen Zug gesehen. Maria konnte die Umrisse erkennen, als sie näherkam. Grauer Qualm schwebte über einem Teil des Komplexes. Die Gebäude wirkten wie eine Festung. Ein tiefer Graben führte rund um die dicken Mauern. Maria blieb kurz stehen, bevor sie über die Steinbrücke zu dem Tor mit dem Rundbogen weitermarschierte. Ein Wachmann trat aus seinem Häuschen.

„Ja, wen haben wir denn da", sagte er grinsend. „Hat sich das Kind verlaufen?"

Maria hielt ihm wortlos das Schreiben unter die Nase, das ihr Paul für Thomas mitgegeben hatte.

Der SS Mann überflog den Inhalt und entschuldigte sich sofort.

„Bitte folgen Sie mir", sagte er nun höflich und ging vor Maria her. Das Schreiben hatte er in seine Brusttasche gesteckt.

Block A, B, C stand auf einem Schild, das wenige Meter hinter dem Eingang nach links zeigte. Ein hohes Gittertor versperrte den Eingang. Der Soldat schloß auf und ließ Maria hindurchtreten. Drei lange flache Gebäude erstreckten sich auf der rechten Seite. Links stand ein hohes Haus mit drei Eingangstüren. Wachstube, Kommandantur und Magazin war auf den darüber angebrachten Tafeln in dicken roten Buchstaben zu lesen. Der große Hof zwischen den Gebäuden war mit Kopfsteinpflaster ausgelegt und reichte bis zu einer hohen Backsteinmauer mit einem größeren weißen Schild.

"Arbeit macht frei" stand darauf.

Der SS Mann hielt die Türe zur Wachstube auf.

„Bitte warten Sie hier", sagte er, „ich werde den Hauptsturmführer sofort verständigen." Er schloß die Türe hinter sich.

Maria sah sich um. Der Raum war einfach, aber zweckmäßig eingerichtet. Ein Schreibtisch, ein Aktenschrank, mehrere Stühle, ein Gestell mit einer Waschschüssel, und als besonderer Luxus ein altes geblümtes

Sofa. An den Wänden hingen die typischen Bilder von Hitler und Himmler. Maria ließ sich auf das Sofa plumpsen und zog den Rucksack von den schmerzenden Schultern. Ihre Füße waren wundgelaufen. Sie lehnte sich zurück. Eine Türe führte neben dem Schreibtisch in einen zweiten Raum. Das Lachen von Männern und das Klirren von Flaschen war gedämpft zu vernehmen.

Als der Wachsoldat zur Wohnung von Thomas kam, stand Jahnke vor der Türe und machte ihm unmißverständlich klar, daß der Hauptsturmführer jetzt auf keinen Fall gestört werden dürfe. Der SS Mann zog unverrichteter Dinge wieder ab, das Schreiben Marias immer noch in seiner Uniformjacke. Er ging zurück auf seinen Posten.

Maria war nahe daran einzuschlafen, als die Türe zum Nebenraum aufging.

Eine Stimme fluchte: „Ja verdammt, wo habe ich denn nur wieder meine Zigaretten gelassen?“

Der Mann hatte Maria noch nicht gesehen und zog die Schreibtischschublade auf. Die Türe fiel hinter ihm ins Schloß. Er knallte die Schublade wütend wieder zu und griff in die Jackentasche des Uniformrocks, der über einer Stuhllehne hing. Als er sich dabei umdrehte, erblickte er Maria. Ein erstaunter Ausdruck trat in sein Gesicht.

Er hatte stark getrunken, wie Maria seinen Bewegungen und dem geröteten Gesicht entnehmen konnte. Er trug nur seine Uniformhose, die Stiefel und ein Unterhemd, das feuchte Flecken von Schweiß und Bier aufwies. Die Hosenträger hingen zu beiden Seiten herunter.

„Wie kommt denn diese Überraschung zu uns“, lallte er und bewegte sich mit tapsigen Schritten auf Maria zu.

„Ich warte hier auf Herrn Waldner, Hauptsturmführer Waldner“, sagte Maria hastig, um ihn einzuschüchtern und zur Besinnung zu bringen.

Der Mann schien ihre Worte durch den Alkoholnebel gar nicht zu hören. Er stand nun vor ihr und kratzte sich provozierend zwischen den Beinen.

„Haben Sie nicht verstanden“, sagte Maria jetzt noch lauter, „ich warte auf den Hauptsturmführer.“ Ihre Worte zeigten wenig Wirkung.

„Der Chef findet schon ein anderes Weibsstück“, sagte der Mann, „er hat doch die freie Auswahl.“

Mit diesen Worten stürzte sich der Mann auf Maria. Sie wollte aufstehen und weglaufen, aber er hielt sie eisern fest und drückte sie mit seinem

Gewicht nach hinten auf das Sofa. Maria strampelte, schrie und schlug um sich. Sie mußte sich beinahe übergeben, so ekelhaft roch der Soldat nach Alkohol, Tabak und Schweiß. Auf ihr Schreien hin wurde die Türe zum Nebenraum wieder geöffnet, aber die Köpfe, die hereinschauten, verschwanden sofort grinsend und grölend wieder. Von hier konnte Maria keine Hilfe erwarten. Der Mann preßte Maria mit der linken Hand die Hände auf dem Rücken zusammen. Sie bekam kaum noch Luft. Der Mann war nicht nur schwer, er hatte auch Bärenkräfte. Mit der rechten Hand faßte er ihre Brüste und begann sie schnaufend zu kneten. Maria konnte sich nicht wehren. Als er unter ihren Rock faßte und anfing, an ihrer Unterwäsche zu zerren, bäumte sie sich verzweifelt auf, aber er drückte sie mit seinem Gewicht erbarmungslos nach unten. Sie spürte und hörte, wie der dünne Stoff ihres Schlüpfers zerriß. Der Mann drängte sich nun zwischen ihre Schenkel. Maria warf den Kopf hin und her, als er versuchte, ihr den Mund zuzuhalten. Als sie seine Hand zwischen die Zähne bekam, biß sie heftig zu.

Der Mann lachte nur. „Verdammte Kratzbürste, halt doch endlich still. Es nützt dir ja doch nichts, ich leg dich sowieso flach, dann wirst du dich schon beruhigen."

Er streifte mit der freien Hand seine Hose ab. Mit roher Gewalt drückte ihr der Mann die Beine auseinander. In einer letzten verzweifelten Gegenwehr schrie Maria noch einmal so laut und durchdringend, wie sie nur konnte.

Thomas trat gerade aus dem Schatten der hohen Bäume, die die Wohngebäude umgaben. Der Hof war sauber gefegt, wie er feststellen konnte. Wenn er Frühdienst hatte, ließ sich Thomas immer um diese Zeit in der Wachstube sehen. Nach dem Morgenappell hatten die Männer nicht mehr allzuviel zu tun und begannen nach Dienstschluß gegen 14.00 Uhr mit dem Trinken und Kartenspielen im Hinterzimmer der Wachstube. Thomas ließ sie gewähren, um sie bei Laune zu halten. Sie würden morgen in der Frühe wieder fit sein, ja, wer abends noch laufen konnte, würde sogar ins Lagerpuff gehen. Die Mädchen dort wurden gleich an der Rampe aus den Transporten zu diesem Zweck aussortiert. Wenn eine nicht so spurte, wie die Männer es wollten, verschwand sie über Nacht in den Kammern und dann im Krematorium. Nachschub war jederzeit und in jeder Menge vorhanden. Auch Annalena war erst mit einem der letzten Transporte gekommen.

Thomas bog in den Torbogen zum Wachgebäude ein, als er den durchdringenden Schrei einer Frauenstimme hörte. Er beschleunigte seine Schritte. Sollten es die Männer gewagt haben, eine Gefangene aus dem Lagerbordell in die Wachstube zu bringen? Seine Männer wußten, daß er das streng verboten hatte.

Mit einem Ruck riß er die Türe zum Wachraum auf und sah einen seiner Männer, der auf dem Sofa eine Frau unter sich begraben hatte, die sich verzweifelt wehrte. Dem SS Mann hing die Hose über die Knie, und sein in die Höhe gerecktes weißes Hinterteil sah grotesk aus. Thomas knallte die Türe zu, so daß der Soldat herumfuhr.

„Maurer“, brüllte Thomas, „was fällt Ihnen ein? Haben Sie meine Anordnungen vergessen? Machen Sie, daß Sie rauskommen, Sie besoffenes Schwein!“

Der Mann brummelte eine Entschuldigung und zog schnell seine Hose wieder hoch. Er murmelte noch etwas und verschwand hastig im Hinterzimmer. Jetzt erst sah Thomas, wen Maurer auf dem Sofa belästigt hatte.

„Maria“, rief er erschrocken, „um Gottes Willen, ist dir etwas geschehen? Ich laß den Mann sofort erschießen.“

Maria keuchte noch und versuchte, ihre Kleider zu ordnen.

„Oh mein Gott“, sagte sie schließlich, immer noch heftig atmend, „ich dachte, jetzt sei alles vorbei. Nein, Thomas, er hat dank deines Eingreifens nicht bekommen, was er wollte. So ein Tier habe ich noch nicht erlebt, der war ja ganz außer sich.“

„Wie kommst du denn hierher?“ fragte Thomas erstaunt.

„Ja, hat dir Paul denn nicht geschrieben?“ fragte sie zurück. „Wußtest du nicht, daß ich komme?“

„Ich wußte schon, daß du kommen würdest“, sagte Thomas, „aber ich habe dich noch nicht so bald erwartet. Ich habe Paul auch einen Brief geschrieben, letzte Woche erst. Hat euch mein Brief nicht mehr vor deiner Abreise erreicht?“

„Nein“, antwortete Maria, „von einem Brief hat Paul nichts erwähnt.“

„So ein Mist“, schimpfte Thomas mit gespielter Enttäuschung. „Jetzt komm aber erst einmal hier heraus. Hast du Gepäck dabei?“

Maria deutete auf ihren Rucksack. Thomas nahm ihn auf und warf ihn mit einer Hand über die Schulter. Er öffnete Maria die Türe und ging dann voraus zu seinem Quartier. In seinem Zimmer deutete nichts mehr darauf hin, was sich in den letzten zwei Stunden hier abgespielt hatte. Jahnke hatte alles wieder sehr ordentlich aufgeräumt, zuverlässig, wie er war. Das Bett war sogar frisch bezogen, und Jahnke hatte gelüftet. Maria blickte sich neugierig um. Das Zimmer sah gemütlich aus.

„Du willst dich sicher frischmachen", sagte Thomas und deutete auf die Badezimmertüre. Den Rucksack hatte er auf einen Stuhl gestellt.

Maria lächelte ihn dankbar an. Sie war immer noch ein wenig geschockt von dem Erlebnis in der Wachstube. Man sah es ihrem Gesicht an. Sie kramte in ihrem Rucksack und verschwand dann im Bad. Nach wenigen Minuten kam sie zurück. Sie sah jetzt besser aus. Thomas saß auf dem Bett und rauchte. Maria setzte sich neben ihn.

„Du bist gekommen, um einen Gefangenen zu besuchen?" sagte er schließlich fragend.

„Ja, Jakob Cohn, hat das Paul in seinem Brief nicht erwähnt?" fragte Maria erstaunt.

„Das hat er schon", druckste Thomas herum, „aber ich habe eine unangenehme Nachricht für dich."

Maria schaute ihn an. Ihr Gesicht war kalkweiß geworden.

„Was ist los, Thomas? Was ist passiert? Ist etwas mit Jakob geschehen?"

Thomas taten ihre Fragen innerlich weh, zeigten sie doch ihre Sorge um den Juden Jakob Cohn. Wie konnte sich eine so hübsche deutsche Frau mit so einem Abschaum einlassen? Er spielte seine Rolle gekonnt weiter.

„Nein, Maria, es ist ihm nichts passiert, aber gerade das, was ich dir jetzt sagen muß, steht in meinem Brief an Paul. Kurz nachdem mich Paul benachrichtigt hat, daß du kommen willst, erhielten wir Befehl aus Berlin. In Polen wird ein großes Arbeitslager errichtet. Wir wurden aufgefordert, alle arbeitsfähigen Männer auszusortieren und für den Transport ins Generalgouvernement bereitzustellen. Vor einigen Tagen ging der Zug ab, und Jakob Cohn war auch dabei."

Maria wurde schwarz vor den Augen. Sie krallte ihre Finger um den Bettrahmen, daß die Knöchel weiß hervortraten.

„Aber Thomas", sagte sie verzweifelt, „du hast doch gewußt, daß ich komme. Warum hast du das nicht verhindert? Du bist doch hier jemand. Du hast doch etwas zu sagen. Warum hast du Jakob nicht unter einem Vorwand hierbehalten?"

Sie war den Tränen nahe, wollte aber vor Thomas keine Tränen zeigen.

„Stell dir das nicht zu einfach vor, Maria. Ich bin zwar Hauptsturmführer, aber der Lagerkommandant hat den Oberbefehl, und auch der Lagerarzt steht über mir. Ich habe das Schreiben erst zu Gesicht bekommen, als alle Gefangenen zum Appell angetreten waren. Der Arzt hat entschieden, wer geht, und wer nicht. Ich konnte beim besten Willen nichts tun. Wie hätte ich es vor meinen Vorgesetzten rechtfertigen sollen, daß ich einen Gefangenen, der gesund und arbeitsfähig ist, hierbehalte? Was hätte ich dem Arzt sagen sollen? Maria kommt zu Besuch und will einen alten Bekannten sehen? Weißt du denn nicht, daß Besuche hier überhaupt nicht erlaubt sind? Paul und ich haben einiges riskiert, um dir diese Gelegenheit zu schaffen. Mehr kannst du beim besten Willen nicht erwarten. Auch uns sind gewisse Grenzen gesetzt."

Maria hatte teilnahmslos zugehört. Alles, was sie geplant hatte, war umsonst gewesen. Sie wußte nicht, daß sie Thomas und ihrem Bruder in die Falle getappt war, die sie eigentlich selbst gestellt hatte. Eine gähnende Leere stieg in ihr auf. Sie nahm alle Kraft zusammen, um sich ihre Enttäuschung nicht zu sehr anmerken zu lassen.

„Entschuldige, Thomas, ich wollte dir keine Vorwürfe machen. Du kannst sicher nichts dafür. Aber du verstehst sicher, die weite Reise, der Soldat in der Wachstube, und jetzt das."

Trotz aller Bemühungen, die Fassung zu bewahren, konnte sie jetzt die Tränen nicht mehr unterdrücken.

Thomas legte vorsichtig den Arm um ihre Schultern, und sie ließ es geschehen. Sie lehnte sich an ihn, und ihre Tränen hinterließen feuchte Flecken auf seiner Uniformjacke. Einige Minuten vergingen.

„Was soll ich jetzt bloß machen?"

Maria setzte sich auf und wischte sich die letzten Tränen aus dem Gesicht. Sie schaute Thomas fragend an.

„Du wirst dich hier erst einmal häuslich niederlassen und dich gründlich ausschlafen. Wenn der nächste Zug geht, werde ich dich zum Bahnhof bringen und für deine sichere Heimreise sorgen."

Maria schaute Thomas in die Augen.

„Gibt es überhaupt eine Möglichkeit, Jakob doch noch zu finden und zu sehen?"

Sie tat Thomas leid, als sie ihn so traurig anschaute. Ihr ganzes Leid war in ihren Augen zu lesen. Aber er setzte sein Spiel fort. Er legte ihr die Hände auf die Schultern, ohne den Blick von ihrem Gesicht zu nehmen.

„Maria, ich würde mir diese Idee aus dem Kopf schlagen. Keiner weiß hier genau, wo dieses Lager errichtet wird, und niemand hier kennt jemand in Polen, der etwas in dieser Sache unternehmen könnte. Wenn du in dieser Hinsicht Pläne hast, kann das äußerst gefährlich für dich werden. Du kommst schon gar nicht nach Polen hinein. Die einzige Hoffnung, die dir bleibt, ist, daß die Gefangenen nach getaner Arbeit wieder hierher zurücküberstellt werden. Ich würde dir und Paul dann sofort Bescheid geben."

Maria schluckte.

„Du meinst also, es gäbe noch eine kleine Chance?"

„Aber selbstverständlich", log Thomas, „die Männer werden doch hier auch alle wieder gebraucht."

Maria konnte nicht wissen, daß täglich so viele Männer eintrafen, daß man schon nicht mehr wußte, wie man sie alle unterbringen sollte. Die Tötungsmaschinerie lief Tag und Nacht, um Platz zu schaffen.

Maria atmete auf. Thomas hatte sie ein wenig getröstet.

Maria Anders blieb noch zwei Tage in Kadomin, ohne etwas von den schrecklichen Geschehnissen hinter den Mauern mitzubekommen. Thomas brachte sie zum Bahnhof zurück, wo sie sich verabschiedeten.

Als der Zug, in dem Maria saß, sich auf die Grenze, die keine mehr war, zubewegte, ging Thomas über den Lagerhof, um den Block C aufzusuchen, wo sich die Einzelzellen befanden.

Er betrat den Gang, von dem die Eisentüren zu den Zellen führten, und öffnete die schmale Klappe in der Türe der zweiten Zelle. Ein schmaler Streifen Tageslicht fiel in das dunkle Loch. Der Gefangene hielt die Hände vor das Gesicht, das mit blutigen Schrammen bedeckt war.

„Jude Cohn", brüllte Thomas durch den Schlitz, „Jude Jakob Cohn, ich soll dir Grüße bestellen von deinem Mädchen, Maria Anders. Sie war einige Tage hier bei uns in unserem netten Kadomin. Sie wollte dich besuchen, hat aber dann doch mit mir vorlieb genommen, denn ich habe ihr erzählt, daß du auf einem Ausflug nach Polen seist. Schade, nicht wahr?"

Thomas Waldner faßte in die Tasche und zog die Reste von Marias Schlüpfer heraus, die er aufgehoben hatte, und stopfte sie durch den Sehschlitz.

„Hier habe ich dir wenigstens ein Andenken mitgebracht, an dem du herumschnuppern kannst, wenn du dich einsam fühlst. Maria hat es mir als Geschenk hiergelassen.“

Der Gefangene sammelte die Stoffreste auf, und als er in dem schwachen Licht sah, was er in den Händen hielt, schrie er gequält wie ein Tier auf und trommelte gegen die Türe.

Thomas lachte und schloß die Klappe wieder, so daß jeder Laut aus dem Inneren der Zelle erstarb.

OBERSALZBERG - KADOMIN (1940 - 1945)

Thomas Waldner hatte für drei Monate Urlaub erhalten. Er freute sich darauf, die alten Kameraden für längere Zeit wiederzusehen. Als Paul, Karl und Werner erfuhren, daß Thomas ankommen würde, fuhren sie von Berchtesgaden nach München, um ihn dort vom Bahnhof abzuholen. Das Hallo auf dem Bahnsteig war groß, und die vier Freunde gingen in den Bürgerbräukeller, um ihr Wiedersehen gebührend zu feiern. Der Fahrer hatte alle Mühe, die SS Offiziere ins Auto zu schaffen, als die Sperrstunde gekommen war. Unter Singen und Grölen ging die Fahrt über Bad Reichenhall in Richtung Berchtesgaden. Als sie aus dem Wagen kletterten, begann es ganz sacht zu schneien. Es war nicht mehr weit bis Weihnachten. Thomas liebte die Berchtesgadener Bergwelt im Winter ganz besonders.

Er machte täglich ausgedehnte Wanderungen bis ins ehemalige Österreich hinein und setzte sich abends meist in eine der zahlreichen Hütten, wo es recht gemütlich zuging, oder man fand ihn beim Auerwirt.

Sein Weg führte ihn auch oft am Haus einer jungen Frau vorbei, die am Obersalzberg in der Wäscherei arbeitete. Thomas hatte schon vor längerer Zeit ein Auge auf sie geworfen. Die Tatsache, daß sie verheiratet war, störte ihn wenig, denn er wußte, daß ihr Ehemann an der russischen Front kämpfte.

Am Weihnachtsabend wurden die SS Leute und Offiziere, die keinen Dienst hatten und nicht zu ihren Familien nach Hause fahren konnten oder keine Familie hatten, oft von Oberauer Familien eingeladen, Silvester wurde meist gemeinsam am Obersalzberg gefeiert. Die Oberauer Weihnachtsschützen kamen jedes Jahr den weiten Weg herauf, um das neue Jahr anzuschießen. Bei dieser Gelegenheit war auch öfter der Führer anwesend, was dann für die Schützengilde eine besondere Ehre war. An diesem Weihnachtsabend erreichte Thomas sein Ziel bei der Wäscherin. Er war eingeladen worden, um das Weihnachtsfest mit ihrer Familie zu feiern, wobei er bei der Verteilung der Männer etwas nachgeholfen hatte. Nachdem die Eltern der jungen Frau zu Bett gegangen waren, hatte Thomas noch eine Flasche Wein mit ihr getrunken.

Die Weihnachtsstimmung, der Alkohol, die Einsamkeit, alles wirkte zusammen. Es störte Thomas auch nicht, daß sie im vierten Monat schwanger war, ein Andenken an den letzten Heimaturlaub ihres Mannes, ihre Figur hatte sich dadurch noch nicht wesentlich verändert.

Als Thomas sie auf dem Teppich vor dem Weihnachtsbaum schnell und heftig nahm, krallte sie sich richtiggehend an ihn. Thomas spürte, daß ihr Verlangen lange Zeit nicht gestillt worden war.

Der Urlaub ging viel zu schnell vorbei. Thomas traf sich noch einige Male mit ihr. Sie wußten beide, daß ihr Verhältnis, wenn man es so nennen konnte, nur auf Zeit war, daß es für sie aus verschiedenen Gründen keine gemeinsame Zukunft geben würde. Sie schieden als sehr gute Freunde. Kurz nach Fasching mußte Thomas nach Kadomin zurückkehren.

Die Ostfront rückte im letzten Kriegsjahr immer näher. Die Offiziere des Lagers Kadomin arbeiteten die ersten Massenvernichtungs- und Evakuierungspläne aus. Die Gefangenen, die noch kräftig genug waren, um zu laufen, sollten in ein Lager nach Deutschland verlegt werden. Die anderen waren dem sicheren Tod ausgeliefert. Die Maschinengewehrstände im Festungsgraben hinter den Wällen waren ständig besetzt. Die Sandkästen, die den Rückschlag auffangen sollten, quollen vor Patronenhülsen über. Die Gaskammern arbeiteten auf Hochtouren, die Öfen brannten Tag und Nacht, so daß ein dunkler fettiger Qualm die ganze Landschaft überzog. Das, was man den Gefangenen bei der Ankunft und später noch weggenommen hatte, lagerte in den Kellern. Jetzt kamen noch Berge von Kleidern und Schuhen, Gehhilfen und Koffern dazu. Brillengestelle und Zahnprothesen häuften sich in Schachteln. Die Lastwagen konnten die Mengen gar nicht so schnell ins Reich abtransportieren, so schnell füllten sich die Lager wieder. Kaltschnäuzige Kapos trugen kleine Lederbeutel um den Hals, die randvoll waren mit herausgebrochenen Goldzähnen.

Als die ersten russischen Panzerkeile über die Grenze des Protektorats vorstießen, ließ Oberführer Weiß die Gefangenen zum Abmarsch zusammentreiben. Die wichtigsten Akten wurden in Kartons verpackt, in die Autos geladen, alles, was man nicht mitnehmen konnte oder was nicht besonders wichtig war, wurde auf einem großen Scheiterhaufen im Hof des Lagers A verbrannt. Der Abmarsch der Gefangenen begann am späten Abend. Tage zuvor hatten Kradstaffeln in den Ortschaften entlang der Strecke Plakate angeschlagen, die besagten, daß für diese Nacht eine strenge Ausgangssperre herrschte. Die Straßen sollten für den Durchmarsch der Gefangenen leer sein. Die Kolonne der gestreiften hohlwangigen Lagerinsassen setzte sich in Bewegung. Sie marschierten in Viererkolonnen, manche ohne festes Schuhwerk, die Füße nur mit Lappen oder Lumpen umwickelt, einige sogar barfuß. Die letzten Habseligkeiten trugen sie in Beuteln auf dem Rücken oder über der Schulter. Rechts und links neben den Reihen marschierten in kurzen Abständen SS Leute mit entsichertem Gewehr.

4067 Gefangene von zuletzt über 50000 verließen Kadomin, nur 2562 sollten in Deutschland ankommen.

Häftlinge, die sich aus Übermüdung oder vor Erschöpfung hinfallen ließen, stürzten oder sich hinsetzten, Häftlinge, die blutige Füße hatten und stehenblieben, weil sie vor Schmerz keinen Fuß mehr vor den anderen setzten konnten, wurden direkt neben der Straße erschossen.

Am Anfang lud man die Leichen noch auf Lastwagen, die hinter der Kolonne herfuhren, später ließ man sie einfach im Straßengraben liegen.

Jakob Cohn trottete in der drittletzten Viererreihe. Er war zwar genau so mager und ausgezehrt wie die übrigen Gefangenen, aber die Einzelhaft hatte ihm zumindest die tägliche Knochenarbeit erspart, wenn er dafür auch auf andere Weise gequält wurde. Seine Beine schmerzten, und er war hundemüde, aber wie in Trance setzte er einen Fuß vor den anderen.

Außer dem Brummen der Lastwagenmotoren und dem Schlurfen tausender Füße war nichts zu hören, es sei denn, einer der Gefangenen gab auf und wurde durch einen Schuß liquidiert. Beim Knall der Schüsse hielt die Kolonne jedesmal für den Bruchteil einer Sekunde an. Die Ortschaften, durch die sie zogen, waren wie ausgestorben. Hie und da bellte ein Hund, und das Wackeln der Vorhänge in den dunklen Fenstern zeigte, daß die Häuser bewohnt waren und die Bewohner die unheimliche Kolonne beobachteten.

Es geschah hinter Kadlice, kurz vor der Grenze. Der Zug bewegte sich über eine schmale Brücke. Urplötzlich rannten und rutschten ein Dutzend Gefangene die Böschung hinunter und warfen sich am Ufer auf den Boden, um gierig das kalte Wasser zu schlürfen. Der hintere Teil der Kolonne löste sich danach nahezu völlig auf. Häftlinge stießen sich gegenseitig um und fielen übereinander, um an das begehrte Naß zu kommen. Die Soldaten schlugen mit den Gewehrkolben auf die Gefangenen ein, um sie auf die Straße zurückzutreiben. Manche SS Leute schossen zunächst nur in die Luft. Kradfahrer brausten von der Spitze des Zuges heran und sprangen ab, um das Durcheinander zu stoppen.

Auch Jakob Cohn war mit an das Flußufer gerannt. Als er sich hinknien wollte, um zu trinken, hatte ihm ein SS Mann den Kolben seines Gewehres mit voller Wucht zwischen die Schulterblätter geschlagen. Er stürzte nach vorn, stolperte und fiel der Länge nach ins Schilf. Er blieb regungslos auf dem Rücken liegen. Der Soldat legte bereits auf ihn an, und Jakob Cohn schloß die Augen und wartete auf den Schuß. Als nichts geschah, blickte er wieder auf. Der SS-Mann war durch zwei andere Häftlinge abgelenkt worden, die versuchten, mit weiten Sätzen ins Wasser zu entkommen. Zwei peitschende Schüsse machten ihrem Fluchtversuch ein vorzeitiges und schnelles Ende.

Jakob reagierte instinktiv und ließ sich lautlos zwischen den hohen Schilfhalmen ins Wasser gleiten. Er tauchte unter und wühlte sich tiefer in das dichte Schilfdickicht hinein. Die schwache Strömung am Rand trieb ihn langsam ein Stück weiter. Der SS Mann konnte ihn nicht mehr sehen, als er sich umdrehte, um wieder auf ihn anzulegen. Er rief laut nach anderen SS Leuten, um Jakob aufzustöbern.

Jakob blieb unter Wasser und ließ sich so lange treiben, bis ihm die Lungen zu platzen schienen. Als er den Kopf vorsichtig aus dem Wasser hob, war er schon unter der Brücke hindurch. Schüsse schlugen dumpf neben ihm ins Wasser, aber er tauchte erneut unter und ließ sich wieder von der nun stärker werdenden Strömung flußabwärts treiben.

Die SS Männer stürmten rechts und links von der Brücke herunter und stolperten in der Dunkelheit über Wurzeln und Grasbüschel an den Ufern entlang, um Jakob einzuholen. Als sie sahen, daß er nicht mehr an die Oberfläche kam, gaben sie ihre Verfolgung auf, wohl auch in der Annahme, daß er ertrunken sei. Sie kehrten zur Häftlingskolonne zurück.

Als Jakob zum zweiten Mal auftauchte, fühlte er, wie die Kälte des Wassers seine Arme und Beine steif werden ließ. Seine dünne Kleidung, die durch das Wasser schwer wie Blei zu werden schien, zerrte an seinem ausgemergelten Körper. Er wußte nicht, wie lange er schon dahintrieb, aber er konnte sich kaum noch über Wasser halten. Mit letzter Kraft versuchte er, das rettende Ufer zu erreichen. Seine Schwimmbewegungen waren langsam und kraftlos. Etwas schlug ihm plötzlich gegen den Kopf, und er faßte mit beiden Händen danach. Es war ein ins Wasser hängender Zweig eines Weidenbaumes, Jakob hatte es bis ans Ufer geschafft. An weiteren Zweigen und Wurzeln hangelte er sich an der Uferböschung entlang, bis er eine flache Stelle erreichte. Er zog sich hoch und lag endlich auf einer sandigen Uferstelle. Seine Füße hingen noch im Fluß, und er keuchte und hustete Wasser. Als er mit letzter Kraft die Beine aus dem eisigen Wasser zog, schwanden ihm die Sinne.

Dreißig Minuten später kamen die Gebrüder Zemany von ihrem Gang in die Stadt zurück. Ihr Hund schlug plötzlich an. Lautlos huschten sie ins hohe Gras neben dem Feldweg und zogen die Pistolen. Die Kontrollen durch die Wehrmacht und die SS wurden nun, da die russische Front näherrückte, zwar immer seltener, aber die Brüder hatten die Rucksäcke voll mit Bestecken, Uhren, Leuchtern und anderen Wertsachen aus Edelmetall, die sie gegen Lebensmittel von ihrem Hof in der Stadt eingetauscht hatten. Die Deutschen hatten zwar vieles geholt, aber die Zemanys waren froh, nicht von ihrem Hof vertrieben worden zu sein. Ihr Vieh war gut versteckt im dichten Wald, und auch ihre Verstecke auf dem Hof selbst waren nicht entdeckt worden. Die Keller unter der Erde enthielten noch genügend Nahrungsmittel, daß es für sie selbst reichte und auch noch Tauschgeschäfte in der Stadt ermöglichte.

Der Hund beruhigte sich nach kurzem Bellen und streckte die Nase witternd in die Luft, um dann mit dem Schwanz zu wedeln. Die Brüder wußten, daß das das Zeichen für die Entwarnung war. Sie nahmen die Rucksäcke wieder auf und steckten die Pistolen in den Hosenbund.

„Na, was war denn, Alter?“ sagte Jaroslaw, der ältere der beiden Brüder, und kraulte den Schäferhundmischling hinter den Ohren.

Das Tier stieß seine feuchte Nase in seine hohle Hand.

„Irgendetwas stimmt nicht“, sagte Jaroslaw und drehte sich zu seinem Bruder Pawel um.

„Er hat etwas gewittert, aber es ist kein Tier, und es sind auch keine Deutschen.“

Der Hund sprang ins hohe Gras links neben der Straße und verschwand in Richtung Fluß. Die Brüder folgten ihm vorsichtig. Sie fanden ihren Hund neben dem leblosen Körper von Jakob Cohn. Er hatte ihnen den Kopf zugedreht.

„Das also hat er gewittert. Braver Hund.“

Pawel tätschelte dem Tier den Kopf. Jaroslaw kniete neben Jakob nieder. Er tastete mit der Hand nach seiner Halsschlagader. Die Haut Jakobs fühlte sich kalt und starr an.

„Er lebt noch“, sagte Jaroslaw aufatmend, „aber wir müssen ihn schnell von hier wegbringen, sein Puls ist kaum noch zu spüren.“

„Wenn er aus dem Lager entkommen ist, hat er einen ganz schönen Weg hinter sich“, sagte Pawel.

„Mich wundert sowieso, wie er hierhergelangt ist, von dort ist doch noch nie einer entkommen.“

Die Brüder wußten nichts von der Evakuierung. Jaroslaw schaute seinen Bruder an.

„Ich denke, wir sollten hier schnellstens verschwinden. Wenn er geflohen ist, ist ihm sicher die SS schon auf den Fersen.“

Pawel nickte, als Jakob Cohn sich stöhnend bewegte.

„Scheiße“, sagte Jaroslaw, „wir können ihn doch nicht einfach hier verrecken lassen.“

Er gab Pawel seinen Rucksack, hob Jakob hoch und legte ihn sich wie einen Sack über die Schulter. Es war einfach, denn Jakob wog höchstens noch sechzig Kilogramm.

In einem der Lebensmittelverstecke wurde ein Bett aufgestellt, und Mirka, Jaroslaws Frau, pflegte Jakob. Er erholte sich nur ganz langsam wieder. Die Gefangenschaft, der Marsch, die Flucht im Fluß hatten seine letzten Kraftreserven aufgezehrt. Am schlimmsten sahen die Hände aus.

Die Angst, daß die SS Schergen Jakob suchen würden und auf den Hof kämen, erwies sich als unbegründet. Die Wehrmacht und die SS Einheiten hatten auf der Flucht nach Westen ganz andere Sorgen. Die Front kam immer näher.

Einen Tag, nachdem ein Lastwagen voller verwundeter deutscher Soldaten, meist Buben, teilweise noch im Knabenalter, den Hof verlassen hatte, – Mirka hatte die Buben aus Mitleid gefüttert und auch manchen frisch verbunden – fegte ein russischer Jeep um die Ecke der Hoftores und hielt vor dem Haupthaus des Hofes. Pawel, Jaroslaw, Mirka und die russischen Soldaten umarmten sich und stießen mit selbstgebranntem Schnaps aus dem Keller auf die Befreiung an. Auch Jakob durfte nun zum ersten Mal sein Versteck verlassen. Die Soldaten bestaunten ihn und klopften ihm aber freundschaftlich auf die Schultern, als sie von Jaroslaw erfuhren, woher er gekommen war, und was er alles durchgestanden hatte.

Drei Wochen später überquerte Jakob Cohn die Grenze nach Deutschland. Er hatte gültige Papiere des russischen Standortkommandanten in den Taschen einer alten Wehrmachtsjacke.

„...und denke, dieser arme Rest von Fleisch und Bein sei Dein Vater, Dein Kind, Deine Frau“

(Professor Eugen Kogon, KZ-Häftling)

NEUENDORF OBERAU (1975 - 1980)

Michael war mit Isabella aus England zurückgekommen, und die Arbeit an der Universität ging ihren gewohnten Gang. Michael schrieb an seiner Doktorarbeit, die gute Fortschritte machte, und Silvia hatte ihren Referendardienst beendet und unterrichtete in Altstadt am Gymnasium. Sie hatten inzwischen eine eigene Wohnung bezogen, besuchten aber Michaels Mutter, so oft sie es ermöglichen konnten.

Maria Anders war besonders glücklich über den Umstand, daß Silvia ihr erstes Baby erwartete. Silvia war zwar erst im dritten Monat schwanger, aber Michael und alle anderen Verwandten behandelten sie wie ein rohes Ei, als ob die Geburt unmittelbar bevorstehen würde.

Im November beschlossen Michael und Silvia, mit ihren Freunden einen letzten gemeinsamen Urlaub „ohne Kind" zu verbringen. Sie wollten mit Harald, Astrid, Ludwig und Rosemarie nach Oberau ins Berchtesgadener Land fahren. Sie hatten bei Hedwig gebucht, einer alten Bekannten von Haralds Familie, die fünf Doppelzimmer in ihrem Haus vermietete. Sie alle kannten Hedwig schon lange, da sie Weihnachten öfter nach Oberau fuhren. Harald war schon als Kind mit seinen Eltern dorthingefahren. Es hatte den Vorteil, daß man jeden Urlaub unmittelbar nach der Ankunft beginnen konnte, wenn man oft an den gleichen Ort fuhr, da es unnötig war, sich erst orientieren zu müssen.

Hedwig hatte vom dritten Weihnachtstag an, dem 27. Dezember, Harald nannte diesen Tag immer so, drei Doppelzimmer für alle reserviert, und sie wollten bis zum Dreikönigstag bleiben.

Die Begrüßung war sehr herzlich, wie in jedem Jahr. Nachdem alle die Koffer ausgepackt hatten, saßen sie in der Küche, ihrem Lieblingsaufenthaltsort, gemütlich beisammen und plauderten und tauschten Neuigkeiten aus. Die Enzianflasche stand auf dem Tisch, der Weihnachtsbaum leuchtete in seiner Ecke neben dem Küchenschrank. Es ging recht lustig zu. Zu später Stunde servierte Hedwig Speck und Brot, da einige Zungen schon schwerer wurden.

Die vier Freunde fuhren täglich Ski, und Michael machte mit Silvia lange Spaziergänge im Schnee rund um Oberau. Silvia wollte zwar, daß Michael mit den anderen auf die Piste ging, aber er bestand darauf, sie bei den Wanderungen zu begleiten. Zu dieser Jahreszeit genossen sie alle einen ruhigen Faulenzerurlaub, ruhten sich aus und gingen ihren sportlichen Aktivitäten nach. Die kulturellen und historischen Angebote hatten sie alle schon früher genutzt. Die Ruine am Obersalzberg und das Teehaus auf dem Kehlsteinhorn hatten sie schon etliche Male besucht, da besonders die Historiker unter ihnen Interesse an diesen Orten hatten.

In den Abendstunden aßen sie meist im Gasthaus Neuhäusl an der österreichischen Grenze. Das Lokal hatte riesige Glasfenster, und es war besonders schön anzusehen, wenn es schneite, da dann die dicken Flokken neben den Tischen niederzugehen schienen. Nach dem Essen trafen sie sich in Hedwigs Küche, wo man erzählte, diskutierte, spielte und trank. Silvia hatte durch die Bergluft eine gesunde Gesichtsfarbe bekommen und schlief morgens und nachmittags tief und lange. Die Tage waren sehr erholsam.

An Silvester fuhren die Männer am Nachmittag in den Supermarkt nach Berchtesgaden und kauften für den Abend ein. Der Kofferraum von Haralds Auto wurde mit Kisten von Sekt, Schnapsflaschen und Knabberzeug beladen, so daß nur noch Platz blieb für ein Fäßchen Bier aus dem Berchtesgadener Brauhaus. Vor dem Abendessen besuchten sie alle gemeinsam die Vorabendmesse in Oberau.

Ab neun Uhr war in Hedwigs Küche alles versammelt, einschließlich Hedwigs Sohn und Schwiegertochter. Es wurde ein besonders lustiger Abend. Florian, Hedwigs Lebensgefährte, und Michael erzählten abwechselnd Witze und lustige Begebenheiten, und allen tat vor Lachen der Bauch weh.

Um halb zwölf fingen die Weihnachtsschützen an, mit Kanonenböllern das neue Jahr anzuschießen. Vom Küchenfenster und vom Balkon aus konnte man die Feuerzungen auf dem Berg deutlich sehen. Die guten Wünsche zum neuen Jahr galten natürlich besonders Silvia und ihrem Baby. Gegen ein Uhr wurde es ruhiger in Hedwigs Küche. Die Damen waren schon etwas müde, sie warteten nur noch das Eintreffen der Weihnachtsschützen ab, die von Haus zu Haus näherkamen. Dann war es endlich soweit. Im Schein der Fackeln standen acht Männer in Lederhosen und dicken Jankern vor dem Haus. Auf dem Rücken trugen sie Rucksäcke, an den Hüften baumelten mächtige Holzschlegel. Jeder der Männer hatte eine selbstgefertigte Vorderladerpistole in der Hand. In den Lauf schlugen sie nun Holzstopfen hinein.

„Allen Bewohnern und Gästen des Hauses ein glückliches neues Jahr“, rief der Anführer der Gruppe.

Acht Böllerschüsse krachten, und acht Flammen schossen in den Nachthimmel. Der Lärm war ohrenbetäubend. Die Schützen bekamen einen Schnaps und ein ordentliches Schießgeld, so daß sie es noch einmal krachen ließen. Man hielt sich allgemein die Ohren zu. Es war sehr kalt draußen, und so strebten alle schnell wieder der warmen Küche zu. Es dauerte nicht lange, und die Damen verabschiedeten sich nach und nach und gingen zu Bett. Nur noch die Männer und die Hausfrau saßen um den Tisch.

Michael fragte: „Ich wollte eigentlich schon letztes Jahr wissen, warum die Schützen vor jedem Haus unterschiedlich oft schießen?“

Hedwigs Sohn legte die Zigarette weg. „Das kommt darauf an, was du ihnen gibst, oder, ob du Mitglied bist, so wie ich“, sagte er.

„Ach, du gehörst zu diesem Verein?“ fragte Ludwig.

„Ja, habe ich euch das nicht schon erzählt? Ich bin dabei, mein Vater war schon dabei, und Florians Vater war auch schon dabei. Er war sogar Schützenhauptmann.“

Florian stand auf.

„Ich glaub, ich hab irgendwo noch ein Bild von die Schützen mit meinem Vatern drauf“, sagte Florian.

Aus dem untersten Eck des alten Küchenschrankes kramte er eine verbeulte Blechdose hervor. Als er sie auf den Tisch stellte und öffnete, quollen Dutzende vergilbter Photos heraus. Florian begann, sie mit schwieligen Händen zu ordnen.

Da waren Bilder zu sehen, die Florian als Zimmermann bei der Arbeit zeigten, als Trompeter auf der Dorfkirchweih, beim Bau des Hauses, bei der Einbringung der Ernte auf dem Feld. Ganz unten in der Dose lagen zwei oder drei postkartengroße Bilder. Florian holte sie heraus. Auf der Rückseite trugen sie dicke blaue Stempel. „Zur Veröffentlichung nicht freigegeben“ und „Zuwiderhandlungen werden bestraft“ stand dort zu lesen. Alle streckten die Köpfe neben Florian über das erste Bild.

Es zeigte einen Halbkreis von Männern im Schnee vor der Kulisse des Obersalzbergs.

„Das sind die Weihnachtschützen, wie sie dem Führer das neue Jahr angeschossen haben“, erklärte Florian. Er deutete auf einen Mann mit einem geschwungenen Schnauzbart, der rechts außen stand.

„Das ist mein Vatern!“ sagte er voller Stolz.

Zwischen den Weihnachtschützen in ihren Lederhosen stand der Führer, Adolf Hitler. Er trug eine Uniformschirmmütze und einen schweren Ledermantel. Er lachte übers ganze Gesicht. Er schien sich über die Überraschung gefreut zu haben. Rechts und links neben ihm waren Offiziere der SS zu erkennen. Das Photo war schon recht vergilbt und außerdem hatte es an diesem Abend stark geschneit, da das ganze Bild von dicken weißen Punkten übersät war. Das Photo wanderte von Hand zu Hand. Ludwig hielt es jetzt vor sich ins Licht und betrachtete es mit Harald zusammen genauer.

„Schau mal“, rief Harald plötzlich amüsiert, „da ist einer neben Adolf, der sieht fast aus wie unser Michael.“

Die Freunde lachten. Florian nahm ihnen das Bild ab und ließ sich den Mann zeigen, der eine schwarze SS Uniform trug.

„Ja wirklich“, schmunzelte Florian, „der sieht Michael tatsächlich ähnlich. Das ist der Stina.“

Florian reichte Michael das Bild und deutete mit dem Finger auf den besagten Offizier. Michael schaute genauer hin.

„Ihr habt recht“, lachte auch er, „ich muß meine Mutter einmal fragen, ob sie damals hier Urlaub gemacht hat.“

Alle lachten herzlich.

„Aber sag, Florian, was ist das für ein komischer Name, Stina?“ fragte Michael.

„Ich weiß nicht mehr, wie er richtig hieß“, antwortete dieser, „ich kenne nur seinen Spitznamen. Die anderen Soldaten sagten immer Stina zu ihm. Ich glaube, es sollte die Abkürzung von Stille Nacht sein.“

Michael wurde mit einem Mal kreidebleich.

„Jeder der SS Männer hatte hier einen Spitznamen“, fuhr Florian fort, „das war nichts Außergewöhnliches.“

Michael nahm das Bild noch einmal in die Hand und sah sich den Offizier genauer an. Das Erlebnis in England, das er eigentlich schon vergessen oder verdrängt hatte, stieg wieder in seinem Gedächtnis auf. Er sah den Mönch wieder vor seinem geistigen Auge, wie er voller Panik vor ihm davonrannte. Sollte dies alles nur ein einziger dummer Zufall sein? Oder bestand zwischen den Ereignissen und Personen doch irgendein Zusammenhang? Michael nahm sich vor, Florian am nächsten Tag genauer zu befragen. Die Unterhaltung am Tisch war unterdessen weiter-

gegangen. Michael wollte das Bild schon weglegen, als sein Blick auf den SS Mann neben Florians Vater fiel. Der Offizier war deutlich zu erkennen. Michaels Hände begannen zu zittern, er war gezwungen, das Bild wegzulegen. Es gab überhaupt keinen Zweifel, dieser Mann war sein Onkel Paul Anders.

Mit einem Schlag wurde Michael bewußt, daß sein Onkel ihn all die Jahre über belogen hatte. Die ganzen Geschichten von seinem Soldatenleben an der russischen Front, von seiner schweren Verwundung, die ihn gelähmt hatte, alles war erstunken und erlogen. Wut und Enttäuschung kamen in Michael hoch. Er trank sein Bierglas in einem Zug leer und schenkte nach. Niemand am Tisch hatte etwas bemerkt, mit einer Ausnahme. Hedwig hatte Michael genau beobachtet und in seinem Gesicht gelesen.

Als alle zu Bett gegangen waren, nahm Hedwig den Telefonhörer ab.

Der Direktor der Sparkasse war gerade zwei Stunden im Bett, als das Läuten des Telefons ihn aus dem Schlaf riß. Verärgert schlurfte er in den Hausflur und hob den Hörer ab.

„Verdammt", fluchte er, „wer ruft denn um diese gottverbotene Zeit an?"

Eine ruhige Stimme sagte: „Melden Sie Wotan, daß Freja mit ihm reden muß."

Karl Hübner war mit einem Schlag hellwach.

„Natürlich", flüsterte er, „entschuldige meinen Unmut."

Die Anruferin legte auf, während Karl Hübner erneut das Telefon abhob und eine mehrstellige Telefonnummer wählte.

CIFTLIK - TÜRKEI
(1985 - 1990)

Gegenüber der griechischen Insel Rhodos ragen zwei Halbinseln wie Finger in das Ägäische Meer. In einer der vielen Buchten des einen Armes liegt das Dörfchen Ciftlik.

Hohe Wellen klatschten gegen die Hafenbefestigungen aus dicken Natursteinen. Ein stürmischer Wind aus Osten peitschte das Wasser landeinwärts.

Die „Sinan" schaukelte nur leicht im Wasser, denn die zwei Grundanker und dicke Haltetaue hielten das Schiff in Position. Die zwei Männer an Bord würden heute keinen Schlaf bekommen, denn die „Sinan" konnte heute nicht auslaufen.

Vor zwei Wochen war sie aus dem westlichen Mittelmeer, durch die Straße von Gibraltar kommend, eingelaufen. Damals hieß sie noch „Magdalena" und hatte ihren Namen erst kurz hinter Malta geändert.

Als sie im Hafen von Ciftlik einlief, hatte sich einer der beiden Männer zur Polizeistation begeben und die Schiffspapiere vorgelegt. In den Pässen hatten zwei Geldbeträge gelegen, so daß man behördlicherseits auf eine genauere Kontrolle des Schiffes verzichtete.

Genau gegenüber dem Ankerplatz der „Sinan", nur durch die Hafenstraße von der Kaimauer getrennt, befand sich ein kleines Restaurant, „Osman´s Place", das der Mann kurz danach aufsuchte. Nach einer Unterhaltung mit dem Besitzer des Lokals im Hinterzimmer, wobei sich der Mann wie auf der Polizeistation wieder der englischen Sprache bediente, wechselte auch wieder ein Geldbetrag den Besitzer. Danach kehrte der Mann auf das Schiff zurück. Der Landesteg wurde eingezogen.

In den nächsten Wochen blieben die Ankerplätze links und rechts neben der „Sinan" frei. Auch dafür hatte der Mann bei seinem Besuch bei der Hafenpolizei gesorgt.

Während des Tages saß einer der beiden Männer stets auf dem Oberdeck, der andere hielt sich im Steuerhaus auf. Sobald einer der beiden das Schiff verließ, nahm der andere die Position an Deck ein. Neben ihm lag stets, gut geschützt vor den Blicken der neugierigen Einheimischen, eine russische Kalashnikow, geladen und entsichert, unter einer Wolldecke. Niemals gingen beide Männer gleichzeitig von Bord. Wenn einer das Schiff verließ, ging er auch nur zu zwei Plätzen, Osmans Place und zur öffentlichen Telephonzelle. Dreimal täglich suchte einer die Küche des Restaurants auf und überwachte persönlich die Zubereitung der Mahlzeiten. Gegen die entsprechende Bezahlung hatte der Eigentümer nichts dagegen einzuwenden, und das Küchenpersonal gewöhnte sich mit der Zeit daran. Hamsa, der Kellner, ein kleiner pfiffiger Bursche, war der einzige, der das Schiff betreten durfte. Er brachte das Tablett mit den Speisen aufs Hinterdeck und holte es eine Stunde später wieder ab, stets unter den wachsamen Augen der beiden Männer. Einer verschwand mit den Tellern und Getränken unter Deck, um nach einer gewissen Zeit mit dem benutzten Geschirr wieder aufzutauchen. Einem kritischen Beobachter wären auch die Ausbeulungen unter den Jacken der beiden Männer aufgefallen, die sie auch bei größter Hitze nie ablegten. Jeden Abend kurz vor sechs Uhr ging einer der Männer zur Telephonzelle. Er wählte stets die gleiche Nummer, um nach wenigen Sekunden wieder aufzulegen, wenn sich der Teilnehmer am anderen Ende der Leitung gemeldet hatte. Es wurden immer nur wenige Worte gewechselt. Wenn der Mann zurückkam, holte die „Sinan“ die Anker ein, und Hamsa löste die Haltetaue. Dann lief die „Sinan“ aus und steuerte eine der zahlreichen menschenleeren Buchten in der Umgebung an.

Sobald die Dunkelheit eintrat, kam ein dritter Mann an Bord. Obwohl er die meiste Zeit unter Deck verbrachte, war er braungebrannt und guter Laune. Einer der beiden anderen Männer ging dann unter Deck und schlief bis gegen zwei Uhr. Unterdessen saß der andere auf dem Dach des Steuerhauses, mit der Kalashnikow auf den Knien. Er unterhielt sich mit dem Mann aus dem Schiffsinneren, der die frische Seeluft genoß, behielt aber die Umgebung genau unter Beobachtung. Um zwei Uhr wurde er abgelöst und konnte bis acht Uhr schlafen. Sobald die Sonne die ersten Strahlen über die Gebirgszüge aufs Meer schickte, holte die „Sinan“ die Anker erneut ein, und der dritte Mann verschwand unter Deck. Die „Sinan“ nahm dann wieder Kurs auf den Hafen von Ciftlik, wo Hamsa bereits wartete, um die Haltetaue aufzufangen.

Nicht weit von Ciftlik entfernt, nur zu Fuß oder über das Meer mit dem Boot zu erreichen, liegt ein kleines Hotel, „Angelas Pension“. Es gehört einer Österreicherin, die sich vor einigen Jahren hier niedergelassen hat und mit den Zimmern und einem kleinen Restaurant ihren Lebensunterhalt verdient.

Eines Tages erhielt Angela einen sonderbaren Anruf. „Angelas Pension“, meldete sie sich.

„Fräulein Angela“, sagte eine männliche Stimme, „ich weiß, daß Sie Probleme mit den Behörden haben wegen der Überschreibung der Besitzerrechte für Ihr Haus auf Ihren Namen. Sie möchten doch, daß diese unangenehme Angelegenheit endlich ein Ende findet?“

„Entschuldigen Sie“, unterbrach ihn Angela verärgert, „aber ich wüßte gerne, was Sie meine Angelegenheiten angehen. Wer sind Sie überhaupt?“

„Wie ich heiße, tut nichts zur Sache, und natürlich pflichte ich Ihnen bei, wenn Sie sagen, daß mich ihre Angelegenheiten nichts angehen“, sagte die fremde Stimme, „aber hören Sie mich bitte zu Ende an.“

Die Worte klangen so höflich und doch bestimmend, daß es Angela im ersten Moment die Sprache verschlug.

„Ich kann Ihnen helfen“, fuhr der Mann fort, „und ich möchte dafür nur einen kleinen Gefallen von Ihnen. Es handelt sich nicht um etwas Gefährliches oder Ungesetzliches. Wie ich schon gesagt habe, es geht nur um einen kleinen Gefallen. Möchten Sie mir weiter zuhören?“

Angela wußte im ersten Augenblick nicht, was sie antworten sollte.

„Also gut“, sagte sie schließlich, „schießen Sie los, ich kann mir ja einmal anhören, was Sie von mir möchten. Um was geht es denn?“

Der Mann sagte: „Sie werden in den nächsten Tagen einen Umschlag erhalten. In diesem Umschlag werden, vorausgesetzt, Sie wollen mit mir kooperieren, 5000.-DM sein. Dieses Geld gehört Ihnen. Sie brauchen dafür weiter nichts zu tun, als einen Anruf weiterzuleiten. Ab nächsten Sonntag werden Sie jeden Tag kurz vor sechs Uhr angerufen werden. Der Anrufer wird nur mit Ihnen sprechen wollen, und es ist ratsam, daß Sie mit niemand über unsere Abmachung reden, wirklich mit niemand. Haben Sie mich soweit verstanden?“

„Ja, sicher“, sagte Angela, „und was soll ich dann weiter tun?“

„Der Mann am Telefon wird nur zu Ihnen sagen „Hier ist der Delphin“. Wenn Sie von mir keine telefonische Nachricht erhalten haben, antworten Sie stets: „Das Angeln ist nicht möglich“, sonst nichts. Der Mann wird dann sofort wieder auflegen. Wenn ich Sie wieder anrufe, geben Sie einfach den Satz weiter, den ich Ihnen durchsagen werde, weiter nichts. Der Mann wird danach nicht wieder anrufen, und das Geld gehört natürlich Ihnen. Auch Ihre Probleme mit den Behörden werden sich danach schnell lösen, das verspreche ich Ihnen. Sagen Sie jetzt nichts, überlegen Sie sich mein Angebot genau. Ich werde Sie in einer Stunde wieder anrufen."

Angela war völlig perplex. So etwas war ihr noch nicht passiert. Sie holte sich ein Glas Rotwein aus der Küche und zog sich auf die Terrasse zurück, um klarer denken zu können. Sie zündete sich eine Zigarette an. Es stimmte, was der Mann am Telefon gesagt hatte. Sie hatte Probleme mit der Überschreibung der Besitzurkunde. Ihr türkischer Strohmann, der als Eigentümer eingetragen war, machte ihr Schwierigkeiten. Er versuchte, den Bürgermeister zu bestechen, damit er ihr die Urkunde nicht aushändigte. Aber auch das Geld konnte sie gut gebrauchen, denn die wenigen Hausgäste und die einzelnen Boote, die zum Essen vor Anker gingen, deckten kaum die Unkosten. Was sollte an ein paar Anrufen Schlimmes sein. Ihr Entschluß stand fest, sie würde dem Mann zusagen. Insgeheim wunderte sie aber dennoch sehr, woher dieser Mann die genauen Informationen über sie hatte.

Genau nach einer Stunde klingelte das Telefon. Es war der gleiche Mann, was Angela an der Stimme bemerkte.

„Haben Sie sich mein Angebot überlegt?"

„Ja", sagte Angela, „ich werde auf Ihren Vorschlag eingehen."

„Sie sind ein sehr vernünftiges Mädchen", sagte der Mann, „Sie werden Ihren Entschluß sicher nicht bereuen, das dürfen Sie mir glauben. Ich danke Ihnen für Ihr Entgegenkommen."

Die Leitung war tot, der Mann hatte aufgelegt. Angela war immer noch etwas verwirrt, aber sie mußte das Angebot annehmen, es war zu verlockend. Was hatte sie schon zu verlieren.

Pünktlich am nächsten Mittwoch kam ein dicker Umschlag, der 5.000,-DM in 100,-DM Scheinen enthielt. Er hatte einfach so vor ihrer Bürotüre gelegen, ohne Briefmarke, nur mit ihrem Namen darauf.

Am Sonntag klingelte das Telefon kurz vor sechs Uhr.

Mehmet, der Kellner, meldete sich. „Angelas Pension", sagte er.

„Ich möchte Angela sprechen", sagte der Mann am anderen Ende der Leitung.

„Einen Moment bitte", sagte Mehmet und rief nach Angela. Sie kam aus der Küche.

„Ja, hier spricht Angela."

„Hier ist der Delphin."

Angela erschrak zunächst, faßte sich aber schnell wieder und sagte: „Das Angeln ist nicht möglich.“ Der Mann legte sofort wieder auf.

Die „Sinan“ lag nun schon drei Wochen vor Anker, und es wurde immer schwieriger für die Behörden, den einheimischen Bootsbesitzern und den wenigen Touristen, die anlegen wollten, klarzumachen, daß neben der „Sinan“ niemand ankern durfte. Die Besuche des einen Mannes in der Hafenstation wiederholten sich, und stets wurde man sich nach vielem Reden, nach vielen Gläsern Tee und einigen Lirascheinen doch wieder einig.

Auch der Mann unter Deck wurde langsam unruhig, denn er hatte die Nase voll, die Tage mit Lesen zu verbringen und nur in stockdunkeler Nacht nach oben kommen zu dürfen.

Nur den beiden Männern merkte man nichts an. Sie verrichteten stoisch ihren Dienst, ohne daß ihre Aufmerksamkeit eine Sekunde nachgelassen hätte. Diese Art von Arbeit war ihr Beruf.

An einem Dienstag klingelte in Angelas Pension erneut das Telefon. Es war drei Uhr nachmittags.

Eine vertraute Stimme sagte nur: „Sagen Sie dem Delphin, daß die Haifische gefangen wären.“

Kurz vor sechs Uhr läutete es wieder, wie an jedem Tag. Angela kannte auch diese Stimme schon.

„Hier ist der Delphin.“

Angela sagte: „Die Haifische sind gefangen.“ Zum ersten Mal legte der Mann nicht sofort auf, sondern sagte noch: „Vielen Dank, leben Sie wohl.“

An diesem Abend lief die "Sinan" erneut aus, aber sie kehrte nicht mehr in den Hafen von Ciftlik zurück. Sie nahm Kurs ins westliche Mittelmeer, um kurz vor der italienischen Küste erneut ihren Namen zu wechseln. Nun endlich lief sie unter ihrem richtigen Namen und mit echten Papieren einen Hafen in Jugoslawien an, wo sie als "Morbut" registriert war. Der dritte Mann an Bord bewegte sich von nun an immer an Deck und ging nur noch zum Schlafen in seine Kabine.

Eine Woche später erhielt Angela vom Bürgermeister von Ciftlik nach freundlichen Verhandlungen und dem üblichen Tee die Besitzurkunde für ihre Pension und ihr Stück Land offiziell überreicht. Sie lautete nun auf ihren Namen, und Angela wunderte sich, daß alles so glatt und ohne Schwierigkeiten, vor allem ohne Lira, über die Bühne ging.

ALTSTADT
(1945)

Die Operation war gut verlaufen, aber sobald Paul Anders transportfähig war, bestand der Arzt darauf, ihn wegzuschaffen, da er sich nicht länger der Gefahr aussetzen wollte, selbst entdeckt zu werden.

Die drei Kameraden organisierten einen Rotkreuzwagen mit den dazugehörigen Uniformen und Papieren. Vorsichtig wurde Paul ins Auto getragen, selbstverständlich nachts und unter Berücksichtigung aller notwendigen Sicherheitsvorkehrungen. Die Fahrt verlief ohne Probleme, obwohl es überall von alliierten Soldaten wimmelte. In Altstadt stellten sie das Auto ab.

Thomas Waldner machte sich auf den Weg. Am Abend klingelte er an Maria Anders´ Tür, da Maria inzwischen wieder eine eigene Wohnung besaß. Sie war erstaunt, ihn zu sehen.

„Thomas", stotterte sie, „wie kommst du hierher? Bist du allein?"

Sie schaute an ihm vorbei.

„Ich bin allein," sagte Thomas, „darf ich hereinkommen?"

„Aber natürlich, entschuldige, bitte." Maria trat zur Seite. Thomas schloß schnell die Türe hinter sich. Sie nahmen im Wohnzimmer Platz.

„Du siehst anders aus ohne Uniform", bemerkte Maria. „Du bist auch schmäler geworden, geht es dir nicht gut?"

„Uns allen geht es schlecht in dieser Zeit. Sie jagen uns wie Hasen. Wir sind nirgendwo mehr sicher."

„Soll ich dir etwas zu essen machen, möchtest du dich waschen und rasieren?"

„Dafür ist später noch Zeit. Ich muß erst etwas mit dir besprechen. Wir sind alle hier, Werner, Karl und Paul."

„Paul ist auch hier? Ich habe schon ewig nichts mehr von ihm gehört. Ich denke, ihr wart lange nicht mehr zusammen? Wo ist Paul? Warum ist er nicht gleich mitgekommen?"

Thomas nahm Marias Hände. „Du mußt uns helfen, Maria. Paul ist schwer verletzt."

Maria starrte ihn mit großen Augen an. Thomas fuhr fort.

„Er wurde in den letzten Kriegstagen bei der Verteidigung der Hauptstadt angeschossen und wird wahrscheinlich gelähmt bleiben. Er ist nur durch eine schnelle Operation knapp dem Tod entronnen."

Maria schüttelte leicht den Kopf.

„Oh mein Gott, das ist ja schrecklich. Kann ich ihn sehen?"

„Er ist noch an einem sicheren Ort, aber wir würden ihn gerne zu dir bringen, damit du ihn pflegen kannst. Ich werde dir dabei helfen. Du bist die einzige Person, der wir im Moment trauen können. Wirst du uns helfen?"

„Da fragst du noch?" Maria stand auf. „Er ist schließlich mein Bruder."

„Stell dir das nicht zu leicht vor. Die Leute werden Fragen stellen. Dein Bruder ist auch nicht irgendein Soldat, sondern Offizier der Schutzstaffel. Das kann auch für dich gefährlich werden."

„Was soll mir noch passieren?" Maria schaute ihn trotzig an. „Jakob ist im Lager umgekommen, meine Eltern beim Bombenangriff, ich habe nur noch Paul." Thomas nickte.

„Dann mach alles bereit, Maria. Wir werden Paul heute Nacht noch zu dir schaffen. Wir haben alles im Auto dabei, was er an medizinischem Material braucht. Richte ihm ein Bett her mit einer harten Unterlage."

Maria stand auf. „Es wird alles fertig sein, wenn ihr kommt."

Thomas erhob sich ebenfalls. „Bis später dann." Er ging zur Tür. „Ich werde zur Sicherheit und als Hilfe bei dir bleiben. Du brauchst dich um mich nicht zu kümmern. Ich kann auf dem Sofa schlafen oder auf dem Fußboden, wenn es sein muß."

Er schloß die Türe hinter sich und ging zurück zu der alten Garage, wo die anderen warteten. Auf dem Weg durch die dunklen Straßen hatte er die Hand ständig am Pistolengriff. Er hätte im Notfall durch den alten Brotbeutel geschossen, wenn ihn eine MP-Streife angehalten hätte.

Paul war wach, als er kam. „Hast du das Haus gefunden und mit Maria gesprochen?" flüsterte er.

Thomas legte ihm die Hand auf die Schulter.

„Es ist alles geklärt, Paul. Heute Nacht noch kommst du heim zu Maria."

Ein Ausdruck der Erleichterung trat in Pauls Gesicht. Er schloß die Augen. In der Garage war es dunkel. Die drei Männer schraubten die Petroleumlampen höher und begannen, die Rotkreuzzeichen zu überpinseln. Nichts erregte die Aufmerksamkeit der Nachbarn mehr als ein Rotkreuzwagen nachts vor einer Haustür. Als sie ihre Arbeit beendet hatten, saßen sie zusammen und redeten, bis die Straßenlaternen ausgingen.

Paul schlief. Karl und Werner mußten sich von ihnen trennen, wenn Paul in Sicherheit war. Sie hatten sichere Unterkünfte bei ehemaligen Kameraden. Nur Thomas und Wotan wußten, wo sie sich aufhalten würden. Wenn sich die Situation beruhigt hatte und es Paul besser ging, würde Thomas zu ihnen stoßen. Dann würden sie ihre Positionen einnehmen, wie es beim letzten Treffen der Gruppe besprochen worden war.

Bevor sie um die letzte Kurve bogen, löschten sie das Licht am Fahrzeug. Thomas ging voraus, um Maria Bescheid zu sagen. Als das Auto langsam vor der Haustür ausrollte, warteten die beiden schon im Dunkel des Hausflures. Es wurden keine Türen geschlagen, es ging alles ganz schnell und lautlos vor sich. Sobald Thomas und Werner die Trage durch die Türe hoben, rollte das Auto auch schon wieder davon und verschwand ohne Licht in der Dunkelheit. Zwanzig Minuten später kam Karl zurück. Der Abschied der Freunde war kurz, aber herzlich. Was zu sagen war, hatten sie alles besprochen. Maria packte den beiden noch etwas Proviant ein, und dann waren Thomas und Maria allein mit Paul.

Maria hatte Thomas auf dem Wohnzimmersofa ein Bett hergerichtet. Während er sich rasierte und wusch, kochte sie ein karges Abendessen. Er sah nun schon entschieden besser aus, als er sich frisch gewaschen und rasiert an den Küchentisch setzte. Sie lächelten sich beide zu, als sie mit dem Essen begannen. Thomas half Maria, das wenige Geschirr zu spülen. Danach sahen sie beide nach Paul. Er schlief ruhig und fest.

„Jetzt, wo er daheim ist, wird er sicher schnell gesund“, sagte Thomas leise und legte dabei den Arm um Marias Schulter. Sie ließ es geschehen.

Paul erholte sich erstaunlich rasch. Thomas wusch und rasierte ihn täglich und massierte seine gelähmten Beine. Maria kochte für beide, und an manchen Abenden saßen sie um Pauls Krankenlager und plauderten von alten Zeiten. Paul hatte sich mit seinem Schicksal abgefunden. Er klagte nicht und hatte den Kopf voller Ideen, was er später alles anfangen wollte.

Maria stellte beunruhigt fest, daß sie die Anwesenheit von Thomas als angenehm empfand. Sie genoß die gemeinsamen Mahlzeiten und besonders die Abende. Sie verdrängte ganz langsam den Gedanken und die Erinnerung daran, daß es SS Leute wie Thomas gewesen waren, die Jakob umgebracht hatten oder zumindest dazu beigetragen hatten.

Thomas war ein Organisationstalent, wenn es um die Beschaffung von Lebensmitteln ging. Oft kam er erst in den frühen Morgenstunden mit einem prall gefüllten Rucksack heim, der die köstlichsten Dinge enthielt. Sie fragte nicht. Thomas ließ seine SS Beziehungen spielen, und so wußte er bald, wo die versteckten Reservelager und Depots waren, die die Schutzstaffel hier während des Krieges angelegt hatte. Er tauschte sogar auf dem Schwarzmarkt und brachte amerikanische Zigaretten und Whisky mit. Maria bekam Perlonstrümpfe und neue Kleider.

Paul konnte jetzt bereits für einige Stunden auf einem Stuhl im Wohnzimmer sitzen, bevor Thomas ihn wieder ins Bett trug. Die größte Überraschung für Maria und Paul war, als Thomas eines Tages einen Rollstuhl durch die Wohnungstür schob. Sie waren außer sich vor Freude. Das Problem war nur, daß das Gefährt durch keine der Zimmertüren paßte. Thomas schnitt in tagelanger Arbeit die untere Hälfte der Türgewänder heraus, damit Paul durchfahren konnte. Jetzt bewegte sich Paul völlig selbständig in der Wohnung. Er hatte seine Arme gut trainiert und gelangte ohne fremde Hilfe vom Bett in den Stuhl und zurück. Nach einigen Übungen schaffte er es sogar, die Toilette alleine aufzusuchen. Maria und Thomas freuten sich über seine Fortschritte.

Ihr Leben zu dritt war zu einer Selbstverständlichkeit geworden, und Maria ertappte sich oft dabei, daß sie wünschte, es würde nie aufhören. Paul lächelte nur in sich hinein, wenn er sah, wie die beiden miteinander umgingen. Sein Wunsch war nun doch beinahe in Erfüllung gegangen, denn so wie es aussah, hatten sich die beiden ineinander verliebt.

Eines Tages schleppte Thomas auch noch ein Radio an. Jetzt konnten sie abends im Wohnzimmer zusammensitzen und Musik hören.

So geschah es auch am nächsten Samstag. Sie hatten alle drei eine Flasche Whisky mit Coca Cola gemischt gemeinsam geleert. Paul hatte etwas zu viel genossen. Thomas mußte ihn ins Bett schaffen und brauchte dazu Marias Hilfe. Es hätte nicht viel gefehlt, und Paul hätte angefangen, alte SS Lieder zu singen. Als sie die Türe zum Schlafzimmer schlossen, begann er bereits heftigst zu schnarchen. Maria mußte kichern, auch ihr war der Whisky in den Kopf gestiegen. Sie ließ sich im Wohnzimmer in einen Sessel plumpsen und griff erneut nach ihrem Glas.

„Weißt du was, Thomas“, sagte sie, „das Zeug schmeckt verdammt gut.“

Sie trank aus und hielt ihm ihr Glas hin.

„Gib mir noch einen kleinen Schluck“, bettelte sie. Thomas nahm ihr das Glas ab und stellte es auf den Tisch. Er schüttelte die leere Flasche.

„Es ist nichts mehr da, wir haben alles ausgetrunken."

Maria zog einen Schmollmund.

„Och, das ist aber schade."

Im Radio spielte gerade Glenn Miller „In the mood".

Thomas deutete eine Verbeugung an und ergriff Marias Hand.

„Vielleicht ein Tänzchen als Ersatz?" schlug er vor.

Maria stand auf und machte einen Knicks.

„Mit Vergnügen, mein Herr."

Thomas umfaßte ihre Taille, und Maria legte ihm die Arme um den Hals. Sie begannen sich im Takt zu wiegen, ohne Tanzschritte zu machen. Maria legte den Kopf an Thomas Schulter, wie sie es vor langer Zeit schon einmal getan hatte. Das gleiche Gefühl wie an der Silvesterfeier überkam sie. Thomas streichelte ihren Rücken durch den dünnen Stoff des Kleides. Maria spürte, wie sie eine Gänsehaut bekam. Sie drückte sich fester an Thomas. Er fühlte ihre Weichheit und Wärme, ein Stechen zog durch seine Lenden. Maria begann ganz sanft, seinen Nakken zu kraulen. Sie sprachen kein Wort und gaben sich ganz der Musik und ihren Gefühlen hin. Thomas faßte in Marias Haar und bog ihren Kopf nach hinten. Ihre Lippen öffneten sich, als er sie hart und fordernd auf den Mund küßte. Ihr Kuß wurde immer heftiger. Thomas knöpfte ihr das Kleid am Rücken auf, und sie ließ es geschehen, ohne sich zu wehren, ja sie drängte sich noch näher an ihn. Er schob ihr die Träger des Kleides von den Schultern und umfaßte ihren Busen mit beiden Händen. Sie hatte die Arme heruntergenommen und hielt Thomas an den Hüften. Ihr Atem wurde heftiger. Thomas schob sie zum Sofa. Maria sank nach hinten, ohne daß Thomas aufhörte, sie zu küssen und ihre Brüste zu streicheln.

Als es vorbei war, lag Maria stumm da.

„Was ist mit dir?" fragte Thomas.

„Ich glaube, wir haben eine Dummheit gemacht, Thomas. Es gibt für uns keine gemeinsame Zukunft. Ich muß mich um Paul kümmern, und du mußt dich vielleicht in Sicherheit bringen. Wie soll es weitergehen?"

Thomas sagte nichts, er wußte wahrscheinlich, daß Maria recht hatte.

Sie standen beide auf und griffen nach ihren Kleidern. Bevor sie ins Bad gehen wollte, nahm Thomas ihren Kopf in die Hände und küßte sie auf den Mund. Sie sträubte sich nicht, aber sie erwiderte seinen Kuß auch nicht.

Das Leben zu dritt ging weiter, als ob es diesen Abend nie gegeben hätte.

Viele Wochen später stand überraschend Werner vor der Türe. Thomas schaute ihn fragend an. Er ahnte, warum der Freund gekommen war.

„Wir haben nicht viel Zeit", sagte Werner, „der CIC ist uns auf der Spur. Ich bin gewarnt worden. Einer aus der Gruppe hat geplaudert. Wir müssen hier weg, sie wissen, daß wir Paul hierhergebracht haben. Sie werden bald hiersein."

„Was ist mit Karl?" wollte Thomas wissen.

„Karl bereitet die Flucht vor. Sie sind besonders hinter dir her, wegen Kadomin."

„Laß alles, was du nicht unbedingt brauchst, hier, Maria", sagte Thomas.

„Pack nur das Notwendigste für dich und Paul zusammen." Maria machte sich sofort an die Arbeit. Eine Stunde später waren sie unterwegs.

„Du wirst mit Paul bei Verwandten bleiben, wie besprochen", wandte sich Thomas an Maria. „Sobald Karl und ich in Sicherheit sind, werdet ihr regelmäßig Geld erhalten, macht euch keine Sorgen. Ich werde zu Beginn eine größere Summe schicken, damit ihr euch eine Bleibe kaufen könnt. In Neuendorf werden die Leute dichthalten, ihr könnt auch später dahin zurück."

Maria fragte sich, woher Thomas das Geld nehmen wollte, aber sie sagte nichts. Sie sagte auch nichts davon, daß sie selber über genug Geld verfügte. Sie würde es sicher noch brauchen.

Zigaretten, Whisky und eine entsprechende Bezahlung hatten Marias und Pauls Verwandte schnell davon überzeugt, daß sie helfen und schweigen mußten.

Der Abschied von Thomas war schwer für Maria, aber sie versuchte, sich nichts anmerken zu lassen. Werner und Thomas umarmten Paul und Maria noch einmal, bevor sie endgültig gingen. Keiner von ihnen ahnte zu diesem Zeitpunkt, daß sie sich nie wiedersehen würden.

Als Thomas und Werner die Grenze zur Schweiz überschritten, setzte Marias Periode zum ersten Mal aus. Als die beiden Männer, nach der neuesten Mode gekleidet, Aktenköfferchen in den Händen, wenige Tage danach das Flugzeug in Zürich bestiegen, teilte der Arzt Maria mit, daß sie schwanger war.

NEUENDORF
(1975 - 1980)

Michael hatte Silvia nichts von seiner Entdeckung in Oberau erzählt. Er wollte erst ganz sichergehen, daß seine Vermutungen der Wahrheit entsprachen. Das tägliche Leben ging seinen gewohnten Gang, nur Michael hatte sein Verhalten, von den anderen unbemerkt, verändert. Er beobachtete seinen Onkel jetzt genauer und versuchte, hinter seine Gewohnheiten zu kommen. Was ihn nach einiger Zeit stutzig machte, er war selbst erstaunt, daß ihm das bis jetzt noch nicht so deutlich aufgefallen war, war die Tatsache, daß sein Onkel, obwohl er nur eine Kriegsbeschädigtenrente erhielt, einen für seine Verhältnisse aufwendigen Lebensstil führte. Er warf zwar nicht mit Geld um sich, aber es fehlte ihm an nichts. Er hatte eine große Wohnung, fuhr einen Mittelklassewagen, der auf seine Bedürfnisse umgerüstet war, er machte jedes Jahr zwei- bis dreimal Urlaub, alles in allem führte er ein Leben, das er mit seiner Rente kaum finanzieren konnte.

Michael wurde von Woche zu Woche ungeduldiger, weil er nicht wußte, wie er vorgehen sollte, um sich die Informationen zu beschaffen, die ihm wichtig waren. Er wollte seinen Onkel auch nicht verletzen, denn er mochte seinen Onkel Paul, der während seiner Schulzeit und des Studiums sehr viel für ihn getan hatte. Was war, wenn alles nur ein dummer Zufall war und seine Vermutungen falsch waren. Er mußte sich auf jeden Fall Gewißheit verschaffen, koste es, was es wolle. Die Situation wurde sonst für ihn immer unerträglicher. Er ertappte sich schon dabei, wie er seinem Onkel aus dem Weg ging und nicht mehr so unbefangen mit ihm umgehen konnte wie früher.

Die Gelegenheit ergab sich nahezu von selbst. Onkel Paul hatte Michael gebeten, das Wohnzimmer für ihn auszuräumen, da die Tapezierer am Anfang der nächsten Woche kommen wollten. An dem Freitag, an dem Michael mit der Arbeit anfing, traf sich Onkel Paul mit seinem Stammtisch. Sie spielten meist Karten und tranken etliche Biere, so daß Michael den Auftrag erhielt, Onkel Paul gegen neun Uhr abends im Stammlokal abzuholen. Michael war also den ganzen Nachmittag allein in der Wohnung. Er begann systematisch mit seiner Arbeit. Er hängte die Bilder ab, zog die Nägel und Haken aus den Wänden, schraubte die Steckdosen ab und räumte die Schubladen der Schränke und Kommoden aus. Nacheinander holte er die Gewehre seines Onkels aus dem gläsernen Waffenschrank.

Onkel Paul hatte einen Waffenschein und sammelte Gewehre der verschiedensten Fabrikate. Es waren sehr schöne Stücke dabei, Michael konnte das beurteilen, denn sein Onkel hatte ihm das Schießen beigebracht. Einige Gewehre betrachtete Michael noch einmal genauer, ehe er sie sorgfältig wegpackte.

Nun ging er daran, die Schubladen des Schreibtisches aufeinanderzustapeln. Er war nahezu fertig damit, als er feststellte, daß die unterste rechte Schublade sich nicht herausziehen ließ. Er wollte sie zuerst an ihrem Platz lassen, da er dachte, sie hätte sich verklemmt, denn sie bewegte sich trotz allem Rütteln und Ziehen nicht einen Zentimeter. Dann sah Michael, daß sie abgeschlossen war. Normalerweise konnte man von oben in jede Schublade fassen, wenn man die darüberliegende herauszog. Aber zu Michaels Erstaunen hatte die vorletzte Schublade einen zweiten Boden, der wie ein Deckel für die letzte Lade wirkte. Seine Neugierde wurde geweckt. Michael untersuchte den Rand der Holzplatte genauer. Winzige Holzschrauben waren eingelassen. Mit dem kleinen Strom-prüferschraubenzieher löste er die Schräubchen, aber der Deckel saß immer noch fest. Wahrscheinlich war er zusätzlich noch verleimt oder sogar gedübelt. Mit der Klinge seines Taschenmessers bearbeitete Michael die Ränder der Platte. Nach zwanzig Minuten Arbeit gab sie an einer Ecke nach, so daß er mit der Klinge darunterfahren und hebeln konnte. Vorsichtig hob er den Deckel ab und legte ihn neben sich auf den Fußboden. Mit der rechten Hand griff er durch die Öffnung. Zwei flache Blechkassetten standen dicht nebeneinander. Er hob sie heraus und nahm sie mit zum Wohnzimmertisch. Sie waren beide verschlossen. Mit der Klinge des Taschenmessers knackte Michael die einfachen Schlösser. Langsam hob er den ersten Deckel ab.

Sein Atem stockte für einen Augenblick und seine Hände begannen zu zittern. In der Kassette lagen auf zusammengefalteten Papieren ein SS Dolch und mehrere Orden und Ordensspangen, die alle die SS Runen oder den Totenkopf zeigten. Michael nahm den Dolch und die Orden heraus und legte sie auf den Tisch. Langsam faltete er das erste Papier auseinander. Es war die Ernennungsurkunde von Paul Anders zum Unterscharführer. Michael las hastig. Danach ging er auch die anderen Papiere durch. Sie stammten alle aus der aktiven Dienstzeit von Paul Anders als Offizier der SS.

Die Buchstaben begannen vor Michaels Augen zu verschwimmen. Sein Verdacht war Wahrheit geworden. Er lehnte sich in den Wohnzimmersessel zurück und versuchte, einen klaren Gedanken zu fassen. Alles, was sein Onkel erzählt hatte, war gelogen gewesen. Hatte seine Mutter von all dem gewußt? Aber natürlich mußte sie alles gewußt haben, sie war während Onkel Pauls Dienstzeit zu Hause gewesen.

Sie hatten beide eine heile Scheinwelt um ihn herum aufgebaut. Selbst seine Mutter, die er nach Silvia am meisten von allen Menschen liebte, hatte ihn betrogen und ihm nichts gesagt.

Wie oft hatte er während seiner Schul- und Studienzeit Fragen gestellt, gerade Fragen nach der Zeit im Dritten Reich. Sie hatten ihm alle Fragen beantwortet, aber die meisten Antworten waren stets Lügen gewesen, Lügen, die zwischen seiner Mutter und seinem Onkel abgesprochen gewesen waren. Wut und Zorn stiegen in Michael auf. Selbst als sie wußten, daß er Geschichte studieren würde, hatten sie es nicht für nötig befunden, ihm die Wahrheit zu sagen. Warum hatten sie ihn all die Jahre getäuscht?

Michael griff zur zweiten Kassette. Sie enthielt einen Stapel Photos und wiederum Papiere. Er ging zunächst die Photos durch. Hier war Onkel Paul im Kreis seiner SS Kameraden während der Ausbildung zu sehen, dort auf einem Gruppenbild mit Offizieren. Onkel Paul mit Kameraden am Obersalzberg, Onkel Paul auf Heimaturlaub mit den Eltern. Dann kam das Bild, das Michael eigentlich schon erwartet hatte. Onkel Paul stand mit dem Führer und anderen Offizieren im Kreis der Weihnachtsschützen von Oberau. Es war genau das gleiche Photo, das Michael in Oberau in der Hand gehalten hatte, es trug den gleichen Stempel.

Michael schaute sich den Mann, dem er angeblich so ähnlich sah, noch einmal genau an. Dann nahm er die anderen Bilder zur Hand und untersuchte sie sorgfältiger. Der Mann war auf jedem Photo in der Nähe Onkel Pauls zu sehen. Es fielen ihm auch zwei Gesichter auf, die auf keinem Bild fehlten. Michael legte die Photos wieder weg und kramte weiter in der Schachtel. Familienbilder kamen zum Vorschein, Photos von seinen Großeltern vor ihrem Friseurgeschäft und schließlich eine Geburtsurkunde. Er wollte sie schon weglegen, als sein Blick auf den Namen des Vaters fiel, der eingetragen war. Er las zwei-, dreimal. Er war jetzt völlig verwirrt. Es war seine Geburtsurkunde, aber das Papier, das er in der Schule, an der Uni, zur Hochzeit verwendet hatte, sah doch ganz anders aus. In seiner Urkunde war als Vater Jakob Cohn eingetragen. Onkel Paul und seine Mutter hatten ihm immer erzählt, daß sein Vater vor der Hochzeit in den Nachkriegswirren umgekommen sei. Aus diesem Grund hatten sie beschlossen, ihm den Namen der Mutter zu geben.

Hier stand aber in dicken, etwas vergilbten Buchstaben:

"Thomas Waldner, geb. am 22.11.1918 in Tschechisch Komrau, Wohnort unbekannt."

Das konnte doch nicht sein. Wer war dieser Thomas Waldner? Wie kam sein Name auf Michaels Geburtsurkunde?

Tränen der Wut stiegen ihm in die Augen. Er stützte den Kopf in beide Hände und krallte die Finger in die Haare. Gedanken wirbelten ihm durch den Kopf. Jetzt hätte er gern mit Silvia gesprochen, aber sie war übers Wochenende zu ihren Eltern gefahren. Michael brütete vor sich hin. Er hörte das Klingeln des Telefons nicht, er bemerkte nicht, wie es im Raum immer dunkler wurde. Er schreckte erst hoch, als das Licht im Wohnzimmer eingeschaltet wurde.

Seine Mutter und Onkel Paul erschienen in der Türe. Maria Anders wollte schon ansetzen, ihrem Sohn Vorwürfe zu machen, daß er seinen Onkel vergessen habe, als sie seine nassen, geröteten Augen und die Bilder und Dokumente auf dem Tisch sah.

„Oh, mein Gott“, entfuhr es ihr, und sie mußte sich mit einer Hand an der Schulter ihres Bruders festhalten.

„Paul, schau doch!“

„Einmal mußte es soweit kommen“, sagte Paul Anders mit rauher Stimme.

„Wir konnten den Jungen nicht unser ganzes Leben lang täuschen.“

Die Geschwister kamen zum Wohnzimmertisch. Maria setzte sich neben ihren Sohn.

Er schaute hoch und blickte sie vorwurfsvoll an.

„Warum, Mama, warum all die Lügen durch all die Jahre hindurch?“

Michael schüttelte den Kopf und wandte sich ab. Tränen brannten erneut in seinen Augen.

Maria Anders wollte ihm die Hand auf den Kopf legen, aber sie zog sie im letzten Augenblick wieder zurück. Sie wußte nicht, was sie sagen sollte.

Michael sah seinen Onkel an. Er schien um Jahre gealtert.

„Ich habe dich immer respektiert und geliebt. Warum hast du mir das alles verschwiegen?“ Er fuhr mit der Hand über die Bilder auf dem Tisch.

„Was soll ich sagen, mein Junge. Ich wollte dich nicht mit meiner Vergangenheit belasten. Was hätte es geändert?“

„Was es geändert hätte?“ fuhr Michael zornig auf.

„Du vergißt, daß es auch meine Vergangenheit ist. Ich hätte ein Recht darauf gehabt, es zu erfahren. Du warst Offizier der SS. Diese Organisation wurde als verbrecherisch eingestuft. Die SS hat Millionen von Menschen auf dem Gewissen. Ihr wart die Leute, die die Diktatur Hitlers mit brutalsten Methoden aufrecht erhalten haben. Du warst nicht nur ein einfacher Soldat und Befehlsempfänger, du warst Offizier der SS. Ich möchte nicht wissen, wieviel Blut an deinen Fingern klebt!“

Michael war laut geworden.

„Du hättest an meiner Stelle sicher ganz anders gehandelt“, sagte Paul Anders.

„Natürlich“, antwortete Michael, „wie konntest du dich für so etwas hergeben. Jeder Mensch, der nur einen Funken Menschlichkeit und moralische Verantwortung in sich hat, hätte sich widersetzt. Hast du denn nie daran gedacht, daß du anderen Menschen Unrecht tust, daß du sie in ihren Rechten beschneidest, daß ihr Menschen wie Tiere, ja sogar noch schlechter als Tiere behandelt habt?“

Paul Anders unterbrach Michaels Redeschwall:

„Darf ich auch einmal etwas sagen? Du hast leicht urteilen und zu verurteilen. Du bist in einer Demokratie aufgewachsen. Du hast nichts anderes gekannt, keine Arbeitslosigkeit, keinen Hunger, keine Benachteiligung. Du hast von Werten, wie Gleichberechtigung, Toleranz und Nächstenliebe, nicht nur gehört, deine Mutter und dein Umfeld haben dir diese Werte vorgelebt. Du hast es einfach, aus der Distanz zu urteilen. Ich brauche dir nichts über die Weimarer Republik zu erzählen, darüber weißt du besser Bescheid als jeder von uns. Das war die Demokratie, die ich erlebt habe als Junge. Politische Skandale, Verleumdungen, Attentate auf Politiker waren an der Tagesordnung. Wir waren jung, wir hatten keine Ausbildung, wir hatten keine Arbeit, wir hatten vor allem kein Geld. Und da waren all die anderen, denen es gutging, besonders den Juden, die sogar im Luxus lebten. Wir hätten auch gerne gefeiert, getanzt, ein Bier getrunken, aber wie und womit? Niemand außer dem Pfarrer hat uns etwas von Toleranz und Nächstenliebe erzählt, wir waren uns selbst die Nächsten. Was wir hörten und lasen waren Parolen. Wie sollten wir differenzieren, wenn wir die andere Seite gar nicht kannten. Als Hitler kam, hat er nicht nur Versprechungen gemacht, er hat nahezu alles getan, was er angekündigt hat. Als ich in die SS eintrat, war ich ein Niemand. Plötzlich wurde ich geachtet, ich bekam Geld, ich durfte etwas leisten, man machte Platz, wenn ich kam. Ich bin nicht davon überzeugt, daß du in meiner Situation sehr viel anders gehandelt hättest."

„Es mag sein, daß deine Situation dich in die SS gebracht hat, aber hast du dir nie Gedanken darüber gemacht, daß die politisch Andersdenkenden, die Juden, auch Menschen waren? Hast du nie daran gedacht, daß sie auch Leiden, Schmerzen und Trauer empfinden, sich um ihre Familien und Kinder Sorgen machen?"

„Wir betrachteten diese Leute nicht aus deinem Blickwinkel, Michael. Wenn man dir ständig eintrichtert, daß Juden Menschen zweiter Klasse sind, die es nicht wert sind, anständig behandelt zu werden, weil sie Schmarotzer am deutschen Volk sind, glaubst du irgendwann einmal daran, besonders dann, wenn niemand da ist, der widerspricht oder etwas anderes sagt. Du hast heute alle Informationen, die du dir wünschen kannst. Du kannst Zeitungen in allen Variationen aus dem In- und Ausland lesen. Du kannst alle Bücher kaufen, verschiedene Radiosender hören und alle möglichen Fersehprogramme sehen. Du hast Vergleichsmöglichkeiten, du kannst abwägen. Ich konnte das nicht. Alles wurde von der Partei kontrolliert, woher hätten wir andere Informationen bekommen sollen. Du wärst wahrscheinlich auch ein strammer SS Offizier geworden, wenn man dich entsprechend in der nationalsozialistischen Ideologie erzogen hätte. Es ist recht einfach, hinterher Schuldzuweisungen zu machen, wenn man von der ganzen Sache nicht persönlich betroffen ist."

Paul Anders hatte eine für seine Verhältnisse lange Rede gehalten. Michael hatte zugehört, aber er war nach wie vor der Meinung, daß sein Onkel nicht richtig gehandelt hatte. Es war sinnlos, die Diskussion fortzusetzen, denn an der bestehenden Situation konnte niemand etwas verändern. Trotzdem sprach Michael weiter, mehr zu sich selbst als zu seinem Onkel oder seiner Mutter.

„Mitleid, Mitgefühl mit einem gequälten und geschundenen Menschen, gab es so etwas nicht? Gab es kein Gewissen, das einen erinnerte, wenn man Unrecht getan hatte?"

Paul Anders unterbrach erneut Michaels Gedanken. „Natürlich hatten wir alle ein Gewissen. Aber wann meldet sich das Gewissen, doch nur, wenn du denkst, daß du etwas Schlechtes getan hast? Wir waren aber alle der Überzeugung, richtig zu handeln, wie sollte sich da ein Gewissen regen. Ja, du kennst Mitleid, Mitgefühl und Menschlichkeit. Aber wir kannten all dies nicht. Solche Begriffe waren verpönt, nur Schwächlinge zeigten Mitleid. Wir wurden dazu erzogen, hart und grausam zu sein. Wir waren der Meinung, daß wir unsere Pflicht gegenüber dem Führer und Deutschland zu erfüllen hatten. Wir kannten nichts anderes. Feinde des Reiches, Juden, Schwule, Neger, Behinderte, das waren keine Menschen. Für sie hatten wir nur Verachtung und Unbarmherzigkeit."

Michael hörte zu, aber er schaute seinen Onkel verständnislos an.

Eine kurze Zeitspanne betretenen Schweigens trat ein.

Maria Anders legte ihrem Sohn die Hand auf den Arm. Michael schaute sie an und griff nach der Geburtsurkunde.

„Was ist das, Mama?"

Er blickte ihr ins Gesicht und deutete auf den Namen seines Vaters. Maria Anders rollten die Tränen über die Wangen. Sie wollte sprechen, aber ihre Stimme versagte.

Onkel Paul wollte an ihrer Stelle antworten, aber Michael fuhr dazwischen und sagte: „Halt dich jetzt raus, Onkel Paul, ich habe Mama gefragt."

Langsam begann Maria Anders zu sprechen.

„Das ist der Name deines richtigen Vaters. Jakob Cohn, der eingetragen ist in den anderen Papieren, ist schon während des Krieges umgekommen. Paul wollte, daß dieser Name urkundlich festgehalten wird. Erst als wir merkten, daß das für dich später einmal von Nachteil werden könnte, hat uns der Bürgermeister geholfen, um mir die Schande im Dorf zu ersparen und es dir weiterhin leichter zu machen. Nur aus diesem Grund steht ein falscher Name in deiner Geburtsurkunde."

Maria blickte ihren Sohn an, ihre Augen bettelten um Verständnis.

„Wer war dieser Mann, Mama, ich will nur wissen, wer dieser Mann war?"

Michael ahnte es schon, seit er die Bilder aus der Kassette gesehen hatte. Bevor seine Mutter antworten konnte, hielt er ihr ein Bild vor das Gesicht und deutete auf den Offizier, der ihm so ähnlich sah.

„Das ist er doch, nicht wahr, das ist doch mein richtiger Vater!" Michael schrie seine Mutter nun an.

„Ja", sagte Maria Anders beinahe unhörbar, „das ist dein richtiger Vater, Thomas Waldner."

„Wo ist mein Vater, Mama, lebt er noch, warum habt ihr nicht geheiratet, wo wohnt er jetzt?"

„Langsam, Michael, langsam," sagte Maria Anders, „nicht zu viele Fragen auf einmal. Wo dein Vater ist, weiß niemand, ob er noch lebt, weiß auch niemand."

Michael schüttelte den Kopf, als ob er seiner Mutter nicht glauben würde.

Onkel Paul mischte sich ein und sagte: „Michael, ein Grund, warum wir dir nicht die Wahrheit gesagt haben, ist die Tatsache, daß dein Vater nach dem Krieg fliehen mußte, weil er vom amerikanischen Militärgeheimdienst gesucht wurde. Er hat sich damals ins Ausland abgesetzt, niemand hat je erfahren, wo er hingegangen ist und wo er sich aufhält."

„Aber warum mußte er denn überhaupt fliehen. Du bist doch auch hier, und dir ist doch auch nichts geschehen, trotz deiner Vergangenheit."

„Das ist eine andere Geschichte", sagte Paul Anders, „aber wenn du schon fragst, sollst du auch die ganze Wahrheit erfahren. Dein Vater war während des Krieges im Osten in einem Lager eingesetzt. Er hat nie viel darüber gesprochen, aber deswegen wurde er von den Amerikanern gesucht und mußte fliehen."

Paul Anders schaute seine Schwester hilfesuchend an, mehr konnte und wollte er nicht preisgeben.

Michael fuhr kreidebleich auf.

„War er etwa Offizier in einem Konzentrationslager?"

„Nein, beruhige dich", sagte seine Mutter besänftigend, „er war nicht in einem Konzentrationslager eingesetzt, es war nur ein Arbeitslager. Niemand wurde dort umgebracht, es war nur ein Arbeitslager, er hat es mir selbst erzählt."

Maria Anders war überzeugt davon, daß sie die Wahrheit sagte, und ihr Bruder würde sich hüten, die wahren Tatsachen auszubreiten. Paul

Anders hatte schon genug Vorwürfe gehört, Michael mußte nicht alles erfahren.

Michael saß wie ein Häufchen Elend auf dem Sofa. Er konnte alle Informationen gar nicht richtig verarbeiten. Gedanken schwirrten durch seinen Kopf. Sein Vater war SS Offizier in einem Lager im Osten gewesen und es konnte sein, daß er noch irgendwo im Ausland lebte.

Es verging eine gewisse Zeit, niemand sagte etwas, jeder versuchte, seine eigenen Gedanken zu ordnen. Michael sprach als erster wieder.

„Es wird einige Zeit dauern, bis ich das alles verkraftet habe, was ich in den letzten Stunden erfahren mußte, aber eines ist sicher. Sobald ich die Möglichkeit habe oder eine Chance sehe, werde ich mich auf die Suche nach meinem richtigen Vater machen."

Paul Anders blickte erschrocken auf. Jetzt wurde ihm warm. Er liebte seinen Neffen mehr als alles andere auf der Welt, vielleicht gerade deswegen, weil er seinem Freund aus alten Tagen so ähnlich sah, aber auch, weil er sein eigen Fleisch und Blut war. Wenn die Organisation davon erfuhr, daß Michael anfing herumzusuchen, um seinen Vater ausfindig zu machen, konnte dies Michaels Tod bedeuten. Paul Anders wußte, welche Mittel Michael als Historiker zur Verfügung standen, um Nachforschungen anzustellen. Mitten in Paul Anders Gedanken hinein fragte Michael:

„Onkel Paul, warum nannte man meinen Vater „Stina" oder „Stille Nacht"? Was hat das zu bedeuten? Ich bitte Dich, Onkel Paul, wenn du es weißt, sag mir die Wahrheit!"

Paul Anders schaute seinem Neffen gerade in die Augen.

„Ich weiß, daß dein Vater so genannt wurde, aber nur von wenigen Kameraden, die mit ihm im Osten im Lager waren. Was dieser Spitzname aber bedeutet, kann ich dir beim besten Willen nicht sagen, ich weiß es wirklich selbst nicht."

Michael schaute seine Mutter an, aber Maria Anders zuckte nur mit den Schultern.

„Ich kann dir auch nicht weiterhelfen, Michael", sagte sie, „ich habe diesen Namen nicht ein einziges Mal gehört."

Paul Anders unterbrach seine Schwester.

„Michael, laß doch die alten Geschichten ruhen. Warum willst du jetzt noch deinen Vater suchen. Wenn er überhaupt noch lebt, ist er ein alter Mann, so wie ich. Er hat dich nie gekannt. Was soll das Ganze also?"

Michael wurde hellhörig. Warum wollte sein Onkel ihn davon abbringen, seinen Vater zu suchen? Wenn er ein alter Mann war, okay, wenn er gesucht wurde, jetzt würde niemand mehr nach ihm suchen. Was war so schlimm daran, wenn er wissen wollte, wer sein Vater war, was er nun machte, wo er sich aufhielt und ob es ihn überhaupt noch gab? Wußte sein Onkel Paul mehr, als er erzählt und zugegeben hatte?

Michael beschloß, keine weiteren Fragen mehr zu stellen. Er wußte, wo er die erste und wichtigste Antwort auf seine dringendste Frage bekommen würde, also schwieg er.

NEUENDORF
(eine Woche später)

Der dunkelblaue Mercedes parkte schon den ganzen Nachmittag schräg gegenüber dem Haus. Die Scheiben des Autos waren verspiegelt, so daß kein Passant in den Wagen hineinsehen konnte, aber jeder Insasse die Straße beobachten konnte.

Der Mann hinter dem Steuer hatte graue, sehr kurzgeschnittene Haare auf einem kantigen Schädel. Das grobschlächtige Gesicht wurde von zwei wasserblauen Augen beherrscht, die verrieten, daß der Mann über eine gehörige Portion Intelligenz verfügte. Er war muskulös gebaut und trug wertvollen Goldschmuck um den Hals und an den Fingern. Sein Anzug, die Krawatte, das Hemd waren vom Feinsten.

Er beobachtete die Wohnung von Paul Anders. Als nahezu alle Lichter im Haus erloschen waren, verließ der Mann das Auto. Mit schnellen Schritten überquerte er die Straße und betrat den Hausflur. Er läutete an Paul Anders Korridortüre. Das Licht im Gang wurde angeschaltet.

„Wer ist da, bitte?" fragte Paul Anders und schob das Auge näher an den Türspion.

Als er sah, wer vor der Türe stand, erschrak er zunächst, öffnete aber dann rasch die Tür. Der Mann trat schnell ein, ließ die Tür wieder ins Schloß fallen und grüßte militärisch, er verwendete dabei den Hitlergruß.

„Herr Unterscharführer, Wotan schickt mich, darf ich eintreten?" Paul Anders schüttelte dem Mann herzlich die Hand und bat ihn mit einer Handbewegung ins Wohnzimmer. Walter Koslowski nahm Platz. Er war der Verbindungsmann der Organisation und gleichzeitig auch der Sicherheitsmann und Schutzengel der alten Kameraden. Er hatte den Decknamen Thor. Wann immer von irgendeiner Seite Gefahr für die Gruppe Wotan drohte, trat Walter Koslowski alias Thor in Aktion. Paul Anders wußte nicht einmal, ob Koslowski sein richtiger Name war, aber er wußte, daß schon etliche Menschen unter seinen Händen ihr Leben gelassen hatten, da sie der Organisation zu nahe gekommen waren. Thor war zwar nur Befehlsempfänger, aber alle Mitglieder der Gruppe Wotan hatten ein ungutes Gefühl in seiner Nähe, denn sein Auftauchen bedeutete selten etwas Gutes. Paul holte seinem Gast etwas zu trinken. Walter Koslowski hatte sich gesetzt, und die Männer prosteten sich zu.

Nach einer kleinen Pause sagte Paul: „Was führt dich zu mir?"

„Ich will gleich ohne Umschweife zur Sache kommen.“ Thor stellte sein Glas ab.

„Ich bin hier wegen deines Neffen.“

Paul fuhr es wie ein Schock durch alle Glieder.

„Wegen Michael?“ stotterte er noch immer wie benommen.

„Was hat mein Neffe mit unserer Organisation und mit dir zu tun?“

„Er schnüffelt herum, Paul. Freija hat Wotan verständigen lassen. Dein Neffe hat das Bild vom Obersalzberg gesehen. Er sucht an der Universität und in den Archiven. Er will herausbekommen, welche Leute noch auf dem Photo sind. Er hat dich mit Sicherheit erkannt. Hat er dich darauf angesprochen?“

Paul Anders steckte ein Kloß im Hals. Er überlegte fieberhaft. Er wußte, daß er jetzt keinen Fehler machen durfte, denn sonst konnte es für Michael gefährlich, ja sogar lebensgefährlich werden. Er versuchte, so ruhig wie möglich weiterzusprechen.

„Zu mir hat er noch nichts gesagt. Er hat auch keine Andeutungen gemacht“, log Paul Anders.

„Vielleicht hat Freija auch etwas übertrieben.“

Walter Koslowski hatte Paul Anders genau beobachtet und das Zittern seiner Hände und in seiner Stimme bemerkt. Er wußte sofort, daß Paul log.

„Hoffen wir, daß es so ist, wie du sagst, Paul, im Interesse deines Neffen.“ Walter Koslowski stand auf und reckte Paul die Hand hin.

So schnell, wie er gekommen war, verschwand er wieder. Paul Anders hatte das Gefühl, als sei ein kalter Hauch durch seine Wohnung gezogen. Er war äußerst beunruhigt, da er nicht wußte, was Thor unternehmen würde. Er beschloß, den direkten Weg zu gehen und eventuell eine letzte Trumpfkarte auszuspielen, er würde Wotan persönlich anrufen. Er zog seine Jacke über und rollte zur Haustür auf die Straße. Der blaue Mercedes war verschwunden. Er begab sich zur nächsten Telefonzelle und wählte eine Nummer. Er sprach nur kurz und fuhr dann wieder nach Hause.

Gegen drei Uhr nachts läutete das Telefon in Pauls Wohnung. Er hatte nicht geschlafen. Er nahm den Hörer ab.

„Hier ist Wotan, was gibt es so Wichtiges?“

„Thor war hier, in deinem Auftrag. Ich habe den Verdacht, daß er etwas gegen meinen Neffen unternehmen will.“

Wotan sagte: „Das ist richtig. Thor handelt in meinem Auftrag zum Schutz unserer Gruppe. Dein Neffe wird unbequem, er wird zur Gefahr. Du weißt, daß die Organisation Vorrang hat, vor allem."

Paul Anders wußte in diesem Augenblick, daß er um das Leben seines Neffen redete. Er beschloß, seinen letzten Trumpf auszuspielen.

„Wenn Thor etwas gegen Michael unternimmt, wird das einem anderen Mitglied unserer Gruppe wahrscheinlich überhaupt nicht gefallen. Mein Neffe Michael ist der Sohn von Hauptsturmführer Thomas Waldner. Wenn er erfährt, was ihr plant, wird er äußerst unangenehm reagieren."

Paul hörte, wie Wotan schluckte, bevor er etwas sagen konnte.

„Ich werde Thor informieren, wenn ich ihn so schnell noch erreichen kann. Sorge du aber bitte dafür, daß dein Neffe die Herumschnüffelei einstellt, sonst kann ich für nichts garantieren."

Wotan legte auf. Paul brauchte nun einen großen Cognac. Er schenkte einen Schwenker voll und rollte zum Fenster. Während er in kleinen Schlucken trank, starrte er in die Nacht hinaus und dachte nach. Die Vergangenheit hatte ihn nun in doppeltem Sinne eingeholt. Was sollte er tun? Er konnte Michael auf keinen Fall informieren. Sein Neffe würde als Historiker gerade erst recht seine Nachforschungen verstärken. Aber genau das würde seinen eigenen und Michaels Tod bedeuten. Er war ratlos und hoffte innerlich nur, daß Wotan Koslowski stoppen konnte. Genau zum selben Zeitpunkt sprach Wotan mit Walter Koslowski am Telefon.

„Ich möchte, daß du zunächst die Finger von dem jungen Anders läßt. Beobachte ihn, bleib ihm auf den Fersen, egal, wo er hingeht oder hinfährt. Wenn du feststellen solltest, daß er einem von uns zu nahe kommt oder irgendeine Kleinigkeit über uns aufdecken könnte, hast du freie Hand. Informiere mich aber in diesem speziellen Fall sofort. Du weißt, was auf dem Spiel steht, wir dürfen keinen Fehler machen, auch nicht den kleinsten."

Walter Koslowski schüttelte den Kopf, nachdem er das Gespräch beendet hatte. Bis jetzt hatte Wotan ihn noch nie zurückgepfiffen, wenn es um das Wohl und um den Bestand der Organisation ging. Der Junge mußte eine besondere Bedeutung haben, außer, daß er der Neffe von Paul Anders war. Walter Koslowski nahm sich vor, seine Aufgabe sehr sorgfältig auszuführen. Er würde den Jungen nicht aus den Augen lassen.

NEUENDORF
(1975 - 1980)

Michael hatte Silvia nichts von seiner fürchterlichen Entdeckung verraten. Er wollte sie jetzt, in ihrem Zustand, unter keinen Umständen beunruhigen, denn die Geburt ihres Kindes stand unmittelbar bevor. Silvia hatte sechs Wochen vor Schuljahresende ihren Schwangerschaftsschutz angetreten, und die ganze Familie wartete gespannt auf den Tag ihrer Niederkunft.

An einem Samstagmorgen gegen neun Uhr setzten bei Silvia die Wehen ein. Michael war gerade dabei, das Auto zu waschen, als Silvia ihn vom Balkon aus rief. Er rollte eiligst den Wasserschlauch zusammen und rannte die Treppe zum Schlafzimmer hinauf. Silvia lag quer über ihren Ehebetten auf dem Rücken und hielt sich mit schmerzverzerrtem Gesicht den Leib.

„Schnell, Mischa", keuchte sie, „hol den Koffer, ich glaube, es geht los."

Michael war so durcheinander, daß er beinahe seine Sporttasche genommen hätte, die neben dem seit Wochen gepackten Krankenhauskoffer stand. Silvia lächelte unter Schmerzen, als sie seine Hektik bemerkte. Die Wehen setzten jetzt alle zehn Minuten ein. Michael führte seine Frau vorsichtig zum Auto und half ihr auf den Beifahrersitz. Vor Aufregung fiel ihm der Zündschlüssel in den Fußraum, als er den Wagen starten wollte.

Silvia redete beruhigend auf ihn ein.

„Fahr ganz normal, Schatz, wir schaffen es schon rechtzeitig."

Auf dem Weg ins Krankenhaus bäumte sich Silvia noch zweimal auf dem Sitz auf, als die Wehen erneut einsetzten. Michael parkte vor der Eingangstür des Krankenhauses und ging mit Silvia zur Anmeldung. Als die Dame hinter dem Schreibtisch Silvias Gesicht sah, legte sie das Anmeldeformular wieder weg.

„Sehen Sie zu, daß Sie mit ihrer Frau schnellstens in den Kreißsaal kommen. Für die Anmeldung ist später immer noch Zeit."

Silvia und Michael gingen zum Aufzug. Die Fahrt nach oben schien ewig zu dauern. An der Türe zur Entbindungsstation nahm sich eine freundliche Hebamme Silvias an. Michael wollte den beiden folgen, aber die resolute Frau wies ihn höflich und bestimmt zurück.

„Warten Sie hier, junger Mann“, sagte sie im Befehlston, „ich gebe Ihnen gleich Bescheid.“

Die Türe schloß sich vor Michaels Nase, und er blickte auf die Uhr. Es war halb Elf. Nach einigen Minuten erschien die Hebamme wieder.

„Sie können ruhig noch einmal nach Hause fahren, Herr Anders“, sagte sie nun etwas freundlicher. „Vor dem frühen Nachmittag wird sich mit Ihrer Frau nichts tun.“

„Ich werde hier warten“, sagte Michael spontan und deutete auf die kleine Sitzgruppe in der Ecke des Flurs vor dem Kreißsaal.

Die Hebamme schüttelte verständnislos den Kopf.

„Wie Sie möchten“, sagte sie und verschwand wieder durch die Tür zum Kreißsaal. Michael blickte erneut auf die Uhr. Es war nun Viertel vor Elf. Er beschloß, sich unten am Kiosk eine Tageszeitung zu holen. Um die Mittagszeit konnte er auch in der Krankenhauskantine eine Kleinigkeit essen, und dann würde es hoffentlich nicht mehr allzu lange dauern. Zehn Minuten später war Michael in seine Zeitung vertieft. Er saß ganz alleine in der Sitzecke. Es waren keine aufgeregt auf- und ablaufenden, rauchenden Männer zu sehen, wie man sie aus Witzzeichnungen und Filmen kannte.

Michael studierte gerade den Sportteil, als ihn die Hebamme von der Tür zum Kreißsaal aus rief.

„Herr Anders, kommen Sie doch einmal, bitte.“

In der Annahme, daß Silvia noch etwas benötigen würde, legte Michael seine Zeitung weg und ging hinüber zum Kreißsaal. An der Tür blieb er wie vom Blitz getroffen stehen. Die Hebamme hielt ihm ein Kissen entgegen, aus dem nur ein kleines Köpfchen herausschaute, in dem zwei Knopfaugen in die Gegend blinzelten.

„Ihre Tochter“, lachte die Hebamme. Michael trat näher. Das Köpfchen im Kissen drehte sich hin und her. Seine Tochter schien ihn anzuschauen. Das Näschen war völlig plattgedrückt. Michael getraute sich nicht zu fragen, ob das so in Ordnung sei.

„Am späten Nachmittag können Sie Ihre Frau dann besuchen. Es geht ihr gut, sie hat die Geburt ohne Komplikationen überstanden. Mutter und Kind sind wohlauf, wie man so schön sagt.“

„Vielen Dank“, stammelte Michael. Ein nie gekanntes Glücksgefühl durchströmte ihn.

Er fuhr sofort zu seiner Mutter, die schon ahnte, was los war, als sie ihn kommen sah. Er umarmte sie fest.

„Mama, wir haben ein Mädchen. Vor einer halben Stunde ist Cordula Maria Anders auf die Welt gekommen."

Maria Anders fragte nach dem Befinden der beiden und wollte Größe und Gewicht des Babys wissen, aber das Letztere hatte Michael vor lauter Freude gar nicht erfragt. Maria Anders weinte ein bißchen, als sie ihren Sohn so glücklich sah.

Auch Onkel Paul war außer sich vor Freude, und die Auseinandersetzungen innerhalb der Familie schienen vergessen.

Michael besuchte Silvia täglich zweimal. Das platte Näschen seiner Tochter nahm mit der Zeit eine normale Form an, und Michael war überzeugt, die schönste Tochter von allen auf der Welt zu haben.

Nach fünf Tagen wurden Silvia und Cordula entlassen. Zu Hause erwartete sie ein großer Bahnhof. Die Wohnung und das Kinderzimmer waren zum Empfang geschmückt, die ganze Familie war anwesend. Man trank gemeinsam Kaffee, und sogar Onkel Paul ließ es sich nicht nehmen, seine Großnichte auf den Arm zu nehmen.

Im September ging Silvia wieder zum Unterricht. Michaels Mutter paßte auf Cordula auf, bis Silvia von der Schule nach Hause kam. Das Leben der kleinen Familie hatte sich recht schnell eingespielt.

Maria und Paul hofften, daß Michael sich seine Idee aus dem Kopf geschlagen hatte, nach seinem Vater zu suchen, aber sie hatten sich getäuscht. Michael ließ sich nur Zeit, denn er hatte schon einen festen Plan gefaßt.

NEUENDORF - BRIGHTON (1980 - 1985)

Michael hatte sich Zeit gelassen. Er durfte bei niemandem einen Verdacht erwecken. Als er sein erstes Proseminar über englische Frühgeschichte halten sollte, war der Vorwand gefunden, den er brauchte, um seinen Plan in die Tat umzusetzen. Er telefonierte mehrere Male mit Professor Weatherby und den Stockwells. Nach diesen Vorbereitungen konnte er Silvia leicht davon überzeugen, daß es für seine Arbeit notwendig sein würde, erneut nach England zu fahren, um sein Seminar gründlich vorzubereiten.

Silvia begleitete ihn zum Flughafen nach Frankfurt. Sie weinte zum Abschied ein wenig, aber Michael verstand es, sie schnell zu trösten, da er ja bald wieder zurück sein würde.

Ein älterer grauhaariger Herr beobachtete die Szene aus einiger Entfernung. Er hatte sich schon vorher erkundigt, welchen Flug Michael nehmen würde und für welches Datum er den Rückflug gebucht hatte.

Der Flug verlief ohne Probleme, das Flugzeug setzte pünktlich in Gatwick auf. Als Michael die Gangway hinunterschritt, blies ihm ein kalter Wind ins Gesicht. Der Himmel war mit schweren grauen Regenwolken bedeckt. Michael war froh, daß ihn Silvia überredet hatte, seinen Trenchcoat mitzunehmen. Er ging durch den Zoll und die Paßkontrolle. Mr Stockwell holte ihn am Flughafen ab. Die Begrüßung war sehr herzlich, wie immer. Natürlich wurde am Abend nach dem Dinner wieder viel erzählt und ausgiebig getrunken, und Michael mußte die Bilder von der Familie und besonders von Cordula herumreichen. Mrs Stockwell konnte sich gar nicht beruhigen wegen des „lovely baby".

Am nächsten Tag bereits, obwohl es ein Samstag war, setzte sich Michael mit Professor Weatherby in Verbindung. Sie verabredeten einen Termin für den Montagmorgen in seinem Büro in der Universität. Die Arbeit mit dem Professor nahm nur wenige Tage in Anspruch, so wie es Michael eingeplant hatte.

Am darauffolgenden Wochenende mietete sich Michael einen kleinen Minicooper und fuhr zu seinem eigentlichen Ziel der Reise, zum Kloster bei Reading.

Als er in die Straße nach Reading einbog, folgte ihm in sicherem Abstand ein dunkelgrüner Bedfordbus mit zwei Männern im Fond. Michael machte keinen Zwischenstop. Er hatte auch keine Augen für die wunderschöne Landschaft und die kleinen Dörfchen, die ihn beim ersten Mal so begeistert hatten.

In dem kleinen Wäldchen in der Nähe des Klosters stellte er sein Auto ab und ging die letzten Meter zu Fuß. Es hatte sich hier äußerlich nichts verändert. Als er an das schwere Tor kam, klopfte er kräftig an. Die Klappe öffnete sich erst nach einer kleinen Ewigkeit, und der Pförtner zeigte sein überraschtes und mürrisches Gesicht. Michael ließ ihn erst gar nicht zu Wort kommen. Bevor der Mönch etwas äußern konnte, sagte Michael:

„Ich möchte Father Mathew sprechen, es ist sehr dringend."

Der Pförtner schaute ihn noch einmal verwundert von oben bis unten an und schloß die Sprechluke wieder. Michael hatte nicht auf die Uhr gesehen, aber es schien ihm sehr lange zu dauern, bis er hinter dem Holztor erneut Geräusche hörte. Father Mathews Kopf war in der Lukenöffnung zu sehen.

„Erinnern Sie sich an mich, Father Mathew?" fragte Michael hastig.

„Ich war vor einiger Zeit bei Ihnen, und Sie haben mich durch das Kloster geführt und mir alles gezeigt."

„Ich erinnere mich sehr gut an Sie, junger Mann, so viele Besucher haben wir nicht, wie Sie wissen", antwortete der Abt bedächtig.

„Ich erinnere mich aber auch daran, daß ich Sie gebeten habe, nicht mehr hierherzukommen. Daran erinnern Sie sich hoffentlich noch?"

Father Mathew wollte die kleine Klappe an der Türe schon wieder schließen.

„Bitte, Father, einen Augenblick noch", bettelte Michael, „lassen Sie mich doch wenigstens erklären, warum ich erneut gekommen bin."

Der Abt schüttelte unwillig den Kopf.

„Die Probleme dort draußen interessieren uns hier wenig, ich wüßte nicht, warum ich noch einmal mit Ihnen sprechen sollte."

„Father Mathew, bitte, es geht für mich um eine äußerst wichtige Familienangelegenheit. Ich bin extra aus Deutschland hierhergekommen, weil sehr viel für mich und mein zukünftiges Leben davon abhängt, ob Sie mich anhören wollen."

Der Abt musterte ihn kritisch. Michael glaubte schon, er würde die Luke endgültig schließen, aber der Ausdruck in Michaels Gesicht und die flehenden Worte hatten ihn umgestimmt. Father Mathew öffnete die Türe und ließ Michael eintreten.

Als sich das Tor hinter ihm schloß, nahm einer der beiden Männer aus dem Bedfordbus am Rande der Lichtung das Fernglas herunter. Er wechselte einige Worte mit seinem Partner, aber der schüttelte nur den Kopf und zuckte mit den Achseln. Beide Männer wußten nicht, was sie von der Sache halten sollten, also begaben sie sich wieder in ihre Warteposition.

Father Mathew führte Michael in einen kleinen Raum neben der Pforte. Das Zimmer war mehr als kärglich eingerichtet. Ein grober Tisch, drei selbstgezimmerte Stühle auf dem blanken Steinfußboden, ein Holzkreuz an den ebenfalls kahlen Steinwänden, das war die komplette Einrichtung. Ein kleines Fenster ohne Scheiben ließ vom Innenhof einen Lichtstreifen herein.

Der Abt bot Michael einen Stuhl an und setzte sich ihm gegenüber. Er steckte die Hände in die weiten Ärmel seiner Mönchskutte und blickte Michael erwartungsvoll und forschend an. Er sagte nichts, er wartete, was Michael vorbringen würde. Michael wußte, daß er jetzt die richtigen Worte finden mußte, wenn er mit seiner Mission nicht scheitern wollte. Langsam begann er zu sprechen.

„Father Mathew, Sie erinnern sich doch bestimmt noch genau daran, was geschehen ist an dem Tag, an dem ich Ihr Kloster wieder verließ?“

Michael schaute vom Tisch auf und blickte dem Abt ins Gesicht. Father Mathew nickte bedächtig.

„Natürlich, ich erinnere mich gut, das war ja auch der Grund, warum ich Sie damals gebeten habe, nicht mehr in dieses Haus zu kommen.“

„Ich mußte aber gerade deswegen wiederkommen“, fuhr Michael fort.

Der Abt runzelte die Stirn, und man sah ihm an, daß er seine Entscheidung, Michael hereinzulassen und ihn anzuhören, bereits bereute.

„Father Mathew, Sie wissen sicher auch noch, was Ihr Mitbruder gerufen hat, ja geschrien hat, als er mich im Kreuzgang erblickte. Er rief zweimal laut „Stille Nacht“. Ich bin Historiker, wie Sie wissen. Ich habe unveröffentlichte Bilder mit SS Offizieren entdeckt. Einer dieser Offiziere auf den Bildern wurde von seinen Kameraden ebenfalls so genannt, „Stina“ oder „Stille Nacht“. Ich weiß aber inzwischen auch von meiner Mutter und von meinem Onkel, der mit diesem Mann in der SS diente, daß diese Person, mit diesem Beinamen, mein Vater ist. Er heißt oder hieß Thomas Waldner. Ich heiße Michael Anders, ich trage den Nachnamen meiner Mutter. Weder meine Mutter noch mein Onkel wissen, warum mein Vater diesen Beinamen bekam. Aus diesem Grund möchte ich mit Ihrem Mitbruder sprechen, er ist vielleicht der einzige Mensch, der mir in dieser Sache weiterhelfen kann."

Als Michael geendet hatte, schaute ihn der Abt lange an, ehe er aufstand. Michael blickte ihm erwartungsvoll ins Gesicht. Father Mathew sagte:

„Ich glaube, ich verstehe, warum Sie kamen, ja kommen mußten, aber ich kann und will nicht entscheiden, ob Ihr Wunsch erfüllt werden kann. Ich kann nur mit meinem Mitbruder sprechen und ihm die Entscheidung selbst überlassen. Wenn er bereit ist, mit Ihnen zu reden und Ihnen die Antworten auf Ihre Fragen zu geben, so soll es mir in Gottes Namen auch recht sein. Ich werde ihn zu diesem Zweck von seinem Sprechverbot dispensieren. Wenn er aber nicht mit Ihnen sprechen will, kann ich nichts weiter für Sie tun. Sie müssen dann diese Mauern verlassen, und Sie werden nie wieder Einlaß bekommen, egal, was auch geschieht, und egal wie oft Sie auch hierher zurückkommen. Die Pforte wird dann für Sie nie wieder geöffnet werden. Sagen Sie nichts. Ich werde die notwendigen Anweisungen geben, und Sie werden hier warten."

Father Mathew verließ den Raum und schloß die Tür hinter sich. Die beklemmende Stille fiel wie eine Zentnerlast auf Michaels Schultern. Er faltete die Hände und wartete. Obwohl es sehr kühl in dem kleinen Raum war, begann Michael zu schwitzen. Seine Gedanken konzentrierten sich nur auf ein Ziel. Hoffentlich würde der Abt es schaffen, den Mönch dazu zu überreden, daß er mit Michael sprach. Es waren erst wenige Minuten vergangen, aber Michael erschienen sie wie eine Ewigkeit. Er sah ständig auf die Uhr, aber die Zeiger bewegten sich im Zeitlupentempo. Nach etwa vierzig Minuten öffnete sich die Türe wieder. Father Mathew trat ein. Michael sprang von seinem Stuhl auf. Hinter dem Abt tauchte ein zweiter Mönch im Türrahmen auf.

Es war der Mann, der vor Michael bei seinem letzten Besuch in panischer Angst davongelaufen war. Das gleiche Entsetzen stand wieder in seinen Augen zu lesen, als er Michael erneut erblickte. Er schaute zu Boden, als er sich setzte. Der Abt legte ihm die Hände auf die Schultern.

„Ich habe Bruder Martin alles erzählt, was Sie mir mitgeteilt haben. Er wollte Sie zunächst nicht sehen, aber ein Name, den Sie genannt haben, hat ihn überzeugt, daß er nun doch mit Ihnen sprechen will. Bruder

Martin hat mich zwar gebeten, bei diesem Gespräch anwesend zu sein, aber ich werde Sie beide nun alleine lassen."

Der Abt wandte sich zur Tür. Bruder Martin schaute hilfesuchend zu ihm auf und streckte die Hand nach ihm aus. Father Mathew faßte seine Hand, legte sie auf das Holzkreuz vor seiner Brust und nickte ihm aufmunternd zu. Dann verließ er das Zimmer. Als sich die Türe hinter ihm schloß, trat minutenlanges Schweigen ein. Michael begann als erster zu sprechen.

„Father Mathew hat Ihnen gesagt, warum ich hier bin? Sind Sie bereit, mir weiterzuhelfen?"

Michael hatte Englisch gesprochen. Er versuchte, dem Mönch in die Augen zu sehen, aber Bruder Martin hielt den Kopf zunächst noch gesenkt. Es sah aus, als suche er etwas auf dem Steinfußboden. Dann hob er langsam den Kopf und sah Michael lange ins Gesicht, ohne etwas zu sagen. Leise begann er unsicher zu sprechen.

„Sie können Deutsch mit mir sprechen, ich spreche Deutsch sehr gut, es ist meine Muttersprache, ich bin in Deutschland geboren und habe lange Jahre dort gelebt. Sie sagen, Sie heißen Michael Anders und tragen den Namen Ihrer Mutter? Ich kannte vor vielen Jahren eine Maria Anders in Altstadt. Bruder Martin ist auch nur mein Klostername. Ich heiße eigentlich Cohn, Jakob Cohn."

Michael sprang so heftig von seinem Sitz auf, daß der Stuhl nach hinten umkippte. Seine Gesichtsfarbe hatte sich schlagartig verändert, er schlug im Stehen die Hände vors Gesicht und lief auf und ab. Es dauerte einige Zeit, bis er sich wieder gefaßt hatte.

Er setzte sich wieder hin.

„Ich bin Maria Anders Sohn, der Sohn der gleichen Frau, die Sie vor langer Zeit gekannt haben. Sie sind sogar als mein Vater in meine gefälschte Geburtsurkunde eingetragen. Man hat mir aber erzählt, das heißt, meine Mutter hat mir erzählt, daß mein Vater, daß Jakob Cohn, daß Sie im Krieg umgekommen seien. Wie kommt es nun...?"

Michael stockte, sein Verstand raste, er konnte dies alles gar nicht so schnell verarbeiten. Er war nicht in der Lage, einen klaren Gedanken zu fassen.

„Ich verstehe nun überhaupt nichts mehr."

Michael zuckte resignierend mit den Schultern.

Bruder Martin sprach an seiner Stelle weiter.

„Sie sind also tatsächlich Marias Sohn. Als ich von Father Mathew den Namen Anders hörte, keimte in mir schon die Vermutung auf, daß es hier einen Zusammenhang gibt."

Der Mönch schien plötzlich zu lächeln.

„So hat also Maria wenigstens auf diese Art mein Andenken bewahren wollen, indem sie mich amtlicherseits zu Ihrem Vater gemacht hat. Ich habe mit Ihrer Mutter während der Nazizeit lange zusammengelebt. Wir waren ein Liebespaar. Man hat mich damals in das Konzentrationslager Kadomin verschleppt, wo ich Ihrem wahrscheinlich richtigen Vater, Thomas Waldner, in die Hände gefallen bin. Ihm habe ich auch dies hier zu verdanken."

Bruder Martin streckte Michael seine beiden Hände entgegen. Voller Entsetzen betrachtete Michael das, was einmal zehn richtige Finger gewesen waren. Dies waren keine Finger mehr, sondern zehn verstümmelte und verkrüppelte Stumpen, an denen überall die Fingerkuppen und Nägel fehlten.

„Oh, mein Gott, das sieht ja schrecklich aus", entfuhr es Michael.

Bruder Martin fuhr fort.

„Sie möchten sicher wissen, warum ich Sie "Stille Nacht" gerufen habe? Sie sehen Ihrem richtigen Vater sehr ähnlich, ja Sie sind ihm wie aus dem Gesicht geschnitten. Als ich Sie sah, kamen plötzlich all die fürchterlichen Erinnerungen wieder hoch, die ich mühsam verdrängt hatte. "Stille Nacht" war der Name, den wir Gefangenen Ihrem Vater in Kadomin gegeben haben, wobei ich dafür die Ursache war. Auch die anderen SS Leute haben ihn mit der Zeit hinter seinem Rücken so genannt. Er wußte das, und er war sogar stolz darauf."

„Aber warum?" fiel Michael dem Mönch ins Wort.

„Darüber möchte und kann ich nicht sprechen", antwortete Bruder Martin. „Ich habe versucht zu vergessen und habe geglaubt, endlich meinen Frieden gefunden zu haben. Ich möchte all das Schreckliche nicht noch einmal in meinen Erinnerungen aufwühlen. Die Welt dort draußen existiert für mich nicht mehr. Wenn Sie auf Ihre Fragen eine Antwort bekommen möchten, gehen Sie nach Prag. Mein Onkel Levy ist Rabbiner in Prag. Er ist schon weit über achtzig, aber er weiß alles, was Sie erfahren möchten. Ich bin nach Kriegsende geflohen und war kurze Zeit bei ihm, bevor ich meine Flucht fortgesetzt habe. Geben Sie ihm das von mir, dann wird er mit Ihnen sprechen."

Bruder Martin faßte in die Tasche seiner Kutte und holte einen kleinen, aus Silberdraht geflochtenen Davidsstern hervor.

„Wenn Onkel Levy dies hier sieht, wird er wissen, daß Sie von mir geschickt wurden."

Michael nahm den Stern an sich.

„Weiß meine Mutter eigentlich, daß Sie noch am Leben sind?" fragte er.

„Ihre Mutter weiß nichts, gar nichts, dafür haben Ihr Vater und Ihr Onkel wahrscheinlich gesorgt. Niemand außer meinem Onkel Levy weiß, daß ich noch am Leben bin, und so soll es auch bleiben. Ich habe, töricht, wie ich damals war, versucht, Rache zu nehmen für das, was man mir im Lager Kadomin angetan hat, was mir Ihr Vater angetan hat. Ich habe in Berlin auf Ihren Vater, auf Thomas Waldner, geschossen, aber den falschen Mann getroffen. Gott möge mir diese Tat verzeihen."

„Den falschen Mann", fuhr es Michael durch den Kopf, „in Berlin, meinen Vater wollte er treffen, Onkel Paul, er hat sicher auf Onkel Paul geschossen."

Laut sagte er dann: „Wenn es der gleiche Mann ist, von dem ich annehme, daß Sie ihn getroffen haben, dann kann ich Sie beruhigen. Das war sicher mein Onkel Paul, den Sie ja kennen müssen, der Bruder meiner Mutter. Er war ständig mit meinem Vater zusammen. Onkel Paul lebt, wenn er auch auf Grund der Schußverletzung im Rollstuhl sitzen muß."

Bruder Martin schien etwas erleichtert, aber er sagte: „Das ist, wenn es zutrifft, schlimm genug. Ich habe gesündigt, es war nicht an mir, Rache zu nehmen. Aber ich habe eine Bitte an dich, mein Junge. Ich darf dich doch so nennen?"

Michael nickte.

„Sei um Gottes Willen sehr sehr vorsichtig, wenn du weitere Informationen sammeln möchtest. Die Menschen, mit denen du es zu tun haben wirst, auch, wenn sie nach außen hin harmlos erscheinen mögen, sind skrupellos und äußerst gefährlich, und etliche von ihnen sind sicher noch am Leben."

„Wissen Sie, Bruder Martin, wo sich mein Vater, Thomas Waldner, jetzt aufhalten könnte, oder ob er noch am Leben ist?"

„Nein, mein junger Freund, das weiß ich leider oder Gott sei Dank nicht. Ich weiß nur, daß er sich nach dem Krieg in Berlin mit einer Gruppe von SS Offizieren getroffen hat. Ich bin seiner Spur von Neuendorf dorthin gefolgt, um ihn im richtigen Augenblick zu töten. Nach dem mißglückten Anschlag bin ich über Antwerpen hierher nach England gekommen. Mein Onkel Levy hat das alles arrangiert, er und Father Mathew sind alte Freunde."

„Wo ist denn der Rest Ihrer Familie, wenn Sie in Deutschland geboren und aufgewachsen sind?" fragte Michael weiter.

„Onkel Levy hat mir berichtet, daß alle umgekommen sind, meine Eltern und meine Schwester. Die Nazischergen haben sie von Frankreich aus nach Kadomin verschleppt."

Bruder Martin weinte nun. Michael wußte nicht, wohin er blicken sollte. Tränen brannten auch in seinen Augen, ob es Tränen des Mitleids oder des Zorns waren, wußte er selbst nicht so richtig. Er war sehr verwirrt. Zu viele neue Informationen waren auf ihn eingestürzt. Er schaute wieder zu Bruder Martin hin. Das war also der Mann, den seine Mutter geliebt und mit dem sie zusammengelebt hatte. Deswegen also auch die ganze Geheimniskrämerei um die Geburtsurkunde. Jakob Cohn war Jude gewesen, ein Jude, der sich nun in ein katholisches Kloster im anglikanischen England geflüchtet hatte, um seinen Frieden zu finden. Michael hatte noch so viele Fragen. Er wußte gar nicht, welche er zuerst stellen sollte.

„Ich verstehe nicht, Bruder Martin, wie sich meine Mutter mit Thomas Waldner einlassen konnte, wenn er ein solcher Verbrecher war, und nach allem, was er Ihnen angetan hat?"

„Deine Mutter trifft keine Schuld. Dein Vater war ein gutaussehender, kultivierter Mann mit ausgezeichneten Manieren und höflichem Auftreten. Deine Mutter wußte gar nicht, wieviele Menschenleben er auf dem Gewissen hatte und wieviele Grausamkeiten er begangen hatte. Für sie war er der Freund ihres Bruders, ein SS Offizier zwar, aber immer nett, hilfsbereit und zuvorkommend. Deine Mutter hat sogar versucht, mich im Konzentrationslager Kadomin oder im Arbeitslager, wie sie es nannten, zu besuchen. Dein Vater hat sie auf gemeine Weise getäuscht und ihr etwas vorgelogen, so daß sie den weiten Weg umsonst gemacht hatte. Er hat mir sogar mit hämischer Freude von ihrem Besuch berichtet, als ich in Einzelhaft war. Dein Vater hatte zwei Gesichter, deine Mutter hat das eine, ich das andere kennengelernt. In Wirklichkeit war dein Vater eine Bestie in Menschengestalt."

Michael hatte aufmerksam zugehört und sagte dann:

„Ich muß einfach alles über ihn herausfinden, vorher gebe ich nicht auf."

„Von mir wirst du nichts mehr erfahren", fügte Bruder Martin hinzu. „Frage deine Mutter, die aber wahrscheinlich nichts weiß, frage deinen Onkel, frage meinen Onkel in Prag, sie kennen vielleicht alle Antworten auf deine Fragen. Ich habe noch eine äußerst wichtige Bitte an dich. Komme bitte nicht mehr hierher und störe bitte den Frieden dieses Hauses nicht mehr. Sprich auch zu niemand über unser Zusammentreffen, ich möchte meine Mitbrüder unter keinen Umständen in irgendeine Gefahr bringen. Sag auch bitte deiner Mutter nichts von mir. Jakob Cohn ist tot und soll für immer tot bleiben. Wenn Maria erfahren sollte, daß ich noch lebe, wird sie versuchen, mich aufzusuchen. Deine Mutter soll den Jakob Cohn so in Erinnerung behalten, wie sie ihn während unserer schönen gemeinsamen Zeit gekannt hat. Ich bin jetzt Bruder Martin und möchte es bis zu meinem Tod auch bleiben."

Michael stand auf und reichte Bruder Martin die Hand. „Ich werde Ihren Wunsch erfüllen und respektieren, das verspreche ich Ihnen. Haben Sie vielen Dank, daß Sie mit mir gesprochen haben, Sie haben mir sehr geholfen. Jetzt muß ich meinen Weg allein weitergehen. Darf ich Ihnen noch etwas Persönliches sagen?"

„Aber natürlich", sagte Bruder Martin.

„Ich würde mich glücklich schätzen, wenn Sie mein richtiger Vater wären."

In Bruder Martins Augen schimmerten erneut Tränen. Er ging einen Schritt auf Michael zu und umarmte ihn.

„Maria kann stolz auf ihren Sohn sein. Auch ich wäre froh gewesen, wenn wir gemeinsam einen Sohn wie dich gehabt hätten."

Bruder Martin drehte sich hastig um und verließ den kleinen Raum, ohne sich noch einmal umzudrehen. Er ließ die Türe offenstehen für Father Mathew, der kurz darauf eintrat.

Michael bedankte sich herzlich bei dem Abt für die Hilfsbereitschaft. Father Mathew erinnerte Michael daran, was er gesagt hatte, und begleitete ihn durch das Tor ins Freie.

Es hatte angefangen zu regnen. Michael zog den Trenchcoat über und schlug den Kragen hoch. Regentropfen klatschten ihm ins Gesicht, der Wind zerrte an seinen Haaren. Michael spürte das alles kaum, so tief war er immer noch von dem Gespräch mit Jakob Cohn aufgewühlt und in

Gedanken versunken. Seine Absicht, alles über seinen Vater herauszufinden, war nur noch bestärkt worden durch das, was er gehört und gesehen hatte. Er stieg in sein Auto und fuhr langsam nach Brighton zurück.

Wenn die Männer in dem grünen Bedfordbus in der Lage gewesen wären, Michaels Gedanken zu lesen oder nur einen Bruchteil der Gespräche im Kloster hätten hören können, wäre sein Leben keinen Pfifferling mehr wert gewesen. Die restlichen Tage in England verbrachte Michael damit, Kopien von den wichtigsten Papieren herzustellen, die er für seinen Arbeit an der Universität brauchte. Am Freitag darauf landete seine Maschine gegen 19.30 Uhr wieder in Frankfurt, wo er von Silvia stürmisch begrüßt wurde. Michael ließ sich nichts anmerken von dem, was er erlebt hatte. Er hatte sich vorgenommen, seine kleine Familie aus allem herauszuhalten.

Der ältere Herr, der bereits Michaels Abflug beobachtet hatte, ging zu einer der zahlreichen Telephonzellen im Flughafengebäude und wählte eine Nummer.

„Hallo“, meldete sich eine männliche Stimme.

„Hier ist Thor“, sagte der Anrufer. Er gab seinen Bericht ab über das, was Michael in England gemacht hatte.

„Bleib weiter an ihm dran“, sagte Wotan, „greif aber wirklich nur ein, wenn du es verantworten kannst, weil es einem von uns zu gefährlich wird. Du weißt, was ich damit meine.“

Walter Koslowski legte den Hörer auf und verließ den Flughafen in Richtung Tiefgarage.

NEUENDORF - PRAG
(1985 - 1990)

Eigentlich hätte Michael zufrieden sein können, ja mehr noch, er hätte sich glücklich schätzen müssen. Sein Beruf machte ihm Spaß, er hatte eine kleine nette Familie, aber Michael blieb dennoch unruhig und innerlich unzufrieden. Die Ungewißheit bohrte in ihm, da er nicht recht wußte, wie er weiter vorgehen sollte, ohne Silvia oder seine Mutter einzuweihen. Wie hätte er ihnen erklären sollen, daß er lieber heute als morgen nach Prag gefahren wäre, um weitere Nachforschungen über seinen Vater anzustellen. Silvia hätte ihn wahrscheinlich noch verstanden, aber seine Mutter würde bestimmt anders reagieren. Wie konnte er ihr verständlich machen, woher er die Informationen über Levy Cohn hatte, ohne ihr von seinem Besuch in England bei Jakob Cohn zu erzählen. Was würde sie sagen und vor allem tun? Hatte er ein Recht, ihr die Wahrheit zu verschweigen, hatte er ein Recht, sein Versprechen zu brechen, das er Jakob Cohn gegeben hatte?

Michael grübelte oft nachts lange Stunden am Schreibtisch, wenn Silvia und ihre Tochter schon schliefen. Mit seinem Onkel konnte er auf keinen Fall reden, noch nicht. Er benötigte die Informationen aus Prag. Michael war sich nämlich nicht sicher, ob sein Onkel Paul nicht doch wußte, was sich in Kadomin abgespielt hatte, und was sein Vater dort getan hatte, was immer es war. Er war sich nur über eines sicher, über die Tatsache, daß seine Mutter von alledem nichts ahnte. In dieser Beziehung kannte er seine Mutter genau, sie konnte ihm in dieser Hinsicht nichts vormachen. Aber konnte er sich auch darin wirklich so sicher sein, wie er sich ständig einredete. Hatte sie ihm nicht auch seine tatsächliche Herkunft verschwiegen? Was seinen Vater anbelangte, glaubte er, ihr trauen zu können. Sie hatte ihn in ganz anderer Erinnerung. Michael konnte nicht alles zerschlagen und ihr sagen, daß Thomas Waldner, der Vater ihres einzigen Kindes, den sie auch einmal, wenn auch nur für kurze Zeit, geliebt hatte, ihren Jakob beinahe zu Tode gequält hatte. Nach wochenlangen Grübeleien hatte sich Michael dazu entschlossen und durchgerungen, niemand etwas zu sagen, niemanden einzuweihen. Er wußte zu diesem Zeitpunkt noch nicht, wie klug er damit gehandelt hatte. Er mußte eine Gelegenheit finden, um nach Prag zu gelangen, ohne daß dies jemand aus der Familie besonders auffiel oder verdächtig vorkam.

Die Gelegenheit, nach der er so lange gesucht hatte, ergab sich ähnlich, wie bei seinem Englandbesuch, nur, daß die Initiative dieses Mal nicht von ihm ausging, sondern er nur ein bestimmtes Vorhaben in die von ihm gewünschte Richtung steuerte.

Alle Assistenten und Hilfskräfte des Historischen Seminars zahlten eine gewisse Summe für die vielen Tassen Kaffee und die anderen Getränke, die im Laufe des Semesters konsumiert wurden, in eine gemeinsame „historische Kaffeekasse". Im Abstand von zwei Jahren wurde der Überschuß aus dieser Kasse als Grundstock für ein verlängertes Wochenende herangezogen. Man war bereits gemeinsam im Schwarzwald, am Lago Maggiore, in Niederbronn - Les Baines im Elsaß und in Bamberg gewesen. Die Zeit war wieder gekommen, einen solchen Ausflug zu planen.

Michael und seine Kolleginnen und Kollegen saßen im Aufenthaltsraum des Instituts zusammen und beratschlagten, wo es am Semesterende hingehen sollte.

Die Damen waren, wie jedesmal, für einen Tagesausflug, aber sie wurden, auch wie jedesmal, von den Herren, die in der Mehrzahl waren, überstimmt. Die unterschiedlichsten Vorschläge wurden unterbreitet. Die Diskussion war heftig, da jedes einzelne Reiseziel, jeder Vorschlag Befürworter und Gegner fand. Michael wartete geduldig ab, bis er das Wort ergriff und um Gehör bat. Er hatte seine Hilfstruppen, nämlich Ludwig, Harald und Thomas, schon organisiert, aber alle drei schauten unschuldig und interessiert zu ihm hin, als er seinen Vorschlag erklärte.

„Ich hätte auch eine Idee", begann Michael, „die jedem hier im Raum zusagen müßte. Wie ich eurer Diskussion entnehmen konnte, wollt ihr nicht zu weit fahren, besonders die Damen nicht, es soll nicht allzu teuer werden, ihr wollt aber doch etwas sehen und erleben. Da wäre doch mein Vorschlag für jeden Geschmack passend, was haltet ihr denn von Prag?"

Alle blickten Michael zunächst erstaunt und wortlos an.

„Wie kommst du denn ausgerechnet auf Prag?" fragte Ilse.

„Ganz einfach", antwortete Michael. „Prag ist von hier aus mit dem Bus in wenigen Stunden zu erreichen. Wir könnten am Freitagnachmittag wegfahren und wären am frühen Abend in Prag, und am Sonntagnachmittag wären wir auch wieder rechtzeitig zu Hause. Auch das Kostenproblem wäre dort gelöst. Für eine Mark bekommen wir in Prag zur Zeit etwa fünfundzwanzig tschechische Kronen. Das reicht für ein bürgerliches Mittagessen und drei halbe Bier."

„Du schon wieder mit deiner Rechnerei in halben Bieren", fiel ihm Rosi ins Wort, „woher willst du das außerdem so genau wissen?"

„Ich habe einen Schulfreund, Otto, der mit einer Tschechin verheiratet ist, die allerdings in Deutschland geboren ist, ihre Eltern waren jedenfalls Tschechen. Er besucht hin und wieder die Verwandten drüben in der Tschechei, von ihm habe ich diese Informationen."

„Sechs halbe Liter Bier für eine Mark, da müssen wir hin", warf Harald ein.

Die anderen Bierliebhaber in der Tischrunde nickten heftigst. „Wir fahren doch nicht nur zum Saufen weg", protestierte Simone, „da können wir doch gleich in der nächsten Kneipe einkehren."

Michael ergriff wieder das Wort.

„Auch das kulturelle Angebot ist groß", sagte er. „Wir können eine Vorstellung der Laterna Magica besuchen oder des Theatre Noir. Es gibt den Hradschin mit dem Veitsdom, den Neustädter Rathausplatz mit der berühmten astronomischen Uhr, das jüdische Viertel, die Karlsbrücke und vieles mehr. Außerdem dürft ihr nicht vergessen, daß Theresienstadt und Lidice ganz in der Nähe liegen."

Die Erwähnung der letzten beiden Namen brachte die letzten Zweifler auf seine Seite. Kein Historiker würde sich die Gelegenheit entgehen lassen, diese beiden Orte zu besuchen.

Auch die Damen waren letztendlich einverstanden, sie wären ohnehin überstimmt worden.

Harald, Ludwig und Thomas zwinkerten Michael heimlich zu. Natürlich wußten alle drei nicht, was Michaels eigentlicher Plan war, sie glaubten fest, es gehe ihm um eine schöne und abwechslungsreiche "Bierreise".

„Kann mal jemand das Fenster aufmachen?" forderte Karin, „ihr qualmt ja wie die Verrückten."

Sie hatte recht, die Aschenbecher quollen schon über, und die Luft war zum Schneiden dick.

„Das kann ja eine lustige und verräucherte Busfahrt werden, mit all den Schloten", fügte Rosi hinzu.

„Nun kommt wieder zur Sache", sagte Ludwig, „das ganze muß doch auch organisiert werden. Brauchen wir Visa für die Tschechoslowakei?"

„Ja, wir brauchen Visa“, antwortete Michael, „aber die gesamte Organisation, bis auf den Bus, übernimmt das staatliche tschechische Reisebüro "Cedok". Wir kümmern uns um den Bus. Das Institut für Bildungsreisen vertritt "Cedok" in Deutschland, sie erledigen alles andere für uns.“

„Wir müssen noch den Termin festlegen“, sagte Harald.

Sie einigten sich auf das zweite Juliwochenende. Das war Michael insofern recht, weil zu dem Zeitpunkt noch Unterricht an den Schulen war und Silvia nicht auf die Idee kommen würde, ihn zu begleiten. Für sein Vorhaben konnte er gerade seine Frau unter keinen Umständen gebrauchen.

Die Vorbereitungen für die Reise liefen an, und als die letzten Arbeiten im Seminar erledigt waren, die Zimmer aufgeräumt und die Bibliothek in Ordnung gebracht war, stand der Abreisetermin vor der Tür.

Sie hatten einen kleinen Bus mit zwanzig Sitzplätzen gemietet, der auch zwei kleine Tische im Passagierraum hatte. Silva und Cordula begleiteten Michael zum Bahnhof, wo der Bus abfahren sollte. Die Koffer und Taschen wurden verstaut, der Laderaum war außerdem noch mit Getränken bestückt.

„Seht zu, daß ihr einigermaßen nüchtern in Prag ankommt“, scherzte Silvia, als sie Michael zum Abschied küßte.

„Papa Bier trinken“, plapperte Cordula, als sie die Getränkekisten im Kofferraum sah.

Michael lachte und hob seine Tochter in die Höhe, so daß sie anfing laut zu quietschen.

„Komm, gib Papa einen dicken Kuß“, forderte Michael, und Cordula drückte ihren kleinen Mund auf seine Lippen und sagte kichernd: „Bart kitzelt.“

Sie machte beim Küssen ihren kleinen Mund immer ganz weit auf, so daß Michael rund um den Mund ganz naß geworden war. Er drückte sie noch einmal fest an sich.

„Paß gut auf deine Mama auf“, flüsterte er ihr ins Ohr, bevor er sie wieder sanft auf den Boden setzte.

Die zurückbleibenden Freunde und Verwandten winkten alle noch heftig, als der Bus kaum noch zu sehen war.

Die Fahrt verlief ruhig und gemütlich. Hinten im Bus wurde an den beiden Tischen Karten gespielt, während sich die Damen und Nichtraucher im vorderen "rauchfreien" Teil des Busses aufhielten.

Vor der Grenzstation Waidhaus tankte der Fahrer noch einmal auf, und danach steuerten sie auf die Grenzkontrollen zu. Keiner von ihnen war schon einmal im Ostblock gewesen, aber Werner, ihr Fahrer, kannte sich bestens aus.

Die ersten beiden tschechischen Grenzposten tauchten auf. Es waren blutjunge Burschen in grünen Parkas mit Kalshnikows über den schmalen Schultern. Werner öffnete die Seitentüre des Busses. Ohne Worte zu wechseln, reichte er ihnen aus dem kleinen Kühlschrank vor dem Beifahrersitz einen Sechserpack Coca Cola. Die Pakete verschwanden blitzschnell unter den weiten Jacken der Grenzer, und sie winkten den Bus freundlich weiter.

Als nächstes erschien ein Zollbeamter mit einem Holzkästchen unter dem Arm. Er grüßte und legte seine Uniformmütze auf die Ablage neben dem Fahrersitz. Dann marschierte er durch die Sitzreihen, um die Pässe und Visa einzusammeln. Er wechselte einige Worte auf Deutsch mit den Damen , und sie fingen an, mit dem Beamten zu scherzen. Er war jedoch um keine schlagfertige Antwort verlegen, während er alle Pässe in sein Kästchen packte. Er grüßte noch einmal und verschwand mit seiner Mütze, den Pässen und Visa in einer Holzbaracke neben der Zollschranke. Eine endlose Warterei begann. Niemand durfte den Bus verlassen. Nach fast einer Stunde kam der Beamte zurück. Er reichte alle Unterlagen zurück und ging wieder, natürlich nicht, ohne den obligatorischen Sechserpack Coca Cola eingesteckt zu haben.

Aber damit war die Prozedur an der Grenze noch nicht erledigt, denn erneut erschien ein Uniformierter. Er sah die Einreiseliste durch, fragte nach zu verzollenden Waren, und erst als auch er sein Coca Cola erhalten hatte, konnte die Fahrt weitergehen. Die Absicherung der Grenze war äußerst beeindruckend. Wachtürme, Stacheldraht, Panzersperren und Beton- und Stahlschienen bildeten unüberwindliche Hindernisse für jeden Versuch, das Land illegal zu verlassen. Überall, wo man hinschaute, sah man Soldaten und Grenzer mit Sturmgewehren und Maschinenpistolen.

Die Straßen, die Dörfer und die Landschaft verwandelten ihr Aussehen von einem Augenblick zum anderen. Die Männer hatten aufgehört, Karten zu spielen, und blickten fasziniert aus den Fenstern. Die Zeit schien hier auf der anderen Seite des eisernen Vorhangs stehengeblieben zu sein. Die Straßen glichen Schlaglochpisten, waren eng und kurvig. Über den Dörfern und kleinen Städten hing der dichte Dunst aus den Schornsteinen der Häuser, die mit billiger Braunkohle beheizt wurden. Die Abgase hatten sich im Laufe der Zeit auch an den Häusern niedergeschlagen, deren Fassaden schwarz waren und teilweise richtiggehend nach Farbe lechzten. Viele Gebäude sahen aus, als sei seit Kriegsende nichts mehr an ihnen repariert worden. Zahlreiche Nebengebäude zu den Häusern waren eingefallen, Dächer waren mit Dachpappe oder Blechtafeln notdürftig geflickt. Man sah nahezu keine Blumen an den Fenstern oder hübsche Vorhänge. Vor einigen Häusern lagen Kohlehaufen, die hier und da von den Bewohnern mit Eimern und Wannen in den Keller geschleppt wurden.

Obwohl es Juli war, deckte man sich jetzt schon mit Brennmaterial für den Winter ein, aber auch zum Kochen wurde anscheinend viel Kohle verwendet, denn man konnte den Schwefel aus der verbrannten Braunkohle sogar im Bus leicht auf den Lippen schmecken. Gasthäuser, Restaurants oder Imbißstände suchte man vergeblich. Der Bus überholte manche altertümliche Gefährte, denen man ansah, wieviele Jahre einige schon auf dem Buckel hatten. Michael und seine Kollegen wären nicht verwundert gewesen, wenn sie einen Lastwagen mit Holzvergaser gesehen hätten. Es kam ihnen vor, als sei die Zeit hier vor vierzig Jahren stehengeblieben. Alles wirkte grau, düster und bedrückend. Auch an der Kleidung der Menschen konnte man erkennen, daß man sich im östlichen Teil Europas befand.

In Pilsen wurde der erste Halt auf tschechischem Boden gemacht. Während sie sich im Brauereigasthof das erste Pilsener Urquell schmekken ließen und Szegediner Gulasch aßen, tauschten die Brauereiangestellten mit dem Busfahrer Pilsener Bier gegen Coca Cola. Alle waren wirklich erstaunt über die Preise, denn sie zahlten pro Person nicht einmal eine Mark für Speisen und Getränke, natürlich nach dem Schwarzmarktkurs gerechnet.

Jeder von ihnen hatte zu Hause einige Mark nach dem offiziellen Kurs umgetauscht, und als sie wieder in den Bus einsteigen wollten, kamen die ersten Schwarzgeldwechsler.

„Wollen Sie tauschen, habe guten Kurs?"

Das war die Standardfrage, und diesen Satz sollten sie alle an diesem Wochenende noch öfter hören. Michaels Freund Otto hatte ihn gewarnt, denn die Touristen wurden oft geprellt, da die Schwarztauscher ihre Geldscheine oft doppelt falteten oder ungültige Kronenscheine oder polnische Zlotys dazwischenschoben.

Gegen 17.00 Uhr gelangten sie nach Prag. Da Werner, ihr Busfahrer, sich gut auskannte, fanden sie ihr Hotel ohne Probleme. Es war in der Nähe des Pulverturms gelegen, und man konnte den Wenzelsplatz und den Neustädter Rathausplatz in wenigen Minuten erreichen.

Der staatliche Führer, der ihnen vom tschechischen Reisebüro "Cedok" zugeteilt worden war, wartete an der Rezeption bereits auf sie. Herr Czerny sprach mit ihnen gleich das Wochenendprogramm durch, Stadtführung am Samstag, Theresienstadt und Lidice am Sonntag. Herr Czerny hatte für den Samstagabend auch Karten für die Laterna Magica besorgt.

Nach dem Auspacken marschierten sie alle gemeinsam los, um Prag auf eigene Faust zu erkunden. Die Damen zog es zum Wenzelsplatz, die Herren suchten den Weg zum "U Flecku", der Gaststätte "Zum Fleck". Die Brauerei lag mitten in der Stadt und war berühmt für ihr Schwarzbier. Michael hatte sich natürlich den Herren angeschlossen. Nach einigem Herumirren durch die Seitenstraßen und manchen Fragen an Passanten standen sie schließlich vor der weltbekannten Uhr mit der Aufschrift „Pivovar Flecku". Die Räume und der geräumige Biergarten waren brechend voll. Sie mußten einige Zeit warten und mit ihrem ersten Bier in der Hand herumstehen, bis sie einen freien Tisch ergattern konnten. Es wurde ein feuchter und lustiger Abend. Michael versuchte, seine Anspannung mit Bier zu beruhigen und sich nichts anmerken zu lassen.

Trotz einiger Krüge Bier zuviel, wälzte er sich in der Nacht unruhig hin und her. Es lag nicht an der ungewohnten Lautstärke auf der Straße oder im Hotel, Michael grübelte ständig, wie er seinen Plan verwirklichen konnte, ohne die anderen etwas merken zu lassen. Am Morgen wachte er völlig zerschlagen auf.

Obwohl er ein leidenschaftlicher Kaffeetrinker war, bestellte er zum Frühstück Tee, nachdem er von Haralds Kaffee gekostet hatte.

Herr Čzerny kam pünktlich zum Hotel, und Werner kutschierte die ganze Gesellschaft auf den Burgberg, den Hradschin. Von hier gingen sie zu Fuß in Richtung Veitsdom. Herr Czerny war ein ausgezeichneter Führer und kannte viele Geschichten und Histörchen zu den Gebäuden und Menschen, die sie bewohnt hatten. Am eindrucksvollsten war für Michael der Veitsdom. Die Innenausstattung war überwältigend. Sie besuchten den Saal, in dem der Prager Fenstersturz stattgefunden hatte und stiegen dann die zahlreichen Stufen zur Moldau hinunter. An der Moldau entlang ging es zur Karlsbrücke, zum ältesten Gasthaus Europas, den "Drei Straußen", dann über die Karlsbrücke, der Karlova folgend, zum Neustädter Rathausplatz. Hier stieß auch Werner wieder zu ihnen, der seinen Bus vor dem Hotel abgestellt hatte. Sie warteten vor der astronomischen Uhr bis zur vollen Stunde und zogen weiter bis zum jüdischen Friedhof und zur alten Synagoge. Michael konnte seine Nervosität kaum noch zügeln.

Da die Stadtführung hier enden sollte, überlegte er krampfhaft, wie er sich von der Gruppe entfernen könnte, ohne die anderen vor den Kopf zu stoßen oder aufmerksam zu machen. Herr Czerny verabschiedete sich vor der Synagoge und versprach, sie am Abend wieder im Hotel zum Theaterbesuch abzuholen. Sie standen nun alle im Kreis zusammen und beratschlagten, was sie für den Rest des Tages anfangen wollten. Die meisten waren hungrig und beabsichtigten, wieder über die Karlsbrücke zurückzulaufen, um im Thomaskeller zu Mittag zu essen.

Michael entschuldigte sich mit der Ausrede, daß er erst noch etwas für Silvia und Cordula besorgen wolle. Er war erleichtert, daß Harald, Ludwig und Thomas nicht beabsichtigten, sich ihm anzuschließen. Er war richtiggehend erleichtert, daß es so einfach war, die Kollegen und Freunde loszuwerden.

Als alle außer Sichtweite waren, ging Michael langsam zum Eingang der Synagoge zurück. Er blickte sich noch einmal nach allen Seiten um, ehe er den Raum betrat. Ein Mann, mit dem Käppchen der othodoxen Juden auf dem Hinterkopf, stand in der Ecke der Synagoge und beobachtete die Besucher, die sich im Raum aufhielten. Michael ging zu ihm hin.

„Entschuldigen Sie, bitte“, sagte er höflich, „sprechen Sie etwas Deutsch?“

Der Mann, der erheblich kleiner war als Michael, schaute zu ihm auf.

„Ja, ein bißchen, was kann ich für Sie tun? Haben Sie eine Frage?"

Michael war erleichtert.

„Können Sie mir bitte sagen, wo ich den Rabbiner finde?"

Der Mann hob erstaunt die Augenbrauen.

„Was Sie wollen von Rabbiner? Ich kann auch antworten, wenn Sie haben Fragen."

„Nein, das meine ich nicht", sagte Michael langsam, „ich möchte nichts über die Synagoge wissen, es geht um etwas Persönliches."

Der Mann schaute noch verwunderter und zögerte.

„Ich weiß nicht, ich erst fragen muß, ich weiß nicht, ob möglich, Sie hier warten", sagte er schließlich.

Er machte kehrt und verschwand in einem Nebenraum.

Michael blieb in der Ecke stehen und wartete. Es dauerte nur kurze Zeit und der Mann kam mit einem Begleiter zurück.

„Das mein Kollege", sagte er, „er besser sprechen Deutsch."

Der andere Mann betrachtete Michael argwöhnisch.

„Was kann ich für Sie tun?" fragte er dann in einwandfreiem Deutsch.

„Sind Sie der Rabbiner?" stellte Michael die Gegenfrage.

„Nein", antwortete der Mann, „aber sagen Sie mir, was Sie von unserem Rabbi wollen."

Michael wußte nicht recht, was er jetzt sagen sollte. Er hatte es sich nicht so schwierig vorgestellt, zum Rabbiner zu gelangen. Die ganze Angelegenheit begann, kompliziert zu werden.

„Es geht um eine persönliche Sache. Ich habe dies bereits Ihrem Kollegen gesagt. Ich komme von einem Verwandten des Rabbis aus Deutschland und muß mit ihm sprechen." Mehr wollte Michael in diesem Augenblick nicht verraten.

Die beiden Männer tauschten Blicke aus.

„Kommen Sie bitte mit", sagte der zweite Mann schließlich.

Michael folgte ihm hinaus in die schmale Gasse und von dort in die Straße nahe dem jüdischen Friedhof. An einem Haus, das auf der linken Straßenseite lag und im Oberlicht der Haustüre einen Davidsstern aufwies, läutete der Mann an der Türglocke. Die Tür öffnete sich und ein dritter Mann erschien, mit dem Michaels Begleiter einige Worte auf Tschechisch wechselte. Michael konnte am Tonfall der Stimme hören, daß der Mann im Haus ungehalten war. Man sah es auch an seiner Miene und den Blicken, die er Michael kurz zuwarf. Endlich machte er doch die Türe frei und bedeutete Michael einzutreten und ihm zu folgen. Sie gelangten in einen dunklen Flur. Michael mußte erneut warten. Er hörte schwaches Gemurmel hinter einer Türe, durch die der Mann verschwunden war. Als sich die Türe wieder öffnete, machte er eine Handbewegung, um Michael zum Eintreten aufzufordern. Er selbst ging wieder hinaus und schloß die Tür hinter Michael.

Mitten im Zimmer stand ein großer wuchtiger Schreibtisch, hinter dem eine kleine Person fast in einem riesigen Ledersessel zu versinken schien, in dem sie saß. Sie trug auch ein Käppchen wie alle anderen und eine glitzernde Goldrandbrille, die das runde Gesicht mit den hellen intelligenten Augen beherrschte.

„Ich bin Rabbi Salomon", sagte der kleine Mann freundlich und stand auf, um Michael die Hand über die Schreibtischplatte zu reichen. Er hatte für seine Größe einen erstaunlich festen Händedruck.

„Sie wollen mich in einer persönlichen Angelegenheit sprechen, aber ich glaube, Sie befinden sich in einem Irrtum, denn ich habe keine Verwandten in Deutschland."

Michael empfand die Antwort wie einen kalten Stein in seinem Magen. War alles umsonst gewesen?

„Nehmen Sie doch Platz", forderte der Rabbi Michael mit einer einladenden Handbewegung auf.

Michael setzte sich und versuchte, seine Gedanken zu ordnen. In einem plötzlichen Entschluß nahm er sich vor, den direkten Weg zu gehen, er hatte ja jetzt nichts mehr zu verlieren. Er faßte in die Tasche seines Jeanshemdes und holte den kleinen silbernen Davidsstern hervor. Er beugte sich nach vorn und legte ihn vor den Rabbi auf die Schreibtischunterlage.

Rabbi Salomon nahm den Stern in die Hand und betrachtete ihn interessiert.

„Ein schönes Schmuckstück", sagte er, „aber würden Sie sich bitte näher erklären? Was wollen Sie mir damit sagen oder andeuten?"

Michael begann zu erklären.

„Ich habe diesen Stern von einem Mann erhalten, dessen Onkel ich hier bei ihnen anzutreffen hoffte. Er ist als Erkennungszeichen gedacht. Der Name des Besitzers ist Jakob Cohn. Ich bin Michael Anders, der Sohn seiner einstigen Lebensgefährtin, mit der Jakob Cohn vor dem

Krieg in Deutschland zusammenlebte. Der Name meiner Mutter ist Maria Anders.“

Jetzt hatte er alles gesagt, nun war es ihm egal, was passieren würde.

Der Rabbi schaute Michael lange und durchdringend an, als wolle er seine geheimen Gedanken lesen.

„Sie haben eben den Namen Jakob Cohn erwähnt. Niemand weiß, wo sich Jakob Cohn aufhält. Warum belügen Sie mich?“

Michael antwortete sofort: „Ich belüge Sie nicht. Jakob Cohn befindet sich in einem Kloster in Südengland. Der Abt des Klosters heißt Father Mathew, Jakob Cohn hat den Namen Bruder Martin angenommen. Ich habe persönlich in England mit ihm gesprochen.“

Allein die Tatsache, daß Rabbi Salomon den Namen Jakob Cohn kannte, ließ in Michael die Hoffnung aufkeimen, daß er doch nicht vergebens hierher gekommen war.

Der Rabbi hatte aufmerksam zugehört und nickte.

„Ich glaube Ihnen jetzt, daß Sie die Wahrheit sprechen, aber es gibt jemand anderen, der das endgültig entscheiden wird“, sagte er schließlich.

Er drückte einen Knopf unter der Schreibtischplatte, und der Mann, der Michael ins Haus gelassen hatte, erschien nach wenigen Sekunden, wie wenn er auf Abruf gestanden hätte. Rabbi Salomon übergab ihm den Davidsstern und sprach einige Sätze zu ihm, die sich für Michael wie Hebräisch anhörten. Er wollte bestimmt sichergehen, daß Michael von seinen Anweisungen nichts verstand. Der Mann eilte hinaus.

„Ich möchte nicht unhöflich erscheinen“, wandte sich der Rabbi nun wieder an Michael, „aber wenn Sie nicht die Wahrheit gesprochen haben oder eine andere Absicht hinter Ihrer Anwesenheit steckt, befinden Sie sich jetzt in allergrößten Schwierigkeiten.“

Michael wollte erneut zu weiteren Erklärungen ansetzen, aber der Rabbi hob nur kurz die Hand.

„Sparen Sie sich Ihre Worte, gleich wird sich mit Sicherheit zeigen, ob Sie die Wahrheit gesagt haben oder nicht.“

Es dauerte noch einige, für Michael endlose Minuten, ehe die gepolsterte Türe sich wieder öffnete. Der Mann, den der Rabbi weggeschickt hatte, erschien mit einer weiteren Person in der Tür. Er führte einen großen hageren Greis ins Zimmer, der sich mit der rechten Hand schwer auf einen schwarzen Gehstock mit silbernem Knauf stützte. Er trug ein dunkles Gewand, das bis zum Boden reichte, und hatte ein gesticktes Käppchen auf dem schlohweißen Haar. Tiefe Falten hatten sich in das schmale Gesicht gegraben, die Augen lagen dunkel in tiefen Höhlen, blickten aber wach und klar. Er ließ sich in eine Ecke führen, wo er sich langsam in einen der breiten bequemen Sessel setzte. Ohne aufzuschauen oder ein Wort zu sagen, deutete er mit dem Stock auf Michael und klopfte dann auf die Sitzfläche des Sessels, der ihm gegenüber stand. Michael folgte der Aufforderung sogleich und setzte sich ebenfalls. Der alte Mann hatte jetzt beide Hände auf den Knauf seines Stockes gelegt und schaute Michael durchdringend an. Er blickte ihm direkt in die Augen. Michael bemühte sich, dem Blick des Greises nicht auszuweichen.

„Erzählen Sie mir noch einmal, junger Mann, woher Sie diesen Stern haben", sagte der alte Mann in perfektem Deutsch.

Michael begann noch einmal, die Geschichte von seinem Besuch in England im Kloster zu berichten. Er bemühte sich, keine Einzelheit auszulassen.

Als er geendet hatte, sagte der alte Mann nur: „Es stimmt, mein Neffe Jakob Cohn ist in diesem Kloster, aber sind Sie Michael Anders, der Sie vorgeben zu sein?"

Das ist also tatsächlich Levy Cohn, fuhr es Michael durch den Kopf, obwohl er dies schon vermutet hatte, als der alte Mann ins Zimmer gekommen war. Er war glücklich und erleichtert zugleich, hoffte er doch, nun endlich die ganze Wahrheit über die wirklichen Zusammenhänge zu erfahren. Er beeilte sich, die letzte Frage des Rabbis zu beantworten.

„Es tut mir leid, mein Paß ist leider im Hotel."

„Ich benötige Ihren Paß nicht, Pässe kann man fälschen", sagte Levy Cohn, „erzählen Sie mir einfach alles, was Sie von Ihrer Mutter wissen!"

Michael fing an, alles zu berichten und zu erzählen, was er für wichtig hielt. Er erzählte von seinem Onkel Paul, von seinem Vater Thomas Waldner und vor allem natürlich von seiner Mutter. Levy Cohn hörte schweigend zu, während der Mann, der ihn hereingeführt hatte, die ganze Zeit über hinter seinem Sessel stand. Als Michael geendet hatte, weil ihm nichts mehr einfiel, was er noch hinzufügen könnte, trat kurzes Schweigen ein.

Levy Cohn ergriff als erster wieder das Wort.

„Du bist der Sohn von Maria Anders, ich darf dich doch duzen? Ich kenne deine Mutter, ich habe sie in Deutschland kennengelernt. Wir haben all die Jahre über Kontakt zueinander gehalten. Ich habe ihr aber nie, so wie es Jakob wünschte, erzählt, daß mein Neffe noch am Leben ist."

Michael war überrascht zu hören, daß Levy Cohn und seine Mutter sich kannten, sie hatte ihm nie etwas davon gesagt.

„Sag mir nun den Grund, warum du hier bist, mein Junge", sagte der alte Rabbi.

Michael erklärte ihm genau, was ihn hierher nach Prag geführt hatte.

„Du möchtest also wissen, was für ein Mensch dein Vater war, dem du so ähnlich siehst, und vor allem, woher er seinen Spitznamen bekommen hat. Ich denke, du solltest nach so vielen Jahren endlich die volle Wahrheit erfahren, ich glaube, du hast ein Recht darauf. Aber ich muß dich vorher warnen. Das, was du hören wirst, wird dir nicht gefallen. Dein Vater und dein Onkel gehören einer sehr gefährlichen Organisation an, der Gruppe Wotan. Meine Leute haben versucht, in den vergangenen Jahrzehnten soviel wie möglich über diese Geheimorganisation in Erfahrung zu bringen. Über zwölf unserer besten Leute mußten dabei ihr Leben lassen, aber bis auf fünf Personen haben wir sie alle ihrer gerechten Strafe zugeführt. Dein Onkel Paul Anders ist einer der fünf, aber er hat schon für seine Vergehen gebüßt durch seine schwere Verletzung und Behinderung. Ich wollte auch Rücksicht auf deine Mutter nehmen, deswegen ist er auch verschont geblieben. So wie es aber im Moment aussieht, hat dein Onkel die entscheidenden Informationen, um an den Rest der Gruppe Wotan heranzukommen. Drei der Mitglieder der Organisation waren mit Paul Anders während der Nazizeit ständig zusammen, einer davon ist, wie du inzwischen weißt, dein Vater Thomas Waldner gewesen. Wir vermuten, daß er sich im Ausland aufhält, wenn er noch am Leben ist, der Kopf der Gruppe scheint jedoch noch irgendwo in Deutschland zu sein."

Der Rabbi hielt inne. Das lange Sprechen bereitete ihm sichtlich Mühe. Levy Cohn hob die Hand. Der Mann hinter ihm eilte zu einem kleinen Tischchen und schenkte aus einer Karaffe ein Glas Wasser ein, das er dem Rabbi reichte. Levy Cohn trank in kleinen Schlucken, danach sprach er weiter.

„Diese Organisation besitzt enorme Vermögenswerte im Ausland, das ist uns bekannt. Sie benutzen dieses Geld, um ehemalige SS Kameraden und Parteibonzen der Nazis zu schützen und finanziell zu unterstützen. Die Gruppe hat noch zahlreiche alte Freunde in der deutschen Verwaltung und besonders in der Justiz, auch wenn die meisten von ihnen aus Altersgründen schon pensioniert sind. Wenn du uns helfen willst, deinen Vater zu finden, begibst du dich in sehr große Gefahr. Die Oragnisation schreckte in der Vergangenheit nicht davor zurück, brutale Morde zu begehen, wenn die Gefahr bestand, daß einer von ihnen hätte enttarnt werden können. Du hast vielleicht die Möglichkeit, über deinen Onkel herauszufinden, was wir wissen müssen. Wir möchten ihm gegenüber nicht zur Gewaltanwendung greifen, um diese Informationen zu erhalten. Das war von jeher das letzte Mittel, das wir angewendet haben. Ich möchte auch deiner Mutter nicht noch mehr wehtun. Ich hoffe, du hast ihr nichts davon gesagt, daß mein Neffe noch lebt."

Michael schüttelte den Kopf.

„Das ist gut so, sie soll es auch nie erfahren, Jakob möchte es so. Er hat nun seinen Frieden gefunden und mit dem Leben außerhalb des Klosters abgeschlossen."

Der Rabbi machte wieder eine Pause und schaute Michael dann nachdenklich an.

„Du mußt dich nicht sofort entscheiden, ob du uns helfen willst. Ich werde dir zuerst erzählen, wie dein Vater, Thomas Waldner, zu seinem Spitznamen „Stille Nacht" gekommen ist."

Levy Cohn nahm erneut einen Schluck Wasser, bevor er sich in seinen Sessel zurücklehnte und weitersprach.

„Es ereignete sich kurz vor Weihnachten im Konzentrationslager Kadomin, in das mein Neffe durch deinen Vater gebracht worden war."

KADOMIN
(1940 - 1945)
(vor Weihnachten)

Es war bitterkalt in den Baracken und Zellen. Die Gefangenen froren erbärmlich in ihren dünnen Sträflingskleidern. Sie rückten nachts auf den Holzpritschen noch enger zusammen als gewöhnlich, obwohl manche Räume hoffnungslos überbelegt waren. Am Morgen war das Wasser, das während der Nacht kondensierte und heruntertropfte, auf dem Steinfußboden gefroren.

Jeden Morgen, wenn die mageren Gestalten auf dem Hof in der Eiseskälte zum Appell antreten mußten, fehlten einige, die steifgefroren mit starren, leeren Augen auf den Holzgestellen lagen. Sie wurden von vielen beneidet, da für sie der Tod die Erlösung von ihren Qualen und Leiden bedeutet hatte.

Drei Wochen vor dem Weihnachtsfest hielt Thomas Waldner mit seinen Männern eine Weihnachtsfeier ab. Es war keine Weihnachtsfeier im ursprünglichen Sinn. Außer einem Adventskranz an der Decke im Zimmer hinter der Wachstube erinnerte nichts an diese heilige Zeit.

Alle Anwesenden hatten gut gegessen und das Bier, das sich in Kästen an der Wand der Stube stapelte, floß seit einigen Stunden in Strömen. Die Zungen mancher SS Leute waren schon schwerer geworden, die meisten hatten die Jacken abgelegt und saßen mit ihrem Chef um den großen massiven Holztisch. Sie erzählten sich Witze und Zoten, so daß ihr lautes Lachen und Grölen bis zu den Gefangenenzellen zu hören war. Dort herrschte banges Schweigen, und in vielen Häftlingen stieg panische Angst hoch, da sie wußten, daß sich die Wachleute in diesem Zustand und in dieser ausgelassenen Stimmung immer etwas besonders Grausames einfallen ließen.

Thomas Waldner stieß mit seinen Männern erneut an.

„Wißt ihr, Leute, was hier fehlt“, rief er danach laut und deutete in die eine Ecke des Raumes, „ein richtiger Weihnachtsbaum. Warum hat denn niemand einen Weihnachtsbaum besorgt?“

„Aber Chef“, warf einer der Männer ein, „wo sollen wir denn jetzt, mitten in der Nacht, einen Baum herbekommen?“

Sie wußten alle, daß Thomas Waldner manchmal die verrücktesten Ideen hatte, wenn er angetrunken war.

„Nun, dann will ich mich einmal darum kümmern. Laßt das meine Sorge sein. Das bin ich euch doch schließlich schuldig“, sagte Thomas Waldner.

Die Männer schauten ihn verwundert an.

„Hartmann, Rohde“, befahl er knapp, „holt mir doch bitte den Gefangenen Cohn aus seiner Einzelzelle, er darf als Jude heute mit uns deutsche Weihnachten feiern.“

Er lachte, als habe er einen guten Witz gemacht und trank erneut einen Schluck aus seiner Bierflasche. Er war heute in der richtigen Stimmung. Die beiden Männer, die Thomas aufgefordert hatte, sprangen auf, um sich die Jacken und die langen Wintermäntel anzuziehen.

Jakob Cohn hatte sich auf seiner harten Holzpritsche zusammengerollt und die Arme unter die Achselhöhlen gesteckt, um so die Kälte wenigstens ein bißchen abzuwehren. Er vermied es, mit der Mauer neben der Pritsche in Berührung zu kommen, da sie von einer dünnen Eisschicht überzogen war, an der seine dünne Kleidung festklebte, wenn er zu nahe rückte. Das Klappern der schweren Eisenriegel seiner Zellentür riß ihn aus seiner Starrheit. Er hob den Kopf. Lange schon hatte er die Orientierung in der Dunkelheit der Zelle verloren, er tastete sich nur noch wie ein Blinder vorwärts, um den Toiletteneimer zu erreichen und seine Liege zu finden. Ein breites Lichtband fiel vom Gang in die Zelle, so daß Jakob Cohn die schmerzenden Augen zusammenkneifen mußte. Ehe er erkennen konnte, wer hereinkam, packten ihn vier kräftige Hände und zerrten ihn hoch. Der Versuch, sich zu wehren, scheiterte kläglich, es fehlte ihm jegliche Kraft.

„Komm hoch, Jude, unser Chef hat dich zu unserer Weihnachtsfeier eingeladen“, sagte einer der beiden Männer lachend.

Der Geruch von Schweiß und Alkohol stieg Jakob so penetrant in die Nase, daß er angewidert den Kopf zur Seite drehen mußte, um sich nicht zu erbrechen. Wie ein lebloses Bündel schleiften sie ihn ins Freie und über den Hof. Die Kälte biß durch seine dünne Jacke, und das Licht der grellen Scheinwerfer, die die ganze Nacht durch brannten, blendete ihn so, daß ihm das Wasser in die Augen stieg. Jakob torkelte zwischen den Männern auf dem Pflaster des Hofes dahin.

Als sie ihn durch die Tür des Wachraums stießen, verspürte Jakob angenehme Wärme. Nur langsam gewöhnten sich seine tränenden Augen zwinkernd an die Helligkeit des Raumes. Er blinzelte in die Runde. Als er Thomas Waldner am Tisch stehen sah, grinsend, die geöffnete Bierflasche in der Hand, wußte er, daß ihm nichts Gutes bevorstand.

Die beiden Männer, die ihn hereingebracht hatten, drückten ihn auf einen Stuhl am großen Tisch.

„Nun, mein Freund", sagte Thomas Waldner spöttisch und beugte sich zu ihm hinunter, „ich hoffe, du freust dich über die Einladung, uns ein wenig Gesellschaft zu leisten? Wir haben so selten die Möglichkeit einer gepflegten Unterhaltung."

Die anderen Männer grölten vor Lachen.

„Ich habe mir gedacht, daß es doch recht einsam ist in deiner gemütlichen Behausung. Und Weihnachten ist ja schließlich das Fest der Liebe."

Erneutes Gegröle setzte ein.

„Möchtest du nicht ein Bier mit uns trinken?"

Thomas hielt Jakob die Flasche an den Mund. Dieser drehte den Kopf weg und hob abwehrend die Hände vors Gesicht.

„Was", schrie Thomas Waldner laut und mit gespieltem Zorn, „du lehnst unsere höfliche Einladung ab? Das ist aber sehr ungezogen und zeugt nicht von guten Manieren. Du stammst doch aus so feinem Hause."

Er drehte sich zu seinen Männern um.

„Ich denke, Leute, wir sollten unserem Gast eine kleine Nachhilfestunde in gutem Benehmen geben."

Thomas packte Jakob am Kragen und zerrte ihn nach hinten, daß er beinahe vom Stuhl fiel. Zwei Männer hielten ihm die Arme fest, während Thomas ihm die Öffnung der Flasche gewaltsam in den Mund zwängte. Der Gestank von Bier und Urin kam aus dem Flaschenhals. Jakob biß die Zähne zusammen, da ihm übel wurde. Thomas hielt ihm die Nase zu, und als Jakob Luft holen wollte, rammte er ihm die Flasche noch tiefer in den Mund. Obwohl er sich zu wehren versuchte, mußte er schlucken, um nicht zu ersticken. Die ekelerregende Mischung drehte ihm den Magen um, aber sie ließen ihn nicht eher los, bis die Flasche geleert war. Als sie ihn losließen, krampfte sich Jakob auf seinem Stuhl zusammen, während sich die SS Leute vor Lachen auf die Schenkel schlugen. Mit einem würgenden Ächzen gab Jakob alles wieder von sich, was sie ihm gewaltsam eingeflößt hatten. Seine Kehle brannte wie Feuer, sein Mund war gallenbitter.

„Schaut euch dieses jüdische Ferkel an", rief Thomas, „kleckert der doch unsere gute Stube voll."

Jakobs Kleider und der Platz vor seinem Stuhl waren mit der dünnen Brühe des Erbrochenen bedeckt.

„Los, mach das gefälligst sauber“, sagte Thomas und warf Jakob einen Lappen ins bleiche Gesicht.

Jakob rutschte von seinem Stuhl und kroch auf allen Vieren herum, um aufzuwischen, wobei ihm der eine oder andere SS Mann auf die Finger trat oder ihm einen Schubs mit dem Knie gab. Als er fertig war, setzten sie Jakob wieder auf den Stuhl.

„Melzer, hol mal einen Werkzeugkasten aus dem Magazin“, befahl Thomas nun.

Die Männer schauten sich fragend an. Thomas gab genaue Anordnungen. Mit Gürteln schnallten sie Jakobs Beine und den Oberkörper am Stuhl fest und schoben ihn danach ganz dicht an den Tisch heran. Seine Arme legten sie auf die Tischplatte. Jakob hatte keine Kraft und keinen Willen mehr, um sich zur Wehr zu setzen.

Der Mann mit dem Werkzeugkasten kam herein.

„Haltet seine Arme und Hände gut fest“, befahl Thomas.

Jakob ahnte nicht, was sie vorhatten, aber er hoffte, daß es schnell gehen würde oder er in eine wohltuende Ohnmacht fallen würde.

Thomas griff ein Bündel Nägel aus der Kiste und einen schweren Hammer. Jakob setzte zu einem Schrei an, aber Thomas plazierte den ersten Nagel neben der Fingerwurzel seines Zeigefingers auf den Tisch. Jakob schloß die Augen und wartete auf den Schmerz, aber nichts geschah. Thomas trieb den Nagel mit kräftigen Schlägen bis zur Hälfte in die Tischplatte. Als Jakob die Augen wieder öffnete, sah er, daß Thomas den Nagel über seinen Finger hinweg so krummschlug, daß der Nagelkopf auf der anderen Seite den Tisch berührte und Jakobs Finger gegen die Tischplatte quetschte. Jetzt setzte der Schmerz ein. Jakob schrie laut und durchdringend. Einer der Männer stopfte ihm daraufhin den Lappen in den Mund, mit dem Jakob das Erbrochene aufgewischt hatte. Jakob würgte und spürte, wie sein Magen sich erneut zusammenkrampfte. Er versuchte, durch die Nase zu atmen, um nicht zu ersticken. Seinen Schmerz konnte man nur noch an den Augen ablesen.

Thomas schlug neben jedem Finger zwei Nägel ins Holz, so daß Jakob keinen Finger mehr bewegen konnte, als Thomas fertig war. Thomas legte den Hammer weg und griff zur Bierflasche.

„Hier, nimm einen Schluck“, grinste er und zog Jakob den Lappen aus dem Mund. Jakob keuchte und sog die verräucherte Luft tief in die Lungen, so daß er von einem Hustenanfall geschüttelt wurde. Thomas griff ihm nun ins Haar und bog ihm den Kopf erneut weit nach hinten. Dieses Mal schluckte Jakob ohne Widerstand. Das Bier tat zwar seiner brennenden Kehle gut, aber sein Magen begann erneut zu rebellieren. Nur durch ständiges Schlucken konnte Jakob verhindern, daß er sich wieder übergeben mußte.

Thomas Waldner holte nun eine Zange aus dem Werkzeugkasten.

Er setzte sie an Jakobs kleinem Finger an und riß ihm mit einem heftigen Ruck den Fingernagel heraus. Jakob schrie wie ein Tier und wand sich in seinen Fesseln auf dem Stuhl hin und her, aber diese gaben nicht nach.

„Wenn du nicht artig bist, mußt du wieder den Lappen essen“, drohte Thomas.

Jakob war einer Ohnmacht nahe, um seine Fingerkuppe hatte sich eine kleine Blutlache gebildet. Als Thomas den nächsten Nagel ausriß, schwanden Jakob die Sinne. Thomas führte seine Arbeit fort, an jedem Finger beider Hände.

Einige Männer im Raum, die vorher noch grölend gelacht hatten, waren verstummt. Sie waren vieles gewohnt, aber das hier bedurfte schon einer eigenen Phantasie. Thomas schüttete Jakob so lange kaltes Bier über den Kopf und ins Gesicht, bis dieser wieder Anzeichen machte, zu sich zu kommen.

„Bleib doch bei uns“, spöttelte Thomas, „du willst uns doch nicht den Abend verderben? Das Schönste kommt doch erst noch.“

Jakobs Kopf hing ihm auf der Brust, das Bier tropfte aus seinen Haaren, um seine Hände schwamm der Tisch von Blut.

Thomas ging zum Ofen und begann, mit seinem Taschenmesser lange Streichhölzer anzuspitzen. Niemand im Raum ahnte, was er vorhatte, aber in Jakob krampfte sich alles zusammen. Als ihm Thomas die angespitzten Hölzchen in die blutenden Fingerkuppen steckte, fühlte er kaum noch Schmerzen. Sein Verstand hatte abgeschaltet. Mit weit aufgerissenen Augen schaute er auf seine Hände, die gar nicht mehr zu ihm zu gehören schienen. Sie waren Fremdkörper für ihn, waren kein Teil seines Körpers mehr.

Thomas zündete ein Streichholz nach dem anderen an. Als alle zehn Hölzchen brannten, begann er zu singen und forderte seine Männer auf mitzusingen, die gehorchten, obwohl es den einen oder anderen im Hals kratzte. So standen sie, die Bierflasche in der Hand, im Kreis um ihr bejammernswertes Opfer und sangen das Lied, das ihr Offizier angestimmt hatte, „Stille Nacht“.

Als das erste Streichholz zischend im blutigen Fleisch von Jakobs Fingern erlosch, fiel er erneut in eine erlösende Ohnmacht. Auch die Ohrfeigen und Schläge, die sie ihm verpaßten, das Bier, das sie über ihn gossen, brachten ihn nicht wieder zur Besinnung.

„Macht ihn los und schafft ihn weg“, befahl Thomas unwirsch. Er hatte plötzlich den Spaß an seinem Spiel verloren.

Die Männer beeilten sich, seinem Befehl nachzukommen, sie kannten seine Launen.

„Schafft auch Ordnung hier, ich möchte den Raum morgen früh wieder blitzsauber vorfinden.“

Thomas Waldner zog seine Uniformjacke an und nahm den Mantel über den Arm. Wortlos ging er hinaus.

Die Männer schleiften Jakob wieder über den Hof und warfen ihn durch die Barackentür von Block B. Erst als die genagelten Stiefel sich wieder entfernt hatten, eilten die anderen Häftlinge herbei.

„Oh, mein Gott“, sagte einer, als er Jakobs Hände sah, „bringt schnell ein paar Lappen und Tücher.“

Sie verbanden Jakobs Hände, so gut sie konnten. In den nächsten Tagen fütterten und versorgten sie Jakob Cohn.

Die Fingerkuppen begannen zu eitern und sich zu entzünden.

Noch nach Wochen ähnelten seine Finger mehr Krallen als menschlichen Händen. Jakob hatte fürchterliche Schmerzen. Er konnte nichts mehr fühlen und mußte alles mit beiden Händen anfassen.

Seit jenem Abend blieb Jakob von den Angriffen der übrigen Wachmänner verschont, ja sie machten manchmal sogar einen Bogen um ihn.

Thomas Waldner wollte es so.

PRAG
(1980 - 1985)

Der Rabbi hatte aufgehört zu sprechen und hielt die Augen geschlossen, als ob er eingeschlafen sei. Das lange Reden hatte ihn sehr angestrengt.

Michael saß stumm in seinem Sessel. Er konnte noch gar nicht richtig verarbeiten, was er gerade aus dem Mund von Levy Cohn gehört hatte. Die Hände zu Fäusten geballt, stiegen ihm Tränen der Wut in die Augen. Als er wieder in der Lage war, klarer zu denken, bemerkte er, daß ihn der Rabbi ernst anblickte.

„Jetzt kennst du die ganze Wahrheit über deinen Vater, Michael. Er war ein Teufel in Menschengestalt, die Ausgeburt des Bösen, geschaffen und geformt von einem teuflischen und menschenfeindlichen System, auch wenn dich diese brutale Wahrheit schmerzen mag. Er wurde geprägt von einer Diktatur, der er sich heute noch verpflichtet fühlt und deren Reste immer noch irgendwo bedrohlich existieren. Sprich zu niemandem über das, was du gerade von mir gehört hast, besonders nicht zu deiner Mutter. Sie hat diese grausame Wahrheit am allerwenigsten verdient. Jetzt kannst du dir auch ein Bild davon machen, wozu die Männer dieser Organisation fähig sind. Du weißt aber jetzt auch, in welche Gefahr du dich begibst, wenn du den Gedanken nicht aufgibst, nach deinem Vater zu suchen. Bist du trotzdem immer noch bereit, uns zu helfen?“

Michael nickte, ohne zu zögern.

„Jetzt noch mehr als je zuvor“, sagte er. „Ich werde alles, was in meiner Macht liegt, tun, um diesen Menschen, diese Bestie zur Strecke zu bringen, auch wenn er mein leiblicher Vater ist. Ich empfinde nur Haß und Verachtung für ihn.“

Michael war sichtlich erregt, so daß der Rabbi ihn unterbrach.

„Haß ist kein guter Ratgeber, Michael. Du mußt einen kühlen Kopf bewahren, wenn wir gemeinsam zum Ziel gelangen wollen. Du solltest deinen Verstand einsetzen. Ich selbst habe vor langer Zeit aufgehört zu hassen. Ich will auch keine Rache, ich möchte nur andere Menschen schützen und die verbliebenen Mitglieder der Gruppe Wotan ihrer gerechten Strafe zuführen.“

Michael hörte aufmerksam zu und nickte dann.

„Ich werde einige Zeit brauchen, um wieder klarer denken zu können, aber ich glaube, ich habe verstanden, was Sie mir sagen wollen. Sie können auf mich zählen."

Der Rabbi lächelte ihm zu.

„Geh jetzt wieder. Wenn du die Informationen bekommen hast, die wir benötigen, dann ruf hier an. Josef wird dir die Nummer geben. Sag bitte nur deinen Namen und "Esch Gadol", dann werden wir uns mit dir in Verbindung setzen. Sei bitte vernünftig und unternimm nichts auf eigene Faust, es könnte sonst tödlich für dich enden."

Mit dieser nochmaligen Warnung verabschiedete sich Levy Cohn von Michael. Sein Begleiter führte ihn wieder hinaus. Die Blicke, die er Michael nun zuwarf, waren nicht mehr so abweisend und feindlich wie zu Beginn. Michael verabschiedete sich auch von Rabbi Salomon und machte sich dann auf den Weg zurück zum Hotel. Er versuchte, sich bei den Freunden und Kollegen nichts anmerken zu lassen, aber während der Vorstellung in der Laterna Magica war er froh, nicht mit jemand sprechen zu müssen. Er bekam von dem Geschehen auf der Bühne kaum etwas mit, so sehr war er mit seinen eigenen Gedanken beschäftigt.

Am nächsten Tag besuchten sie alle vor der Heimreise Lidice und Theresienstadt. Gerade in Lidice traf es Michael erneut wie ein Schock. Das Tal, in dem das Dorf Lidice gestanden hatte, die Ausstellung mit den Bildern der erschossenen Männer des Dorfes, den blutgetränkten Kleidungsstücken, der Asche aus den Konzentrationslagern und vor allem der Film von der Deportation der Frauen und Kinder bestärkten Michael in seinem Haß und seiner Wut über diese Verbrechen und über seinen Vater. Er nahm sich fest vor, ihn zu suchen und zu töten, allein, ohne fremde Hilfe.

Das war er sich und den zahlreichen Opfern schuldig. Als Michael wieder zu Hause in Neuendorf angelangt war, gab Walter Koslowski seinen Bericht bei Wotan ab. Er erhielt die gleichen Anweisungen wie nach Michaels Rückkehr aus England.

Wenn beide, Wotan und Koslowski, geahnt hätten, wie nahe Michael der Organisation schon gekommen war, wäre er wahrscheinlich noch in der gleichen Woche oder am gleichen Abend gestorben.

NEUENDORF
(1980 - 1985)

Michael war froh, daß das Semester endlich vorüber war und die Ferien begannen, da er sich nicht sicher war, ob er sich noch länger in der notwendigen Weise auf seine Arbeit hätte konzentrieren können.

Silvia, Cordula und Michael fuhren zuerst einmal an die Ostsee, um auszuspannen. Sie hatten in Weseby bei Eckernförde ein kleines Bungalow gemietet, das direkt an der Schlei lag. Von dort brachen sie täglich zu zahlreichen Unternehmungen auf. Sie besuchten den Tierpark in Gettdorf, sahen sich das Schloß in Schleswig an, wo eine Ausstellung mit Moorfunden zu sehen war, und wenn Cordula und Silvia ihren Mittagsschlaf hielten, unternahm Michael lange Spaziergänge entlang der Schlei.

Michaels Haß war inzwischen einer kalten, aber berechnenden Wut gewichen. Er überlegte intensiv, benutzte seinen scharfen Verstand, um einen Plan zu entwerfen, der ihn seinem Ziel näherbringen sollte. Bei aller Vernunft und Logik hatte er sein Vorhaben noch nicht ad acta gelegt. Er hatte immer noch die Absicht, den Mann, der sein Vater war, selbst zu töten. Er steigerte sich in diese Idee geradezu hinein. Oft stellte er sich vor, welche glückliche Familie seine Mutter und Jakob Cohn hätten sein können. Dieser Unmensch, der sein leiblicher Vater war, hatte das Glück so vieler Menschen auf dem Gewissen. Nach langem Nachdenken beschloß Michael, wie es Levy Cohn vorgeschlagen hatte, bei seinem Onkel Paul anzusetzen. Er würde es auf die einzige Art und Weise machen, die bei seinem Onkel funktionierte, er würde seinen ausgeprägten Familiensinn und seine Liebe zu ihm, seinem Neffen, ausnutzen. Die Vorliebe seines Onkels zu einem guten Glas Bier würde ihm dabei sicher nützlich sein.

Die Ferien gingen zu Ende, Silvia war wieder in der Schule und Cordula im Kindergarten. Michael nahm seine Arbeiten für das bevorstehende Semester auf. Jetzt, da er einen festen Plan gefaßt hatte, ließ er sich für das Vorhaben mit seinem Onkel Zeit. Er lullte seinen Onkel richtiggehend ein. Immer, wenn sie ins Gespräch kamen, zeigte Michael ein gewisses Verständnis für die Vergangenheit seines Onkels, das nicht Michaels Überzeugung entsprach. Oft kochte es in ihm, wenn er den Ausführungen seines Onkels zuhörte, aber ihr Verhältnis zueinander wurde mit der Zeit immer besser, so glaubte jedenfalls Paul Anders. Der Vorfall in seinem Wohnzimmer, die Vorwürfe Michaels, dies alles schien vergessen.

Nicht so für Michael. An Ostern ergab sich die Gelegenheit, auf die Michael so lange hingearbeitet hatte. Seine Mutter war mit Silvia und Cordula nach Österreich gefahren, Michael blieb mit seinem Onkel in Neuendorf zurück. Silvia hatte zwar gebettelt, daß Michael doch mitkommen solle, aber er hatte sich mit der Arbeit an der Universität herausgeredet.

Am Ostermontag saßen Michael und Paul Anders am Abend bei einem Bier in dessen Wohnzimmer zusammen. Sie hatten eine lange Schachpartie gespielt, und Michael hatte dafür gesorgt, daß das Glas seines Onkels niemals ganz leer war.

Sie redeten über alles mögliche, und als das Gespräch wieder auf Onkel Pauls Lieblingsthema kam, fragte Michael urplötzlich in ganz freundlichem Ton: „Onkel Paul, würdest du mir das Bild von meinem Vater noch einmal zeigen?“

Es war das erste Mal seit jenem Tag, daß Michael die Bilder wieder erwähnte. Onkel Paul sah erstaunt von seinem Bier auf.

„Warum, Michael, was willst du damit?“

„Ich möchte meinen Vater noch einmal genau anschauen, das ist alles!“

Onkel Paul schüttelte zwar den Kopf, aber er rollte trotzdem zu seinem Schreibtisch und holte die Schachtel. Er breitete die Bilder auf dem Schreibtisch aus, nachdem Michael das Schachspiel und die Biergläser beiseite geräumt hatte. Paul Anders begann, die Bilder zu ordnen und erzählte gut gelaunt, wo die einzelnen Aufnahmen gemacht worden waren, wer darauf zu sehen war, und was er alles dazu sonst noch wußte. Michael lauschte aufmerksam und unterbrach ihn nicht ein einziges Mal. Sein Onkel schwelgte in alten Zeiten und trank noch mehr Bier.

Nach einer ganzen Weile sagte Michael: „Glaubst du, Onkel Paul, daß mein Vater noch lebt, daß es die Möglichkeit für mich geben würde, ihn zu sehen oder gar zu besuchen? Er ist doch schließlich mein Vater. Vielleicht weiß er gar nicht, daß es mich gibt. Möchtest du einen Sohn haben, von dessen Existenz du nichts weißt?“

Das viele Bier hatte wahrscheinlich seine Wirkung getan, denn Paul Anders tappte in die Falle, die ihm sein Neffe gestellt hatte.

„Oh doch“, sagte er unvermittelt, „er weiß es.“

In dem Moment, in dem er diesen kurzen Satz ausgesprochen hatte, wußte Paul Anders, daß er sich verraten hatte.

„Dann weißt du also, wo er sich aufhält, denn er kann es nur von dir wissen“, hakte Michael nach.

„Nein, nein“, versuchte sein Onkel abzuwehren, „ich weiß nicht, wo er ist, ich weiß gar nichts, ich habe seit damals nichts mehr von ihm gehört oder gesehen.“

„Aber wie hat er dann diese Information erhalten?“ bohrte Michael weiter.

Paul Anders fühlte sich in die Enge getrieben.

„Bitte, Onkel Paul, sag mir die Wahrheit. Wenn du nicht weißt, wo sich mein Vater aufhält, wer weiß es dann?“

Michael ließ nicht locker.

Paul Anders gab resignierend nach.

„Ich weiß nicht, ob dein Vater überhaupt noch lebt.“

Er griff zu einem der Bilder.

„Siehst du den Mann hier?“

Er deutete auf den Kopf eines Offiziers neben Thomas Waldner. Michael beugte sich nach vorn, um besser sehen zu können.

„Das war der beste Freund deines Vaters. Beide kamen aus dem gleichen Dorf irgendwo aus Sudetendeutschland. Sie mußten, wie viele andere, nach dem Krieg fliehen. Dein Vater und dieser Mann, Werner Jäger, gingen gemeinsam weg.“

Michael wurde es ganz leicht im Kopf, denn er wußte jetzt, daß er auf der richtigen Spur war.

„Dann weißt du aber, wo dieser Werner Jäger sich aufhält. Er hat meinem Vater die Nachricht von meiner Geburt überbracht. Erzähl mir mehr von diesem Mann!“

Paul Anders wurde plötzlich entsetzlich müde, was nicht nur an seinem Bierkonsum lag. Nach all den Jahren wollte er endlich nicht mehr lügen müssen, niemand mehr täuschen müssen, vor allem nicht Michael, den er liebte wie seinen eigenen Sohn, weil er ihn auch an seinen Freund Thomas Waldner erinnerte.

„Ich werde dir alles erzählen“, versprach Paul Anders resignierend.

„Wir alle, dein Vater, Werner Jäger und noch einige andere gehörten und gehören noch der Gruppe Wotan an. Wotan ist der Deckname unserer

Organisation, die aus ehemaligen SS Offizieren besteht. Wir haben besonders gegen Ende des Krieges große Geldsummen, Schmuckstücke, Diamanten und Gold in die Schweiz transferiert. Dieses Geld ermöglichte es uns allen, nach dem Krieg ein sorgenfreies Leben zu führen. Einer aus unserer Organisation leitet eine Bank, über die die Gelder aus der Schweiz auf unsere Konten fließen. Eigentlich war die Grundidee, daß sich der Nationalsozialismus in Deutschland wieder erholen und durchsetzen würde. Dieses Geld hätte dann als Startkapital für die Partei gedient. Dein Vater und Werner Jäger flohen nach 1945, da dein Vater vom CIC gesucht wurde. Ich weiß wirklich nicht, wo dein Vater sich aufhält oder ob er noch am Leben ist. Werner Jäger lebt in Lissabon. Er betreibt dort als Tarnung eine Schusterwerkstatt in der Altstadt. Ich habe nur ein einziges Mal eine Karte von ihm erhalten mit einer verschlüsselten Telefonnummer. Ich habe ihn daraufhin angerufen und ihm mitgeteilt, daß deine Mutter einen Sohn von Thomas geboren hat. Das war der einzige Kontakt, den wir je hatten, ich habe die Karte auch sofort vernichtet. Ich kann dir nicht einmal sagen, ob Werner Jäger noch lebt."

Paul Anders lehnte sich zurück in seinen Rollstuhl und griff nach seinem Bierglas.

Michael beobachtete ihn genau. Hatte sein Onkel wieder gelogen? Ein inneres Gefühl sagte ihm, daß Paul Anders dieses Mal die volle Wahrheit gesagt hatte, endlich, nach so vielen Jahren. Michael verspürte keine richtige Zufriedenheit, seine Wut hatte sich noch gesteigert, denn es war ihm mit einem Mal klar, daß auch ein Teil seiner Ausbildung, seines Lebens mit dem Blutgeld aus der Schweiz finanziert worden war.

„Ich möchte diesen Mann suchen, Onkel Paul, er kann mir vielleicht sagen, wo ich meinen Vater finde."

„Aber warum denn, mein Junge? Laß doch die Vergangenheit ruhen. Du bist doch all die Jahre ohne deinen Vater ausgekommen. Was versprichst du dir davon, wenn du alles wieder aufwühlst?"

Paul Anders blickte Michael traurig an.

„Ich muß es einfach wissen, Onkel Paul. Ich kann so nicht weiterleben, mit dieser Ungewißheit, daß vielleicht irgenwo auf der Welt ein Mann lebt, der mein Vater ist, ohne daß ich ihn je gesehen oder gesprochen habe."

Paul Anders griff nach der Hand seines Neffen.

„Ich verstehe dich zum Teil, mein Junge, aber da ist noch etwas, das du wissen solltest, wenn du dieser wahnwitzigen Idee nachgehen willst. Die Organisation bezahlt seit vielen Jahren einen Mann, der zu unserer Gruppe gehört. Sein Name ist Walter Koslowski, sein Deckname Thor. Er war schon bei mir, nachdem du aus Oberau zurückgekommen bist, erinnerst du dich? Er beobachtet dich seit dieser Zeit, weil du der Organisation zu nahe gekommen bist."

Paul Anders rollte zum Fenster und winkte Michael zu sich heran.

„Siehst du den dunkelblauen Mercedes dort drüben auf der anderen Straßenseite? Das sind Walter Koslowskis Leute. Vielleicht sitzt er sogar gerade selbst im Auto. Er hat überall im Ausland seine Verbindungen. Seine Männer lassen dich keinen Augenblick aus den Augen. Erst, wenn Wotan, der Leiter der Organisation, zu der Überzeugung gelangt ist, daß du aufgehört hast herumzuschnüffeln, werden sie aufhören, dir auf Schritt und Tritt zu folgen. Du wirst dich fragen, warum das so ist. Walter Koslowski hat den Auftrag, jeden, auch dich, sofort zu beseitigen, der unserer Gruppe zu nahe kommt oder gefährlich werden könnte, damit die Organisation weiter Bestand hat. Wenn er herausfindet, was du vorhast, wird er dich töten, wie schon viele andere vorher, und ich kann das nicht verhindern. Schlag dir also deine Idee aus dem Kopf. Denk auch an deine Mutter und vor allem an deine Familie. Willst du, daß Silvia jetzt schon Witwe und Cordula Waise wird?"

„Ich werde aufpassen", sagte Michael beschwichtigend.

„Ich werde aufpassen, ich werde aufpassen. Weißt du, was du da plapperst? Du hast überhaupt keine Ahnung, zu was dieser Mann fähig ist, sonst würdest du nicht einen solchen Schwachsinn daherreden. Er wird dich töten, grausam und langsam töten, er hat nämlich Spaß an seiner Arbeit, vergiß das nicht."

„Du wirst mir helfen", blieb Michael hartnäckig. „Wenn du mir hilfst, ihn oder seine Leute abzulenken, so daß ich nach Lissabon komme, dann klappt es bestimmt."

„Wie stellst du dir das vor? Einen Walter Koslowski täuscht man nicht so einfach. Wie soll ich das anstellen?"

Michael überlegte kurz und angestrengt. „Hast du nicht gesagt, daß er bei dir war, als ich von Oberau zurückgekommen bin?" fragte Michael.

„Ja, er sagte, du schnüffelst herum."

„Dann habe ich einen Plan. Du wirst ihm eine Nachricht zukommen lassen, das kannst du doch sicher. Sage ihm, daß ich meine Familie in Österreich besuchen will und dabei noch einmal in Oberau vorbeischauen möchte. Das sollte genügen. Ich werde ihn schon loswerden, verlaß dich darauf, Onkel Paul."

Paul Anders wußte in diesem Moment, daß er Michael nicht von seinem Plan abbringen konnte. Also mußte er alles in seiner Macht stehende tun, um seinen Neffen zu schützen. Er griff als erstes in die Schachtel mit den Bildern, nahm das Bild mit Thomas Waldner und Werner Jäger heraus und gab es Michael.

„Nimm dieses Bild mit. Werner Jäger wird dann wissen, daß du mein Neffe und Thomas Waldners Sohn bist, sobald du ihm dieses Photo zeigst. Aber wahrscheinlich wird er es dir schon ansehen."

Michael steckte sich das Bild in die Brusttasche seines Hemdes.

„Du wartest hier, Onkel Paul", sagte Michael, „ich bin bald wieder zurück."

Michael verließ ganz ruhig das Haus, fuhr nach Hause und packte die wichtigsten Dinge in eine kleine Reisetasche. Danach ging er zum Telephon. Er wählte die Nummer von Paul Rudolphs Wohnung. Pauls Mutter meldete sich.

„Frau Rudolph, hier spricht Michael Anders. Wissen Sie, ob Ihr Mann und Paul noch in Nizza sind?"

Frau Rudolph bejahte seine Frage.

„Könnten Sie mir bitte die Telefonnummer geben. Ich müßte dringend mit Paul reden."

Frau Rudolph zögerte.

„Ich weiß aber im Moment nicht, Herr Anders, ob Sie ihn dort erreichen können. Vielleicht sind die beiden auf dem Schiff oder mit dem Schiff unterwegs."

„Das macht nichts, Frau Rudolph, ich möchte es auf jeden Fall einmal probieren."

Frau Rudolph gab ihm die Telefonnummer der kleinen Pension, in der sich ihr Mann und ihr Sohn jedesmal aufhielten, wenn sie mit ihrem Schiff in Nizza anlegten.

Paul Rudolph war Michaels Schulfreund. Er hatte all die Jahre bis zum Abitur neben Michael gesessen. Er war, sehr zum Leidwesen seines Vaters, der ein großer Bauunternehmer war, zur Kriminalpolizei gegangen und arbeitete für das Bundeskriminalamt. Sein Vater hatte sich in Taiwan eine wunderschöne Motorjacht bauen lassen, mit der Vater und Sohn in jeder freien Woche auf dem Mittelmeer kreuzten.

Michael wählte die Nummer. Er hatte Glück. Paul und sein Vater saßen gerade im Restaurant beim Abendessen.

„Ja, bitte, hier spricht Paul Rudolph," meldete sich Michaels Schulfreund.

„Paul, hier ist Michael. Ich brauche dringend deine Hilfe."

„Du fragst, und du bekommst sie", scherzte Paul.

„Spaß beiseite, Paul, es ist wirklich sehr wichtig für mich. Wie lange würdest du mit eurem Schiff nach Portugal, Lissabon, brauchen?"

Einen Augenblick herrschte Stille am Telefon.

„Das ist ein verdammt langer Weg", sagte Paul schließlich, „kannst du nicht fliegen?"

„Ich kann dir das jetzt am Telefon nicht erklären, aber es ist wichtig, daß ich schnell und unerkannt dorthin komme."

„Du hast doch nicht etwas auf dem Kerbholz?" sagte Paul scherzhaft. „Aber okay, wieviel Zeit hast du?"

„Alle Zeit, die notwendig ist, wenn ihr Zeit habt. Tust du das für mich?"

„Ich muß zwar erst mit meinem Vater reden und Mutter informieren, aber ich sage einmal Ja. Wann mußt du los?"

Michael atmete auf. „Ich fahre mit dem Auto sofort los. Sorge du dafür, daß wir gleich starten können, wenn ich ankomme."

„Alles klar, Alter", sagte Paul, „aber laß dir für einen Polizisten eine gute Erklärung für die Fahrt einfallen, sonst werfen wir dich unterwegs als Fischfutter über Bord."

Michael mußte lachen.

„Ich werde euch auf dem Schiff alles erklären. Also dann, bis morgen früh."

Paul erklärte Michael noch genau, wie er den Anlegeplatz finden würde, und legte dann auf.

Der nächste Anruf Michaels galt Professor Doll, aber dieser stellte keine Fragen, sondern beurlaubte Michael, ohne zu zögern. Michael verließ nun die Wohnung. Auf dem Weg zu seinem Onkel fuhr er noch bei seiner Bank vorbei und holte aus dem Geldautomaten so viel Geld, wie er bekommen konnte. Er steckte es zu seinem Reisepaß in die Lederjacke.

Als er wieder bei seinem Onkel vorfuhr, bemerkte er, daß ihm der dunkelblaue Mercedes die ganze Zeit über gefolgt war.

Er gab Onkel Paul noch einmal genaue Instruktionen.

„Sag Wotan Bescheid, daß ich vorhabe, nach Oberau zu fahren. Bitte ihn darum, mir nichts zu tun, damit er keinen Verdacht schöpft. Alles andere kannst du mir überlassen. Zieh jetzt los, ich bin soweit."

Paul Anders verließ das Haus, um sich mit Wotan in Verbindung zu setzen. Auf der gegenüberliegenden Straßenseite parkte immer noch der dunkle Mercedes. Wotan war wütend, daß Paul Anders die Regeln nicht einhielt, aber Paul erklärte ihm, daß er keine Zeit habe, da sein Neffe gleich starten wolle. Wotan versicherte ihm, daß Michael nichts geschehen werde, aber Paul Anders wußte, daß der Chef der Organisation nun keine familiären Rücksichten mehr nehmen würde.

Noch als er sich auf dem Rückweg befand, erhielt Walter Koslowski genaue Anweisungen von Wotan. Es waren tödliche Anweisungen, tödlich für Michael.

Paul Anders zweifelte daran, ob sein Neffe wußte, auf was er sich da einließ, aber nun gab es kein Zurück mehr.

Als er zurückkam, sagte Michael: „Hoffentlich bleibt eurem Thor nicht genügend Zeit, um noch mehr Leute zusammenzutrommeln, sonst ist mein schöner Plan im Eimer."

„Du mußt dich beeilen", sagte sein Onkel, „fahr am besten sofort los."

„Kann ich eine deiner Waffen haben, wenn etwas schiefgeht mit Thor?"

Paul Anders zögerte zunächst.

„Nun gut, such dir eine aus, Munition ist in der Schublade."

Michael wählte das Flaubert-Gewehr mit dem Zielfernrohr, da es sich mit wenigen Handgriffen auseinandernehmen ließ und deshalb gut in der Reisetasche zu verstauen war.

Onkel Paul winkte von der Türe, als Michael zu seinem Auto ging. Michael wußte zu diesem Zeitpunkt nicht, daß er seinen Onkel nie wiedersehen würde. Beim Einsteigen betrachtete er den blauen Mercedes aus den Augenwinkeln genauer. Es war ein neues Modell der 200er Reihe. Michael lächelte. Er hatte keine Modellbezeichnung auf seinem Auto, und die wenigsten ahnten, daß unter der Motorhaube des BMW aus der Dreierserie eine Maschine mit 190 PS steckte. Michael fuhr zügig durch die Straßen, achtete aber darauf, daß er den Mercedes nicht verlor.

Das war kein Problem, denn es herrschte so gut wie kein Verkehr und es war schon dunkel, so daß er die Scheinwerfer stets gut im Auge behalten konnte. Michael fuhr in Richtung Autobahn, und dort nahm er die Spur, die in Richtung Biebelrieder Kreuz führte. Er bemerkte, daß der Mercedes immer einige Fahrzeuge zwischen sich und Michael ließ. Michael behielt eine konstante Geschwindigkeit bei, er fuhr nie schneller als 130 oder 140 Stundenkilometer.

In Neuendorf wurde Paul Anders immer unruhiger. Er war sich auf einmal nicht mehr so sicher, daß es richtig gewesen war, Michael bei seinem Vorhaben zu helfen. Was, wenn sein Plan fehlschlug? Was würde dann seine Schwester Maria sagen? Er mußte dringend mit ihr reden. Er kramte den Zettel mit Marias Nummer in Österreich heraus.

„Hier Haus Wiesenheim", meldete sich eine weibliche Stimme.

„Hier spricht Paul Anders. Meine Schwester Maria Anders ist Gast in Ihrem Haus. Könnte ich sie bitte sprechen?"

„Kann Sie Frau Anders zurückrufen?" fragte die Stimme, „die Herrschaften sind gerade beim Essen."

„Nein", sagte Paul Anders ungeduldig, „es ist sehr dringend. Holen Sie meine Schwester bitte sofort an den Apparat!"

„Einen Augenblick, bitte", sagte die Dame eisig und legte den Hörer weg.

Nach endlosen Minuten meldete sich Maria.

„Hallo Paul, wie geht es dir, was gibt es so Dringendes?"

„Maria, ich glaube, ich habe eine fürchterliche Dummheit gemacht. Michael ist auf dem Weg zu Werner Jäger in Lissabon. Er will unbedingt seinen Vater finden."

„Oh mein Gott", entfuhr es Maria, „warum konntest du nicht deinen Mund halten. Wenn ihm etwas geschieht, werde ich dir das niemals verzeihen. Silvia darf auf keinen Fall etwas davon erfahren. Hoffentlich ist Michael wieder zurück, wenn wir in einer Woche wieder nach Hause kommen. Du bist wie ein kleines Kind, Paul, man kann dich keinen Augenblick alleine lassen, ohne daß du eine Eselei begehst."

„Entschuldige Maria", sagte Paul kleinlaut, „ich dachte, daß er ein Recht hätte, alles zu erfahren."

„Recht, Recht", unterbrach ihn Maria aufgebracht, „warum läßt du die Vergangenheit nicht ruhen, es ging doch bisher alles so gut. Melde dich sofort, wenn du etwas von Michael hörst."

Maria legte auf. Ihre Gedanken rasten. Sie holte ihren Mantel aus der Garderobe und ging aus dem Haus zur nächsten Telefonzelle.

**„Es war schwer
zu unterscheiden,
wer tot war und
wer noch lebte.
Wir waren
einander alle
so ähnlich“
(Zdenka Vantlova, KZ-Häftling)**

PRAG
(1985 - 1990)

Rabbi Salomon griff zum Hörer, als das Telefon läutete.

„Hier spricht Maria Anders, "Esch Gadol".“

„Einen Augenblick, bitte“, sagte der Rabbi, ohne zu zögern, und drückte einen Knopf der Telefonanlage.

„Rabbi Levy“, sagte die sanfte Stimme, „was gibt es?“

„Ein wichtiges Gespräch für Sie“, antwortete Rabbi Salomon und legte auf.

Rabbi Levy lauschte aufmerksam, als Maria ihn über die Ereignisse in Neuendorf und Michaels Vorhaben informierte.

„Es ist gut, Maria, daß du gleich angerufen hast“, sagte er schließlich, „ich werde mich um alles kümmern, mach dir keine unnötigen Sorgen.“

Er legte auf und winkte den Mann herbei, der in seiner Nähe stand.

„Hol Elias und Ezra“, befahl er, „es gibt Arbeit für die beiden.“

Der Mann verließ sofort den Raum, und nach wenigen Minuten standen Elias und Ezra vor dem Rabbi.

„Holt euch Geld bei Rabbi Salomon und eure Ausweise, Esch Gadol muß in Aktion treten. Ihr fliegt mit der nächsten Maschine nach Lissabon. Rabbi Salomon soll die Behörden auf dem üblichen Weg informieren. Ihr habt den jungen Mann gesehen, der letztes Jahr aus Deutschland bei mir war. Findet ihn, beobachtet ihn, beschützt ihn in jeder Form, ihr habt freie Hand. Sagt mit Bescheid, wenn er in Sicherheit ist. Ich werde alle Stellen benachrichtigen lassen, damit ihr jegliche Hilfe erhaltet, die notwendig ist. Man wird in Lissabon schon auf euch warten.“

Die beiden Männer nickten und gingen schweigend hinaus, während Rabbi Levy zum Telefon griff. Er hoffte inständig, daß seine Männer noch rechtzeitig kamen.

DEUTSCHLAND (1985 -1990)

Es war nun stockdunkel draußen, und die Landschaft rechts und links der Autobahn war kaum noch zu erkennen. Michael wußte, daß jetzt der Zeitpunkt zum Handeln gekommen war. Er beobachtete den vor ihm fließenden Verkehr genau. Ein Wohnmobil auf der rechten Spur schien ihm das geeignete Objekt für seinen Plan. Er überholte es mit normaler Geschwindigkeit und scherte wieder nach rechts ein. Die Fahrbahn vor ihm war frei. Er trat das Gaspedal bis zum Anschlag durch. Die Haube seines BMW hob sich ganz leicht, der Motor heulte auf, und 190 PS drückten Michael in den Fahrersitz. Die Nadel des Tachos kletterte schnell höher und höher und hatte bald die 200 km/h Marke überschritten. Michael schaute kurz in den Rückspiegel. Die Lichter der anderen Fahrzeuge hinter ihm wurden kleiner und kleiner.

Ehe Walter Koslowski begriffen hatte, was sich vor ihm abspielte, waren die Rücklichter von Michaels Wagen nur noch winzige rote Pünktchen in der Nacht. Auch er gab Vollgas, um wieder zu Michael aufzuschließen, aber so sehr er das Gaspedal auch durchtrat, die Lichter vor ihm entfernten sich immer schneller.

Walter Koslowski war überzeugt, daß er Michael irgendwann wieder einholen würde, wußte er doch, wohin Michael fahren wollte, und der Weg nach Oberau war noch lang.

Ohne die Geschwindigkeit zu drosseln, fuhr Michael die letzten Kilometer bis zur Abfahrt nach Ulm. Er bog auf die neue Autobahn ein und erhöhte das Tempo sofort wieder. Er passierte Feuchtwangen, als ein vor Wut rasender Walter Koslowski das Gefühl hatte, daß ihn jemand gewaltig gelinkt hatte.

Kurz vor Nürnberg machte er kehrt und fuhr auf der Autobahn nach Neuendorf zurück. Er wußte, wer ihn aufs Kreuz gelegt hatte.

Als Michael bereits hinter Kempten war, stoppte ein Walter Koslowski vor Paul Anders Haus, der zornig bis unter die Haarspitzen war.

Paul Anders hatte eigentlich darauf gehofft und darauf gewartet, daß Walter Koslowski wieder bei ihm auftauchen würde, war es doch ein Zeichen, daß es Michael gelungen war, ihn abzuschütteln. Er wußte nicht, was nun geschehen würde, aber mit der Gewißheit, daß Michael vorläufig in Sicherheit war, öffnete er die Tür, als Walter Koslowski klingelte.

Dieser hatte vorher mit Wotan telefoniert und neue Anweisungen erhalten, die Paul Anders Schicksal besiegeln sollten. Bevor Paul Anders unter den Händen von Walter Koslowski starb, gab er das Geheimnis von Michaels Reiseziel preis.

Er hatte sich zwar fest vorgenommen, seinen Neffen nicht zu verraten, aber „Thor“ verstand sein Handwerk, die Schmerzen waren zu groß gewesen. Der Tod war für Paul Anders wie eine Erlösung von seinen Leiden.

„Wer ist schuld? Jene, die den Mord befahlen, die ihn ausführten, oder jene, die dazu schwiegen?“

(Robert H. Jackson, US-Ankläger im Nürnberger Prozeß)

NIZZA / LISSABON
(1985 - 1990)

Michael hatte nur angehalten, um zu tanken und eine schnelle Tasse Kaffee zu trinken. In den frühen Morgenstunden überquerte er die Grenze zur Schweiz. Er gelangte ohne Probleme nach Nizza, wo Paul Rudolph und dessen Vater bereits auf ihn warteten. Es gab eine heiße Diskussion, denn Paul wollte seinen Freund mit allen Mitteln von seiner verrückten Idee abbringen. Er mußte ihm abraten, wußte er doch als Kriminalbeamter, auf was sich Michael einlassen wollte. Michael blieb jedoch hartnäckig. Als er die alte Freundschaft erwähnte, und Paul die Entschlossenheit seines guten Freundes bemerkte, gaben Paul und sein Vater endlich nach. Michaels Auto wurde sicher in einer Garage versteckt, und nach einiger Zeit legten sie ab in Richtung portugiesischer Küste.

Walter Koslowski hatte alle Passagierlisten genau überprüft und kontrollierte alle nach Lissabon eingehenden Flüge während der nächsten Tage genau. Als Michael nicht auftauchte, entschloß sich Walter Koslowski, in der Nähe der Altstadt auf ihn zu warten, denn er kannte ja sein Ziel.

Elias und Ezra hatten ihre Leute überall in Lissabon verteilt, an den Zufahrtsstraßen, auf dem Flughafen, am Hafen und an den wichtigsten Plätzen in der Stadt. Eine lange Zeit des Wartens begann.

Elias war es, der Michaels Spur am Hafen aufnahm. Die Motoryacht der Rudolphs hatte Michael am frühen Morgen abgesetzt. Als die Hafenpolizei das Boot abfertigte, entdeckte er Michael, der mit seiner Sporttasche über den Schultern an Land ging. Er heftete sich an seine Fersen. Ezra stieß wenig später zu ihm. In sicherem Abstand folgten sie Michael in die Stadt.

Michael verschwendete keine Zeit mit der Suche nach einer Unterkunft. Er setzte sich zunächst einmal auf eine der zahlreichen Bänke an der Hafenpromenade. Riesige Palmen streckten gewaltige Kronen in den klaren Himmel. Als die ersten Sonnenstrahlen auf den Turm von Belem fielen, machte sich Michael auf den Weg. Trotz der frühen Morgenstunde herrschte im Hafenviertel reges Treiben. Fischkarren wurden durch die Gassen geschoben, und einige Restaurantbesitzer reinigten die Gehsteige vor ihren Lokalen mit Eimern voller Wasser von den Überbleibseln der Nacht. Die ersten Gäste, meist Fischer, tranken Kaffee.

Michael stieg langsam die schmalen Gassen der Alfama hinauf. Vogelkästen hingen außen an den Fenstern der mehrstöckigen, teilweise windschiefen Häuser. Vor nahezu jedem dieser Fenster waren kurze Wäscheleinen gespannt. Einige trugen Plastikfolien als Schutz vor dem herabtropfenden Wasser der Wäschestücke aus den oberen Stockwerken. Laute Radiomusik und Kinderlärm drang aus vielen offenen Türen und Hauseingängen.

Walter Koslowski trat gerade aus einem Cafe, wo er ein hastiges Frühstück zu sich genommen hatte, als er Michael vor sich die Stufen des schmalen Gäßchens hinaufsteigen sah. Er wußte, daß er sich beeilen mußte, denn sein Opfer durfte das Haus des Schusters unter keinen Umständen erreichen.

Elias und Ezra sahen, wie der Mann vor ihnen sich im Schatten der Häuser unauffällig, aber schnell hinter Michael herbewegte. Ezra nickte Elias zu, und dieser beschleunigte seine Schritte, bis er unmittelbar hinter Walter Koslowski war. Er überholte ihn, drehte sich um und blieb vor ihm stehen.

„Geh mir aus dem Weg, du..“ sagte Walter Koslowski noch, als er die schattenhafte Bewegung hinter sich bemerkte.

Er wollte sich wegducken, doch ein kurzer, harter Schlag traf ihn so schnell ins Genick, daß ihm sofort die Beine wegsackten. Elias fing ihn auf, und die beiden Männer zogen ihn unauffällig in den dunklen Hausflur eines der Häuser. Ezra setzte Walter Koslowski an die Wand des Treppenabsatzes und trat einen Schritt zurück, während Elias in die Tasche seiner Windbluse faßte und einen kurzläufigen Revolver hervorholte. Mit schnellen, sicheren Handgriffen schraubte er den Schalldämpfer auf. Als er abdrückte, hielt er die linke Hand über den Lauf. Er zielte mitten auf die Brust von Walter Koslowski. Der leblose Körper zuckte, als die Kugel durch die Lederjacke schlug. Der Oberkörper von Walter Koslowski kippte zur Seite. Ohne sich weiter um ihr Opfer zu kümmern, hasteten Elias und Ezra die Treppen der Gasse hoch, um Michael wieder einzuholen, der von alledem nichts bemerkt hatte.

Nachdem Michael zwei Stunden die Gassen der Altstadt hinauf- und hinabgestiegen war, fand er endlich, was er so lange gesucht hatte. Er wäre beinahe daran vorbeigegangen. Eine kleine Werkstatt duckte sich unter einem überhängenden Haus. Drei Treppenstufen führten zum Eingang, die Tür stand offen. Michael trat aus dem Sonnenlicht in den schummrigen Raum. Eine Hängelampe über einem Schustertisch spendete Licht. Ein älterer Mann saß auf einem Holzschemel und schnitt mit dem Messer an einem Stück Leder herum. Er trug eine runde Mütze, die nur seinen Hinterkopf bedeckte. Die Schürze, die er umgebunden hatte, starrte vor Schmutz und Klebstoffresten. Der Mann hatte Michael noch nicht gesehen. An den Wänden, in den Regalen, von der Decke, überall, wo man hinschaute, hingen Schuhe, Leisten, Lederstücke und unzählige, beinahe mittelalterliche Schusterwerkzeuge. Schuhpaare baumelten in Kopfhöhe. Der Mann war so in seine Arbeit vertieft, daß er erst aufblickte, als Michael unmittelbar vor seinem Tisch stand. Er hob langsam den Kopf und musterte Michael über den Rand seiner Nickelbrille.

Das Messer entglitt seiner Hand. Mit offenem Mund starrte er Michael ungläubig an, als sehe er einen Geist. Man konnte sehen, daß er nach Fassung rang. Er fing sich und grüßte endlich auf Portugiesisch, aber Michael sagte nur:

„Sie können Deutsch mit mir reden, Herr Jäger."

Der Schuster sprang von seinem Schemel auf, blickte hinter Michaels Rücken, als er aber sonst niemand sah, legte er den Zeigefinger an die Lippen und eilte zur Tür. Er ging nach draußen und warf dort einen hastigen Blick in beide Richtungen der Gasse. Dann schloß er schnell die Eingangstür, legte den Riegel vor und bedeutete Michael, ihm zu folgen.

Wie anders sah es in dem großen Raum hinter der Werkstatt aus, den man durch einen schmalen Gang und mehrere Türen erreichte. Er war zusätzlich durch ein Lager vom vorderen Teil des Hauses abgetrennt. Schwere mit Leder gepolsterte Möbel standen auf wertvollen Teppichen. Die Vitrinen waren mit Kristallgläsern und Flaschen gefüllt, Ölgemälde hingen an den Wänden, auch eine Stereoanlage und ein Fernseher fehlten nicht.

Der Schuster faßte Michael an beiden Schultern, drehte sein Gesicht ins Licht und sagte nach einem prüfenden Blick:

„Thomas Waldners Sohn, Sie müssen der Sohn von Maria und Thomas sein. Die Ähnlichkeit mit Ihrem Vater ist geradezu verblüffend."

Er drückte Michael in einen der schweren Sessel und legte die schmutzige Schürze ab.

„Woher wußten Sie meinen Namen?" fragte er dann.

Michael beschloß, gleich mit der Wahrheit herauszurücken. „Sie haben recht, ich bin der Sohn von Maria Anders und Thomas Waldner. Ich soll Ihnen schöne Grüße von meinem Onkel Paul Anders bestellen. Ich bin gekommen, um meinen Vater nach so vielen Jahren zu sehen."

Der Schuster grinste. Michaels direkte Art hatte ihn mißtrauisch gemacht.

„Nicht so schnell, junger Freund. Sie sehen zwar aus wie mein alter Freund Thomas Waldner, aber das allein besagt noch gar nichts. Woher soll ich wissen, ob ich Ihnen trauen kann?"

Michael faßte in die Tasche seiner Jacke und hielt Werner Jäger das Bild vors Gesicht, das er von seinem Onkel bekommen hatte.

„Genügt das", sagte er, „ich habe dieses Bild von meinem Onkel Paul. Ich kann Ihnen sagen, wo es aufgenommen wurde und wer alles darauf zu sehen ist, wenn Sie mir nicht glauben."

Das Mißtrauen verschwand aus Werner Jägers Gesicht. Er betrachtete das Bild beinahe liebevoll.

„Ich glaube Ihnen", sagte er dann, „Paul würde dieses Bild nie in die Hände eines Fremden geben. Aber sagen Sie mir, warum kommen Sie erst jetzt, nach so vielen Jahren?"

„Ich habe erst in jüngster Zeit alles von meinem Onkel erfahren. Ich wußte die ganze Zeit über nicht, daß Thomas Waldner mein Vater ist. Lebt mein Vater noch? Onkel Paul konnte mir darauf keine Antwort geben."

Er hatte die entscheidende Frage gestellt.

Der Schuster überlegte kurz.

„Nun ja, ich verrate ja nichts Wichtiges, wenn ich Ihnen sage, daß er noch lebt und es ihm sehr gutgeht."

Michael spürte förmlich, wie ihm ein Stein vom Herzen fiel.

„Bitte, Herr Jäger, ich bitte Sie, sagen Sie mir, wo ich meinen Vater finden kann, wenn Sie es wissen. Ich bin nach all den Jahren den weiten Weg gekommen, um endlich meinen Vater zu sehen und mit ihm zu sprechen. Meine Mutter hat mir so viel von ihm erzählt", log Michael nun, „aber ich dachte die ganze Zeit über, er sei tot. Erst vor kurzem hat mir Onkel Paul alles über eure Gruppe Wotan erzählt, auch daß Sie eventuell wüßten, wo ich meinen Vater finde."

Michael redete ununterbrochen, um Werner Jäger keine Zeit zum Nachdenken und Überlegen zu geben.

„Du weißt von unserer Organisation?“ fuhr Werner Jäger dazwischen. „Wie konnte dein Onkel es wagen, dir davon zu erzählen. Alles, was die Organisation betrifft, ist strikt geheim.“

Michael war aufgesprungen.

„Ich habe zu niemand darüber gesprochen, nicht einmal zu meiner Mutter, und ich werde auch zu niemand darüber reden, kein Sterbenswörtchen, aber bitte, bitte, helfen Sie mir.“

„Setzen Sie sich“, befahl Werner Jäger in dem alten SS Offizierston, „ich denke, ich sollte Ihnen nach der langen Zeit helfen. Ich werde Ihnen genau beschreiben, wie Sie Ihren Vater finden können. Vielleicht wird er mich dafür verfluchen, aber nach so vielen Jahren ist mir das letztendlich egal. Fahren Sie von hier nach Faro, und von dort nach Villa Real de San Antonio an der spanischen Grenze. Eine Fähre geht regelmäßig hinüber über den Grenzfluß, den Rio Guadiana, nach Spanien, nach Ayamonte. Gehen Sie dort in die Calle Portuguesa und fragen Sie nach Don Alfredo da Silva, so heißt ihr Vater jetzt. Er wollte sich nicht völlig von seinem richtigen Namen trennen. Er hält sich dort nur vom Herbst bis zum Sommeranfang auf. Gehen Sie dorthin und grüßen Sie ihn von mir. Haben Sie ein Auto?“

Michael schüttelte den Kopf.

„Dann mieten Sie sich am besten eines. Sie sind viel schneller als mit dem Bus oder Zug. Sie können auch fliegen und von Faro aus mit dem Bus oder Auto weiterfahren.“

Michael verabschiedete sich herzlich von dem ehemals besten Freund seines Vaters, der nicht ahnte, daß ihn Michael am liebsten auf der Stelle niedergeschlagen hätte, wenn ihm nicht sein Vater wichtiger gewesen wäre.

Aber Werner Jäger würde er nach seiner Rückkehr "Esch Gadol" überlassen.

Michael ging durch die Werkstatt ins Freie hinaus. In der Stadt mietete er sich einen kleinen Citroen Visa und fuhr gleich los.

Walter Koslowski kam zu sich, weil eine Gruppe von Kindern um ihn herumstand und lärmte. Ein dumpfer Schmerz tobte in seiner linken Brustseite. Er setzte sich langsam auf. Bunte Ringe tanzten vor seinen Augen, ihm wurde schlecht und er mußte sich übergeben. Die Kinder, die ihn mit großen Augen beobachtet hatten, stoben kreischend davon.

Walter Koslowski wischte sich den Mund mit dem Taschentuch ab und faßte in die Innenseite seiner Jacke. Er fühlte das Loch im Stoff und wußte, was ihm solche Schmerzen bereitete. Es war klug von ihm, bei all seinen Einsätzen stets eine kugelsichere Weste zu tragen, auch bei hochsommerlichen Temperaturen wie hier. Trotz des Schutzes schmerzten seine Rippen höllisch. Er setzte sich gerade hin und blickte auf die Uhr. Er war nahezu zwei Stunden ohnmächtig gewesen.

„Diese verfluchten Hunde", dachte er. Er faßte in alle Taschen, aber nichts war verschwunden, sie hatten ihm erstaunlicherweise nichts weggenommen, alles war noch an seinem Platz. Er konnte sich keinen Reim darauf machen. Jemand niederschlagen und ausrauben, ja, aber niederschießen und nichts mitnehmen, das war ihm ein Rätsel. Als er sich langsam hochrappelte, spürte er auch den Schmerz im Genick und fühlte die Schwellung im Nacken. Er torkelte aus dem dunklen Flur hinaus in die Sonne. Nur allmählich kehrte das Blut in seine steifen Glieder zurück. Er hastete los, so schnell es eben ging, er mußte zu dem Schuster.

Werner Jäger schloß die Tür zu seiner Werkstatt wieder auf. Sein nächster Besucher, nachdem Michael weggegangen war, war Walter Koslowski. Dieser verriegelte die Tür erneut.

„Was soll denn das?" fragte der Schuster erbost.

Walter Koslowski trat näher. Schreckensstarr blickte ihn Werner Jäger an.

Walter Koslowski packte ihn am Kargen und zischte: „Ich komme von Wotan, ich nehme an, du kennst mich noch."

Werner Jäger wußte im selben Augenblick, daß er einen folgenschweren Fehler gemacht hatte. Fehler dieser Art verzieh die Organisation nicht.

„War der Junge hier?" fragte Walter Koslowski ganz ruhig.

„Du alter, dämlicher Narr", war das Letzte, was Werner Jäger in seinem Leben hörte, ehe ihm Walter Koslowski den spitzen Schusterhammer mit brutaler Wucht in den Schädel schlug. Der Schuster sank blutüberströmt über seinem Arbeitstisch zusammen. Der Hammer ragte grotesk aus seinem Kopf, von dem die Mütze gerutscht war.

Als Walter Koslowski die Werkstatt verließ, folgten Elias und Ezra bereits Michael nach Faro. Den Schuster würden sie sich für später aufheben, denn der lief ihnen nicht weg. Sie wußten nicht, wie wahr dieser

Ausspruch war, denn Walter Koslowski hatte ihnen diese Arbeit bereits abgenommen. Thomas Waldner und Michael waren jetzt wichtiger.

Walter Koslowski hatte aber einen entscheidenden Vorteil, er wußte im Gegensatz zu den beiden Männern von "Esch Gadol", wohin Michael als nächstes gehen würde.

ALAGOA - AYAMONTE
(1985 - 1990)

Die Sonne brannte von einem beinahe wolkenlosen Himmel, und das Dörfchen Alagoa wirkte wie ausgestorben. Niemand war auf den Straßen zu sehen, nur hier und dort kauerte ein abgemagerter Hund hinter einer Hofumrandung, um Schatten zu finden. Am Abend streunten diese Hunde in kleinen Scharen durchs Dorf, um ihren ständigen Hunger mit Abfällen zu stillen, die sie sich aus den Mülleimern der wenigen Restaurants holten, oder indem sie bei den Touristen um Futter bettelten. Wer ihnen einmal etwas zu fressen gegeben hatte, wurde sie dann aber so schnell nicht mehr los.

Michael trat aus dem kleinen Haus am Ende der Straße. Er kniff die Augen zusammen, als die grelle Sonne sein Gesicht traf, obwohl er eine dunkle Sonnenbrille trug. Er blieb eine Weile unter dem Vordach der Eingangstüre stehen, bis sich seine Augen an die Helligkeit gewöhnt hatten. Er trug blaue Jeans, und die nackten Füße steckten in einfachen Riemensandalen. Auf dem Kopf hatte er eine Mütze mit dem Bild eines Surfers in den Farben Portugals, wie man sie an jedem Kiosk und in jedem Supermarkt kaufen konnte. Dunkle Bartstoppeln glänzten auf Michaels Kinn. Die meisten Männer nahmen es im Urlaub mit dem Rasieren nicht so genau, also würde er deswegen nicht besonders auffallen. Für jeden, der ihm begegnete, würde er aussehen wie ein typischer Tourist, und genau das war seine Absicht. Er hatte sich eine Leinentasche über die Schulter gehängt, die in bunten Farben leuchtete, um seinen Hals baumelte ein Photoapparat. Bevor er sich auf den Weg machte, prüfte er noch einmal, ob die Haustür fest verschlossen war. Die schwere Tür des kleinen alten Bungalows hatte keinen Türgriff, sondern nur ein Schnappschloß, das mit einem großen eisernen Ring zugezogen wurde. Er hatte die Unterkunft bei der Agentur Rotamar unter falschem Namen für zwei Wochen gemietet und in bar im Voraus bezahlt. Den Schlüssel steckte er in die Seitentasche seiner Jeans.

Michael rückte die Riemen seiner bunten Tasche zurecht und trat auf die Straße. Einer dieser verrückten Touristen mehr, würden sich die Einheimischen denken, wenn sie ihn sahen, denn wer begab sich schon bei dieser Hitze ins Freie, zur schönsten Zeit der Siesta, wenn es in den weißgekalkten Häusern so herrlich kühl war.

Michael ging langsam die schmale Hauptstrasse hinunter bis zur Kreuzung des Weges nach Tavira. Niemand war ihm bis hierher begegnet. Er überquerte die Kreuzung und steuerte auf den provisorischen Weg zu, den die Räder der Schaufelbagger in den roten Boden der auslaufenden Dünen gewühlt hatten. Ein neues Hotel sollte entstehen, und die ersten Vorbereitungen wurden getroffen.

Als Michael die Straße hinter sich gelassen hatte, blieb er stehen und zog die Sandalen aus. Barfuß lief er weiter in Richtung Strand. Der Sand war warm und weich unter den Füßen, und nur ab und zu spürte er eine Wurzel oder einen Stein zwischen den Zehen. Bald würden hier Appartmenthäuser und Hotels das letzte unberührte Stück der Algarve einnehmen und die Badegäste den Strand bevölkern.

Der Weg, den Michael eingeschlagen hatte, endete vor einer Düne, und er mußte sich nun seinen Weg durch das Gesträuch und Gebüsch hinauf zum Dünenkamm bahnen. Es war klug, am Abend nicht hierher zu kommen. Die großen Pfotenabdrücke im Sand und die zahlreichen Kothaufen verrieten, daß sich hier die verwilderten Hunde ihr Nachtquartier suchten. Abgenagte Knochen, Federn und Haarbüschel zeugten von manchem nächtlichen Kampf, der sich hier abgespielt hatte.

Je näher Michael dem Strand kam, um so häufiger fanden sich auch Spuren der Badegäste. Coladosen, Plastikteile, Papier und Zigarettenschachteln lagen verstreut umher, teilweise schon vom Sand zugedeckt oder vom Regen und Wind gebleicht. Als Michael den Kamm der Düne überschritten hatte, hörte das Gebüsch auf. Ein langer, mit Steinen und Holzplanken ausgelegter Weg führte parallel zum Strand durch den Sand. Man konnte nach beiden Seiten kein Ende des Weges sehen, man bekam den Eindruck, als führe er in jeder Richtung ins Unendliche. Die letzten Grasbüschel führten einen einsamen Kampf gegen den Wind, und aus dem Sand ragten die Reste eines verwitterten Holzgestells mit einem eisernen Zahnrad, das schwarz war vor Rost. Der obere Gezeitenrand war im Sand zu erkennen, dort, wo sich Tang und Muscheln zu einem dunklen Saum verbanden. Michael machte halt und setzte sich in den Sand, wobei er die Tasche zwischen die Beine nahm. Er schob die Mütze etwas aus der Stirn und schaute auf das Meer hinaus, das jetzt vor ihm lag. Er war nahezu allein, um diese Tageszeit war es selbst den wenigen Touristen zu heiß am Strand. Michael schränkte die Arme um die Knie und legte das Kinn darauf. Eine ganze Weile blieb er so sitzen, als ob er auf etwas warten würde. Er starrte auf die glänzende, glatte Fläche des Meeres und wünschte sich, weit, ganz weit dort draußen zu sein, auf einem der kleinen Fischerboote, die am Horizont schaukelten. Er dachte nach und war sich plötzlich nicht mehr so sicher, ob er sich richtig entschieden hatte. Der Gedanke an Silvia und Cordula schmerzte ihn, so daß er die Augen zusammenkniff, was aber nicht nur durch die grelle Sonne verursacht wurde.

Nach einer Weile stand Michael auf, klopfte sich den Sand aus der Hose und machte sich auf den Weg. Die Tasche über der Schulter, die Sandalen in der Hand, schlug er den Weg nach Monte Gordo ein. Die Sonne brannte ihm auf die rechte Schulter, als er am Strand entlangschritt. Er ging so nahe am Wasser, daß seine Füße von den Ausläufern der Wellen umspült wurden, und manchmal rutschte er sogar etwas weg, wenn ihm das zurückflutende Wasser den Sand unter den Füßen wegzog. An einigen Stellen hatte das Meer Buchten in das Land gegraben, so daß Michael das Wasser bis an die Knie reichte, aber er wich keinen Meter von seinem geraden Weg ab.

Als er die Restaurants und Sonnensegel der Strandpromenade von Monte Gordo erreichte, ging er auf einen Holzsteg zu, der nach links zwischen die ersten Häuser der Stadt führte, und hielt an, um seine Sandalen wieder anzuziehen. Hier war die Zahl der Touristen schon erheblich höher als in Alagoa, aber das konnte Michael nur recht sein, denn in der Menge würde er noch weniger auffallen. Die Straßen der Stadt waren gesäumt von Imbißbuden, Stehcafes, Souvenirläden und Restaurants. Schilder an den Fenstern priesen Spezialitäten aus den Heimatländern der Touristen an, die Gehsteige waren ein einziges buntes Chaos, genau das, was Michael suchte, um unauffällig zu bleiben. In einer der nächsten Querstraßen stieg Michael in eines der vielen Taxis und sagte zu dem Fahrer:

„Villa Real de San Antonio.“

Sonst sagte er nichts. Er verhandelte nicht über den Preis, wie es bei den portugiesischen Taxifahrern üblich war. Der Fahrer blickte zwar erstaunt, aber er war ja die Touristen gewöhnt, die manchmal etwas sonderbar waren, er nickte nur, schaltete den Taxameter an und fuhr mit einem Ruck los. Insgeheim rechnete er sich schon aus, um wieviele Escudos er seinen Fahrgast betrügen konnte, ohne daß es lautstarke Proteste gab. Nach einiger Zeit versuchte er, mit Michael ein kleines Gespräch zu beginnen, als dieser aber nur stumm aus dem Fenster sah, gab er den Versuch wieder auf und schaltete das Radio ein. Von Zeit zu Zeit blickte er in den Rückspiegel, da ihm der schweigsame Fahrgast doch etwas sonderbar vorkam.

Die Hochhäuser von Monte Gordo machten kleinen Bungalows und schließlich den Häusern und Hütten der Einheimischen Platz. Hier stand in jedem noch so kleinen Vorgarten ein Zitronen- oder Orangenbaum, und auch die hohen Stangen des typischen portugiesischen Gemüses fehlten nicht. Bald hatten sie die letzten Häuser hinter sich gelassen und fuhren jetzt zwischen Orangenplantagen dahin, die sich links und rechts an der Straße entlangzogen, soweit das Auge reichte.

Das Taxi stank penetrant nach kaltem Zigarettenrauch, Benzin und dem Schweiß zahlloser Fahrgäste. Zum Glück hatte der Fahrer das Fenster geöffnet. Der Fahrbahnbelag war eine Katastrophe, und Michael wurde auf dem Rücksitz kräftig hin- und hergeschüttelt, da die Stoßdämpfer des Taxis auch schon bessere Tage erlebt hatten. Nach zwanzig Minuten Fahrt hatten sie Villa Real de San Antonio erreicht. Sie fuhren an der Stierkampfarena vorbei, wo für den kommenden Sonntag Werbung gemacht wurde. Das Taxi bog auf den Vorplatz des Fährhafens ein.

„Aqui“, sagte Michael, und der Fahrer fuhr rechts ran und drehte sich um. Er zeigte eine Zahl mit beiden Händen und nannte den Fahrpreis, aber Michael achtete gar nicht auf ihn, sondern drückte ihm einen Packen Escudos in die Hand und stieg aus. Der Fahrer strahlte und wollte Michael die Tür aufhalten, aber der strebte schon auf das Zollgebäude zu.

AYAMONTE

Don Alfredo da Silva rieb sich behaglich das kleine Bäuchlein.

„Das war wirklich gut, Rosa“, sagte er lobend zu seiner Haushälterin.

Donna Rosa war eine ausgezeichnete Köchin, und Don Alfredo konnte ihren Kochkünsten nicht immer widerstehen, so daß er ein Pölsterchen angesetzt hatte, obwohl er trotz seines Alters sehr auf seine Figur achtete. Er trainierte täglich seine Muskeln mit Gewichten und sah erheblich jünger aus, als er war. Er erhob sich vom Tisch und ging hinüber in das kühle Schlafzimmer, das verdunkelt war. Nur durch die Ritzen der Klappläden drang etwas Sonnenlicht in das Innere des Raumes. Don Alfredo entkleidete sich und legte sich nackt auf das kühle weiße Leinentuch. Er wartete auf Donna Rosa, die in der Küche den Abwasch besorgte.

Donna Rosa arbeitete schon über fünfzehn Jahre für Don Alfredo. Sie war gerade zwanzig Jahre alt gewesen, als sie die Stelle der Haushälterin bei ihm annahm. Es hatte nicht lange gedauert, und sie hatte verstanden, daß sie nicht nur Haushälterin war, sondern auch für andere rein persönliche Bedürfnisse des Hausherren zuständig war. Zuerst hatte sie es als ihre Pflicht angesehen, Don Alfredo zu Willen zu sein, da er im Monat soviel zahlte, wie ihr Mann in einem Jahr nicht verdiente, die Lebensmittel und Kleider, die sie bekam, gar nicht mitgerechnet. Aber sehr bald änderte sich Donna Rosas Einstellung, denn sie fing an, die Siestastunden mit Don Alfredo zu genießen, denn er war trotz seines Alters ein Mann, wie ihn sich Donna Rosa immer gewünscht und vorgestellt hatte, in jeder Beziehung. Sie wußte nicht, ob ihr Ehemann etwas ahnte, auf jeden Fall sagte er kein Wort, denn Donna Rosas Arbeitsstelle ersparte ihm die tägliche Plackerei am Hafen für wenig Geld. Er schlief morgens meistens noch, wenn Rosa aus dem Haus ging. Nach dem Frühstück begab er sich meistens in sein Stammlokal, um sich mit seinen Freunden zu treffen, wo er bis spät in die Nacht Karten spielte, über den letzten Stierkampf oder das letzte Fußballspiel diskutierte und einige Gläschen trank. Er war ein gerngesehener Gast, da er immer genügend Geld in der Tasche hatte, dafür sorgte schon seine Frau, Donna Rosa. Wenn er nach Hause kam, wartete Rosa meist schon mit dem Essen auf ihn. Don Alfredo aß abends stets in seinem Lieblingslokal, so daß Donna Rosa frei hatte bis zum nächsten Morgen. Jeden Mittwoch hatte Donna Rosa den ganzen

Tag frei. An diesem Tag erfüllte sie ihre ehelichen Pflichten, noch bevor ihr Mann das Haus verließ.

Donna Rosa war eine sehr schöne Frau. Sie sah in ihrem Alter immer noch jung aus, hatte langes schwarzes Haar, schlanke Hüften und einen vollen Busen. Aus den heißen Nächten ihrer jungen Ehe waren mit der Zeit schnelle Liebesakte an jedem Mittwoch geworden. Ihr Mann nahm sie meist ohne ein zärtliches Wort, ohne ein Streicheln, ohne einen Kuß. Er drückte und quetschte ihre Brüste zwischen seinen Händen, daß es Donna Rosa schmerzte, um sich dann nach einigen heftigen Zuckungen wohlig schnaufend von ihrem Körper zu rollen. Er stand danach sofort auf, zog sich an und verschwand in seine Stammkneipe. Er wußte, daß seine Freunde im Lokal hinter seinem Rücken Geschichten über ihn, Donna Rosa und Don Alfredo erzählten, aber das störte ihn so lange nicht, so lange er alles bekam, was er wollte, und vor allem dafür keinen Finger krumm machen mußte.

Donna Rosa ging nach getaner Arbeit in der Küche ins Bad, um sich frisch zu machen. Sie betrachtete sich im Spiegel. Sie hatte noch keine Falten im Gesicht wie die anderen spanischen Frauen in ihrem Alter, ihre Haut und ihr Busen waren glatt und fest. Das lag vor allem auch daran, daß sie, dank Don Alfredo, nie schwer arbeiten mußte, wie die anderen Frauen, und auch niemals Hunger litt.

Barfuß schlich sie ins Schlafzimmer und legte sich zu Don Alfedo ins Bett. Sie begann sanft, seinen Nacken zu massieren, bis er sich auf den Rücken drehte und sie über sich zog.

Er war ein erstaunlicher Mann für sein Alter, was er jeden Tag erneut unter Beweis stellte.

Nachdem Donna Rosa sich und auch ihren Liebhaber gesäubert hatte, stieg sie wieder zu ihm in das große Doppelbett. Don Alfredo legte sanft den Arm um ihre Hüften und war nach wenigen Atemzügen eingeschlafen.

Nach der Siesta verließ Don Alfredo sein Haus in der Calle Portuguesa und schloß sorgfältig die Türe ab. Donna Rosa war schon gegangen. Den Schlüssel steckte er in die Tasche seines hellen Leinenanzugs und zog sich den breitkrempigen Hut tiefer in die hohe Stirn. Sein Oberlippenbärtchen glänzte in tiefstem Schwarz, was er allerdings auch den Künsten von Herrn Pereira, dem Friseur, zu verdanken hatte. Die beigen Schuhe waren makellos sauber, wie die ganze übrige Kleidung von Don Alfredo. Er faßte den Knauf seines Spazierstockes fester und begab sich auf den steilen Weg hinab zu dem gekachelten Platz am Hafen, wo er jeden Nachmittag seinen Kaffee einzunehmen pflegte. Erwachsene grüßten ihn stets respektvoll und wichen ihm aus, es sei denn, er richtete das Wort an sie. Don Alfredo war ein geachteter Mann in Ayamonte, was natürlich auch mit seiner finanziellen Großzügigkeit zusammenhing. Die Kinder liebten ihn, da er immer Bonbons oder Peseten für sie in den Taschen hatte.

Er ging langsam durch die Gassen und warf hier und da einen Blick in die Auslagen der Geschäfte, die sich immer mehr auf die kommende Sommersaison umstellten.

Am Wochenende würde Don Alfredo abreisen. Während des Sommers zog er sich stets ins Landesinnere zurück. Niemand wußte, wohin er ging, nicht einmal Donna Rosa hatte eine Ahnung, wo sich Don Alfredo vom Juni bis zum September aufhielt. Sie fragte auch nicht, denn sie bekam ihren Lohn genau so, wie wenn ihr Hausherr anwesend gewesen wäre. Er fuhr immer ohne großes Gepäck mit einem Taxi ab, um irgendwann überraschend wieder aufzutauchen. Alle vermuteten, daß er in der Nähe von Sevilla einen Landsitz habe, aber gesehen hatte ihn dort im Sommer noch niemand.

Das war auch kaum möglich, denn Don Alfredo wechselte mehrere Male das Taxi, bis er an seinem Ziel war, und Sevilla war es nicht.

Er setzte sich vor seinem Lieblingscafe auf den gewohnten Platz. Der Ort war schattig, und die Luft vom Meer her roch nach Salz und Fischen.

„Buenas dias, Don Alfredo“, grüßte Jose, der Besitzer des Cafes, „einen Cafe duplo, wie immer?“

Don Alfredo nickte und zog das goldene Zigarettenetui aus der Gesäßtasche, dessen Oberfläche stark zerkratzt war. Vier Orientzigaretten befanden sich darin, seine Nachmittagsration, da er seinen Zigarettenkonsum streng kontrollierte. Trotzdem waren die Finger seiner rechten Hand gelb vom Nikotin. Er hatte schlanke Hände und schmale Finger. Als der Cafe kam, nahm Don Alfredo einen vorsichtigen Schluck, um sich danach seine erste Zigarette anzuzünden, deren Rauch er tief in die Lungen zog. Zufrieden lehnte er sich zurück und genoß die Nachmittagssonne.

Michael sah zwar aus wie ein typischer Tourist, mit seiner bunten Tasche und dem Photoapparat um den Hals, aber er benahm sich nicht so.

Er schenkte den Auslagen der Geschäfte kaum einen Blick, sondern ging zielstrebig die bunt gepflasterte Straßen der Innenstadt entlang, als habe er ein festes Ziel. Vor dem freien Platz an der Kirche San Miguel blieb er einige Zeit im Seiteneingang einer Modeboutique stehen. Er blickte an der Fassade der Kirche hinauf zum Glockenturm. Das große Storchennest war noch da, so wie er es bei seinem letzten Besuch vorgefunden hatte. Auch der Kopf des Storches war deutlich zu sehen. Diese Tatsache würde die Angelegenheit für Michael erschweren. Er wartete etwa eine Viertelstunde, und als er sah, daß niemand die Kirche betrat oder verließ, überquerte er mit eiligen Schritten den Kirchplatz und hastete die Treppe zum Haupteingang hoch, wobei er zwei, drei Stufen auf einmal nahm. Er drückte die schwere Klinke herunter, aber die große Holztür gab nicht nach.

„Oh verdammt", schimpfte Michael leise und wandte sich vom Eingang ab. Schweiß trat ihm auf die Stirn, und er eilte um die Ecke des Hauptschiffs.

Nichts, kein Fenster, keine Seitentür an der Längsseite. Er begann jetzt, immer schneller zu laufen. Ein Haufen Sand war an der Rückseite der Kirche aufgeschüttet, und zwei Eimer standen neben einer Schaufel an der Wand.

Michael blieb stehen. Eine kleine Pforte an der Rückwand stand offen. Er wartete, aber nichts rührte sich. Langsam ging er auf die Tür zu.

Er schloß die Augen, bevor er eintrat, um sich schneller an das Dunkel des Innenraumes zu gewöhnen. Michael trat in den Halbschatten neben der Tür und blickte suchend umher.

Auf der anderen Seite des Hauptschiffs stand ein Arbeiter auf einem kleinen Gerüst vor dem Haupteingang und besserte Schäden an der Wand aus. Deswegen war die Tür geschlossen. Der Mann war so in seine Arbeit vertieft, daß er Michael nicht bemerkt hatte. Michael hielt die Tasche und den Photoapparat mit beiden Händen fest, um kein Geräusch zu erzeugen. Er schlüpfte durch den engen verbretterten Eingang zur Turmtreppe und schlich lautlos die Stufen empor.

Der beißende Geruch nach Vogelkot wurde stärker, und feiner, weißer Staub wirbelte unter seinen Füßen auf. Michael hielt sich ein Taschentuch vor den Mund. Die alte Holzstiege knarrte unter seinem Gewicht, und er vermied es, das Geländer anzufassen, da es ebenfalls mit einer dichten weißen Staubschicht aus Kot bedeckt war. Er setzte bedächtig einen Fuß vor den anderen. Jetzt, kurz vor dem Ziel, wollte er keinen Fehler mehr machen. Ein einziges lautes Geräusch konnte den Arbeiter aufmerksam machen und seinen Plan zerstören.

Als Michael das Ende der Treppe erreicht hatte, drückte er die Tür zur Turmplattform ganz vorsichtig auf, um den Storch auf der anderen Turmseite nicht aufzuschrecken. Er kroch auf allen Vieren hinaus, damit er nicht von einem zufällig nach oben schauenden Passanten gesehen wurde, und ließ sich vor der Turmbegrenzung auf dem Bauch liegend nieder. Die Luft war hier besser, obwohl der Boden auch von Vogelschmutz übersät war. Er durfte auf keinen Fall vergessen, seine Kleidung wieder zu säubern, bevor er die Kirche verließ.

Schweißtropfen rannen über Michaels Nacken und sein Gesicht und bissen in den Augen. Allmählich wurde sein Atem ruhiger. Die Hände hörten auf zu zittern. Er zog den Kamerariemen vom Kopf und legte den Apparat neben sich. Danach holte er die Tasche von der Schulter und öffnete den Reißverschluß. Er nahm das Gewehr, das in ein Tuch eingeschlagen war, heraus. Michael breitete das Tuch aus und begann, die einzelnen Teile sorgfältig zusammenzusetzen. Zum Schluß schraubte er das Zielfernrohr auf, das gesondert eingepackt war. Michael legte nun den Lauf des Gewehres mit der Laufspitze in eine Lücke zwischen den Zinnen und preßte den Kolben fest an die rechte Wange. Mit der freien Hand justierte er das Zielfernrohr.

Drei Tage nacheinander war Michael nach Ayamonte gekommen und hatte jeden Schritt Don Alfredos verfolgt. Es hatte Stunden gedauert, bis er einen Platz gefunden hatte, der weit genug entfernt und hoch genug oben war, um das Viertel am Hafen gefahrlos einsehen zu können. Vorgestern war ihm die Idee mit dem Kirchturm gekommen, als er von der Höhe am Guadiana auf das Häusermeer und den Hafenplatz geblickt hatte.

Gestern war er auf dem Turm gewesen.

Der dunkelblau gekachelte Platz am Hafen wurde im Zielfernrohr sichtbar. Ganz langsam wanderte der Lauf des Gewehres über Parkbänke, Blumenbeete, Palmen und Kaffeehausstühle.

Als die Silhouette Don Alfredos im Fadenkreuz auftauchte, hielt Michael inne. Das war er, sein Vater, Thomas Waldner, Massenmörder, jetzt Don Alfredo da Silva.

Erneut justierte Michael das Gerät, bis Don Alfredos Oberkörper gestochen scharf zu sehen war. Er preßte den Kolben des Gewehres fest in die Schulter, als er durch das Zielfernrohr sah, wie Don Alfredo nach vorn kippte. Michael konnte den Blutfleck deutlich auf seinem Hemd erkennen.

Don Alfredo nippte gerade an seiner zweiten Tasse Kaffee und rauchte die dritte Zigarette seiner Ration. Jose, der Besitzer des Cafes, setzte sich zu ihm.

„Es ist schon relativ warm für diese Jahreszeit, meint Ihr nicht auch, Don Alfredo?"

Dieser nickte.

„Ja, Jose, und schon viel zu viele Touristen treiben sich in unserem schönen Ayamonte herum, es wird von Jahr zu Jahr schlimmer."

Jose sagte: „Leider leben die meisten von uns von den Touristen. Wenn die neue Brücke über den Guadiana fertig gebaut ist, werden wir uns vor dem Touristenstrom aus Portugal kaum noch zu retten wissen. Wann verlaßt Ihr uns übrigens wieder, Don Alfredo, ist es nicht bald an der Zeit?" Don Alfredo lächelte. Jose versuchte jedes Jahr, ihn aus der Reserve zu locken, ihn auszuhorchen. Es ließ ihm einfach keine Ruhe, daß er nach all den Jahren der Bekanntschaft mit ihm immer noch nicht herausgefunden hatte, wohin Don Alfredo in jedem Sommer verschwand.

„Ich weiß es noch nicht genau, Jose, aber wenn es hier so weitergeht, werde ich mich vielleicht völlig aufs Land zurückziehen."

Als Don Alfredo vor etlichen Jahren hierhergekommen war, war Ayamonte noch ein verschlafenes Fischerstädtchen an der Grenze zu Portugal gewesen. Der Tourismus an der Algarve, auf der anderen Seite der Grenze, griff jedoch immer stärker auch auf diese Stadt über.

„Eines Tages werde ich mir den Spaß erlauben und Ihnen nachfahren", scherzte Jose, als er wieder aufstand.

Don Alfredo lächelte, aber seine Augen blieben kalt.

„Dieser kleine Ausflug wird dann tödlich für Dich enden", dachte Don Alfredo, als er ihm nachblickte, wie er durch die Tür des Hauses verschwand.

Er lehnte sich in seinen Stuhl zurück und öffnete seine Jacke. Er schob den Hut leicht in den Nacken und blickte hinauf zu den Häusern der Stadt. In diesem Augenblick traf ihn ein harter Schlag in die linke Brustseite. Ein rasender Schmerz durchzuckte ihn, und er wollte mit der Hand nach seinem Oberkörper fassen, aber sie gehorchte seinem Befehl nicht mehr. Es wurde schnell und schneller Nacht um ihn. Er sollte nie erfahren, was ihn getötet hatte. Ein kleiner roter Fleck breitete sich auf seinem Hemd aus. Der Einschuß war kaum zu sehen, aber der Rücken Don Alfredos war eine einzige blutige Masse, zerfetzt von der Wucht des Geschosses, das noch in der Rückenlehne des Stuhles steckte. Es war aber keine Kugel aus einem Flaubert Gewehr. Don Alfredos Oberkörper sackte leicht nach vorn, die Jacke glitt über die Wunde, und der Kopf sank ihm auf die Brust. Der Hut saß noch auf seinem Kopf, aber die Zigarette entglitt den kraftlosen Fingern und qualmte neben dem Stuhl auf dem Boden weiter.

Das war es auch, was Jose stutzig machte, als er wieder ins Freie trat. Von weitem sah es aus, als ob Don Alfredo eingenickt sei, aber er würde doch nie eine seiner kostbaren Zigaretten achtlos auf dem Boden verqualmen lassen. Vorsichtig trat Jose näher und berührte Don Alfredo an der Schulter. Dessen Oberkörper sank im Zeitlupentempo nach vorn, bis der Kopf auf die Tischplatte aufschlug. Der Hut rollte über den Tisch zu Boden, und die leeren Augen Don Alfedos starrten in die umgestürtzte Kaffeetasse. Jetzt erst sah Jose das Loch in seinem Rücken und vor allem das viele Blut auf seiner Jacke.

„Madre Dios", entfuhr es ihm. Er machte auf dem Absatz kehrt und rannte hinter die Theke, um die Polizei zu rufen. Danach hastete er wieder hinaus und bedeckte Don Alfredos Leiche mit einem großen Tischtuch. Er hob den Hut auf und hielt ihn ratlos zwischen den Händen. Zum Glück hatte noch niemand den Vorfall bemerkt, und Jose blieb neben der Leiche stehen, bis die Polizei eintraf.

Michael wußte nicht, was geschehen war, aber er wußte, daß er schleunigst verschwinden mußte. Mit schnellen , aber ruhigen Bewegungen nahm er das Gewehr wieder auseinander und verstaute die Einzelteile sehr sorgfältig in der bunten Tasche. Er hängte sich den Photoapparat um den Hals und kroch wieder zurück zur Treppe. Vorsichtig stieg er hinunter und verharrte nur kurz vor dem Eingang zum Kirchenschiff, um sich zu säubern. Er klopfte sich den Staub und Schmutz von den Jeans und der Vorderseite des T-shirts. Michael warf einen Blick zum Haupteingang, aber das Gerüst war leer. Er wartete nicht und trat in das Kirchenschiff. Im gleichen Augenblick betrat der Mann mit zwei Eimern

Mörtel den Eingang. Michael nahm die Kamera hoch, und als der Arbeiter ihn verdutzt anschaute, deutete Michael auf den Hochaltar, lächelte und machte die Bewegung des Photographierens. Der Mann grinste, wobei seine Lippen einen beinahe zahnlosen Mund freigaben, und nickte freundlich zurück. Michael ging an ihm vorbei, indem er sich noch einmal in der Kirche umblickte und ab und zu die Kamera hochnahm.

Erst als er die Kirche verlassen hatte, beschleunigte er seine Schritte. Er eilte über die Plaza del Toro und wählte den kürzesten Weg zur Fähre durch ruhigere Seitengassen. Michael erreichte das kleine Paßkontrollhäuschen in dem Moment, in dem Jose die Leiche Don Alfredos entdeckte.

Er wurde durchgewunken und kaufte sich ein Ticket für das Fährschiff. Alles war genau geplant. Langsam legte die „Peninsula" ab, und die Mehrzahl der Passagiere begab sich nach oben in die geschlossene Fahrgastkabine. Michael bewegte sich unauffällig zwischen den Autos hindurch zum hinteren Teil des Schiffes. Unbeachtet von den anderen Reisenden und dem Schiffspersonal lehnte er sich an die Bordwand, die der spanischen Uferseite abgewandt war. Es roch penetrant nach Dieselabgasen, aber das störte Michael im Moment nicht. Er faßte die bunte Tasche über seiner Schulter und beugte sich leicht zur Seite, wobei er die Tasche über die Bordwand hob und den Arm so weit wie möglich nach unten streckte. Er schaute sich noch einmal um, aber niemand schenkte ihm Beachtung. Als die Tasche ohne ein Geräusch in den Fluten des Guadiana versank, heulten in Ayamonte druchdringend die Polizeisirenen.

Die „Peninsula" legte nach etwa zwanzig Minuten in Villa Real de San Antonio an, und die Passagiere begaben sich an Land. An der portugiesischen Zollstation herrschte eine regere Tätigkeit als sonst. Beamte mit Maschinenpistolen standen vor dem Gebäude und winkten alle Fahrgäste in den Zollraum. Michael reihte sich bereitwillig ein, und als der Beamte sah, daß er nur eine Kamera bei sich trug, winkte er ihn durch.

Vor dem Grenzgebäude bestieg Michael ein Taxi.

„Monte Gordo", sagte er zu dem Fahrer, und sie fuhren den gleichen Weg zurück, den Michael vor einigen Stunden genommen hatte. Er wählte wieder den Fußmarsch am Strand entlang nach Alagoa zurück. Als er den Dünenkamm erreicht hatte, von wo er aufgebrochen war, setzte er sich an der gleichen Stelle in den Sand. Er war sehr verwirrt. Er konnte sich nicht erklären, was in Ayamonte wirklich geschehen war. Wer war ihm zuvorgekommen? Oder war es ein „normales Verbrechen“ gewesen? Nein, an solche Zufälle glaubte Michael inzwischen nicht mehr. Wer wußte noch vom Aufenthaltsort seines Vaters? Hatte die Organisation, hatte Wotan die Hand im Spiel? Oder war Levy Cohn in die Angelegenheit verwickelt? Michael wußte auf all diese Fragen keine vernünftige Antwort.

Walter Koslowski war Michael in ständigem seitlichem Abstand auf dem gepflasterten Weg am Strand entlang gefolgt. Als Michael sich setzte, war die Gelegenheit günstig, da dichtes Strauchwerk und Gebüsch ein Anschleichen erleichterten. Auf allen Vieren schob sich Walter Koslowski den Dünenkamm von der Landseite aus hoch, bis er Michael fast mit den Händen anfassen konnte. Er zog den lederummantelten Totschläger aus Blei hervor.

Michael richtete sich auf, um weiterzugehen, als ein Schatten über ihn fiel. Er war gerade im Begriff sich umzudrehen, als ihn ein dumpfer Schlag am Hinterkopf traf. Die Sonne schien wie ein riesiger glutroter Ball auf seine Augen zuzurasen, dann wurde es um Michael herum dunkel.

BERCHTESGADEN - HAMBURG
(1985 - 1990)

Hans Graßlinger packte in aller Ruhe seinen Rucksack. Alles, was er für seine Bergtour mitnehmen wollte, lag fein säuberlich ausgebreitet vor ihm auf dem Boden des Wohnzimmers. Schuhe, Kleidungsstücke, Verpflegung, alles war ordentlich aufgereiht. Er freute sich auf seinen Ausflug. Zwei Tage wollte er in den Allgäuer Bergen seinem Hobby frönen, dem Wandern und Klettern. Er liebte diese einsamen Touren, wo er mit sich und den Bergen allein war. An jedem freien Wochenende suchte er sich einen anderen Berg aus. Dieses Mal wollte er den Säuling in der Nähe der Königsschlösser bei Hohenschwangau besteigen.

Nachdem er alles in seinem Auto verstaut hatte, fuhr er am späten Nachmittag los. Über Garmisch, am Kloster Ettal und Schloß Linderhof vorbei führte ihn sein Weg über den Ammersattel nach Österreich hinein, das er bei Füssen - Pfronten wieder verließ. Gegen halb acht Uhr abends kam er in Horn an, einer kleinen Ortschaft am Fuße der beiden Schlösser Neuschwanstein und Hohenschwangau. In der Pension „Schloßblick“ hatte er ein Zimmer gemietet.

Mit den ersten Strahlen der aufgehenden Sonne war Hans Graßlinger unterwegs. Alles war noch ruhig. Er hatte sich vorgenommen, vor seiner Bergtour noch einen Blick auf das Märchenschloß Ludwigs II. zu werfen und vielleicht eine schöne Aufnahme zu machen. Die Marienbrücke war für sein Vorhaben der geeignetste Platz. Nebelschwaden stiegen aus dem Tal herauf, und das Schloß schien, von der Morgensonne beleuchtet, auf einem riesigen Wattebausch zu schweben.

Hans Graßlinger war um diese frühe Zeit allein auf der schmalen Eisenbrücke, das nahm er jedenfalls an. Er war deshalb erstaunt, als er Schritte hinter sich hörte.

Er drehte sich um, weil er sehen wollte, wer außer ihm so früh unterwegs war. Zwei Männer kamen direkt auf ihn zu. Er trat einen Schritt zur Seite, um die beiden vorbeizulassen, als ihn, ehe er etwas sagen oder tun konnte, vier kräftige Arme packten und ihn mit einem Schwung über das Brückengeländer hoben. Er hatte keine Chance gehabt, sich irgendwo festzuhalten. Laut schreiend und mit den Armen rudernd verschwand Hans Graßlinger in den Nebelfetzen, die um die Baumwipfel hingen. Ezra und Elias gingen ruhigen Schrittes wieder zurück. Sie wählten den

Umweg über den Tegelberg, so daß ihnen nur wenige Leute begegneten, und stiegen über das Tegelberghaus ins Tal hinab, wo sie in Schwangau ihr Auto abgestellt hatten.

Karl Hübner war seiner gerechten Strafe zugeführt worden.

Jens Neupert saß in seinem großräumigen Büro am Schreibtisch. Das breite Fenster gab den Blick auf den Hamburger Hafen frei. Das Bürogebäude war leer, die meisten Angestellten hatten sich an diesem Freitag rechtzeitig auf den Nachhauseweg gemacht, um das Wochenende zu genießen.

Jens Neupert genoß diese Stille. Er liebte es, am Abend zu arbeiten, wenn keine Telefone klingelten, niemand ihn störte und aus seiner Konzentration holte. Jetzt konnte er in aller Ruhe die wichtigsten Arbeiten erledigen.

Oben in der Penthousewohnung wartete niemand auf ihn. Die meiste Zeit verbrachte er sowieso hier im Büro. Er war so in seine Akten vertieft, daß er gar nicht bemerkte, wie es draußen immer dunkler wurde. Gegen halb elf Uhr abends schloß Jens Neupert den letzten Aktendeckel und reckte die Arme nach hinten, daß es in den Gelenken knackte. Sein Nacken schmerzte. Er stand auf, wickelte die Ärmel seines Hemdes nach vorn und nahm sein Jackett von der Stuhllehne. Mit bedächtigen Bewegungen räumte er seinen Aktenkoffer ein und ließ die Verschlüsse zuklicken. Er warf einen letzten kontrollierenden Blick auf seinen Schreibtisch, er hatte alles erledigt.

Auf dem Weg ins Vorzimmer knipste er das Licht aus und betrat den Flur zum Aufzug. Außer ihm war jetzt niemand mehr im Haus. Erst am Montagmorgen würden sich die Stockwerke wieder mit Leben füllen. Jens Neupert drückte den Knopf des Aufzugs, und die Türen glitten auseinander. Er trat in den Lift und wählte das Penthouse.

Er freute sich auf ein kühles Glas Bier in seiner Wohnung. Danach würde er in aller Ruhe drei Saunagänge machen, bevor er sich ins Hamburger Nachtleben begeben würde. Ein gutes Essen, nette Unterhaltung, vielleicht würde er sich ein oder zwei Mädchen mit nach Hause nehmen. Morgen war Samstag, und so konnte er die Stunden bis zum Mittag genießen.

Er hatte trotz seines Alters nie Probleme, geeignete junge Damen zu finden, denn er sah nicht nur gut aus mit seinen grauen Schläfen und dem sehr gepflegten Äußeren, er zahlte vor allen Dingen sehr gut, auch bei den Damen, die nicht zum käuflichen Gewerbe gehörten. So etwas sprach sich in bestimmten Kreisen schnell herum.

Vor der Wohnungstür holte er den Schlüssel aus der Tasche. Die Aufzugstür öffnete sich nur, wenn man den richtigen Schlüssel besaß. Jens Neupert trat in den Flur seiner Wohnung. Er stellte vor der Garderobe den Aktenkoffer ab und ging ins Wohnzimmer. Die Jacke warf er über einen Sessel und schaltete die Sauna an. Danach holte er sich an der Bar ein kaltes Bier aus dem Eisschrank. Mit dem Glas in der Hand trat er an das große Panoramafenster. Die Lichter Hamburgs funkelten zu ihm herauf. Er mochte diesen Anblick. Nicht viele Leute in Hamburg konnten sich diese Aussicht leisten. Er trank in großen Schlucken und wischte sich genüßlich über die Lippen.

In dem geräumigen Badezimmer zog er sich aus und betrachtete seinen Körper im Spiegel. Seine Muskeln waren immer noch fest, er hatte keinen Bauch angesetzt, nur die grauen Kraushaare auf der Brust zeugten von seinem Alter. Mit einem großen Badetuch über dem Arm zog er die Tür zur Sauna auf. Hitze schlug ihm entgegen. Er breitete sein Handtuch auf der obersten Stufe aus, drehte die Sanduhr herum und streckte sich wohlig der Länge nach aus. Nach wenigen Minuten trieb ihm ein kräftiger Aufguß den Schweiß in Strömen aus den Poren, und er setzte sich auf die unterste Stufe. Mit einer Bürste rieb er sich langsam Arme und Beine ab. Als er sah, daß die Sanduhr längst abgelaufen war, stand er auf, um in den Ruheraum zu gehen. Er drückte gegen die Tür, aber sie öffnete sich nicht. Er drückte fester mit seinem ganzen Körpergewicht, aber die Tür gab keinen Millimeter nach. Panik ergriff ihn. Mit voller Wucht warf er sich nun gegen das Holz der Tür, sie bewegte sich nicht. Mit Entsetzen stellte Jens Neupert fest, daß die Temperatur ständig stieg. Der Zeiger war schon über die 100 Gradmarke hinausgeklettert. Er begann jetzt wie wild gegen die Tür zu hämmern. Aber wer sollte sein Klopfen hören? Er war allein in der Wohnung, allein im ganzen Haus. Warum ließ sich die verdammte Tür nicht mehr öffnen? Als Jens Neupert völlig erschöpft an der Tür langsam zu Boden rutschte, krallten sich seine Fingernägel in das Fichtenholz der Tür.

Zwei Stunden später entfernten Ezra und Elias den Metallstab, den sie von außen durch den massiven Griff der Saunatür geschoben und seitlich befestigt hatten. Jens Neupert war nach hinten gekippt, den Mund weit aufgerissen, die starren Augen zur Decke gerichtet. Elias fühlte nach seiner Halsschlagader. Jens Neupert war tot, und mit ihm der letzte Offizier der Organisation, mit ihm starb Wotan, der Leiter der Gruppe.

Sie legten ihn auf das Badetuch auf der obersten Stufe und schlossen die Tür zur Sauna. Leise, wie sie gekommen waren, verließen sie die Wohnung und das Haus wieder.

Bevor Ezra und Elias in den Zug nach Altstadt stiegen, riefen sie in Prag an.

Als Levy Cohn an den Apparat kam, sagte Elias nur einen Satz: „Die Haifische sind gefangen."

Levy Cohn lächelte und lehnte sich zurück. Er hatte seine Aufgabe erfüllt. Er griff seinerseits zum Telefon.

ALAGOA
(1985 - 1990)

Das erste, was die in den Dünen spielenden Kinder fanden, war eine Riemensandale. Danach zogen sie eine zerfetzte bunte Leinentasche aus dem Sand. Als einer der Buben seinem Vater am Strand den Fund zeigte, ging eine ganze Gruppe von Männern in das Gebüsch auf der Düne. Nach einigen Metern tauchte ein zweiter Schuh auf und ein kaputter Photoapparat. Im dichteren Gestrüpp lag dann die Leiche oder das, was von ihr übrig war. Die verwilderten Hunde hatten ganze Arbeit geleistet. Es waren nur noch Knochenreste zu finden, die vom Wind, der Sonne und dem Regen ausgebleicht waren. In den unteren Zweigen eines Strauches hingen Kleiderreste. In der Tasche des Fetzens, der einmal eine blaue Jeans gewesen war, befanden sich noch Teile eines Geldbeutels. Lediglich die in Plastik eingeschweißten Karten waren noch zu entziffern.

„Michael Anders" stand auf einer Scheckkarte und auf dem Personalausweis.

Die Polizei wurde herbeigerufen, das Gelände wurde abgesperrt, man sorgte für den Abtransport der Knochenreste. Von Tavira aus wurde das deutsche Konsulat verständigt.

In einsamer Arbeit hoben zwei Männer auf dem kleinen Dorffriedhof von Alagoa eine flache Grube am Rand der Umzäunung aus, legten die flache Zinkwanne hinein und setzten ein schlichtes Holzkreuz darauf.

PRAG
(1985 -1990)

Die Diskussion dauerte nun schon beinahe zwei Stunden. Zu sechst redeten sie Silvia zu, aber diese weigerte sich hartnäckig, den Vorschlag der Freunde ernsthaft in Erwägung zu ziehen.

Ludwig versuchte es noch einmal.

„Silvia, bitte, wir verstehen alle deinen Kummer, aber du hast doch alle notwendigen Maßnahmen für die Umbettung getroffen. Willst du dich für den Rest deines Lebens hier vergraben. Du mußt doch auch an Cordula denken. Das Kind wird ja noch schwermütig, wenn es dauernd mit dir zusammen ist."

„Ich denke ja gerade an Cordula", gab Silvia heftig zur Antwort, „jetzt darf ich sie erst recht nicht allein lassen. Was glaubt ihr wohl, was die Leute sagen. Der Vater erst kurze Zeit tot, und schon fährt die Mutter in Urlaub und läßt ihr Kind alleine. Nein, schlagt euch diese Idee mit der Pragfahrt ein für alle Mal aus dem Kopf."

Michaels Mutter mischte sich zum ersten Mal in das Gespräch ein.

„Wenn es dir nur um Cordula gehen sollte, brauchst du dir keine Gedanken zu machen. Michaels Freunde haben mich auch eingeladen, nach Prag mitzufahren, und ich werde mich um Cordula kümmern, wenn es dir recht ist, denn sie fährt selbstverständlich mit."

Silvia mußte lächeln.

„Ihr seid doch eine gemeine, hinterhältige, verschworene Bande, ihr habt das alles hinter meinem Rücken geplant. Ich liebe euch dafür und fahre natürlich mit."

Alle freuten sich, daß es endlich gelungen war, Silvia zu überzeugen.

Die Fahrt verlief sehr harmonisch. Alle waren rührend um Silvia bemüht, daß es ihr schon peinlich wurde. Sie streiften gleich am ersten Tag durch Prag, und die Freunde zeigten ihr alle Plätze, an denen sie schon mit Michael gewesen waren. Das sagten sie aber Silvia natürlich nicht.

Am nächsten Morgen war eine Dampferfahrt auf der Moldau geplant. Als Silvia zum Frühstück herunterkam, waren Maria und Cordula nicht mehr am Frühstückstisch.

„Wo sind denn Mutter und Cordula abgeblieben?" fragte Silvia.

„Maria sagte, sie wolle mit Cordula langsam die Pariser Straße hinauf bis zum Neustädter Rathausplatz laufen. Sie meinte, wir würden sie schon einholen. Cordula war so unruhig am Frühstückstisch“, sagte Harald.

Silvia trank noch eine zweite Tasse Kaffee, bevor sie aufbrachen.

Sie schlenderten vom Hotel Interconti aus in Richtung Rathaus, aber die Freunde bogen plötzlich ab und steuerten den jüdischen Friedhof an.

Silvia kannte sich natürlich nicht so gut in Prag aus, aber sie bemerkte, daß dies nicht der Weg zum Rathausplatz war. Sie wollte schon einen Einwand vorbringen, als sie vor einem Haus in der Nähe der Synagoge ihre Schwiegermutter und ihre Tochter stehen sah. Maria Anders unterhielt sich mit einem Mann, den Silvia zuvor noch nie gesehen hatte. Als Maria Anders die Gruppe näherkommen sah, verschwand sie mit Cordula in dem Gebäude. Die anderen waren, für Silvia unbemerkt, etwas hinter ihr zurückgeblieben. Silvia schaute immer noch zu der Tür hin, durch die ihre Tochter mit Maria Anders verschwunden war, als eine schlanke Gestalt mit sonnengebräuntem Gesicht durch den Hauseingang ins Freie trat. Silvia stieg das Blut ins Gesicht, sie glaubte, ihr Herzschlag setze aus. Das war Michael, oder spielten ihr ihre Augen einen Streich? Nein, ohne Zweifel, das war ihr Michael mit seinem typischen Lächeln, seinem unverwechselbaren Gang. Silvia begann schneller zu laufen, zu rennen, was die Beine hergaben. Michael fing sie mit beiden Armen auf und wirbelte sie herum. Tränen rollten beiden über die Wangen, als sie sich aneinanderpreßten. Sie schauten sich in die Augen, flüsterten den Namen des anderen und küßten sich, immer und immer wieder.

Sie kamen erst wieder zur Besinnung, als die Freunde um sie herum Beifall klatschten.

„Ihr gemeines Pack“, schimpfte Silvia unter Tränen, „ihr habt das alles gewußt und mir nichts gesagt.“

Sie ließ Michaels Hand nicht los. Michael umarmte jeden seiner Freunde mit dem freien Arm.

„Ich danke euch“, sagte er, „es ist schön, euch alle wieder beieinander zu haben. So hatte ich es mir gewünscht.

Maria Anders trat mit Cordula in den Kreis. Die Kleine rannte zu Michael und Silvia und sprang an ihrem Vater hoch. Mit beiden Ärmchen drückte sie die Köpfe ihrer Eltern zusammen.

Am Hauseingang stand Levy Cohn und beobachtete gerührt die Szene. Er bat alle ins Haus, wo in dem großen Wohnzimmer ein langer Tisch für alle gedeckt war. Levy Cohn nahm am Kopfende Platz. Auf der anderen Seite saßen Silvia und Michael mit Cordula.

Michael erzählte von den letzten Monaten. Walter Koslowski hatte ihn am Strand niedergeschlagen, aber bevor er Michael endgültig töten konnte, war er von Ezra und Elias aufgehalten worden. Auch die beiden verstanden ihr Handwerk, so daß Walter Koslowski vor seinem Tod alle Informationen über die Gruppe Wotan preisgab. Er kannte zwar nur die Telefonnummer Wotans, aber dies bedeutete für „Esch Gadol" kein Problem. Elias und Ezra hatten auch Walter Koslowskis Leiche im Gebüsch versteckt, und alles dazugelegt, was Michael bei sich gehabt hatte. Danach hatten sie ihn auf das Schiff gebracht, mit dem er so lange im Mittelmeer kreuzte, bis Elias und Ezra die letzten Mitglieder der Gruppe Wotan beseitigt hatten, Hans Graßlinger, alias Karl Hübner, und Jens Neupert, alias Jens Rombach, den Führer der Gruppe Wotan.

Erst als völlig sicher war, daß für Michael keine Gefahr mehr bestand, hatte ihn Levy Cohn zurückholen lassen. Der Rabbi, der die Fäden des ganzen Unternehmens gezogen hatte, saß lächelnd dabei, als Michael erzählte. Und Michael hielt sein wichtigstes Versprechen. Jakob Cohn wurde mit keinem Wort erwähnt.

Die Bücher der "ASCAPHA"-Literaturreihe:

Maria-Theresa Supernok

Schwalbenflüge

Mit besinnlichen Geschichten und Gedichten öffnet Maria-Theresa Supernok den Lesern ihr Herz. Die Kurzgeschichten sind Erlebnisse der Autorin, die aufmerksam machen, auf die kleinen Dinge des Lebens, die oftmals sehr groß sind. Ihre Ausdrucksweise nimmt den Weg über das Herz und das Gefühl, sie verzichtet auf stilistische Formen und Zwänge, die der "Gefühlsübertragung" entgegenwirken würden. Die Verbindung ihrer Texte mit den Bildern ihres Mannes F. Bruno Supernok bietet ein Kunsterlebnis besonderer Art.
Erster Band der "ASCAPHA"-Literaturreihe, 96 Seiten, kartoniert, mit fünfzehn Bildern von F.B. Supernok und zwei Fotografien von Stefan Gregor. ISBN 3-929167-06-9   19,- DM

K.-H. Schreiber, A. Schacht, G. Ruprecht, H. Rautenstrauch, B. M. Rausch, A. Melle, R. Keck, H. Kailing, F. Hübner, W. G. Herbolzheimer, A. Hassel und H. Fuchs schrieben 34 Kurzgeschichten und ein Prosagedicht für:

Babbel nit!

Dies ist eine bunte Reihe von Geschichten und Geschichtchen, kurzweilig zum Lesen, über das man dann ja dann noch etwas nachdenken kann. Vom Krimi bis zur surrealistischen Geschichte, vom märchenhaften bis zum Drama erwartet Sie belangloses wie schwerwiegendes zu Ihrer Unterhaltung. Lassen Sie sich in 12 Welten von 12 Autoren entführen. Illustriert von Eugen F. Ritter.
Zweiter Band der "ASCAPHA"-Literaturreihe, 130 Seiten, kartoniert, ISBN 3-929167-07-7 19,- DM

Claudia Schmid

Alfred auf 3 ½ Pfoten

Die so wunderlich wie wahre Geschichte eines Katers, der trotz seines Alters und seiner "3 ½ Pfoten" den Weg übers Tierheim zu seinem "eigenen Heim" geschafft hat. Lustig illustrierte Ariane Grünler die einzelnen Episoden, bis sich Alfred so richtig in sein neues Heim eingewöhnt. Bis dahin sind aber auch ein paar Abenteuer zu bestehen, schließlich muß er sich ja behaupten, und das in jeder Beziehung. Die turbulenten Erlebnisse von Alfred erfreuen Leser jeden Alters.
Von jedem verkauften Buch werden 1,- DM an das Tierheim Aschaffenburg abgeführt.
Band 3 der "ASCAPHA"-Literaturreihe, 80 Seiten, kartoniert, ISBN 3-929167-01-8 17,- DM

Katharina Maubach

Bernsteinherz

Schlicht, aber mit eindringlichen und klaren Worten ist Käthe Maubach uns Zeugnis einer Zeit unseres Jahrhunderts.
Es ist ein Frauenschicksal, beginnend in der NS-Zeit und somit stellvertretend für viele unserer Mädchen und Frauen, die die Fundamente der Bundesrepublik nicht nur miterlebten, sondern sie auch mit ihrer Hände Arbeit erschaffen mußten. Obwohl stellvertretend, ist das Schicksal von Käthe Maubach doch einzigartig. Mit dem Aufschreiben ihrer Lebensgeschichte hat sich Frau Maubach aus der schicksalsergebenen Stummheit befreien können und ruft ihre nicht gezeigten Gefühle stellvertretend beim Leser wach.
Vierter Band der "ASCAPHA"-Literaturreihe, 136 Seiten, kartoniert, ISBN 3-929167-09-3 19,- DM

Andrea Schacht

Der Tag mit Tiger

Annes Kater Tiger wird bei einem Unfall schwer verletzt. Sie nimmt ihren Kater zum Sterben mit nach Hause. Müde von diesem üblen Tag schläft sie neben Tiger ein. Nun beginnt die Verwandlung, Anne wechselt in die Welt von Tiger, begegnet ihrem Haus und Heimatort als Katze. Nach der Gewöhnung an die neue Welt vermischt sich ihr Handeln als Katze und Denken als Mensch. Viele schöne, reizvolle Begebenheiten erwachsen hieraus. Aber durch diese Fähigkeit erfährt sie auch von einer geplanten Brandstiftung, die sie durch die Gegebenheit ihres Katzenkörpers nicht verhindern kann. Können die Katzen die Menschen dennoch retten?
Fünfter Band der "ASCAPHA"-Literaturreihe, 168 Seiten, kartoniert, ISBN 3-929167-10-7 20,- DM

ASCAPHA
Literaturreihe®

Weitere Titel im EKB Verlag:

Norbert Meidhof

Wer fliegen kann, der fliegt

"Wer fliegen kann, der fliegt", nannte Norbert Meidhof sein bisher drittes Buch, doch mit diesem "Fliegen" hat der autobiographisch angehauchte Held des Buches mit Namen Totnan so seine Schwierigkeiten: mit sarkastischem Blick schildert Meidhof - selbst seit fünfzehn Jahren Organist auf Beerdigungen - die rührenden Versuche eines Bestatters, mit seinem Trieb pietätvoll umzugehen. Da ist die Verkäuferin der "Schwanen - Apotheke", die Totnan nicht anzusehen wagt, oder das Mädchen Helga Morhard, mit dem er Hand in Hand gen Schellenmühle zu spazieren wagt. Nach und nach lernt er die Tücken "des Geschlechts" kennen...
Seit Jahren notiert Meidhof Episoden, sammelt Zeitungsmeldungen und hört genau zu, wenn sich die Aschaffenburger auf dem Friedhof, in der Buchhandlung oder auf dem Markt unterhalten. Von dem Kabarettisten auf die Bühne gebracht, werden diese Dialoge zu bester Satire. Ähnlich verfährt Meidhof in seinen Büchern.
Pfarrer Goldhammer, Dr. Gerlach, Adi, Mike, Gerold und Frowin stehen so in "Wer fliegen kann, der fliegt" für einen Typus. So verbinden sich soziologische Beobachtungen, persönliche Erlebnisse, Satire und Sarkasmus zu einem Protokoll der "Kleinstadt Aschaffenburg". **(Stadtzeitung 12/92)**
Auf 2 Tsd. Exemplare limitierte "Ausgabe erster Hand". 318 Seiten, gebunden mit Lesebändchen ISBN 3-929167-02-6 29,80 DM

Für den Bishnoi-Verlag Aschaffenburg liefern wir aus:

H. J. Otte:

Menschen die sterben um Bäume und Tiere zu retten

Dieses Buch ist im Interesse jener Menschen geschrieben, die eine Lebensform suchen, die die Welt vor einer ökologischen Katastrophe bewahren könnte.
Das Buch gibt ihnen die Möglichkeit die Bishnoi, die in der Thar-Wüste leben, und ihre Lebenseinstellung näher kennenzulernen.
54 Seiten, 6 Farbbilder von Rajiv Buddhiraja, ISBN 3-9803020-0-8 19,80 DM

Für den Temenos Verlag Aschaffenburg liefern wir aus:

Georg Friedrich Herbolzheimer

SPIEGEL DES LEBENS

Im Wunderlicht der Dichtung

Die Gedichte fangen in ihrer Gesamtheit das Leben in seinen vielfältigen Erscheinungsformen ein. Lyrisch verarbeitete Eindrücke und Erlebnisse, aber auch Naturvorgänge sind dargestellt.
Ein Glücksgefühl hat Dr. phil. G.F. Herbolzheimer immer wieder ins Gedicht gefaßt, um auch seine Mitmenschen zu erfreuen und ihnen Mut zu machen.Ein *lebensbejahender Optimismus* kennzeichnet also seine Gedichte. Trotzdem ist auch der Tod kein Tabu.

Bibliophile Ausgabe, limitierte Erstauflage 1990.
Illustriert mit 14 Originalgraphiken von Sascha Juritz.
Ausgewählt und herausgegeben von Dr. Wolgang G. und Renate Herbolzheimer.
Gebunden, mit Vignette bedruckt. Preis: 44,80 DM, vom Künstler signiert und numeriert: 54,80 DM.
ISBN 3-9802503-0-X

Georg Friedrich Herbolzheimer

TEMENOS DER LIEBE

Im Wunderlicht der Dichtung

Die Texte des Dichters G.F. Herbolzheimer beeindrucken durch *feinfühlige Beobachtungen*. Er schreibt eine schlichte, bildhaft-konkrete Sprache in meist streng durchkomponierten Versen, die, stark von der Tradition bestimmt, durchweg eigenständig sind. Lyrische Bilder verbinden sich häufig mit meditativen Elementen. Erstklassig textbegleitend mit Originalgraphiken von Sascha Juritz illustriert, wie auch der erste Band .

Bibliophile Ausgabe, limitierte Erstauflage 1991.
Illustriert mit 15 Originalgraphiken von Sascha Juritz.
Ausgewählt und herausgegeben von Dr. Wolfgang G. und Renate Herbolzheimer. (Temenos = Heiliger Bezirk)
Gebunden, mit Vignette bedruckt. 44,80 DM, vom Künstler signiert und numeriert: 54,80 DM.
ISBN 3-9802503-1-8

Pressestimmen:

Gedichte verkörpern oft die Schwerelosigkeit von Träumen. Es sind Träume von einem Leben, das weit über das hinausgeht, was gemeinhin dem Sterblichen als Dasein zugeteilt ist. Träume die Sprache fanden, Gestalt wurden im Gedicht. Georg Friedrich Herbolzheimer gehörte zu solchen Verfassern von Gedichten, die fast ein Leben lang zu Begleitern wurden, die ein Festhalten des Vergehenden bedeuteten, aber auch Trost und Zuspruch... Sascha Juritz hat dem Band 14 Orginalgraphiken beigegeben, die durch ihre poetische-phantastische Art gleichsam zur Ergänzung und Erweiterung der Gedichttexte beitragen. ("Main-Echo", 18.12.1990)

"Im Wunderland der Dichtung" zeigt Herbolzheimer als stillen und subtilen Naturbeobachter, der sich seiner Dichtkunst mit sehr viel Gefühl widmet.
Illustriert wurden die Gedichte von Sascha Juritz... ("Nürnberger Nachrichten" vom 10.1.1991)

Ein ideales Geschenk für Kunstliebhaber sowie für Freunde bibliophiler, limitierter Erstausgaben von Naturlyrik und Liebesdichtung!